海天译丛

La septième fonction du langage

Laurent Binet

# 语言的第七功能

[法] 洛朗·比内 著

时利和 黄雅琴 译

海天出版社（中国·深圳）

**图书在版编目（CIP）数据**

语言的第七功能 ／（法）洛朗·比内著 ；时利和，黄雅琴译． —— 深圳 ：海天出版社，2017.1
　（海天译丛）
　ISBN 978-7-5507-1775-6

　Ⅰ．①语… Ⅱ．①洛… ②时… ③黄… Ⅲ．①长篇小说－法国－现代 Ⅳ．①I565.45

中国版本图书馆CIP数据核字(2016)第230170号

版权登记号　　图字：19-2016-019号
La septième fonction du langage
by Laurent Binet
© Editions Grasset & Fasquelle, 2015.
All rights reserved.
Current Chinese translation rights arranged through Divas
International, Paris
巴黎迪法国际版权代理

# 语言的第七功能
YUYAN DE DI-QI GONGNENG

出 品 人　聂雄前
责 任 编 辑　林凌珠　岑诗楠
责 任 校 对　方　琅
责 任 技 编　蔡梅琴
封 面 设 计　蒙丹广告

出版发行　海天出版社
地　　址　深圳市彩田南路海天综合大厦（518033）
网　　址　www.htph.com.cn
订购电话　0755-83460293（批发）　83460397（邮购）
设计制作　深圳市龙瀚文化传播有限公司 0755-33133493
印　　刷　深圳市希望印务有限公司
开　　本　889mm×1194mm　1/32
印　　张　13.5
字　　数　350千
版　　次　2017年1月第1版
印　　次　2017年1月第1次
定　　价　48.00元

# 目　录

到处都有翻译。每个译者都说着自己的语言，即便他了解一点对方的语言也依然如此。译者们花招百出，而且从不忘记自身利益。

——德里达

# 第一部分

## 巴 黎

# 1

　　生活不是小说。至少您大概愿意这么想。罗兰·巴特沿着海狸街一路向北。这位20世纪最伟大的文学批评家正焦虑万分，他也的确有焦虑的理由。他一贯极为依恋的母亲去世了；他在法兰西学院开设的一门名为《小说的准备》的课，也以无可掩饰的失败告终：整整一年，他和学生们谈日本俳句、摄影、能指与所指、帕斯卡尔的"消遣"、咖啡馆服务员、睡袍、阶梯教室的位置——凡此种种，唯独除了小说。就这么讲了三年。他深知课程本身只是一个拖延的把戏，好让他不断推后动笔撰写真正的文学作品的那一刻，也使沉睡在他体内过分敏感的作家天分有理由继续沉酣不醒；而其写作才华，人人都说，在被25岁以下年轻人视为圣经的《恋人絮语》中已初露端倪。从圣伯夫到普鲁斯特，蜕变的时刻已经到来，他要在作家的殿堂里觅得一席之地。妈妈死了：自《写作的零度》以来，万事俱备，时机已到。

　　政治，是的，是的，别急，且听我道来。自中国之行以后，他算不上虔诚的共产主义者。再说，我们对他也并无此期待。

　　夏多布里昂、拉罗什富科、布莱希特、拉辛、罗伯-格里耶、米什莱、妈妈。一个男孩的爱。

我不知道当时那个街区是否已经遍布"老露营者"商店。

一刻钟以后，他将死去。

我敢肯定，白大衣街的饭菜味道很好。我猜那些人吃得应该颇为考究。在《神话学》里，罗兰·巴特解码了资产阶级为自我颂扬而制造的一系列现代神话，他也凭此书声名鹊起。总的来说，在某种意义上，他是依靠资产阶级发家致富的；但他写的仅指小资产阶级。自觉投身为人民服务的大资产阶级则另当别论，很值得分析；该写篇文章。要不就今晚写？何不立刻动笔呢？哦，不行，他得先挑选一下幻灯片。

罗兰·巴特加快了脚步，对周遭视而不见；要知道他是个天生的观察者，他的工作也主要是观察和分析，终其一生都在猎捕各种符号。圣日耳曼大道的一切他都熟记于心。他看不见树，看不见人行道，看不见商店橱窗，也看不见过往车辆。他已不在日本。他感觉不到寒冷。他几乎听不到路上的声音。这有点像把柏拉图的"洞穴隐喻"反过来：他把自己禁锢在理念的世界里，对外界的感知因此模糊。在他周围，他看到的只是影子。

我刚才提到的引起罗兰·巴特忧虑的理由，都是有历史依凭的，但我很想跟您说说那天究竟发生了什么。那一天，他之所以如此心不在焉，并不仅仅是因为母亲的去世，或是写小说的有心无力，又或是对男孩们的日渐厌倦——他觉得这种厌倦已经无可挽回了。倒不是说他没有想到上述种种，他那强迫症的特质是无须怀疑的。但是那天，还有别的原因。他看似目光

3

迷离、陷入沉思，但留心的路人能在巴特眼中辨认出一种他本人认为从未体会过的状态：兴奋。他的母亲、男孩们、假想中的小说，不仅如此，还有求知欲，以及与求知欲一同被激活的革新人类知识，甚至改变世界的自命不凡的雄心。当巴特穿过学院路时，他是否自我感觉像正在思索相对论的爱因斯坦呢？可以肯定的是，他没有留意路况。他在离办公室只有几十米的地方被一辆小卡车撞倒了。肉体撞击铁皮，发出沉闷可怕的声响。他像个破布偶一样瘫倒在路上。行人们吓了一跳。1980年2月25日下午，他们不知道刚才眼前发生了什么，也不知道为什么会发生。直到今天，全世界仍没人知道。

# 2

符号学是一个古怪的玩意儿。语言学的创始人费尔迪南·德·索绪尔是第一个有此直觉的人。在他的著作《普通语言学教程》中，他提议"设想一种研究社会生活中符号生命的科学"。仅此而已。之后他又为有志于此事业的人提供建议，写道："它将是社会心理学，因而也是普通心理学的一部分；我们将它叫作符号学（sémiologie，词源是希腊语 sēmeîon，'符号'之意）。符号学将说明符号由什么构成，受什么规律支配。因为这门科学还不存在，我们说不出它将会是什么样子；但它有存在的权利，它的地位是预先确定了的。语言学不过是这门一般科学的一部分，将来符号学发现的规律也可以应用于语言学，所以后者将属于全部人文事实中一个非常确定的领域。"我希望能由法布利斯·鲁奇尼①来给我们念这一段，用他擅长的方式抑扬顿挫，让全世界的人们即便不能完全明白其意义，至少能领会其文字之美。这天才的直觉，尽管索绪尔同时代的人不能理解（普通语言学教程是1906年讲授的），在一个世纪之后仍然令人费解，却充满力量。自那时以来，数不胜数的符号学家尝试给出更清晰、更具体的定义，但却彼此矛盾（有时他们自己都没意识到），越弄越糊涂，最后只是把语言之外的符号体系列表（稍微）拉长了一点：在原有的军衔、聋哑语字母……之外，加上道路代码、国际海洋代码、公交车号码、酒店房间号码——基本也就这些了。

与丰满的理想相比，现实未免有些骨感。

因此，符号学远未能成为语言学的扩展，而似乎只局限于粗浅的原始语言研究，比任何一种其他语言都简单和有限。

但事实并非如此。

翁贝托·埃科，来自博洛尼亚的智者、在世的伟大符号学家之一，常常援引那些人类史上最具决定性的发明：轮胎、汤匙、书……这些在他看来都是完美的工具，具备难以逾越的高效率。他把符号学与这些发明相比，并不是偶然之

---

① 法布利斯·鲁奇尼：法国演员。

举。这不免让人联想到，符号学事实上是人类历史上最关键的发明之一，也是人类锻造的最有力工具之一，但它就像是火，也像是原子：起初，我们不知道它有什么用，也不知道该怎么用。

# 3

其实，他没有在一刻钟后死去。罗兰·巴特毫无生气地躺在排水沟里，他的身体发出一种低哑的嘶声，知觉却逐渐消失。他的思想很可能滑过回旋的俳句、拉辛的十二音节诗、帕斯卡尔的箴言，就在彻底失去意识之前，他听到——他心想（没错，他心想）这可能是他在世上听到的最后的声音了——一个惊慌失措的男人在喊："他自己撞儿上来的！他自己撞儿上来的！"这是哪里的口音？行人们从惊愕中缓过神来，纷纷围到他身边，向这具未来的尸体俯下身，讨论着、分析着、评判着：

"快叫救护车！"

"没必要，他已经死了。"

"他自己撞儿上来的！你们都是人证！"

"他看着伤得可不轻。"

"可怜的人……"

"得找个电话亭。谁有零钱？"

"我都没时间刹车儿！"

"别碰他，等救援来。"

"让开！我是医生。"

"别把他翻过来！"

"我是医生。他还活着。"

"得通知他家里人。"

"可怜的人……"

"我认识他！"

"是自杀吗？"

"得知道他的血型才好。"

"是我的一个主顾。每天上午他都来我店里喝一杯。"

"以后他可来不了咯……"

"他喝醉了？"

"闻着好像喝酒了。"

"好多年了，每天上午他都在我店里的账台上喝一杯白葡萄酒。"

"这也没法儿知道他的血型呀……"

"他过儿马路没看儿路！"

"任何情况下，司机都应该管好他的车，这是我们这儿的法律规定！"

"会没事的，老伙计，只要您买了好保险。"

"可保险附加费也要花掉他一大笔钱呢！"

"别碰他！"

"我是医生！"

"我也是。"

"那您来看着他，我去找救护车。"

"我还要去运货儿……"

世界上大多数语言的r发的都是舌尖齿龈音，我们称为"卷舌音"，而近三百年来，法语的r音都发舌背软腭音。德语和英语的r也都不卷；也不是意大利语和西班牙语。也许是葡萄牙语？男人的发音有点喉音，但他说话鼻音不重，也不很悦耳，甚至有些单调，听不出是不是因为恐慌而引起了音调变化。

有点像是俄语。

# 4

符号学从语言学中诞生，却像个羸弱的早产儿一样，差点只用来研究最贫瘠、最局限的那些语言。它能否在最后关头转化为一颗威力十足的中子弹呢？

通过一种并非与巴特不相干的操作。

起初，符号学的使命是研究非语言学的交流体系。索绪尔本人对他的学生们说过："语言是一个表达观念的符号系统，从这一点说，它与文字、聋哑人的字母、象征仪式、礼节形式、军用信号等类似。只不过它是这些系统中最重要的。"这话显然没错，但前提是这里的"符号系统"是明确的、有意图地用来交流的。布伊森认为符号学是"研究传播的手段。即研究那些用来影响他人，且被影响者也认可的方法"。

巴特的天才之举在于他不满足于传播系统，而是把符号学扩展到了意指系统的研究。一旦领略过人类的语言，其他任何形式的语言很快就都索然无味了：让一位语言学家去研究道路信号或军用代码，就好比让一位国际象棋手去玩跳棋，让扑克选手去玩斗地主。所以翁贝托·埃科可以说：对于传播而言，人类语言是完美的，再没有更好的了。然而，人类语言不能表达一切。身体会说话，物品会说话，历史会说话，个人或集体命运会说话，生和死也会说话，而且是以各种方式不停地在对我们诉说。人是一台释意机器，只要一点点想象力，就能随时随地看到符号：从他妻子大衣的颜色中，从他车门的划痕中，从他邻居的饮食习惯中，从法国每月的失业人数统计中，从博若莱新酒的香蕉味里（这种酒一直都有香蕉味，偶尔会有覆盆子味。为什么呢？没人知道。但肯定有一个解释，这个解释也是符号学的），从他身前大步流星穿过地铁走道的黑人女性那抬头挺胸的骄傲步态中，从他办公室同事从来不扣衬衣最后两粒纽扣的习惯中，从这名足球运动员庆祝进球的仪式里，从他对手气急败坏的叫喊声里，从这些斯堪的纳维亚建筑的风格里，从这场网球赛主要赞助商的商标上，从这部电影的片头音乐里，从绘画里，从烹饪里，从时尚中，从广告中，从内部装潢中，从女人和男人的西式表现中，爱和死，天和地，凡此种种。在巴特笔下，符号不需要是信号：它们成了征象。决定性的转变。它们无所不在。自此以后，符号学起航征服广袤的世界。

# 5

巴亚尔警官来到萨尔佩特里埃尔医院①急诊部，得到了罗兰·巴特的病房号。关于本案，他所知如下：男性，64岁，周一下午，在学院路上，穿过斑马线时被一辆洗衣店的小卡车撞倒。司机名叫伊万·德拉霍夫，保加利亚人，稍微喝了点酒，酒精含量0.6克/毫升，低于0.8克/毫升的警戒线。司机承认他是在运衬衫的途中迟到了，但又声明时速不超过60公里。救援到达时，受害者已失去意识，身上没有任何能证明其身份的证件，但有人认出了他，是受害者的一位同事，叫米歇尔·福柯，法兰西学院教授、作家。受害者被证实名叫罗兰·巴特，也是法兰西学院的教授、作家。

直到这里，没有任何迹象表明此案需要派遣一名调查员，更别提需要劳一位情报局警官的大驾了。雅克·巴亚尔的

---

① 萨尔佩特里埃尔医院：巴黎最大的公立医院。

到场只是因为一个小细节：1980年2月25日，罗兰·巴特被撞倒前，刚刚和弗朗索瓦·密特朗在白大衣街共进过午餐。

在午餐和车祸之间，在明年即将参加总统大选的社会党候选人和洗衣公司的保加利亚籍雇员之间，按理说并无联系。但情报局的性质就是调查一切，在这竞选拉票的关键时期，尤其要调查弗朗索瓦·密特朗。米歇尔·罗卡尔当时更受民意拥戴（索福瑞于1980年1月发布"谁是最好的社会党总统候选人？"的统计结果：密特朗20%，罗卡尔55%），但也许高层认为，罗卡尔不敢放手一搏：社会党人都是正统派，而密特朗已经再次当选党魁。早在6年前的总统选举中，密特朗获得49.19%的选票，以1.62%的微弱劣势败给获得50.81%的吉斯卡尔·德斯坦，这是自全民直接普选以来总统大选的最小差距。在法兰西第五共和国历史上，不排除左派第一次当选总统的可能。因此，情报局才特派一名调查员。雅克·巴亚尔的任务，按理说就是核查一下巴特在密特朗那儿是不是喝多了，或者有没有一点可能，他参加了一场有人兽场面的性虐恋狂欢。社会党领导人最近几年小心翼翼，没什么丑闻。天文台公园的伪造枪击案已被人遗忘，维希政府的任职经历大家都讳莫如深。需要来点新鲜的。雅克·巴亚尔的官方使命是调查车祸情况，但深层意图不用人说他自己也明白：搜寻任何蛛丝马迹，如有必要，不惜人为抹黑，以败坏社会党总统候选人的声誉。

雅克·巴亚尔来到病房前，发现走廊上已经排了一条几米长的队伍。这些人都等着慰问伤者呢。老的，少的，衣着考究的，衣着随便的，长发的，短发的，风格各异，还有北非样貌的，男的比女的多。他们或窃窃私语，或高谈阔论，或互相谩骂，或读书，或抽烟。巴亚尔对于巴特的名气一无所知，见到这乱哄哄的一幕，不由得心生困惑。他利用特权径直走到队伍前面，说了一声"警察"就进了病房。

雅克·巴亚尔立刻注意到：病床高得出奇，伤者喉咙里插着管子，脸上有血肿，目光忧伤。房间里还有另外四人：巴特的弟弟、编辑、门生和一名阿拉伯王子样的时髦年轻人。阿拉伯王子名叫尤素福，是巴特及其门生共同的朋友；门生叫让-路易，巴特眼中最聪明的，也是他最喜爱的学生。让-路易和尤素福在十三区同租一间公寓，他们常组织一些聚会，给巴特的生活增添了不少愉悦。他在聚会上遇到了各界名流，有大学生、女演员等；安德烈·泰西内①常常出现，偶尔伊莎贝尔·阿佳妮也会来，永不缺席的是一群年轻的知识分子。此时此刻，这些细节没有引起警官的注意，毕竟他是为调查车祸而来。巴特到了医院以后就恢复了意识。他对赶来的熟人们说"太不小心了！太蠢了！"虽然有多处挫伤，肋骨也断了几根，巴特的情况并不值得过分担忧。但正如他弟弟所说，巴特有一个"阿喀琉斯之踵②"，就是他的肺。他年轻时得过肺结核，烟也一直抽得很凶。因此他有慢性呼吸道疾病，昨天夜

---

① 安德烈·泰西内：法国导演、编剧。
② 阿喀琉斯为《荷马史诗》中的英雄。"阿喀琉斯之踵"原指阿喀琉斯的脚跟，这是他唯一一个没有浸泡到神水的地方，是他唯一的弱点，后来在特洛伊战争中被人射中致命。

里复发了：因为窒息，医生给他做了插管手术。巴亚尔到的时候，巴特已经醒了，但不能说话。

巴亚尔对着巴特慢慢开口。他要问几个问题，只要用点头、摇头表示"是"或"否"就行。巴特用他可卡犬一样忧伤的目光看着警官，然后微弱地点了点头。

"您是在上班路上被车撞的，是吗？"巴特点点头。"车开得快吗？"巴特把头歪向一边，再歪向另一边，巴亚尔理解他是想表达不知道。"您当时心不在焉吗？""是。""您不专心跟午餐有联系吗？""没有。""跟您要上的课有关？"停顿。"是。""您午餐时遇到了弗朗索瓦·密特朗？""是。""午餐时发生了什么特别的或非常规的事情吗？"停顿。"没有。""您喝酒了吗？""是。""喝了很多？""不是。""一杯？""是。""两杯？""是。"停顿。"三杯？""是。""四杯？""不是。""车祸时您身上有证件吗？""是。"停顿。"确定？""是。""人们发现您的时候，您身上没有证件。会不会您忘在家里或是别处了？"稍长的停顿。巴特目光中似乎焕发出一种奇异的光彩。他摇头表示不是。"在救援到达之前，您躺在地上时，有没有人翻动过您，您记得吗？"巴特似乎没有听懂问题，或是根本没听。他摇了摇头。"您不记得了？"又是一阵停顿，但这回，巴亚尔认为自己看明白了伤者脸上的表情：怀疑。巴特摇头。"您钱包里有钱吗？"巴特直直地盯着警官。"巴特先生，您听到我说话了吗？您身上有钱吗？""没有。""有什么重要的东西吗？"没有回答。巴特依旧凝视着警官，要不是眼睛深处那一星奇异的火花，他看上去几乎像死了一样。

"巴特先生？您身上是否有什么重要的东西？您认为有没有可能被人偷走了什么东西？"病房里一阵静默，只听得到巴特呼吸管里发出的嘶声。又过了好一会儿；巴特慢慢摇头，然后把头转了过去。

# 6

离开医院的时候，巴亚尔觉得此案有了疑点：这样的例行检查也许并不是多余的，证件的丢失给这件表面上平淡无奇的车祸增加了一些神秘的阴影，为了弄个水落石出，他将不得不询问更多的人。他决定就从法兰西学院（今天之前，他从不知道这个机构的存在，也不明白它是做什么的）门前的学院路开始，首先去见一见那位福柯先生——"思想体系史教授"，然后还要询问一堆毛头小伙子大学生，接着是车祸的目击者，还有受害者的朋友。这一下子多出来的大量工作困扰着他，令他深感烦闷。但他知道自己刚才在病房里看到了什么。巴特眼中流露出的是害怕。

巴亚尔警官沉浸在思绪中，没有注意到马路对面停着一辆黑色的标致DS。他坐进自己的公务车——一辆标致504，向学院路驶去。

# 7

在法兰西学院的前厅，巴亚尔念着这儿讲授的课程：《核磁学》《发展神经心理学》《东南亚社会图景》《前伊斯兰时期东方的基督教和玄秘》……他一头雾水地来到教授休息室，要求见米歇尔·福柯。有人告诉他福柯正在上课。

阶梯教室挤得水泄不通，巴亚尔根本进不去。听众围成一堵厚实的墙，在他试图挤出一条路时愤愤地把他推回来。一位好脾气的学生偷偷告诉他是怎么回事：如果想占到座位，一定要提前两小时到。这间教室满了以后，还有对面一间B教室，是同步播放课程录音的，自然也有很多人去争抢位子。无法一睹真容，听听声音也是好的。于是巴亚尔去了B教室，一样满满当当，但总算有几个空座位。教室里的人形形色色，年轻的、年老的，嬉皮的、雅痞的，朋克风、哥特风，穿粗花呢背心的英国人，衣着暴露的意大利女人，披着纱袍的伊朗女人，牵着小狗一起来的奶奶们……巴亚尔在一对打扮成宇航员（没戴头盔）的双胞胎身边坐下。整个教室洋溢着勤勉学习的氛围，有人记笔记，有人虔诚聆听。时而听到一两声咳嗽声，像在剧院一样，只不过这儿没有舞台也没有演员。高音喇叭里传出一个带鼻音的声音，有点（20世纪）40年代的感觉，有点沙邦-戴尔马①的影子，也不尽然，更像是让·马雷和让·普瓦雷②的混合体，而且更尖一些。

这个声音说道："我想提出的问题是，在灵魂得救，即'神启'，也即是说，人类通过受洗获得的'救赎'——这个观念内部，不断忏悔的意义何在，或者说，不断重复罪孽的意义何在。"

很有老师范儿呢，巴亚尔觉得。他努力想听懂，但等到福柯说出以下内容时，他就彻底放弃了："因此，主体走向真理的过程，主体通过爱不遗余力地追求真理的过程，是在用它自身的话语表达一个真相，这个真相不是别的，正是在主体身上存在一个真神的明证，而这个真神从不说谎，只说真话，他是诚实的。"

也许那天福柯谈了监狱、控制、考古学、生物权力，或者谱系学，谁知道呢？……但那无情的声音继续着："即使对于一些哲学家或是宇宙学家来说，世界可以朝这个方向转，也可以朝那个方向转，但对个体生命而言，时间只有一个方向。"这个声音带着说教口吻，又悦耳动人，富有感染力，因为高超的分寸感、得体的停顿和断句而显得非常典雅。巴亚尔却听得云里雾里，昏昏欲睡。

这个家伙挣得比他多吗？

"一边是针对行动、与意志主体相关的法律体系——

---

① 雅克·沙邦-戴尔马：法国政治家，曾任法国总理。

② 让·马雷，让·普瓦雷：均为法国演员。

因此错误无止境地重复，另一边是针对主体的完美救赎模式——因此意味着时间的节奏和不可逆；这两者，在我看来，是不可能融合的……"

是的，毫无疑问，他挣得比他多。巴亚尔难以抑制本能的怨恨，连带这个声音他都讨厌。想想看，警察得和这种人去争纳税人的钱。他们跟他一样都是公务员，不同的是，他获得的酬劳是理所应当的。至于这个法兰西学院，究竟是个什么玩意儿？由弗朗索瓦一世创立，行吧，他在门口看到了。然后呢？所谓课程向所有人开放，只有失了业的、退了休的，狂热的异教徒，还有烟不离手的教授才会感兴趣吧；尽是些他闻所未闻的科目，听上去都不像是真的……再说既没有文凭，也没有考试。找些巴特和福柯这样的人来，讲着不知所云的内容。巴亚尔肯定了一件事：在这儿可学不成一门技能。还认识论呢，哼！

等到那个声音说出"下周见"后，巴亚尔回到A教室，人群正从好几扇门里散去，他逆着人流走进去，从教室高处看到底下有个戴眼镜的秃头，高领毛衣的外面罩着件短外套。他看上去身材修长又健壮，下巴方方的，略微凸出，显得意志坚决，摆出一副知道全世界都认可其价值的高傲姿态，头剃得光溜溜的。巴亚尔走到讲台边："是福柯先生吗？"这个身材高大的秃头正在整理笔记，神情懈怠，一如所有刚上完课的老师。他友好地转向巴亚尔，深知他的仰慕者们有时需要克服极大的羞怯才敢来和他说话。巴亚尔亮出证件。他很明白证件能产生的效果。福柯停了一秒钟，看了看证件，又端详了一下警

17

官，然后继续埋头整理笔记。他像演戏一般开口，似乎想说给正在离席的众人听："我拒绝被权力验明正身。"巴亚尔完全置之不理："是关于那起车祸。"

　　高大的秃头把笔记塞进书包，一句话不说，拔腿就走。巴亚尔追在他身后："福柯先生，您去哪儿？我有几个问题要问您！"福柯大步流星，一级一级跨过阶梯教室的台阶。他头也不回，向所有仍在场的听众说道："我拒绝被权力地理定位！"众人笑了起来。巴亚尔抓住他的手臂："我只想听听您对事件经过的描述。"福柯站住不动，一声不吭。他的身体僵硬了。他看着抓住他手臂的那只手，仿佛这是自柬埔寨种族大屠杀以来对人权的最严重侵犯。巴亚尔没松手。他们两人身边响起了窃窃私语声。漫长的一分钟后，福柯终于勉为其难地开了口："我的版本是，他们杀了他。"巴亚尔觉得自己没听懂：

　　"杀？杀了谁？"

　　"我的朋友罗兰。"

　　"但他没死！"

　　"他已经死了。"

　　福柯用他镜片后面的近视眼牢牢地盯着警官，然后一个字、一个字缓慢地开口，仿佛在漫长的推论后得出了一个只有他才能理解其内在逻辑的结论：

　　"罗兰·巴特死了。"

　　"但是谁杀的呢？"

　　"当然是体制！"

　　一听到"体制"这个词，警官就明白，果然让他担心的事情发生了：他碰到了左派分子。多年经验使他知道，左派分子嘴里只会说这些：腐败的社会啦，阶级斗争啦，"体制"啦……他有点不耐烦地等着说话的人继续。福柯对此宽容大度，不以为意，继续阐述道：

　　"最近几年罗兰被嘲笑得厉害。他既能如实理解事物的本来面目，又能以一种前所未有的新意去发明事物：这两种能力是相悖的。人们批评他不用规范术语，人们戏仿他，嘲笑他，讽刺他，歪曲他……"

　　"您认识他的这些敌人吗？"

　　"当然认识！自从他进了法兰西学院——是我推荐他进来的——嫉妒他的人可就加倍了。说到敌人，他也只有敌人了：反动派，资产阶级，法西斯分子，斯大林主义者，尤其是、尤其是已经发馊的旧式批评界，他们就从没原谅过他！"

　　"没原谅什么？"

　　"没原谅他居然敢思考！没原谅他居然敢质疑资产阶级的老旧批评模式，把陈腐的规范暴露在光天化日之下，把它的真面目揭露得彻彻底底：它就是个妥协的、愚蠢的老婊子！"

　　"可，究竟是谁呢？"

　　"有哪些人吗？您以为我是谁！皮卡尔们，波米耶们，朗博们，布尔尼耶们！他们恨不能亲自开枪打死他，在索邦大学广场上的雨果像下，生生打他十二发子弹！……"

福柯忽然拔腿就走，巴亚尔一时没跟上，被甩下几米。福柯走出阶梯教室，爬上楼梯，巴亚尔紧随其后，两人的脚步声回荡在石阶上。巴亚尔唤道："福柯先生，您说的这些人都是谁呢？"福柯头也不回地答道："是恶犬，是豺狼，是笨驴，是蠢货，是狗屁！关键是、关键是、关键是！他们是既定秩序的奴才，是旧世界的老古董，他们给腐朽的思想拉皮条，他们阴森森地讪笑着，想让我们永远被尸体的腐臭味笼罩！"巴亚尔扶着楼梯栏杆问："什么尸体？"福柯三步并作两步爬着楼梯："腐朽思想的尸体！"接着发出一声讽刺的笑声。巴亚尔一边试图保持着步伐，一边从风衣口袋里掏笔，问道："您能告诉我'朗博'怎么拼写吗？"

# 8

巴亚尔走进一家书店，他想买书，但找书无门——毕竟他没有读书的习惯。他没找到雷蒙·皮卡尔的著作。书店老板似乎比他熟悉一点，经过他身边时指点道，雷蒙·皮卡尔已经死了——这个福柯可没说——不过他的作品《新批评还是新骗局》是可以预订的。勒内·波米耶的《够了，解码》倒是有卖。此人是雷蒙·皮卡尔的门生，一向抨击结构主义批评（老板是这么向他推荐这本书的，但对他帮助不大）。尤其值得一提的是朗博和布尔尼耶的《解读罗兰·巴特》。绿色封皮的薄薄一小本，封面上一个橙色的椭圆框中，有一张摆出严肃状的罗兰·巴特的照片。框外面画了个小人儿，用手捂着嘴，嘲讽地嬉笑，有漫画大师克鲁伯的风格。经确认，没错，正是克鲁伯的手笔。但是巴亚尔从没听说过《怪猫菲力兹》这部属于"垮掉的一代"的动画片。里面的黑人都是会吹萨克斯的乌鸦，主人公则是只穿高领毛衣的猫，吸大麻，在凯迪拉克上跟所有会动的东西性交，颇有凯鲁亚克风范。背景是骚乱的城市和燃烧的垃圾桶。克鲁伯画的女人也很出名，有力的大腿、宽宽的肩膀、肉弹乳房和丰腴的臀部。巴亚尔虽然见过，但因为不了解漫画，没有把两者联系起来，但他还是买了《解读罗兰·巴特》这本书，连同波米耶的那本一起。他没有预订皮卡尔的书，在调查的这一阶段，死了的作者还不能引起他的注意。

　　警官在一家咖啡馆坐下，要了杯啤酒，点了支烟，打开了《解读罗兰·巴特》。（是哪家咖啡馆呢？虽然是小细节，但对于重现当时的氛围很重要，是不是？我觉得他是坐在索邦咖啡馆里，就在学院路尽头，香波影院的对面。但其实当时的情景我一无所知，您尽可按自己的意愿安置他。）书上写道：

　　"25年前，R.B.（谈到自己时，罗兰·巴特自称R.B.）以陈旧的形式出现在《写作的零度》一书中。自此以后，他逐渐脱离了其部分源流——法语，以自己的语法和词汇形成了一种独立的语言。"

巴亚尔吸了一口烟，翻过一页。他听到店里的一个侍者在向一位顾客解释，为什么说密特朗如果当选，法国将陷入内战。

"第一课：一些基本会话元素。

1. 你如何自我表述？

法语：您叫什么名字？

2. 我自我表述为 L。

法语：我叫威廉。"

巴亚尔大概能看出其中的讽刺意味。他本人是应该和这戏仿者有同感的，但还是保持了警惕。为什么在 R.B. 的理论中，"威廉"是 L 呢？不清楚。这些该死的书呆子。

侍者对顾客说："将来有一天，所有有钱人都会把钱转移出法国，放到那些不用交税也不用担心钱会被缴的国家去！"

朗博和布尔尼耶：

"3. 哪个'契约条款'作为对你'外体存在'的遮蔽和/或利用，闭锁、终结、组织和安排着你行动的经济？

法语：您是做什么工作的？

4.（我）输出一些代码。

法语：我是打字员。"

巴亚尔觉得有点好笑，但又本能地感到书中流露出一种语言的威吓，让他不爽。他知道这类书不是写给他，而是写给百无一用的书呆子，博他们一笑的。知识分子的自嘲是至高礼遇。巴亚尔虽不是知识分子，但并不愚笨，居然无意中做了一点布尔迪厄式的分析。

柜台那儿的讲座在继续进行："一旦所有的钱都去了瑞士，我们就没有资本付工资了，于是内战开始。社会主义和共产主义者就这么赢了！"侍者暂停演讲，离开柜台去服务。巴亚尔继续看下去：

"5. 我的话语在一个镜面游戏里通过R.B.找到/达到了其文本性。

*法语：我能流利地说罗兰·巴特式语言。*"

巴亚尔抓住了核心思想：巴特的语言是可模仿的。既然如此，有什么必要花时间去读呢？更何必去写一本书呢？

"6. 它'升华'（融合）成（我的）代码，构成我的欲望重复叠加的'第三方断面'。

*法语：我想学这门语言。*

7. 作为一门宏观学，R.B.用起来是否像'鱼语'，成了一种无法用高卢语诠释的闭合场？

*法语：罗兰·巴特式语言对法国人来说是不是太难了点？*

8. 只要在重复/冗余中行动，巴特主义风格的围巾会越来越紧地围绕在代码周围的。

*法语：不，其实挺简单。就是要花点时间学习。*"

警官越发感到困惑了，不知道更讨厌哪个：是巴特呢，还是两个戏仿他的小丑？他放下书，掐灭烟。侍者回到了柜台后头。顾客手持红酒，就刚才的话题提出了反对意见："说得没错，但密特朗会在边境截住他们。钱会被没收充公。"

侍者皱眉责备道："您以为富人是傻子吗！他们会雇人偷渡出境，他们会组建起庞大的网络转移钱财，他们会跨过阿尔卑斯山和比利牛斯山！像汉尼拔①一样！像打仗一样！既然犹太人都可以运送出境，钱包为什么不可以呢？"顾客似乎没有被说服，但也找不到话辩驳，于是点了点头，喝光了杯中的酒，然后又叫了一杯。侍者一边拿出一瓶难打开的红酒，一边神气活现地说："是啊！是啊！我才不管呢，要是共产主义分子赢了，我就走，我去日内瓦找工作。他们休想拿到我的一分钱，我一辈子都不会给共产主义干活，绝不！您看好了，我不为任何人干活！我是自由的！像戴高乐一样！……"

巴亚尔努力回想汉尼拔是谁，无意间看到侍者左手小指缺了一截。他打断了这位滔滔不绝的演说家，又要了一杯啤酒，并打开勒内·波米耶的书，在4页当中数到17个"废话"，于是就合上了书。在此期间，侍者已经打开了一个新话题："任何文明社会都不能废除死刑！……"巴亚尔付了钱，留了小费，走了。

他经过蒙田像，未加留意，穿过学院路，走进索邦大学。巴亚尔警官知道这些乱七八糟的事情他什么都不懂，或者说不懂什么。他需要一个人来解救他：一个专家，一个翻译，一个信息传递员，一个培训师。简单地说，他需要一个老师。他进了索邦，问符号学系在哪里，前台的人傲慢地说没有这么个系。他在院子里碰到一些学生，穿着海军蓝短大衣和

---

① 汉尼拔：北非古国迦太基著名军事家。

平底鞋，他问他们去哪里可以旁听符号学的课。大多数人都一脸茫然，或者只是曾经听说，也不清楚究竟是什么东西。但他最后终于碰到个长头发学生，在巴斯德雕像下抽大麻。长头发学生跟他说，要听"符号"，得去万森纳。巴亚尔不是大学校区专家，却也知道万森纳的学院都是左派，集结着大批不愿工作的职业闹事者。出于好奇，他问这个年轻人为什么不注册那儿的学院。年轻人穿着宽大的高领毛衣，黑色的裤子卷起裤脚，脚上蹬一双长筒靴，好像正准备去采贻贝。他回答道："我在那儿待到大二重修结束，但我是托洛茨基派的小组成员。"他觉得这回答已经足够清楚，但看到巴亚尔询问的眼神，就补充了一下："嗯，后来出了点问题。"

巴亚尔没继续问，驾着标致504向万森纳驶去。他在等红灯的时候看到一辆黑色的DS车，不由得想："嗨，这才叫好车啊！……"

# 9

标致504经由贝西门上环城高架，出万森纳门，沿巴黎大道北上，从军事医院门口过，没有给一辆日本人驾驶的崭新的亮蓝色福果豪车让道。他绕万森纳城堡一周，然后经过花卉园，深入万森纳森林，最后停在一些棚屋前。这些建筑看上去像是19世纪70年代那种巨大的郊县学院，基本上可说是人类能体现的最差品位了。巴亚尔还记得自己早年在巴黎二大的求学经历，但此情此景令他感到陌生：在走进课堂之前，要穿过一个挤满非洲人的小集市，跨过一些横陈在地、昏昏沉沉的瘾君子，经由一个扔满垃圾的干涸了的水池，沿着贴满通告、布满涂鸦的斑驳墙面径直向前。他一边走一边读："老师、学生、校长、行政：去死吧，下流胚！"；"反对关闭食品集市"；"反对万森纳迁往诺让"；"反对万森纳迁往马恩河谷"；"反对万森纳迁往奥尔日河畔萨维尼"；"反对万森纳迁往圣德尼"；"无产阶级革命万岁"；"伊朗革命万岁"；"托洛茨基主义=斯大林主义"；"拉康=警察"；"巴丢=纳粹"；"阿尔都塞=杀人犯"；"卡里克利斯=党卫军"；"不能禁止禁止"；"到我家来一起读《资本论》！署名：巴里巴尔"……散发着大麻臭味的学生咄咄逼人地凑上来，把成堆的传单往他兜里塞："朋友，你知道现在在智利、在萨尔瓦多发生了什么吗？你关心阿根廷吗？莫桑比克呢？莫桑比克不关你的事？你知道这个国家在哪儿吗？你想听我跟你讲讲帝汶吗？还有，我们正在为尼加拉瓜扫盲教育募捐。你帮我买杯咖啡好吗？"这些话让巴亚尔产生了亲切感。当年他参加"青年民族"的时候，曾经狠狠教训过这些肮脏的左派小混子。他把传单扔进充当垃圾筒的干涸水池里。

　　巴亚尔自己也不知道是怎样稀里糊涂地来到了文化传播系。他在走廊里一块软木板上看到了课表，一眼扫过去，找了一门跟他要找的内容比较接近的课程——《形象的符号学》，以及教室、每周课表和授课教师姓名，一个叫西蒙·赫尔佐格的人。

# 10

"今天我们要学习詹姆斯·邦德的数字和字母。提到邦德，你们想到的第一个字母是什么？"教室里一阵静默，学生们思考着。雅克·巴亚尔坐在教室最后面，心想总算有点自己认识的东西了。"詹姆斯·邦德的上级叫什么名字？"这个巴亚尔知道！他跃跃欲试，但有几个学生比他更快，异口同声地说出了答案：M.。"M.是谁？为什么是M.？这个M.意味着什么？"一阵沉默。没有人回答。"M.是个上了年纪的男人，但他的形象是女性化的，是Mother的首字母M，代表着母亲，养育邦德、保护邦德，在他犯错时发火，但又始终宽容他，邦德通过完成任务来迎合讨好他。邦德行动力强，但并不我行我素，他不是独行侠，也不是孤儿（从生平上说是的，从象征意义上说不是：他有母亲，母亲是英国人；他不是与他的祖国联姻，他是祖国的爱子），他得到体制的支持，后勤的支援，他背后是整个国家：国家下达艰巨的任务，也为其配备所有的物质条件；他完美地履行任务，令国家为之自豪（M.作为英国的借喻，女王的代表，常常说邦德是他最好的特工——是他

27

的宠儿）。詹姆斯·邦德其实既是鸡蛋，也是鸡，因此才能成为一种集体幻想，一个现代神话：身兼冒险家和公务员这双重身份，同时代表着行动和安全。他犯法，也犯罪，甚至是重罪，但他有人罩着，不会被指责——他的代号就意味着所谓的'谋杀许可'，由此引导我们来研究这三个神奇的数字：007。

"两个零，代表谋杀权，我们在这里看到了数字象征意义的绝佳示范。用什么数字能代表谋杀许可呢？10？20？100万？死亡是无法量化的。死亡是虚无，虚无就是零。而谋杀又不是一般的死亡，是强加在某人头上的死亡。是两倍的死亡，因为这个职业充满了危险（书中常常提到，00代号的特工寿命都很短），杀人的人也无可避免面临着死亡的大概率。两个零，其实意味着杀人和被杀的权利。至于7，这也是个精心挑选的数字，因为从传统上看，它是全部数字里最优雅的，承载着历史和象征。具体地说，它符合两个标准：首先肯定得是个单数，就像送女人玫瑰的数量一样；其次它是个质数（只能被1和它自身整除的数），这样才能体现出独特、唯一、个体性，并冲淡数字代号带来的非人格感和随时可替换感。你们还记得吗，在《囚犯》这部电视剧里，主人公代号是'6号'，他不断绝望而反抗地说：'我不是一个数字！'反观詹姆斯·邦德，他对自己的代号安之若素，接受得心甘情愿。这个代号尤其赋予他很多闻所未闻的特权，使他跻身贵族行列（他被赋予的使命也正好是为女王服务）。007是6号的悖反：安享社会赋予的优越地位，效忠并维护既定秩序，从

28

不质疑敌人的性质和动机。6号有多革命，007就有多保守。反动派的007与改革派的6号互相对立，'反动'这个词本身就意味着'后置性'（他们是对改革做出'回应'，以期回归旧体制，即既定秩序），所以代表反动的数字自然要位于代表改革的数字的后面（说得更明白些，詹姆斯·邦德不可能是005）。007的功能，就是解除颠覆世界秩序的威胁，保证既定秩序的回归。每一个故事的结束都巧合地回归了'正常'，也就是'恢复旧秩序'。翁贝托·埃科认为邦德是法西斯主义者。事实上，我们可以明确，他更是反动派……"

一个学生举起了手："还有个负责各种新奇玩意儿的Q.，您认为这个字母有特殊意义吗？"

巴亚尔很诧异地看到老师几乎是立刻就接了口：

"Q.，是父亲的形象，因为他给邦德提供武器，而且教他怎么用，他向邦德传授技能。从这个角度来说，他本来也可以被叫作F.，父亲Father的F……但如果各位仔细观察过Q.出现的场景，你们会看到什么？邦德在他面前心不在焉，无礼莽撞，散散漫漫，从不认真听（或装作不认真听）。每个场景的最后，Q.都会问他：'有问题吗？'（或者变化一下：'明白了吗？'）但是邦德从来没有问题；他看似差生，其实理解力出众，已经完全领会了谈话内容。因此，Q.意味着问题questions，Q.希望邦德能提问，但邦德总不令他如愿，就算提，也是开玩笑一般，从来都不是Q.所期待的问题。"

另一个学生说："而且Q.在英语里的发音是kiou，和'队伍'queue的发音相似。就像买东西似的：人们在出售新奇玩意儿的商店门口排队，等待接受服务。这是两个动作场面之间的闲趣片段。"

年轻的老师激动得挥舞着手臂："太棒了！角度很新颖！见解很独到！请大家记住，符号永远都不止一种解读，词语的多义性是一口深不见底的水井，荡起绵延不绝的回声：词语的意义是永不枯竭的，即便只是一个字母，也是如此。"

老师看了看手表："今天就到此结束，谢谢大家。下周二，我们一起来研读邦德的服装。当然咯，先生们，你们最好能穿着礼服前来（教室里一片笑声）；小姐们呢，最好穿着乌苏拉·安德丝①的比基尼（口哨声、女生们的抗议声）。好了，下周见！"

学生们纷纷离开教室，巴亚尔走到年轻教师面前，莫名其妙地咧嘴怪笑，说："就是你了，你来替那个秃头吧！"

# 11

"警官，容我把话说清楚。我不是研究巴特的专家，也不是真正意义上的符号学家。我有历史小说方向的现代文学博士文凭，目前正在写一篇关于语言行为的语言学论文，也负责

---

① 乌苏拉·安德丝：007系列电影中著名的邦女郎。

上作业辅导课。这个学期，我负责上一门关于形象的符号学专业课，去年我上了一门符号学入门，是针对大一学生的入门作业辅导课；我向他们讲解了语言学的基础，因为这正是符号学的基础。我跟他们谈了谈索绪尔、雅各布森，一点奥斯汀，一点希尔勒，我们主要学习的还是巴特，因为他的理论最好入门，而且他经常从大众文化中选择研究主题，相比他对拉辛或夏多布里昂的文学批评，这更能引起学生的兴趣，因为这些学生是学传播学的，不是学文学的。研究巴特的时候，我们可以大谈特谈牛排薯条、最新款的雪铁龙、詹姆斯·邦德……这些切入点有趣得多，也比较符合符号学的定义：这是一门用文学批评方法研究非文学事物的学科。"

"他没死。"

"抱歉，您说什么？"

"您刚才说'可以'，用的是过去时，好像现在已经不可能了。"

"嗯，不是，我不是这个意思……"

西蒙·赫尔佐格和雅克·巴亚尔并排走在学院走廊里。年轻教师一手拎着书包，一手抱着一摞复印文件。有个学生递过来一张传单，他摇头示意不要，学生骂他是法西斯分子，他回之以一个认罪的微笑，然后纠正巴亚尔：

"就算他死了，他的方法还是可以沿用的，您知道……"

"为什么您认为他可能死了？我没有跟您说过他的伤势。"

"嗯，怎么说呢，我想一般普通的车祸不需要警官来调查，所以我推断这个案子比较重大，情况比较复杂。"

"车祸的情况比较清楚，伤者的状态也几乎不需要担忧。"

"啊？嗯，这个，您看得出来我很高兴听到这个消息，警官……"

"我没有说过我是警官。"

"没有吗？我以为凭巴特的知名度，给他派个警官也是需要的……"

"我前天才听说这个人。"

年轻的博士不作声了，看上去被驳得无言以对，巴亚尔感到颇为得意。有个穿短袜凉鞋的女学生递给他一张传单，上面写着：独幕剧，《等待戈达尔》。他把传单塞进口袋，问西蒙·赫尔佐格：

"您对符号学知道多少？"

"唔，是关于社会生活中符号生命的研究？"

巴亚尔又想到了《解读罗兰·巴特》，不由得咬了咬牙：

"法语怎么说？"

"这个……这是索绪尔给的定义……"

"这个叫索绪尔的，他认识巴特？"

"呃，不是，他已经死了，他是符号学的创始人。"

"唔，明白了。"

其实他什么都没明白。两个人穿过餐厅。说是餐厅，其实就是个棚屋，充斥着香肠、可丽饼和香草的味道。一个穿紫色长靴的男人笨手笨脚地站在一张桌子上，嘴里叼着烟，一手拿着杯啤酒，正在高谈阔论，一群年轻人围着听他说话，目光闪闪。西蒙·赫尔佐格没有办公室，只能请巴亚尔在餐厅坐下，并下意识地递过去一支烟。巴亚尔拒绝了，掏出自己的烟，继续提问：

"说具体点，这门……学科？它到底有什么用？"

"呃……这个……理解现实？"

巴亚尔难以察觉地做了个鬼脸：

"怎么说？"

年轻的博士思考了几秒钟，暗自评估对方的抽象化能力显然比较有限，据此得调整自己的回答，否则的话，两个人完全可能驴唇不对马嘴地讲几个钟头。

"其实不难理解。我们身边有许多事物都有一种，嗯，使用功能，您明白吗？"

对方敌意的沉默。餐厅的另一头，穿紫色长靴的家伙向他年轻的拥趸们解释着"68年"的街垒对战，从他嘴里说出来，好像是电影《疯狂麦克斯》和伍德斯托克音乐节的混合物。西蒙·赫尔佐格尽其所能地把回答简化："椅子是用来坐的，桌子是用来就餐的，办公桌是用来工作的，衣服是用来保暖的，等等。明白了？"

冰冷的沉默。他继续说：

"但除了使用功……嗯……用途以外，它们还具备一种象征的价值……您可以理解为好比它们还能开口说话：它们能告诉我们一些内容。比方说，您正坐着的这张桌子吧，设计感为零，木质很差，框架生了锈，这些都告诉我们，我们身处的这个机构，对舒适和审美毫无要求，也没有多少钱。加上这股子难吃的饭菜的味道、大麻的味道，我们可以确定是在大学里。同样的，您穿衣的方式指出了您的职业：您穿着西服，透露出您有个管理级别的职位，但您的西服看着廉价，意味着工资不高以及/或者不修边幅，因此您的职业对外表要求不高，或者没有要求。您的鞋磨损得厉害，您又是开车来的，说明您的工作需要实地跑，而不常坐办公室。一个不待在办公室的管理人员，那就很有可能从事监察工作。"

"唔，我懂了。"巴亚尔说完，又陷入了长久的沉默。（在这期间，西蒙·赫尔佐格听到那个穿紫色长靴的男人向他痴迷的听众讲述，当时他作为"斯宾诺莎主义武装派"的领导，如何带领本派战胜了"年轻的黑格尔信徒"。）"可是，我知道我自己在哪里，入口处写着'万森纳大学—巴黎八大'呢！而且刚才下课时我去找您，给您看了我的证件，上面写着'警察'二字，所以我还是不明白您想说些什么。"

西蒙·赫尔佐格开始出汗。这场对话让他想起痛苦的口试。不要慌张，集中精神，不要在意一分一秒的沉默，忽略考官和蔼表象下的施虐倾向，因为内心深处，考官会为自己体制上的高人一等而沾沾自喜，也为被迫重温他本人曾亲身体验的场景而感到痛苦。年轻的博士飞速地思考着，仔细观察着对面的男人，动用自己所学，步步推演，感觉一切就绪后，又等了几秒钟，他才开口说：

"您参加过阿尔及利亚战争，结过两次婚，和第二任妻子已经分开。您有一个不到20岁的女儿，你们俩关系有点紧张。上一次的总统大选中，您两轮都选了吉斯卡尔，明年您还会选他。您在执行任务中失去了一个搭档，可能是由于您的过失，总之您为此感到自责，或感到很不自在，但上级认为您没有责任。您去电影院看了最新的007电影，但您还是更喜欢在电视上看麦格雷探长或是利诺·文图拉的电影。"

长长的、长长的沉默。在房间另一头，斯宾诺莎的代言人在人群的欢呼声中讲述他和他领导的队伍如何战胜了"玫瑰傅立叶"。巴亚尔用苍白的声音低喃道：

"您凭什么这么说？"

"很简单！（又是一阵沉默，但这回是年轻教师精心设计的。巴亚尔没有催促，只是右手手指轻轻颤动着。长靴男开始清唱滚石乐队的一首歌。）刚才在教室里，您课后来找我，站着的时候本能地没有背对着门，也没有对着窗。这不是在警校能学到的东西，而是在战场上学的。这样的条件反射说明您的戎马生涯不是服个兵役那么简单，而是给您留下了深深的印象，使您保留了一些无意识的习惯，因此您很可能上过战场，从您的年龄看，打印度支那太年轻了，所以我认为您应该去过阿尔及利亚。您是警察，因此肯定是右派，您对学生和知识分子的反感（从对话一开始就表露无遗）验证了这一点。但作为一名老兵，戴高乐承认阿尔及利亚独立对您来说是一种背叛，因此您不会投票给戴高乐主义者沙邦，而理性（您的职业要求具备这一品质）也使您不会投票给勒庞这种不起眼的、进不了第二轮大选的候选者，那就只有吉斯卡尔了。您孤身一人前来，而警界规定任何警察必须两人以上共同行动，说明您获得了一种特权，只有重大原因——如损失搭档——才会得到的特权。这件事给您造成了极大的创伤，使您无法接受新的搭档，上级不得不允许您单独行动。这样您就可以把自己当作麦格雷，看看您的风衣，不管是否有意，您应该是把麦格雷作为一个参照（穆兰警官穿皮衣，对您来说大概太年轻了；至于詹姆斯·邦德呢，要穿得跟他一样您又没那么多钱）。您的戒指戴在右手，但左手也留有戒指印。您可能是不想重蹈第一次婚姻失败的覆辙，某种程度上说，这有点辟邪的意味。可事实不如人意，现在才上午，您的衬衫就已经皱巴巴的了，说明没有人为您熨衣服，而按您身处的小资产阶级家庭的模式，如果您太太仍然跟您生活在同一屋檐下，她肯定不会让您穿着没有熨过的衬衫出门的。"

接下来的沉默仿佛可以延续24小时。

"那我的女儿呢？"

博士故作谦逊地挥了下手：

"这个解释起来可就长了。"

其实呢，他只是凭空发挥了一下，仅仅因为加上一个女儿会让情景显得更完整。

"好吧，跟我来。"

"抱歉，去哪儿？您要逮捕我？"

"我要征用您。比起一般的长头发，您看起来没那么蠢；而且我需要一个翻译来给我解释一下这些乱七八糟的东西。"

"可是……不行，很遗憾，我不能！我要准备明天的课，我要写论文，还要去图书馆还书……"

"你给我听着，小子：你跟着我，明白吗？"

"可……去哪儿呢？"

"讯问嫌犯。"

"嫌犯？我，我以为这是个意外！"

"我是说目击证人。咱们走！"

围绕着长靴男的那名年轻人有节奏地高呼着"斯宾诺莎干掉黑格尔！斯宾诺莎干掉黑格尔！打倒辩证法！"巴亚尔和他的新助手一起走出去，与一群示威者擦身而过，后者高喊着"巴丢与我们同在！"显然要与斯宾诺莎主义者一决高下。

# 12

罗兰·巴特家住塞万多尼街，毗邻圣叙尔皮斯教堂，两步开外就是卢森堡公园。我将把车停在11号大门口，巴亚尔的标致504也曾经停在同一个地方。如今复制粘贴维基百科词条已经成为惯例，我就为您省去这一步吧：这里最初是某某意大利建筑师为某某布列塔尼主教设计的官邸，等等。

这是一栋漂亮的房子，白石砌筑，铸铁大门。大门口有个万喜公司的雇员正在安装电子门锁（"万喜"当时还不叫这个名字，是通电公司下属的一个子公司；而通电公司就是阿尔卡特的前身，但这些信息赫尔佐格是不可能知道的）。我们现在要穿过庭院，走右手边门房后面的B号梯。巴特家有两套公寓，一套在三楼，一套在六楼，另外七楼还有两间并排的阁楼作为他的书房。巴亚尔问门房拿钥匙，西蒙·赫尔佐格问巴亚尔他们所为何来，巴亚尔自己也不知道，他们爬楼梯上去，因为这儿没电梯。

三楼的公寓装潢陈旧，有木制的自鸣钟，房间干净整齐，有一间作为书房用，床边放着一台半导体收音机和一部《墓畔回忆录》，但巴特基本上还是在七楼的阁楼工作。

在六楼的公寓里，两人受到了巴特弟弟及弟媳的接待。巴亚尔注意到弟媳是阿拉伯人，而西蒙则注意到她很美。主人邀请客人喝茶。巴特的弟弟解释说三楼和六楼的公寓是一模一样的。巴特和他以及他们的母亲曾一起住在六楼，但后来母亲生病了，无法爬那么高的楼，正好三楼的公寓在出售，巴特就买了下来，陪母亲住在了三楼。罗兰·巴特交游广、活动多，尤其是母亲去世后。但巴特的弟弟对与他往来的人一无所知，只知道巴特经常去花神咖啡馆，在那儿进行工作上的约见，也在那儿会友。

七楼其实是两间相邻的阁楼并作了一间两室户。有一张架在支架上的桌子作为书桌，一张铁床，一角做饭的灶台，冰箱上放着日本茶，书摊得到处都是，好几个半满的烟灰缸，边上放着一些咖啡杯；跟楼下的公寓相比，这儿更旧、更脏、更乱，但有一架钢琴、一台留声机、一些古典音乐碟（舒曼、舒伯特），一些鞋盒，里头装着纸、钥匙、手套、卡片、文章断片。

七楼与六楼之间有扇活动门，不用走到外面楼梯就能互通。

西蒙·赫尔佐格在墙上认出了巴特的最新作品《明室》中的一些奇怪照片，其中一张泛黄的照片是一个小女孩在冬天的花园里，这是巴特至爱的母亲。

巴亚尔让西蒙·赫尔佐格扫一眼纸和书架。西蒙难逃全世界所有文学从业者的通病，第一次上别人家，总是要好奇地看看人家书架上有哪些书，即便有时这并不是他们登门拜访的本意。巴特的书架上有普鲁斯特、帕斯卡尔、萨德、永远的夏多布里昂，当代作家比较少，除了几本索莱尔斯、克里丝蒂娃和罗布-格里耶。其余的就是字典、批评作品，托多洛夫、热奈特，还有语言学著作，索绪尔、奥斯汀、希尔勒……书桌上的打字机里夹着一张纸。西蒙·赫尔佐格读了一下标题：《我们总是无法谈论所爱》他飞快地浏览了一下文稿，是关于斯丹达尔的。巴特曾坐在这张书桌前，思考斯丹达尔、爱、意大利，完全不曾意识到自己打字时流逝的每一个小时，都离他被洗衣店卡车撞倒的时刻更近了一点。想到这里，西蒙不由得心生感慨。

打字机边上搁着一本雅各布森的《普通语言学随笔集》，书里夹着一张书签。在西蒙·赫尔佐格眼里，这就像是紧握在被害人手中的一块停止的表：当巴特被车撞倒时，他的关注点正在这里呢！说得细一点，他正在重读关于语言功能的章节。说是书签，其实是一张纸被一折为四。西蒙展开这张

纸，发现上面记了很多笔记，字密密麻麻，他懒得辨认，只把
纸重新折好，小心翼翼放回原位。希望巴特病愈回家时能找到
自己原先正在读的那页。

书桌一角，有几封信打开了，更多的信还没拆，散落
的纸片上草草涂着几笔刚才那种密集的笔迹，几期《新观察
家》，一些文章和照片剪报，香烟像木材一样堆叠着。西蒙感
到一阵伤感。巴亚尔在铁床底下翻查，西蒙凭窗而立，看到楼
下停着一辆黑色的DS，不由得对这一幕代表的象征意义微笑
起来，因为DS正是巴特《神话学》里最著名的举例，也是这
部作品的标志，被印在了书的封面上。楼下，万喜的员工为了
安放电子门锁正在石头墙上钻洞，声音一直上传到西蒙耳朵
里。天空发白，视线越过楼宇，投向远处，卢森堡公园的树木
依稀可辨。

巴亚尔从床底下找出一堆杂志，放在书桌上，把西蒙从
冥想中拉回现实。这些杂志并不是往期的《新观察家》，巴亚
尔不怀好意却又颇为满意地对西蒙嚷道："没想到这家伙喜欢
鸡巴啊！"杂志在赫尔佐格面前排开，封面上都是男人的裸
体，或青春或强壮，一个个摆好姿势，神情放肆地直视着西
蒙。我不清楚当时巴特同性恋的取向是否广为人知，他写自
己最畅销的作品《恋人絮语》时，故意不点明恋爱对象的性
别，而是尽其所能用中性的表述方式，如"伴侣""对方"
（从语法上讲，这些词汇反复出现时用到的代词是"他"，因
为法语里中性的代词是阳性的，巴特就这样不动声色地达到了
目的）。我知道福柯一直以权利诉求的姿态大胆表明自己的同

性恋取向，反之，巴特则向来谨慎，或许还有点以此为耻，至少母亲在世时，他一直勉力维持着表象。我想因为这一点，福柯颇有点怨恨和鄙视他。但我并不清楚在公众或高校圈子里，关于巴特的性取向谣言是否有过流传，或者成为一个公开的秘密。无论如何，即使西蒙了解实情，他也不认为在查案的这一阶段有必要让巴亚尔警官知道。

　　巴亚尔警官冷笑着把一本名为《性吟步履》的杂志中间的折页展开来，正在此时，电话铃响了。巴亚尔不笑了，把杂志搁在桌上，一动不动，也不再去展开折页。他和西蒙面面相觑，杂志插页上的漂亮小伙子翘着阴茎望着他们俩，而电话铃继续响个不停。等铃声响过几下，巴亚尔拿起听筒放到耳边，一言不发。西蒙看到他沉默了几秒钟，也听到了电话那头的沉默，不自觉地屏住了呼吸。巴亚尔终于开口："喂？"而电话里传来挂听筒的声音，随后就是表明通话中断的"嘀——嘀——"声。巴亚尔挂了电话，一脸困惑。西蒙傻傻地问："打错了？"通过敞开的窗户，外面马路上传来汽车引擎发动的声音。巴亚尔带上那些色情杂志，两人走出了房间。西蒙想："我应该把窗关上才对，要下雨了。"而雅克·巴亚尔则想："这些被鸡奸的基佬书呆子……"

　　他们按响了门房的门铃，想还钥匙，却无人应答。装电子门锁的工人提议他可以代为归还，但巴亚尔宁愿上楼把钥匙给了巴特的弟弟。

　　他下楼时，西蒙正和那工人抽着烟。两人走到街上，巴亚尔没去开他的车。"我们去哪儿？"西蒙问。"花神咖啡馆。"巴亚尔回答。"您注意到了吗？那个装门锁的工人有斯拉夫口音。"西蒙对他说。巴亚尔嘟哝了一句："只要他不是那个撞人的司机，我才不管他呢！"他们穿过圣叙尔皮斯广场，与一辆蓝色的福果擦身而过，巴亚尔用专家的口吻点评道："这是雷诺的新车，刚出来不久。"西蒙下意识地想到，这么一辆车，那些造车的工人哪怕10个人合买也承受不起。他沉浸在自己的马克思主义思考中，没有留意车上坐着两个日本人。

# 13

在花神咖啡馆，他们看到一位娇小的金发女郎，身边坐着个男人，斜视，戴着厚厚的眼镜。他身形瘦弱，相貌丑陋，巴亚尔觉得似曾相识，但这人不是他们此行的目的。巴亚尔在咖啡馆里找出所有30岁以下的男人，一一询问。大多都是男同性恋圈子里的牛郎。他们认识巴特吗？所有人都认识。巴亚尔一个一个问过去，而西蒙则用眼角偷偷观察萨特：他看上去身体一点都不好，一边抽烟一边咳个不停。弗朗索瓦丝·萨冈关切地为他捶背。最后一个见到巴特的是个摩洛哥小伙子：巴特当时和一个陌生面孔谈了些什么，后来就一起走了，他不知道他们做了什么，也不知道他们去了哪儿，也不知道这个新面孔住在哪儿，但他知道今晚去哪儿能见到这人：狄德罗浴室，里昂车站附近的一个桑拿房。西蒙很惊讶："桑拿房？"忽然，一个戴围巾的疯疯癫癫的男人闯进来，向咖啡馆里的众人喊道："看着我，你们这些秋后的蚂蚱！让我告诉你们真相吧：资产阶级要么执政，要么灭亡！喝吧，为你们的社会干杯吧！蹦跶吧！再蹦跶一会儿吧！驱逐吧！没落吧！博卡萨①万岁！"一些对话中断了，咖啡馆的常客们淡然地扫了一眼此人，游客们兴致盎然，但并不明白发生了什么，侍者们视若无睹，继续服务。怪客像表演戏剧一般夸张地挥动手臂，对着冥冥中的假想观众，得意洋洋地预言道："同志，不用奔跑，旧世界就在你面前！"

巴亚尔问这是何方神圣；牛郎说此人名叫让-艾登·阿利耶，是个贵族作家，常常哗众取宠，还声称如果明年密特朗当选总统，他就会加入内阁成为部长。巴亚尔记下了此人长着倒V形嘴，蓝眼睛闪闪发亮，典型的贵族或大资本家口音。他回到原来的问题上：这个和巴特在一起的新面孔长什么样？摩洛哥小伙子答道：是个阿拉伯人，南方口音，戴个小耳环，头发垂到脸上。让-艾登还在乱七八糟地大声叫嚷，鼓吹生态、安乐死、自由电台、奥维德的《变形记》。西蒙看着萨特，萨特看着让-艾登。让-艾登也看到了萨特，浑身颤抖起来。萨特盯着他陷入沉思，萨冈像同传译员一样在萨特耳根说着悄悄

---

① 博卡萨：中非共和国军事统治者，前中非帝国皇帝（1977～1979），当政时实行残暴统治，被政变推翻，后因心脏病死于法国。

话。让-艾登眯起双眼——配上厚厚的鬈发，这使他看上去更像一个爱打听的冒失鬼了——停顿了几秒钟，仿佛思考了一下，随后神情激昂地大声说："存在主义是一种毒素！第三性万岁！第四性万岁！不能让穹顶咖啡馆陷入绝望！"巴亚尔让西蒙陪他去狄德罗浴室，找那个不知名的牛郎。让-艾登·阿利耶在萨特面前站定，行了个纳粹礼，嘴里喊道："嗨！阿尔都塞！"西蒙反驳说未必需要他在场。萨特咳嗽着，又点了一支烟。巴亚尔说恰恰相反，有个娘炮书呆子在身边，对他找到嫌疑人作用会很大。让-艾登开始用《国际歌》的旋律唱小黄调。西蒙说现在来不及买泳衣了，巴亚尔冷笑一声说没这必要。萨特展开《世界报》，做起了填字游戏（他眼睛几乎瞎了，靠萨冈帮他念谜面）。让-艾登发现了外面路上的什么东西，快步冲出去高喊："现代！我要在你身上拉屎！"已是晚上7点，夜幕低垂。巴亚尔警官和西蒙回巴特家门口取车，巴亚尔从挡风玻璃上取下三四张罚款单，驱车向共和国广场开去，后面跟着一辆黑色的DS、一辆蓝色的福果。

# 14

雅克·巴亚尔和西蒙·赫尔佐格腰间系着一块白色浴巾，在桑拿房的蒸汽中溜达，与周遭那些汗津津的身体匆匆擦身而过。因为担心惊扰了戴耳环的牛郎，警官没有亮明身份，他把名片留在了更衣室。

说实话，他们看上去还真像一对：年长的魁梧，汗毛浓密，目光如炬；年轻的瘦削，皮肤光滑，神情躲闪。西蒙既惊又怯的模样很是引人注目，不少人直盯着他看，或是在他经过时转身目送；而巴亚尔也在一定程度上获得了成功。两三个年轻人向他投来挑逗的目光，有个大汉远远地凝视他，手握着自己的性器：硬汉风看来还是有市场的。被这群基佬当作同类，巴亚尔不知作何感想，但他即便心中动怒，也凭着职业精神很好地隐藏起情绪，只流露出一点敌视的神情，把所有暧昧的试探都拒之以千里之外。

整个建筑分成好几个部分：除桑拿房外，还有土耳其浴室、泳池以及形状各异的密室。来这儿的人也是鱼龙混杂，各个年龄、各种身材的人齐聚一堂。但对警官及其临时助手来说，要在这儿找到目标可不容易：一半男人都戴着耳环，30岁以下的更是百分之百，而且几乎全是北非人。不幸的是，头发也不能作为辨认的标识：在这样的环境下，看不出哪些年轻人有垂到脸上的长刘海，因为头发一旦湿了，所有人都会下意识地把它捋到脑后。

只剩最后一个标识：南方口音。但这意味着他们早晚得让人开口说话。

桑拿房一角的陶瓷凳上，两个年轻美男子拥抱着互相手淫。巴亚尔小心地探头到两人上方，看他们有没有戴耳环。戴了，两个都有。但如果他俩都是牛郎，这么做岂不是彼此浪费时间？可能吧，巴亚尔从没有在便衣警队工作过，不是社会风俗的专家。他拉着西蒙巡视了一番，这里能见度很低，灯光暗淡，水蒸气结成一团厚厚的雾，有些人躲在密室里，身影透过格子窗隐约可辨。他们碰到了一个面容痴傻、四处摸人性器的阿拉伯人，两个日本人、两个头发油腻的小胡子、遍布文身的彪形大汉、神情猥亵的老头、媚眼如丝的小年轻。他们把浴巾裹在腰间或搭在肩膀上，泳池里所有人都赤身裸体，有些人勃起了，有些人没有。这里的人也是形形色色，巴亚尔试着从中找了四五个戴耳环的人，指着其中一个让西蒙去搭讪。

西蒙·赫尔佐格明知其实巴亚尔自己去问更合适，但看到警察那坚定的神色，他就明白多说无益。他笨拙地靠近那牛郎，向对方问好，声音发颤。对方微笑着，但没开口。离开教室的西蒙是一个腼腆的人，在打情骂俏上从来不在行。他勉强说了两句，话一出口，就觉得都是不合时宜的蠢话。对方一言不发，拉着他的手往密室走去。西蒙只能跟着他，他清楚自己必须随机应变，于是他干巴巴地问："你叫什么名字？"对方说："帕特里克。"名字里没有 o 也没有 eu，不足以听出他是否有南方口音。西蒙跟着年轻人进了一间小密室，对方揽着他的腰，在他面前跪下。必须让对方开口说一句完整的话，西蒙这样想着，他含糊地问道："你不想让我来吗？"对方说不想，手已伸到了西蒙的浴巾下面，西蒙全身颤抖，浴巾落了下来。他惊奇地发现，自己的性器在对方手中隐有抬头之势。他决心要拿出自己的最后一招了："等等，等等！你知道我想怎样吗？"对方问："怎样？"还是音节不够多，听不出口音。"我想干你!"对方吃惊地看着他。"可以吗?"帕特里克回答:"可以,但你得多付钱!"没有南方口音。西蒙抓起浴巾就跑,说:"算了!要不下次吧?"可以想见,如果他整晚都要用同样的方式去应付在桑拿房里转来转去的10来个牛郎,那这个夜晚未免太漫长了点。他又遇到了摸人下身的阿拉伯傻子、两个日本人、遍布文身的彪形大汉、多情的美男子,最后终于回到巴亚尔身边。就在这时,一个洪亮、威严、鼻音浓重的声音在他耳边响起:"一个秩序的奴仆,居然在代表生命权力的场所展示其用来镇压人的肌肉?天底下的新鲜事可真多啊!"

巴亚尔身后的木头椅子上坐着一个秃顶男人,全身赤裸,身体瘦削,脸型棱角分明,两臂伸开搭在椅背上,两腿大张,有个纤细的年轻男人正跪在他两腿间为他口交。年轻男人单耳戴耳环,头上却是短发。"您有什么有趣的发现吗,警官?"米歇尔·福柯问道,打量着西蒙。

巴亚尔藏起了自己的惊讶,却不知该如何作答。西蒙瞪大了双眼。叫喊和呻吟在密室里回荡,冲淡了沉默。两个小胡子手牵手栖身在阴影里,偷偷注视着巴亚尔、西蒙和福柯。摸下身成瘾的阿拉伯人四处溜达,两个日本人把浴巾包在头上,作势要去泳池游泳。文身男上前与年轻美男子攀谈,或是反过来。米歇尔·福柯问巴亚尔:"您觉得这地方如何,警官?"巴亚尔不回答,一时间只听得到密室里"啊!哦!"的回声。福柯又说:"您是来这儿找人的,而且看起来已经找到了。"他指了指西蒙·赫尔佐格："您的阿尔西比亚德①！"
密室里"啊！哦！"声不断。巴亚尔说："我是来找一个在巴
特车祸前不久见过他的人。"福柯抚摸着跪在他腿间奋力工
作的年轻人的头："您知道吗，罗兰有个秘密……"巴亚尔
问是什么秘密。密室里的浪淫声越发激烈。福柯向巴亚尔解
释道：巴特是以西方观念看待性的，也就是说既把它作为一
种秘密，又把它作为一种必须破除秘密的东西。他说："罗
兰·巴特，是一只想成为牧师的羔羊！而且他真的做到了！
一位非常出色的牧师！不过是在其他所有层面上。在性的方
面，他始终都是羔羊。"密室里哼哼哈哈的淫声浪语此起彼
伏。摸鸟癖阿拉伯人偷偷把手伸到西蒙浴巾下面，被西蒙轻
轻推开后，他又转向两个胡子大叔。福柯继续："巴特骨子
里是基督徒性格。他之前常到这儿来，就像最早一批基督徒
做弥撒一样：一无所知，却满怀热忱。虔诚相信，却不问缘
由。（密室里："是的！是的！"）同性恋让您恶心，是吗警
官？（"用力！再用力！"）可正是你们这些异性恋创造了我
们。'男同性恋'这个词在古希腊是不存在的：苏格拉底可以
尽情地进入阿尔西比亚德，没人认为他是恋童癖，希腊人有着
比'青年的堕落'更高明的思想……"

　　福柯闭目后仰，巴亚尔和西蒙都分不清这究竟是陶醉于
欢愉，还是陷入了沉思。而密室的"合唱"仍此起彼伏着：

---

① 阿尔西比亚德：古希腊雅典时期的政治家、将军，据说与苏格拉底
　有过同性爱欲关系。

"哦！啊！"

福柯再度睁开双眼，仿佛一下子想起了什么："然而希腊人也有局限性。他们否认年轻一方能从中获得快感。当然，他们无法禁止这种快感的获取，可也并不试着去理解，于是最终就跟我们一样：他们满足于礼仪，并用它取代了欢愉。（密室里："哦不！不！不！"）不管怎么说，礼仪永远是强制的最有效方法……"他指指自己的胯下："就像马格利特①说的，这不是一只烟斗，哈哈！"然后抬起在他腿间奋战的年轻人的脸："可是你，你就喜欢舔我，是吗，哈米德？"年轻人慢慢点头。福柯温柔地看着他、摩挲着他的脸颊，说："你剪短发很好看。"年轻人微笑着回答："谢谢哎！"

巴亚尔和西蒙伸长耳朵，他们不确定有没有听清楚，但年轻人又说："你真好，米歇尔，你有个片（漂）练（亮）的鸡巴，老混蛋！"

---

① 马格利特：比利时画家，在其著名的烟斗系列中，他在绘有烟斗的画中写下了"这不是一只烟斗"的句子。

# 15

没错，他几天前见到了罗兰·巴特。不，他们之间没有性关系。巴特用"划船"来指代性关系。但他不算很热衷，他比较感性，他在穹顶咖啡馆请自己吃了份煎蛋，然后执意带自己回家。两人喝了杯茶，没谈什么特别的。巴特话不多，是深思熟虑的一个人。离开前巴特问他："假如你是世界的主宰，你会做什么？"年轻的牛郎回答说，他会废除所有的法则。巴特问："包括语法法则吗？"

# 16

萨尔佩特里埃尔医院大堂里寂静一片。罗兰·巴特的朋友，仰慕者，认识他的，对他好奇的，每天络绎不绝出现在他病床前。这些人挤满医院大堂，低声闲谈，手中一支烟，一个三明治，一份报纸，一本居伊·德波①的书或米兰·昆德拉的小说。就在此时，忽然来了三个人：一个身材娇小的短发女人，看上去精力十足；两边两个男人，一个穿着白衬衫，衣襟敞开，黑色长大衣，黑发飞扬；另一个有点吊儿郎当，嘴里叼着烟斗，头发是浅褐色的。

这支三人队伍毅然决然地冲开人群，人们似乎感到将有什么大事发生。空气中弥漫着诺曼底登陆的严峻气氛，他们闯入了昏迷病患的那栋楼。大堂里，为巴特而来的访客们用询问的目光注视着他们，其他访客也一样。五分钟不到，就传来了高声呼喝："他们这是草菅人命！草菅人命！"

从死亡国度回来的三名复仇天使怒不可遏："这是个等死的地方！简直耸人听闻！他们把他当成了什么？怎么没人早点通知我们！我们要是早点来就好了！"此时堪称法兰西知识分子历史上的重要一刻，真遗憾没有摄影师在现场留下不朽的影像：克里丝蒂娃、索莱尔斯、贝纳尔·亨利-莱维，正在斥责医护人员居然把他们伟大的朋友、如此尊贵的罗兰·巴特置于完全不相称的恶劣条件下。

您可能会惊讶于贝纳尔·亨利-莱维的出现，但是没错，早在那个时代，他就初露锋芒了。巴特用一种晦涩但毕竟是正式的措辞称其为"新哲学家"——这一做法受到了德勒兹的猛烈抨击。按照朋友们的说法，巴特一直是个软弱的人，不懂得拒绝。1977年，贝纳尔·亨利-莱维的著作《人情面孔的野

---

① 居伊·德波：法国思想家、导演，情境主义代表人物。

蛮》出版，他给巴特寄了一本样书，巴特回之以礼，对风格大加颂扬，对内容一带而过。不过没关系，贝纳尔·亨利-莱维把巴特的这封信发表在了《新文学报》上，并搭上了索莱尔斯。如今不过短短三年，他就义正词严地在萨尔佩特里埃尔医院为伟大的批评家朋友巴特声援了。

然而，就在他和他的两位同伴揪住可怜的医护人员继续怒斥时（"要立刻让他转院！转到美国医院去！快给努伊区的医院打电话！"），两个穿着不合身西装的身影溜进了走廊，没人留意。在场的雅克·巴亚尔有点吃惊地看着那个穿黑色大衣的褐发高个男人挥舞着手臂，另外两人叽叽喳喳个不停，不知所措。西蒙·赫尔佐格在他身边，履行着自己最初被交付的任务，像做同声传译一样凑在巴亚尔耳边，向他解释这几位都是什么人。而那三个复仇者呢，一边责骂，一边穿过医院大堂，走位看似一个不规则的格子，但保不准其实遵循着某种策略性的舞姿呢！

他们仍旧叫嚷着（"你们知道他是谁吗？你们觉得可以像对普通病人一样对待罗兰·巴特吗？"这些人啊，总是如此，对特权孜孜以求成了区分他们的标识……），而那两个衣着寒酸的身影重新出现在大堂里，随后悄悄消失了。三个人继续坚守阵地，直到一名金发的美腿护士慌慌张张地跑过来，向医生低声耳语了几句。随后一群人动了起来：互相推搡着挤进走廊，飞快涌向巴特的病房。大批评家躺倒在地，管子拔掉了，线也都扯掉了，薄如纸的病服下露出软软的屁股。他在被翻过来的时候发出抱怨声，目光慌乱地扫来扫去，随后他一眼看到了随后赶来的雅克·巴亚尔，立刻以超人的力量直起了身体，抓住巴亚尔的外套，强迫他蹲下来，以虚弱但明晰的、低沉得像菲利普·诺瓦雷①的声音断断续续地说：

"索菲亚！她知道……"

他看到克里丝蒂娃站在门口，挨着那个金发护士，他目光牢牢盯着她，房间里所有人——医生、护士、朋友、警察——都定住了，被他强烈而狂乱的目光镇住了。随后，他失去了意识。

医院外，一辆黑色的DS车忽然启动，轮胎摩擦地面嘎吱作响。待在大堂里的西蒙·赫尔佐格没有注意到。

巴亚尔问克里丝蒂娃："您就是索菲亚吗？"克里丝蒂娃说不是，但她看警官仍等着她说下去，就补充道："我叫朱莉亚（Julia）。"其中j和u的发音按照法语发成了腭化音。巴亚尔隐约辨出她的外国口音，猜测她可能是意大利人，或者是德国人，也可能是希腊人，要不就是巴西人，再不然就是俄国人。他觉得这个女人神情冷硬，他不喜欢她向自己投来的锐利目光，感觉她那小小的黑眼睛试图告诉他，她是个聪明的女人，比他更聪明，而且蔑视他这个笨蛋条子。他按部就班地问下去："职业？"她倨傲地回答："心理分析学家。"巴亚尔很想一巴掌扇上去，但忍住了，他还有两个人要问。

金发护士把巴特搬回床上，病人始终神志不清。巴亚尔安排了两名警员在病房前站岗，禁止一切探访，直到他下达新

---

① 菲利普·诺瓦雷：法国著名演员。

53

的命令。然后，他转身询问克里丝蒂娃的两个跟班。

姓名，年龄，职业。

菲利普·茹阿友，又名索莱尔斯，44岁，作家，朱莉亚·茹阿友（本姓克里丝蒂娃）的丈夫。

贝纳尔·亨利-莱维，32岁，哲学家，巴黎高等师范学院毕业。

案发时两人不在巴黎。索莱尔斯与巴特过从甚密……巴特曾给菲利普·茹阿友，也就是索莱尔斯的杂志《原样》写稿，几年前他们和朱莉亚一起去了趟中国……干什么去的？访学……巴亚尔心里说，这些该死的家伙。巴特写了几篇文章，赞扬索莱尔斯的成绩……巴特对索莱尔斯而言好比父亲，尽管有时人们觉得巴特才更像个孩子……克里丝蒂娃呢？巴特有一次声称，如果他要爱上一个女人，那就会是克里丝蒂娃……他很喜欢她……您难道不嫉妒吗，茹阿友先生？哈哈哈……不，我们跟朱莉亚之间不是那种关系……再说，可怜的罗兰，他跟男人们在一起已经不太幸福了……为什么？因为他不知该怎么做才好……他总是上当！……我明白了。那您呢，莱维先生？我非常敬仰他，他是个伟大的人。您也跟他一起出游过？我有好几个计划想跟他谈。什么计划？我想拍一部关于夏尔·波德莱尔的电影，想让他演主角；还想采访一下索尔仁尼琴；还想请愿上书，请北约去解放古巴。您能提供这些计划的证明材料吗？当然可以。我跟安德烈·格鲁斯曼谈起过，他可以为我作证。巴特有敌人吗？非常多，索莱尔斯说。人人都知道他是我们的朋友，而我们有很多敌人！谁？法西斯主义者！阿兰·巴丢！吉尔·德勒兹！皮埃尔·布尔迪厄！科内利乌斯·卡斯托里亚迪斯！皮埃尔·维达尔-纳凯！嗯，埃莱娜·西苏！（贝纳尔·亨利-莱维：是吗？她跟朱莉亚不对盘？索莱尔斯：是的……不……她因为玛格丽特的缘故嫉妒朱莉亚……）

玛格丽特，姓什么？杜拉斯。巴亚尔记下了所有这些名字。茹阿友先生认不认识一个叫米歇尔·福柯的？索莱尔斯开始像苦行僧一般原地转圈，越转越快，嘴里仍紧紧叼着长烟嘴，点燃的尾部在医院走廊里画出一圈圈优雅的橙色曲线："真相吗，警官先生？……这就是真相……全部的真相……福柯嫉妒巴特的名声……尤其嫉妒的是我，索莱尔斯，我喜欢巴特……因为福柯是最糟糕的那种暴君，家庭暴君……先生，您作为公共秩序的代表者，您不妨想象一下，唔，唔，福柯给我发出了一个最后通牒……'你必须在巴特和我之间做出选择！'……这就像是要在蒙田和拉波埃西……拉辛和莎士比亚……雨果和巴尔扎克……歌德和席勒……马克思和恩格斯……莫克斯和普利多尔①……毛泽东和列宁……布勒东和阿拉贡……劳瑞和哈迪②……萨特和加缪（呃，不，这对不算）……戴高乐和提克西埃-维尼昂库尔……计划经济和市场经济……罗卡尔和密特朗……吉斯卡尔和希拉克……"索莱尔斯转圈的速度慢了下来，他叼着烟嘴咳嗽了两声，"在帕斯卡

---

① 莫克斯和普利多尔：均为著名自行车赛车手。

② 劳瑞和哈迪：美国早期喜剧电影的著名搭档演员。

尔和笛卡儿……咳咳……特雷索尔和普拉蒂尼……雷诺和标致……马扎然和黎塞留……嘶……"就在人们以为他要停下来的时候，他又找到了新的灵感，"在左岸和右岸……巴黎和北京……威尼斯和罗马……墨索里尼和希特勒……猪肉肠和土豆泥……就像是要在这些东西中二选一一样。"

忽然，人们听到房间里传来声音。巴亚尔打开房门，看到巴特在睡梦中一边抽搐一边说胡话，护士试图给他掖好被子。他以"轻颤"方式说到"裂开，有若轻微地动，将意指作用的整体块料星形裂开的文"，谈起"意义的块团"阅读仅理解其光滑的表面，它由连贯句子的叙述过程流动的话语，日常语言的强烈的自然性，细微接合而成。

巴亚尔立刻叫来了西蒙·赫尔佐格，让他解释一下意思。巴特在床上越动越厉害。巴亚尔凑过去问他："巴特先生，您看清撞您的人了吗？"巴特疯狂地睁开双眼，一把揪住巴亚尔的脖子，声音惶急短促："将导引之文的能指切割为一连串短而紧接的碎片，我们称之为区别性阅读单位，以其为阅读单元之故。此类分割无疑随意至极；其不具方法论的责任能力，因为它面向能指，而有计划的分析则唯所指马首是瞻……"巴亚尔以目光询问赫尔佐格，后者耸了耸肩。巴特气势汹汹地咬着牙，齿缝间嘶嘶作响。巴亚尔又问："巴特先生，索菲亚是谁？她知道什么？"巴特看着他，似乎没有明白，又或者是太明白了，他继续用嘶哑的声音吟诵道："文于其巨大的规模上，犹若苍苍天穹，浅平，然又渊深，光滑如砥，无端涯，无标识；预言家以棍杖顶端勾画出一想象的长方形，于此焉，循某一法则，追睹鸟的飞翔，评注者亦犹如此，沿着文勾勒出阅读的区域，以探查其中意义的徙动，符码的露出，引用的白驹过隙。"赫尔佐格一脸迷惑，显然对这段天书无能为力，巴亚尔因此怒气冲冲。巴特忽然歇斯底里地大叫起来，好像他的全部生命都依赖于此："一切都在文章里！您明白了吗？找到文章！功能！啊，这太蠢了！"随后他又跌回枕头上，像朗诵一样机械地低语："阅读单位只不过是语义卷轴的包覆，复数之文的脊线，有若安设于话语之流下面潜在意义的护堤（然而系统化的阅读控制并坐实了潜在的意义）：阅读单位极其接合，遂形成了某类多面体，于其诸面上浇覆着词、词群、句子、段节，或者说，语言（语言是它的'自然'赋形剂）。"随后，他就昏了过去。巴亚尔拼命摇晃着他，想把他摇醒，金发护士不得不阻止了他，并又一次把人都赶出了病房。

巴亚尔问西蒙·赫尔佐格该怎么办，年轻的博士想跟他说不要在索莱尔斯和贝纳尔·亨利-莱维身上花太多功夫，但博士同时看到了一个机会，于是诱导说："我们应该从德勒兹开始问起。"

离开医院时，赫尔佐格不小心撞到了照顾巴特的金发护士。"哦，对不起，小姐！"护士愉快地对他微笑："没儿关系，先生。"

# 17

哈米德醒得很早。前一晚的蒸汽和药力仍极大地影响着他的身体，把他从糟糕的睡眠中早早唤醒了。他晕晕乎乎，全身无力，不知身在何处，过了好一会儿才想起来他是怎么来到这个陌生房间，又在这儿做了什么。他从床上溜下来，不去惊动旁边睡着的男人，套上无袖T恤，跳进立酷牌牛仔裤里，去厨房泡了杯咖啡，顺手从浴缸形的烟灰缸里拿起昨晚剩下的大麻，把它吸完，然后穿上黑白色的、心口处有个大写的红色F的泰迪·史密斯牌夹克衫，摔门而去。

外面天气大好，一辆黑色的DS停在空无一人的路边。哈米德呼吸着新鲜空气，听着随身听里"金发女郎"乐队的歌，没有注意到那辆DS启动了，紧跟在他身后。他穿过塞纳河，沿着植物园往前走，心想要是运气好的话，或许能在花神咖啡馆找人请他喝杯真正的咖啡。但在花神，他只看到了一些牛郎同事，两三个抠抠搜搜的老头，萨特也来了，抽着烟斗咳嗽着，面前围坐着一小群穿毛衣的大学生。于是哈米德向一个穿着风衣、牵着一条目光忧伤的比格犬的行人要了支烟，在还没开门的圣日耳曼酒吧门口把烟抽完。他身边聚集着一些年轻牛郎，看上去跟他一样睡得很少、喝得太多或抽得太多，而且大多数昨天都忘了吃饭。萨义德问他昨天有没有去"蓝鲸"；哈罗德跟他说昨天差点在"皇宫"跟阿曼达·丽尔①上了床；斯里曼昨天被人打破了脸，但没人知道原因。他们一致认同他们是让人讨厌的一群人，哈罗德有点想去蒙帕纳斯或奥德翁看《不巧得了一枚共和国勋章》，但下午两点前没有场次。马路对面，两个小胡子停好DS车，在利普餐厅点了杯咖啡。他们的西装皱巴巴的，好像昨晚是在车上睡的，伞也还带在身边。哈米德心想最好还是回家睡觉吧，可他又懒得爬六层；他又向一个刚从地铁走出来的黑人要了一支烟，边抽边考虑是不是要去趟医院。萨义德跟他说"巴巴"仍然昏迷着，但他想也许"巴巴"会喜欢听到他的声音的。据说昏迷的人能听得到，就跟植物能听得到古典音乐一样。哈罗德给他们看了他的新外套，黑色，内衬橙色，可以正反两穿。斯里曼说昨天他看到一个他们认识的俄国诗人，脸上不知为何多了一条疤，让他看起来更帅气了，说着哈哈地笑了。哈米德决定去穹顶咖啡馆看一眼，然后沿着雷恩街往北走。两个小胡子紧跟着他，把伞忘在了店里，咖啡馆的服务生追上去叫"先生们！先生们！"他挥舞着伞，如舞剑一般，但没人留意这一幕，尽管看上去这会儿是个大晴天。两个小胡子拿回伞，继续跟梢。他们在宇宙影院前停下，那儿正在上映塔尔科夫斯基的《潜行者》，还有一部关于苏联卫国战争的电影。这样一来，哈米德稍微走远了一点，但因为他自己也不时在时装店前停留，所以

---

① 阿曼达·丽尔：法国女歌手。

绝对不会跟丢。

不过其中一人还是返回去开车了。

# 18

比泽太街位于地铁弗尔什站和克里希广场站之间。吉尔·德勒兹接待了两位来访者。西蒙·赫尔佐格很高兴能在大哲学家的家里见到他，在一堆书中间，在弥漫着哲学气息和烟草味的公寓里。电视机开着，正在播网球比赛。西蒙注意到公寓里散落着很多关于莱布尼茨的书，能听到电视里传来击球的"啵啵"声，是康诺尔斯对纳斯塔斯。

正式的说法是，两人之所以来，是因为贝纳尔·亨利-莱维指控了德勒兹。问讯于是从指控开始。

"德勒兹先生，有人告诉我们，您和罗兰·巴特之间起过争执。请问是怎么回事？""啵啵"。德勒兹向嘴边送了一支抽了一半、已经熄灭的烟。巴亚尔注意到他的手指甲特别长。"哦？是吗？没有。我和巴特之间没有任何争执，除了巴特支持那个一无是处的人，那个穿白衬衫的蠢货。"

西蒙注意到了帽架上的帽子。门口的衣帽架上还有一顶，五斗柜上也有一顶，有很多顶帽子，各种颜色、风格跟阿兰·德龙在《武士》里戴的一样。"啵啵"。

德勒兹在扶手椅里坐得更舒服了一点。"您看到那个美国人了？他是反博格派。不，也不算，反博格的是麦肯罗①：在埃及服役，亲俄。嗯，唔，唔。（咳嗽）但康诺尔斯（他说成了康纳兹），他有出色的直发球，始终愿意冒险，擅打低平球……这是很古典的打法。博格呢：底线球，回击球，上旋球，高出网很多。任何无产者都能理解这个。博格发明了无产者的网球。麦肯罗和康诺尔斯，他们打得像王子。"

巴亚尔在沙发上坐下来，预感接下来要听一大堆蠢话了。

西蒙斗胆反驳："可康诺尔斯不正是平民大众的原型吗？他是个坏男孩，讨人嫌，流氓做派，会作弊、会抗议、会抱怨，在球场上脾气坏，动不动跟人吵起来，争强好胜，固执得让人难以置信……"

德勒兹做了个不耐烦的手势，打断他的话："是吗？嗯嗯，这倒是个挺有意思的反对意见。"

巴亚尔问："有可能是有人想从巴特那儿偷走什么东西。一份文件。您怎么看，德勒兹先生？"

德勒兹转向巴亚尔："问'什么'不一定是个好问题。问一些'谁、多少、怎样、哪里、何时'这样的问题更好一些。"

巴亚尔点燃一支烟，耐心地问："您的意思是？"

①　比约恩·博格：瑞典网球运动员。约翰·麦肯罗：美国网球运动员。二人被公认为男子网球史上最伟大的一对对手之一。

"你们听了一个狗屁哲学家的话，在事发一个多星期后才来找我，他劈头盖脸给我一堆毫无根据的诽谤，这显然说明罗兰的事故没那么简单。所以说你们在找一个罪犯，一个动机。但距离问'为什么'这样的问题，路还长着呢，对不对？我猜你们从司机那儿什么都没查出来吧？听说罗兰醒了？他什么都不愿意说吗？所以要换一个不是'为什么'的问题。"

电视机里，康诺尔斯每击球一次就吆喝一声。西蒙往窗外扫了一眼，看到底下停了一辆蓝色的福果豪车。

巴亚尔问，为什么根据德勒兹的说法，巴特不愿意说出自己知道些什么。德勒兹说他对此一无所知，只清楚一件事："不管发生什么，不管谁获得什么，总有一些野心家存在。就是说，总有人会说：做这件事，我最合适。"

巴亚尔拉过茶几上一个猫头鹰形状的烟灰缸："那您呢，德勒兹先生，您的野心是什么？"

德勒兹发出一声介于冷笑和轻咳之间的声音："警官先生，我们总是追求我们得不到的，或是我们曾经拥有但将来不可能再拥有的东西，但我想这不是关键，对吧？"

巴亚尔问关键是什么。

德勒兹又点了一支烟："怎样挑选野心家。"

楼里回荡着一个女人的叫喊声，不知道是出于欢快还是愤怒。德勒兹用手指点了点门口："女人啊，警官先生，她们不是生来就是女人，而是后天形成的。"他有点费劲地站了起来，给自己倒了一杯红酒："我们，也同样。"

巴亚尔怀疑地问："您认为人都是一样的？您觉得您跟我，我们俩是一样的？"

德勒兹微笑："是的……在某个层面上。"

巴亚尔试图表现得乐于相信，但仍掩饰不住自己的迟疑："您也在寻找真相？"

"哦啦，真相……真相从何开始，又到哪里结束……您知道的，我们总是身处事情的进程中。"

康诺尔斯6：2赢了第一局。

"如何在野心家中确定哪个是好的呢？您要是知道了'如何'，就会知道'为什么'。看看古希腊的诡辩派吧，比如，根据柏拉图的逻辑，所谓问题，就是企图寻求他们无权知道的事情……是的，诡辩派都是些偷奸耍滑的小混蛋！……"他搓了搓手，"打官司的，都是些野心家……"

他举起手中的酒杯，一饮而尽，又看着西蒙，继续说道："这跟小说一样有趣。"

西蒙遇到了他的目光。

# 19

"不，绝不可能，我坚决拒绝！我不去！我这辈子不会踏进你们那个宫半步！那个垃圾说的话您能听得懂，不需要我帮您解释！再说我也不想听！我现在就可以把他的意思总结给您听：我是大资本卑躬屈膝的奴隶，我是工人阶级的敌人。我掌握一切获取信息的手段。我不是在非洲猎象，就是在驱逐自由广播。我限制言论自由，到处造核电厂，为了利益而给穷人拉皮条。我窝藏钻石，喜欢在地铁里扮演无产者，只喜欢当皇帝和当清洁工的黑人。我一听到人道主义的说辞，就立刻派出我的伞兵。我用极右派的地盘做生意，讨厌国民议会。我是……我是……一个**典型的法西斯主义者**！"

西蒙颤抖着点着一支烟，巴亚尔等着他平静下来。调查进行到这一步，他就手头获得的信息写了第一个报告，他估计事情还会扩大，但没想到会扩大到被召见到那儿，跟这年轻人一起。

"无论如何，我不去！我不去！我不去！"年轻人说。

# 20

"总统现在要见你们。"

雅克·巴亚尔和西蒙·赫尔佐格走进了一间办公室，室内每个角落都很明亮，墙上蒙着绿色丝绸。西蒙脸色苍白，但仍不由自主地注意到办公桌前放着两把扶手椅。吉斯卡尔站在办公桌后，而房间另一角，还有几把扶手椅和一张沙发，围着一个茶几。他立刻意识到了这样摆设的深意：根据总统的意图，如果他想和来访者保持距离，就在办公桌后迎接他们，办公桌正好充当一道壁垒；如果他想让接见的氛围更亲切，就会安排来访者围坐在茶几周围，宾主一齐倾身向前，享用一些小蛋糕。西蒙·赫尔佐格还看到一本关于肯尼迪的书放在一张书写台上，以传递国家元首年轻而现代的形象，吉斯卡尔也以此自居。两个盒子，一个蓝的、一个红的，放在一张巴洛克式书桌上；散见于室内的各种青铜雕塑；一堆堆高度经过精心计算的文件：太低，会让人觉得总统不够勤政；太高，又会让人觉得他疲于应付。墙上点缀着几幅大师级的油画，吉斯卡尔站在他巨大的办公桌后面，指着其中一幅油画，画上有一位神情严峻的美女，张开双臂，穿着一件精致白袍，领口敞开到肚子，勉强遮住她丰腴的雪白双乳："我有幸从波尔多博物馆借到了法国绘画最美的杰作之一：欧仁尼·德拉克洛瓦的《米索伦基废墟上残喘的希腊》。美妙绝伦，是不是？你们当然知道米索伦基，在希腊反抗土耳其的独立战争期间拜伦就死在那儿。我想是1824年（西蒙注意到'我想'这个词里透出的一种卖弄）。一场可怕的战争，奥斯曼土耳其人是残酷无情的。"

总统没有离开办公桌，连草草握个手也没有，只是简单地请他们坐下。对待他们俩，没有沙发，也没有蛋糕。总统仍然站着，继续说："你们知道马尔罗是怎么说我的吗？说我没有历史的悲剧感。"西蒙用眼角瞥了一眼巴亚尔，后者穿着风衣，沉默地等待着。

吉斯卡尔又说起了那幅油画，两位访客感到有必要转过身去，以表示他们在认真地听："或许吧，我没有历史的悲剧感，但至少面对这位受了伤的年轻女人，这位代表着希腊人民自由的希望的年轻女人，我能感受到悲剧的美。"两位听众不知该怎么打断总统的发言，只能继续沉默。吉斯卡尔似乎并没有受到影响，他已经习惯人们用沉默来表示礼节性的赞同。总统最终转过身，望向窗户，西蒙明白这段空白起着过渡作用，现在要进入正题了。

总统并未转身，继续将他谢顶的后脑勺展示给两人看，他说："我见过罗兰·巴特一次。我请他来爱丽舍宫。他是个很有魅力的人。他花了一刻钟时间分析菜单，对每一道菜的象征意义做出了出色的说明。非常激动人心的发言。可怜的人，听说他母亲的去世对他打击很大，是吗？"

吉斯卡尔终于坐下，对巴亚尔说："警官，事故发生那天，巴特身上有一份文件，这份文件被偷了，我希望您能找到它，此事关系到国家的安全。"

巴亚尔问："这究竟是一份什么文件，总统先生？"

吉斯卡尔身体前倾，手握拳头撑在办公桌上，非常严肃地说："一份对国家安全至关重要的文件。如果落入敌手，可能造成难以估量的损失，甚至动摇民主的根基。很遗憾我不能跟您透露更多。您必须谨慎行事，但您有一切权力。"

然后，他的目光落在西蒙身上："年轻人，我听说您是警官的……向导？您对巴特所在的语言学圈子应该很熟悉吧？"

西蒙立即答道："并不。"

吉斯卡尔向巴亚尔投去疑问的一瞥。警官说："赫尔佐格先生有一些知识，对调查有用。他知道那些人如何行事，嗯，还有这些事是关于什么的；他能看到警察看不到的一些东西。"

吉斯卡尔微笑着说："这么说，年轻人，您是个预言家，就像兰波一样？"

西蒙害羞地嗫嚅着："不，一点也不。"

吉斯卡尔向他指了指德拉克洛瓦油画下方桌子上的红色和蓝色盒子："在您看来，里面装着什么？"

西蒙没明白他正在被测试，也没有去想到底要不要通过这个测试，只是条件反射地说："我想，是荣誉军团勋章？"

吉斯卡尔的微笑扩大了，他站起来，走过去打开了其中一个盒子，拿出一枚勋章："我能问问您是怎么猜到的吗？"

"呃，嗯，整个房间都充满了象征：油画、挂饰、天花板的装饰线……每一件物品，每一个细节，都旨在表现共和国庄重和威严的权力。选择德拉克洛瓦，书写台上那本封面上有肯尼迪照片的书，一切都意味深长。但象征只有在展示的时候才有价值。一个藏在盒子里的象征，什么用都没有。说得更过分一点：它不存在。

"同时，我想您不至于在这个房间里放灯泡和螺丝刀，这两个盒子不太可能是工具箱。如果是用来放回形针或订书机的，那就应该放在您办公的这张桌子上，在触手可及的地方。因此盒子里的东西既不是象征性的也不是功能性的，可又只能是二者之一。您也可以拿来放钥匙，但我想在爱丽舍宫，负责开门关门的不会是总统本人，您也不需要车钥匙，因为您有司机。因此只剩下一个可能：一个沉睡的象征，放在这里毫无意义，但离开这个房间，它在别的地方会大放光彩：它是一个代表此地、代表共和国的伟大的象征，很小，可以移动。大概是一枚勋章，鉴于它摆放在这儿，那就很有可能是荣誉军团勋章。嗯。"

吉斯卡尔与巴亚尔交换了一个心领神会的眼神："我想，我明白您的意思了，警官。"

# 21

哈米德小口呷着马利布鸡尾酒，讲着他在马赛的生活经历，听者好像听得出神，其实并没认真听。哈米德熟悉这种忠犬一样的目光：他是这个男人的主人了，因为他激发了这个人身上疯狂的占有欲。哈米德也许会满足他，也许不会，也许也能从中得到点快感，但这点快感比不上他作为欲望的对象而产生的力量感；他年轻、英俊，只是穷，可这也有好处：他可以平心静气地蔑视这些愿意通过各种方式付出代价以获得他的人。

夜幕低垂，时值暮冬，在首都中心一个富人的公寓里，他油然而生一种不属于此地的感觉，这令他沉醉在恶意的愉快中。不劳而获的人总是比亲力亲为的人得到的多得多。他于是回到冷餐台，又吃了点普罗旺斯橄榄酱涂面包片，这让他模糊地忆起南方，一群人正随着巴颂的歌曲《加比哦加比》扭腰摆臀，他从他们中间挤了过去，看到斯里曼正大口吞咽着蜗牛，一个大腹便便的编辑一边悄悄地摸着他的屁股，一边跟他说着笑话，斯里曼勉为其难地笑着。在他们身边，一个年轻女人夸张地仰头大笑："于是他停了下来……然后倒退着走了起来！"窗边，萨义德跟一个外交官模样的黑人抽着大麻。音响里传出探戈舞曲《一步之遥》的开头几个节拍，整间房荡漾起一波刻意装出来的兴奋，人们叫了起来，这音乐似乎令他们心荡神驰，像一道电流穿过他们的身体。疯狂好像一条忠实的狗，一度被遗忘，如今又摇头摆尾地回到了他们身边。这颤抖的萨克斯一吹，他们仿佛就停止了思考，不知身在何方。接下去，还会有几首迪斯科舞曲来维持大家的好情绪。哈米德又吃了一盘松露沙拉，一边留心看着哪些来宾有可能给他吸一支可卡因，或者"快速丸"也行。这两个都让他想打一炮，但"快速丸"会让他勃起乏力。可是，他想，这并不要紧。他想坚持得久一点，好晚点回家。哈米德与窗边的萨义德会合。一盏落地灯照亮了亨利四世大道街角的广告牌，上面的塞尔日·甘斯布穿着西装，打着领带，广告语是："一套巴亚尔西装可以让你变得更男人，对不对，甘斯布先生？"哈米德觉得这名字似曾相识，又想不起来在哪儿见过，他有点起疑，不由得又去喝了杯酒，并大声背诵自己过去一年的日程表。斯里曼凝视着墙上挂着的一系列石版画，画上是彩虹渐变色的一些狗，在装满一美元纸币的盆里吃东西。那胖编辑此刻得寸进尺，摩擦着他的髋部，在他脖颈处呼吸，他装作没感觉。克丽丝·海德的歌声从音响里飘出来，是为了在必要时提醒来宾不要多愁善感。两个长头发的人讨论着波恩·斯科特的死，以及他死后，可能会由一个戴鸭舌帽的长途货车司机顶替他在AC/DC乐队的位置。有个年轻人，穿着西装，头发边分，领带松松地吊着，神色激动地反复宣称，据可靠消息，玛莲·朱贝在《警察之战》中露了两点，还听说列侬正和麦卡特尼一起写一支新单曲。有个哈米德不记得名字的牛郎过来问他要了点烟草，顺便嘲笑了一下今天的晚会"过于左岸"了。他指着窗外巴士底广场的雕像对哈米德说："你知道问题在哪儿吗，伙计？我很乐意大家都是雅各宾派，但即便如此，也有一些界限是不能逾越的。"有人打翻了蓝色库拉索酒，在地毯上留下了印迹。哈米德犹豫着要不要回圣日耳曼大街，但萨义德示意他看向浴室：两个年轻女孩和一个老头一起走了进去。他们知道这三个人不是约炮，而是去吸可卡因（那个老头装作不知道，因为即使没有这两个猎物，他也至少可以得到五分钟的掩护）。他们想，如果伎俩得当，或许他们也能要到一支半支。有人问一个留着稀疏小胡子的人，他是不是帕特里克·德瓦埃尔[①]。为了摆脱胖编辑，斯里曼抓住一个穿牛仔裤的金发女郎，和她一起就着"恐怖海峡"乐队的《摇摆的苏

---

① 帕特里克·德瓦埃尔：法国演员、歌手。

丹》跳起了摇滚舞。胖编辑看着这一对儿左右旋转，一脸讶异。为了显得自己有风度，他努力流露出夹杂着讽刺与善意的目光，可这根本骗不了人。他很孤单，跟我们所有人一样，只是他不懂得掩饰孤单，其实没人真正在意他，只是他那种因为孤单而不自在的神情引人注目。斯里曼挽留住舞伴，跳起了下一支舞，戴安娜·罗斯的《翻天覆地》。当"治疗"乐队的《杀死一个阿拉伯人》的连复段开始时，福柯和埃尔维·吉贝尔①一起到场了。福柯穿着一件宽大的带链条的黑色皮夹克，剃头的时候他把自己割伤了。吉贝尔年轻英俊，太英俊了，很难让人——至少是巴黎人——真的把他当成作家看待。萨义德和哈米德把浴室的门敲得咚咚作响，软磨硬泡，可里面的人不为所动，浴室的门绝望地紧闭着，只能听到门后传来鬼鬼祟祟的金属声、珐琅声、吸气声……*站在海滩上，手中持着枪*②……福柯所到之处，总能引起一阵激动和恐慌；也有些人例外——那些完全沉迷于"快速丸"的，还有那些把摇滚当作沙滩歌曲来听的、到处乱蹦乱跳的人……*凝视着大海，凝视着沙滩*……浴室门开了，两个年轻女孩子和那个老头走了出来，他们轻蔑地打量着萨义德和哈米德，毫不掩饰地吸着鼻子，神色傲慢，这是上流社会吸毒者还没受到毒品影响时的典型神态，但需知五羟色胺已化成轻烟进入了他们的大脑，其机能将花越来越多的时间——数个月甚至数年——才能得到

---

①　埃尔维·吉贝尔：《世界报》记者、摄影家、作家。
②　"治疗"乐队的歌曲《杀死一个阿拉伯人》的歌词。

恢复……我活着，我死了……此时福柯身边已有人围成了一圈，他正跟吉贝尔讲着故事，继续着他们来时的谈话，对自己引发的骚动视而不见："我小时候想变成金鱼。我母亲对我说：可是宝贝儿，这是不可能的，你讨厌冷水。""治疗"乐队的主唱罗伯特·史密斯在唱：我是陌生人！福柯说："这让我陷入了无尽的困扰。我对母亲说：一秒钟也好，我太想知道它在想些什么了。"罗伯特·史密斯：……杀死一个阿拉伯人！萨义德和哈米德决定去别处看看，也许去"夜晚"。斯里曼呢，他回到了胖编辑身边，因为吃得好很重要。凝视着自己……福柯："总得有人坦白。总有人会坦白。"罗伯特·史密斯：在沙滩上的死人眼中……吉贝尔："他当时光着身子坐在沙发上，根本找不到能用的房间……"罗伯特·史密斯：沙滩上的死人……"最后他总算找到了一间，可是又发现自己没有投币……"哈米德又望向窗外，透过窗帘，他看到楼下停着一辆黑色DS，他说："我还要再待一会儿。"萨义德点了一支烟，晚会的灯火中，他们俩的身影完美地映在窗框里。

# 22

"乔治·马歇①，我们才不在乎乔治·马歇呢，这点得清楚！"

丹尼尔·巴拉万②终于说上了话，他明白，不出三分钟，不管他是否乐意，话都会被人打断，所以他怒气冲冲地一口气表达完：政治家们都老了，腐朽了，完全没用了。

"我不是在为您说话，密特朗先生……"

话虽如此。

"我想知道，我感兴趣的是，移民劳工的房租交给了谁……我想要……是谁，胆敢每个月收他们700法郎，却让他们住在垃圾堆里？……"这段话没有条理，没有层次，语法错误一堆，语速太快；但说得太棒。

记者们跟以往一样什么都没懂，听到巴拉万批评他们从不邀请年轻人来，一个个发起了牢骚。（而且习惯性地巧辩：怎么没有，证据不就是你正在这儿吗？蠢货！）

但密特朗很清楚正在发生什么。这个自命不凡的年轻人

---

① 乔治·马歇：法国政治家，1972年至1994年任法国共产党总书记。

② 丹尼尔·巴拉万：法国歌手、作曲家。

正在揭露他们的真面目：他、围着桌子的记者们，所有跟他们相似的人———一帮腐朽的老家伙，长久以来固步自封，久到已被世界遗忘尚不自知。他想表示自己完全赞同这个愤怒的年轻人，可每一次尝试听起来都像是不合时宜的家长作风。

"我会尽快念完我的讲稿……我能给你们的，其实是一个提醒……"密特朗摆弄着他的眼镜，轻咬嘴唇，有人在拍呢，这是现场直播，灾难啊！"我能对你们说的是，绝望会聚拢，会互相动员，它被动员起来时，会很危险。"

记者有点残忍地讽刺道："密特朗先生，您打算跟一位年轻人对谈，您也很认真地听了他的话……"找个台阶下吧，伙计。

密特朗努力做了："这种思考方式……这种应对方式……我很感兴趣，还有这种表达方式！因为丹尼尔·巴拉万同时通过写作和音乐来表达……应该受到欢迎……被倾听，被理解。"努力，努力。"他以自己的方式表达了这个意见！他对自己的言论负责。他是一位公民，和其他人并无二致。"

1980年3月19日，法国2台的新闻直播室，13：30，密特朗垂垂老矣。

# 23

　　垂死的巴特会想些什么呢？他们说，想他母亲。是母亲杀了他。当然，当然，总是这样的私密事件，肮脏的小秘密。正像德勒兹说的，人人都有一个经历奇特的祖母，可那又如何？"痛苦。"是的，先生，他会死于痛苦，而不是别的。可怜的法国思想家们，被禁锢在您的观念世界中，一个最偏狭、最庸俗、最以自我为中心的小天地。没有谜，没有奥秘。母亲，所有答案之母。20世纪让我们摆脱了上帝，代之以母亲。多划算的交易！但巴特没有想他母亲。

　　如果您能在他乱成一团的思绪中抓住一根主线，您就会知道：这个濒死之人想的是过去的他，特别是他本可以成为的那个人。还有别的吗？他没有回顾一生，而是回顾了事故。是谁谋划了这个事件？他记得有人翻动过他，然后那个文件失踪了。不管主谋是谁，我们或许已处于前所未有的危机前夕。而他呢，妈妈的小罗兰，他本该略尽绵薄之力：为他自己，有那么一点；但也是为了整个世界。他终于克服了羞怯，可惜功亏一篑。即便他能死里逃生，也为时已晚。

　　罗兰没有想到他妈妈。我们不是在说精神病。

　　他想到了什么？也许有这样或那样的事掠过了他的脑

海，一些私密的事，无关紧要的事，或者只有他自己知道的
事。有一天，天色已晚——还是天光仍亮？——他和翻译他的
作品、顺道经过巴黎的美国译者共坐一辆出租车，同车的还
有福柯。三个人都坐在后座，译者在中间。福柯一如既往，
垄断了所有对话，声音充满活力，透着自信，像旧时代一样鼻
音很重。他总是掌控一切，临时开了一个小讲座，说他有多讨
厌毕加索，毕加索有多么糟糕。当然了，他边说边笑；年轻的
译者乖乖地听着，在自己的国家，他也是个作家兼诗人，但
在这儿，他恭敬地聆听着两位杰出的法国知识分子的演说。
巴特明知面对口若悬河的福柯，自己毫无存在感，但为了不
被冷落，总得说点什么；他适时地笑，明知笑得很假；他觉
得尴尬，因为他看上去尴尬；这是个怪圈，终其一生都是如
此。他多希望自己像福柯一样自信满满，可即便是在上课的时
候，底下的学生虔诚地听着，他仍需把害羞隐藏在职业化的口
吻中。只有在写作时，他才感到有了自信，他才真的有了自
信，独自一人，躲在纸张后面，躲在他的著作后面，普鲁斯
特，夏多布里昂。福柯继续叽里呱啦扯着他的毕加索，巴特为
了不显得多余，附和说他也讨厌毕加索。他一边这么说一边自
我厌恶，对正在发生的事情看得一清二楚，他的职业令他洞悉
一切：他在福柯面前贬低了自我，那个年轻英俊的译者或许也
意识到了。他唾弃毕加索，但唾弃得畏畏缩缩，福柯在那儿放
声大笑；他呢，他也笑，说毕加索被抬得过高了，说他从来没
明白人们赋予毕加索作品的深意。我不知道巴特这么说有几分
真心，的确，他始终是个古典派，内心深处不喜欢现代；但这

其实不重要：就算他真的讨厌毕加索，他也知道此时此刻，重要的是不在福柯面前成为多余的人；当福柯提出这么一个离经叛道的观点，他要是大惊小怪就未免显得像个老顽固了，因此他贬低毕加索、嘲笑毕加索，为着难以启齿的理由，在这辆不知把他带往何处的出租车里。

也许巴特就是这样死去的，想着那次出租车之行，闭上双眼，就此睡去，内心满怀悲伤，这种悲伤贯穿他的一生，有没有母亲都一样。也许他还想了一会儿哈米德，他怎么样了呢？他保管的那个秘密又会怎么样呢？他缓慢地、轻柔地陷入了长眠，相信我，没有什么痛苦，但当他的器官逐一停止运作，他的思想却仍在游荡。这最后的胡思乱想又把他带到了哪里呢？

那时候，他本该说他不喜欢拉辛。"法国人不断地以他们能有一个拉辛（只用两千个字写作的人）为傲，却从来不埋怨没有一个自己的莎士比亚。"这大概能让年轻的美国译者印象深刻吧！可这句话巴特写得太晚了。啊，要是他早点知道功能，就可以……

病房门慢慢被推开了，但昏迷中的巴特没有听到。

说他是"古典派"，这是不对的：他不喜欢17世纪的乏味，那些亚历山大体的诗，那些斧凿的警句，那些对理智的狂热追求……

他没听到靠近床边的脚步声。

毫无疑问，17世纪的人都是举世无双的修辞学家，但他不喜欢他们那冷冰冰、干巴巴的文字。拉辛式的激情，噢，聊胜于无。《费德尔》，好吧，用虚拟式未完成过去时体现条件式过去时意义的告白一幕，那是真的棒，费德尔将自己比作阿丽亚娜，将希波吕托斯比作忒修斯……

他不知道有人凑近了心电仪。

《贝芮妮丝》呢？提图斯不爱她，真是瞎了眼。这个剧很简单，简单得像高乃依的作品……

他没看到有个影子在翻他的个人物品。

拉布吕耶尔，学究气太重。至少帕斯卡尔批评过蒙田，伏尔泰推崇过拉辛，瓦莱里评价过拉封丹……可有谁会愿意去碰拉布吕耶尔吗？

他没感觉到有一只手在轻巧地旋转呼吸机的电位器旋钮。

拉罗什富科，还是他厉害。无论如何，他的《箴言录》令巴特受益匪浅。这是一位超前于时代的符号学家，他能够在人们的行为迹象中解释人性……法兰西文学最伟大的大师，毫不夸张……巴特看到马西亚克亲王①在蒂雷纳子爵带兵围攻的圣安东尼郊区的城壕里，骄傲地与大孔代亲王并肩而骑，心中感叹能在这样美好的天气下赴死，死而无憾……

发生了什么？他不能呼吸了，喉咙忽然哽住了。

但"大小姐"②会开启城门，迎进大孔代的军队，而拉罗什富科虽然眼睛受了伤，短期内无法视物，却不会死在这次战争中，而且很快就恢复了健康……

---

① 马西亚克亲王：指拉罗什富科公爵，这是他1650年之前的封号。
② "大小姐"：路易十三的侄女，路易十四的堂姐。

他睁开眼睛，在刺目的光环中看到了她，像圣母玛利亚一样的身影。他呼吸困难，想要求救，却发不出一点声音。

他会恢复的，不是吗？不是吗？

她朝他微笑，将他的头摁在枕头上，阻止他起身，而他事实上也没有力气起身了。就是这一次了，大限已到，他很清楚，他想放弃，可身体不顾他的意志抽搐着，身体想要活下去，慌乱的大脑拼命寻找血液中消失了的氧气，最后一波肾上腺素令他心脏狂跳一阵，然后慢了下来。

"永远爱，永远受苦，永远死。"他的最后一点思绪是高乃依的一句亚历山大体诗。

# 24

1980年3月26日，晚八点新闻，PPDA[1]：

"女士们，先生们，晚上好。许多具体的新闻……（PPDA短暂地停顿了一下）与我们每天的生活息息相关。有一些很美好，其他的没那么美好，我让观众们自己分类。"

（德勒兹从不错过这档新闻，此刻在位于克里希广场旁边的公

---

[1] PPDA（Patrick Poivre d'Arvor）帕特里克−普瓦尔·达尔沃尔：法国著名新闻主播，PPDA是其姓名缩写，也是人们对他的代称。主持法国电视一台晚八点新闻长达21年，于2008年离开。

寓里，他坐在扶手椅里高声回应："谢谢！"）

20：01，"首先，二月份的生活成本指数升高了1.1%。经济部部长勒内·莫诺里说'这不是个好迹象'，当然要好于（PPDA评论，是很难比这更糟糕了，而在海狸街的公寓里，密特朗也如此认为）一月份的1.9%，也好于美国、英国和……与西德持平。"（听到老对手西德的名字，正低头签署文件的吉斯卡尔在爱丽舍宫的办公室里发出一声无意识的轻笑，但没有抬头。小阁楼里，哈米德正准备出门，但找不到第二只袜子。）

20：09，"教育系统同样开始罢工，明天罢工仍将持续，全国小学教师工会呼吁巴黎和埃松省的小学教师抵制下学年班级减少的情况。"（索莱尔斯一手拿着一杯中国啤酒，一手拿着空的长烟嘴，在沙发里咒骂："官僚的国度！……"克里丝蒂娃在厨房回应："我做了一道焖小牛肉。"）

20：10，"下面这条新闻终于有了点'活力感'，如果我可以这么说的话（西蒙抬头望天）：7年来，法国大气污染大量减少，环境部部长米歇尔·德·奥尔纳诺说，硫化物排放量减少了30%，一氧化碳排放量减少了46%。"（密特朗做了个表示恶心的鬼脸，但其实跟他一贯的面部表情如出一辙。）

20：11，"来看国际方面……在乍得……在阿富汗……在哥伦比亚……"（国家一个接一个，除了福柯没人在听。哈米德找到了他的袜子。）

20：12，"爱德华·肯尼迪在第一轮总统大选中获得了出乎意料的胜利……"（德勒兹拿起电话，打给加塔利①。巴亚尔在自己家开着电视熨衬衫。）

20:13，"去年道路交通事故有所增长，我们今天从国家宪兵总队了解到：1979年共发生25万起交通事故，造成12480人死亡……这相当于普罗旺斯沙龙整个城市的人口。（哈米德心想为什么要以普罗旺斯沙龙为例。）在复活节前夕，这些数字令人深思……"（索莱尔斯竖起一根手指，喊道："深思！……深思，你听到了吗，朱莉亚？……是不是很精彩？……这些数字令人深思，哈哈！……"克里丝蒂娃回答："吃饭了！"）

20:15，"下面来看一起差点酿成大祸的交通事故：昨天，一辆装着放射性物质的卡车与一辆重型卡车相撞，随后失控掉进了路边的沟渠里。由于保护系统得力，没有发生放射物泄漏。（密特朗、福柯、德勒兹、阿尔都塞、西蒙、拉康在各自的电视机前放声大笑。巴亚尔点了支烟，继续熨衣服。）

20:23，"接下来是弗朗索瓦·密特朗在《十字报》的访谈，其中一些句子会具有划时代的意义（密特朗自在地微笑）：'吉斯卡尔始终只代表着一个阵营、一种阶层、一个社会集团。他的任职总结，是6年的停滞不前，在金牛犊面前跳肚皮舞。他妈的，愚比王说。②'（"这句话是密特朗说的。"PPDA补充道。吉斯卡尔抬头望天。）以上是密特朗对

---

① 　加塔利：法国哲学家。与德勒兹合著了《资本主义与精神分裂》。
② 　法国现代戏剧怪才阿尔弗雷德·雅里的《愚比王》（Ubu Roi），1896年12月10日在巴黎上演。全剧第一句台词就是"他妈的"。

总统的评价。对乔治·马歇和他的三人小团体，密特朗是这么说的：'当乔治·马歇自己愿意的时候，他是个让人无法抗拒的喜剧演员。'（乌尔姆路的公寓里，阿尔都塞耸了耸肩。他问厨房里的太太："埃莱娜，你听到了吗？"没有回答。）最后，就社会党内部可能产生的两位总统候选人密特朗和罗卡尔，密特朗仅炫于（PPDA说错了，但他面不改色地改了过来）、仅限于回答说，这个美国词①在我们的制度中没有对应的法语翻译。"

20：24，"罗兰·巴特……（PPDA稍作停顿）于今天下午在巴黎萨尔佩特里埃尔医院去世。（吉斯卡尔不签署文件了；密特朗不做鬼脸了；索莱尔斯不拿长烟嘴在裤衩里乱掏了；克里丝蒂娃不搅拌炖牛肉了，从厨房跑了出来；哈米德不穿袜子了；阿尔都塞不再强忍与太太吵架的想法了；巴亚尔不熨衬衫了；德勒兹对加塔利说："我待会儿再打给你！"福柯不思考生命权力了；拉康继续抽雪茄。）这位作家兼哲学家于一个月前遭遇了一起车祸。巴特终年……（PPDA稍作停顿）64岁。他关于现代写作和传播学的作品享有盛誉。他上过贝尔纳·比沃的《顿呼》节目：介绍了《恋人絮语》，这本书获得了巨大的成功（福柯抬头望天）；接下来，您将听到他从社会学角度（西蒙抬头望天）解释感情……（PPDA稍作停顿）和两性关系（福柯抬头望天）。下面请听。"（拉康抬头望天。）

罗兰·巴特（以菲利普·诺瓦雷的声音）："我认为一

---

① 指上文"总统候选人名单"所用的英语单词ticket。

个主体——我说主体，是不希望对性别进行预设，是吧——一个恋爱主体，嗯，其实很难克服情感的禁忌，性的禁忌如今反而很容易违背。"

贝尔纳·比沃："因为爱情中的人都会犯傻吗？"（德勒兹抬头望天。密特朗想，他必须给玛扎琳娜①打个电话。）

罗兰·巴特："唔……是的，从某种意义上说，所有人都这么认为。世界赋予恋爱主体两个优点，或者不如说是两个缺点：第一个，常常会犯傻——一种爱人的傻气，恋爱中的人自己也能感觉到——还有一种是爱人的疯狂——这一点，我们在民间话语里听得多了。只不过这是一种乖巧的疯狂，是吧，它不具有大疯狂的那种越界和违逆。"（福柯低头微笑。）

节目选段结束。PPDA说："我们看到，嗯，让-弗朗索瓦·卡恩，嗯，巴特对一切都充满热情，他谈论一切，嗯，就在最近，我们还在电影里看到他……饰演……一些角色，这不正说明他的全能吗？"（没错，西蒙想起来，巴特在泰西内的电影《勃朗特姐妹》里演了萨克雷，一个小配角，巴特没有玷污自己的才华。）

让-弗朗索瓦·卡恩（神情激昂）："的确如此，他看上去就是无所不能！没错，他很忙碌，呃，他写了关于时尚、关于领带还是别的什么，还有关于自由摔跤的文章！他写了拉辛、米什莱、摄影、电影，还有日本，所以他涉猎广泛，

---

① 玛扎琳娜·潘若：密特朗的私生女。

无所不能！"（索莱尔斯冷笑，克里丝蒂娃严肃地看了他一眼。）但所有这些，有一种统一性。您看，他最新的作品！关于爱的言论……关于爱的言语，实际上，罗兰·巴特写的一直都是关于言语的！只是凑巧……他的领带……我们的领带：这是一种说话方式。（索莱尔斯暗生愤慨："一种说话方式……胡说八道！……"）时尚，是一种表达方式。摩托：一个社会的表达方式。电影：自不必说！摄影：异曲同工。实际上，罗兰·巴特花了大量时间去追寻符号！……一个社会，一个群体，都是通过这些符号来自我表达的。表达弥漫的、混杂的情感，即便这个社会或群体并没有意识到！从这个意义上说，他是一位伟大的记者。另外，他还是一门学科——符号学——的导师，符号学就是关于符号的学科。

"然后呢，当然，他还是一位伟大的文学批评家！因为，同一种现象：作品是什么？作品是作家的自我表达。罗兰·巴特向我们展示了一部文学作品有三个层次：语言层次——拉辛用法语写作，莎士比亚用英语写作，这就是语言；风格层次：这是作家技巧和天赋的体现。但是在有意图的风格（嗯，作家会对风格进行控制）和语言之间，还有第三个层次：写作。他说，写作从广义上讲，是一个政治的……场所，也就是说，写作是一个作家有意无意的社会化的表述，他的文化、他的出身、他的社会阶层、他周边的社会环境……就算他有时候写了一些看上去理所当然的东西——随便说说，比如拉辛在一本戏剧里写'我们回内室吧'或别的什么很普通的东西——巴特说，不！这些都不是理所当然的。哪怕作家本人这么说，也不可信，因为有一些东西是在这之上的。"

PPDA（一点都没听，或者一点都没懂，反正他也不在乎，用一种确信的姿态说）："因为每个词都是反复斟酌的！"

让-弗朗索瓦·卡恩（并不反驳）："那么，那么，还有……巴特的一大过人之处，一方面他对风格进行了数学般的冷静分析，另一方面又对风格之美大加颂扬。总而言之，可以说巴特是个非常重要的人，代表了我们这个时代的精髓。我来告诉您为什么。因为有一些时代是用戏剧来自我表达的，嗯，真的。（卡恩发出一声难以名状的咕噜声。）有些时代则是用小说来自我表达的：比如50年代有莫里亚克，呃，加缪，呃，等等。到了60年代……法国……法国文化的精髓是对语篇的分析。对语篇*之外*的分析。我们也许会发现这个时代没有诞生什么伟大的小说……也许没有吧，或者什么伟大的戏剧；我们做得最好的，是解释前人说过的话、做过的事，并通过这种解释使他们说得更好，令旧的语篇复活。"

PPDA："稍后将为您带来足球方面的消息，法国队将在王子公园体育场迎战荷兰队（哈米德离开家，摔上门，三步并作两步下了楼梯）：这是一场友谊赛，但至关重要（西蒙关掉电视机），因为大家知道，荷兰队在前两届世界杯上都离冠军只有一步之遥（福柯关掉电视机），而更重要的是，在下届，1982年西班牙世界杯的小组赛阶段，法国和荷兰分在同一小组。（吉斯卡尔又开始签署文件了，密特朗拿起电话打给贾克·朗。）稍晚些时候，大约在22：50，等埃尔维·克劳德播报完最后一次晚间新闻，您将可以收看到比赛录像。"（索莱尔斯和克里丝蒂娃上桌吃晚饭。克里丝蒂娃擦掉一滴眼泪说："生活仍然儿在继续。"两个小时以后，巴亚尔和德勒兹将收看球赛。)

# 25

1980年3月27日星期四。西蒙·赫尔佐格在一家小酒吧看报纸。店内挤满了年轻人，都是要了一杯咖啡，一坐就是好几个小时。我想说这家酒吧位于圣日内维耶山，当然您也可以认为是在别的地方，这都不重要。放在拉丁区的话，更容易解释为什么会有很多年轻人。店里有一张美式桌球台，时不时能听到滚球互相撞击的声音，在傍晚嘈杂的交谈声中令人精神一振。西蒙·赫尔佐格也喝了一杯咖啡，因为按照他自己的社会心理认知，这个时候喝啤酒还太早了一点。

他手里的《世界报》日期标着1980年3月28日星期五（每次看《世界报》，总感觉提前在过明天了），头版内容有撒切尔夫人的反通胀预算（预计将"减少公共支出"。哦，真让人惊奇）和乍得内战，但在右下角，还是提到了巴特的去世。著名文学记者贝特朗·布瓦洛-德尔佩什是这样开头的："距加缪英年早逝才20年，文学界又痛失英才！……"西蒙把这句话反复读了好几遍，然后扫了一眼店里。

桌球台前，两个20来岁的年轻人在一个看着刚成年的女孩面前激战正酣。西蒙不自觉地判断了一下形势：穿得最好的那个男生喜欢这个女孩，可女孩喜欢的却是另一个；至于那另一个，衣着落拓，长发有点脏，神色冷漠中透出傲慢，很难看出他是不是对女孩感兴趣，也不知道他是不是装出一副无动于衷的样子，以显示自己高人一等，作为占支配地位的男性面对囊中之物的女性摆出一种例行的漠然；又或者他在期待某个人，某个更美、更叛逆、更大胆、更符合他地位的人（这两种假设必然是互相矛盾的）。

布瓦洛-德尔佩什写道："近30年来，巴特和其他一些人（如巴什拉）一起，令批评大放异彩，但他并不是作为符号学这门始终含义模糊的学科的理论家活跃其间，他的最大贡献在于提供了新的阅读快感。"西蒙·赫尔佐格内心那个符号学家的灵魂令他对此嗤之以鼻。阅读快感，什么什么的。始终含义模糊的符号学，你这蠢货。即便，算了。"与其说他是新时代的索绪尔，不如说他更像是新时代的纪德。"西蒙把杯子重重撞在杯碟上，咖啡洒到了报纸上。这低沉的撞击声混在桌球撞击的声音中，没人留意，只有那个女孩转过了身。西蒙和她目光对视。

两个男生打得明显一样糟糕，可这不妨碍他们继续炫技，时而皱眉，时而点头，下巴与球齐平，不断绕桌，深思熟虑，反复计算主球对目标球（目标球本身的选择也是斟酌再三）的作用力，发球前不断用球杆试探（西蒙想，这就是所谓的"锉球"阶段），动作生涩又太快，既展示了这项运动的色情感，又证明了球手的经验匮乏，最后猛力一击，速度很快，却掩盖不了笨拙。西蒙重新低下头去看报纸。

法国文化与交流部部长让–菲利普·勒卡宣称："他所有关于写作与思想的研究都深入人性，帮助我们更好地了解自己，更好地在社会生存。"又碰了一下杯碟，这回音量控制得好了点。西蒙想证实一下女孩有没有转身（她转了）。看来文化部的人能写得出的，最多也就是这种陈词滥调了。西蒙心想，不知道这是不是一套惯用语模板，可以套用在任何一个作家、哲学家、历史学家、社会学家、生物学家……身上。深入人性，呵呵，说得好，伙计，你已经绞尽脑汁了。你可以用同样的话评价萨特、福柯、拉康、列维–斯特劳斯和布尔迪厄。

西蒙听到那个穿得不错的男生对一条规则提出异议："由于对手犯规而获得的两轮击球，如果你第一轮进了球，则第二轮不能累加。"学法律的，大学二年级（很有可能复读过第一年）。根据他的着装——西装外套，衬衫——西蒙觉得他可能是巴黎二大的。另一个回答时咬字很重："好的，没问题，随你喜欢。我无所谓，都可以。"学心理学的，大学二年级（或者一年级复读），三大或六大（他显然有在家练过）。年轻女孩发出一声轻笑，看似很小心，其实刻意想让人听到。她脚踏双色工装鞋，身穿电蓝色翻边牛仔裤，马尾辫用发圈一绑，抽登喜路淡味烟：学现代文学的，一年级，四大或三大，很可能跳了一级。

"他为整整一代人开辟了对传播媒体、神话和言语的分析。罗兰·巴特的作品将永驻我们心间，诉说对自由和幸福的向往。"密特朗的致辞同样没什么新意,不过至少笼统地提到了巴特擅长的领域。

经过局末漫长的胶着,"二大"费力地赢了,而且赢得离奇(标准的黑球贴库,当初老美肯定是喝醉了酒才设想出这条规则,以让球局持续时间更长);他高举双手模仿博格,"三大"努力摆出一副嘲笑的表情,"四大"凑过来安慰他,用手摩挲他的双臂:三个人都笑着,假装这只是个游戏。

法共也吐出一句声明:"他毕生在想象和传播文本的愉悦、写作的物质性方面提出了新的思考,我们谨向这位知识分子致意。"西蒙立刻找出了句子中最关键的成分——"谨向这位知识分子",暗示着并不向其另一面致意:中立,政治参与度不高,和吉斯卡尔共进午餐,和几个朋友同游中国,也还是这个巴特。

另一个年轻女孩走进酒吧,长鬈发,皮夹克,马丁靴,耳环,破烂牛仔裤。西蒙想:艺术史,一年级生。她走过去在衣衫落拓的男生嘴上亲了一下。西蒙留心观察长马尾女孩,从她的侧面看出了渐生的恼恨、压抑的怒火,不自觉的自卑感(当然是没有根据的),还毫无疑问地从她唇间读到了内心交战的痕迹,最终蔑视战胜了苦涩。他们的目光再一次交会。女孩子眼里有亮光一闪而过。她起身走过来,靠着桌子,目光紧逼:"你想干吗,蠢货?想要我的照片?"西蒙尴尬不已,咕哝了意味不明的几个字,一头扎进了关于米歇尔·罗卡尔的文章。

# 26

乌尔特城从没见过这么多巴黎人。他们坐火车到巴约讷，都是为葬礼而来。墓地里寒风刺骨，大雨倾盆，所有人都三三两两挤作一团，没人想到要带把伞。巴亚尔也来了，而且又叫上了西蒙·赫尔佐格，他们一起观察着来自巴黎圣日耳曼区湿漉漉的乌合之众。这里距花神咖啡馆785公里，眼看索莱尔斯神经质地咬着长烟嘴，贝纳尔·亨利-莱维扣着衬衫纽扣。人们心想这仪式可该结束了吧？西蒙·赫尔佐格和雅克·巴亚尔两个几乎认出了所有人：索莱尔斯、克里丝蒂娃和贝纳尔·亨利-莱维这三个是一组；尤素福、保罗和让-路易是一组；福柯一组有丹尼尔·德菲尔、马蒂厄·兰东、埃尔维·吉贝尔和迪迪埃·埃里蓬；学院派的托多罗夫和热奈特；万森纳组有德勒兹、西苏、阿尔都塞、夏特莱；巴特的弟弟米歇尔和弟媳拉谢尔；他的编辑和学生埃里克·马尔提、安托万·孔帕尼翁、雷诺·加缪；他的旧情人和一些牛郎——哈米德、萨义德、哈罗德、斯里曼；电影圈的泰西内、阿佳妮、玛丽·弗朗丝·皮西尔、伊莎贝尔·于佩尔、帕斯卡尔·格里高利；穿着黑色航天服的双胞胎（巴特的邻居，好像在为电视台工作的）和当地村民……

乌尔特的人们都很喜欢巴特。墓地门口，有两个男人从黑色DS上下来，撑开一把伞。在场有人看到了，激动地喊："快看！一辆DS！"人群中响起了兴奋的窃窃低语，大家都觉得这是一种致敬，因为巴特的《神话学》就是在雪铁龙公司赞助下问世的。西蒙低声对巴亚尔说："您觉得凶手在不在人群里？"巴亚尔没有回答，端详着每个人，觉得每个人都像凶手。他明白调查要想有进展，就必须先知道凶手在找什么。巴特究竟拥有什么，使得有人不仅偷了它，还想要他的命？

# 27

法比尤斯富丽堂皇的公寓位于先贤祠，正如我想象的那样，布满装饰线，铺着鱼骨纹地板。贾克·朗、罗伯特·巴丹戴尔、雷吉斯·德布雷、雅克·阿塔利、塞尔热·莫阿蒂在这儿碰头，从形象上、从当时来说有点上不了台面的"公关"角度，罗列他们的总统候选人的优势和不足。

第一列几乎空着，只写了"使戴高乐将军首轮选举未过半数票"。而且法比尤斯提醒各位，这毕竟是15年前的事了。

第二列内容比较多，按重要程度排序：

马达加斯加

天文台事件

阿尔及利亚战争

年纪太大（太"第五共和国"）

犬牙太长（犬儒主义）

总是失利

奇怪的是，他从贝当手中接过的战斧徽章，他在维希傀儡政府的任职——虽然职位很低，在当时无论是媒体（由于一贯的健忘）还是政治对手（也许不想因此引起他们自己选民不愉快的回忆）都从没有提到过。只有彼时还势单力薄的极右派，四处传播这段不光彩的历史，却被年轻一代当作诽谤。

可毕竟，这么一帮年轻的社会党人，出类拔萃，雄心勃勃，有些仍怀抱理想，是什么驱使他们梦想着辉煌的明日，愿意支持这个工人国际法国支部[1]的老人，民主主义与社会主义左派联盟的残余，法兰西第四共和国的遗迹，折中的左派，殖民主义者，军事的酷刑派（担任内政部部长和司法部部长时，对阿尔及利亚发动了45次军事行动）呢？为什么他们不支持罗卡尔呢？要知道莫鲁瓦喜欢他，舍韦内芒欣赏他，欧洲派的德洛尔和工联主义者埃德蒙·迈赫都支持他。莫阿蒂会说："罗卡尔主张'自主管理'的社会主义加上财政监管，与我们不谋而合。"也是这个莫阿蒂，最后却加入了密特朗阵营。可在为1968年"五月风暴"备案时，后者的言论明显更为左倾："我认为生产方式、投资和贸易需要社会主义化。我认

---

① 工人国际法国支部：法国社会党前身，1969年正式更名为法国社会党。

为有必要建立一个能拉动整体经济的重要的公共部门。"

工作会议开始了。法比尤斯在一张涂了清漆的大木桌子上摆了热饮料、饼干和果汁。为了衡量工作量有多大，莫阿蒂掏出一张从1966年的《新观察家》上剪下来的社论，是让·丹尼尔谈密特朗的："此人似乎不仅什么都不相信，而且令相信点什么的我们在他面前几乎有一种负罪感。他好像身不由己地隐射没有什么是纯洁的，一切都是卑鄙的，根本不应该有任何幻想。"

所有围坐在桌边的人都同意，任务艰巨。

莫阿蒂吃起了蝴蝶酥。

巴丹戴尔为密特朗辩护：犬儒主义在政治上是一种相对的缺点，可以把它看作是机灵，也可以跟实用主义联系起来。说到底，马基雅维利主义者和权谋是两回事，折中也并不必然意味着妥协。民主的要义本身就需要灵活与盘算。"狗人"第欧根尼是一位经验特别丰富的哲学家。

"好吧，那天文台事件怎么说？"法比尤斯问。

朗辩称：这起伪造袭击案的真相从来没有清楚过，所有的证据只是一个转变为极右派的前戴高乐主义者的目击证词，可信程度令人怀疑，何况中间还改动过好几次。不管怎么说，密特朗的汽车的确被子弹打得千疮百孔了。朗看上去是真的义愤填膺。

"好吧，那就算是个阴谋。"法比尤斯说。到目前为止，只有他没表现得特别友善，或是特别有社会党人的样子。

贾克·朗提醒大家，让·科曾经说过，密特朗是个神甫，他的社会主义是"基督教的另一面"。

德布雷叹了口气："一派胡言。"

巴丹戴尔点燃一支烟。

莫阿蒂吃起了曲奇饼干。

阿塔利说："他阻止了左倾，觉得要限制共产党就得这么做。可这一招也让他失去了不少温和的左派选民。"

德布雷反对："不，你说的所谓温和的左派选民，在我看来是中间派。严格意义上说，是法国激进党。这种人不管怎么样都会投右派的票。他们都是亲吉斯卡尔的。"

法比尤斯问："你把左派的激进派算进去了吗？"

德布雷："那是自然。"

朗："好吧，犬牙的问题呢？"

莫阿蒂："已经帮他约了一个玛莱区的牙医，会帮他做出一个保罗·纽曼式的笑容。"

法比尤斯："年龄太大？"

阿塔利："年龄意味着经验。"

德布雷："马达加斯加呢？"

法比尤斯："管它呢！大家都忘了。"

阿塔利补充说："他是1951年当上海外领地部部长的，大屠杀是1947年发生的。没错，他是说了些不得体的话，可是他的双手没有沾上鲜血。"

巴丹戴尔什么话都没说，德布雷也不说话。莫阿蒂喝着热巧克力。

朗说："但是有部片子里，看得到他戴着殖民军头盔，站在一群扎着缠腰布的非洲人面前……"

莫阿蒂："电视台不会重播那些画面的。"

法比尤斯："殖民主义的话题对右派不利，他们也不希望在这上面大做文章。"

阿塔利："对阿尔及利亚战争也一样。这场战争首先是对戴高乐主义的背叛。吉斯卡尔不会冒险得罪那些住在阿尔及利亚的法国人的。"

德布雷问："那共产党呢？"

法比尤斯："如果马歇跟我们提阿尔及利亚，我们就跟他提梅塞施密特①。政治和别的一样，没人喜欢蹚过去的浑水。"

阿塔利："如果他不肯松口，我们就抛出'二战'时的苏德同盟！"

法比尤斯："嗯，好，那么他的优势在哪儿？"

沉默。

大家去给咖啡续杯。

法比尤斯点燃一支烟。

贾克·朗说："他看上去还像个文化人。"

阿塔利："没人在意这个。法国人选的是巴丁奎②，不是雨果。"

---

① 梅塞施密特：乔治·马歇被指控"二战"期间主动地为德国军工企业梅塞施密特工作过。

② 巴丁奎：指拿破仑三世，这是查理–路易·波拿巴在英格兰流亡期间假扮成泥瓦匠用过的名字。

朗："他口才雄辩。"

德布雷："是的。"

莫阿蒂："不是。"

法比尤斯："罗伯特怎么看？"

巴丹戴尔："是，也不是。"

德布雷："他在集会时能煽动民意。"

巴丹戴尔："当他有时间展开的时候，以及他有信心的时候，他还是很好的。"

莫阿蒂："可他在电视上不行。"

朗："一对一的时候很好。"

阿塔利："面对面的时候不好。"

巴丹戴尔："别人反抗或反驳他的时候，他就不自在。他知道怎么申辩，但不愿意被打断。他面对一大群人的集会时有多么慷慨激昂，面对记者的时候就有多么晦涩无趣。"

法比尤斯："因为上电视的时候，他一般都看不起对谈的人。"

朗："他喜欢时间充裕，逐渐找到状态，做一些练习。在讲台上，他可以热身，试验效果，适应听众。但在电视上可做不到这些。"

莫阿蒂："可电视不会为他做出改变。"

阿塔利："至少这一年是不可能了。等我们当权以后……"

所有人："我们就炒了艾尔卡巴赫①的鱿鱼！"（众人笑）

朗："应该让他把上电视当作出席一个超大型集会，告诉自己说，摄像机后面聚集着成千上万的人。"

莫阿蒂："当心了，大会发言时抒情是一回事，但在演播室里效果就没那么好。"

阿塔利："他得学会更简明、更直接。"

莫阿蒂："要让他进步，让他练习。我们来给他排练。"

法比尤斯："嗯，我感觉他会喜欢的。"


# 28


在外面胡混了四五天后，哈米德终于决定回家一趟，至少找找看还有没有干净T恤可换。他精疲力竭地爬上六层还是七层楼，走进自己的小阁楼。他在家里没法洗澡，因为没有浴室，但至少可以在床上躺一躺，荡涤身体的疲倦紧张和外部世界的浮华空虚。他把钥匙插进锁里一转，立刻觉得不对劲，门被人弄开过。他推开微微嘎吱作响的门，发现房内一片狼

---

① 艾尔卡巴赫：法国著名记者。

藉，床垫被翻了个面，抽屉被抽出来了，墙壁的踢脚线被扯坏
了，衣服丢在地板上，冰箱门大开着，冰箱里剩下一瓶果汁
没动，盥洗台上方的玻璃碎成了几块，吉尼①和七喜四散在角
落，他收藏的《游艇杂志》，还有法国历史的连环画被一页一
页撕了下来（其中关于法国大革命和拿破仑的那几页似乎消失
了），《小拉鲁斯词典》和书散落一地，音乐磁带被小心地拉
了出来，音响被拆了一部分。

　　哈米德把一盘"超级流浪汉"乐团的磁带重新卷好，放
进录音机里，按下"播放"键，看是不是还放得出来。随后他
往翻了面的床垫上一躺就睡着了，衣服没脱，门还开着，录音
机里开始播放《逻辑之歌》。他迷迷糊糊地想，自己年轻的
时候也觉得生活美好、神奇、不可思议，现在尽管一切都变
了，可他并不觉得责任在自己，也没有变得很激进。

# 29

　　"摩天楼"门口排起了10来米长的队，看门的是个黑
人，长得五大三粗、凶神恶煞的。哈米德看到了萨义德和斯里
曼，他们跟一个自称"中士"的瘦骨嶙峋的大个子在一起。几

---

① 吉尼：一种柠檬碳酸饮料。

个人一起插到队伍前面，叫了看守的名字，跟他说罗兰，哦不，是米歇尔，在里面等他们。"摩天楼"的门开了。里面弥漫着一股奇怪的气味，好像是马厩、渔港和香草味肉桂混在了一起。他们碰到了让-保罗·古德[①]，他把皮带落在了衣帽间。从他的举止他们断定，此人吸了太多毒品，神志不清。萨义德凑近哈米德说，吉斯卡尔当政这些年生活成本太高了，他不行了、撑不住了，但毒品还是不能缺。斯里曼在吧台认出了年轻的博诺·沃克斯[②]。舞台上，一个哥特风雷鬼乐队营造出了烟雾腾腾而庸俗的布景。"中士"随着音乐随意摇摆，却没跟上节拍，博诺忧郁而好奇的目光注视着他。伊夫·穆鲁希[③]对着格蕾丝·琼斯[④]的肚子说话。来自巴西的舞者在客人们中间东摇西摆地穿梭，跳着细腻的卡波耶拉舞。第四共和国时期的一位重量级前部长试图去摸一位初出茅庐的女演员的胸部。还有到哪儿都少不了的年轻男孩女孩们，要么把活龙虾戴在头上，要么牵着走，是的，1980年的巴黎，流行的是龙虾。

门口，两个衣着古怪的小胡子给保安塞了张500法郎的钞票，让他放行。他们把雨伞留在了衣帽间。

萨义德招呼哈米德，问他要毒品。哈米德示意他少安毋躁，然后在一张茶几上卷了支大麻。茶几形状是一个趴伏着的

---

① 　让-保罗·古德：著名摄影师，先锋派艺术多面手。
② 　博诺·沃克斯：爱尔兰U2乐队主唱。
③ 　伊夫·穆鲁希：法国演员。
④ 　格蕾丝·琼斯：20世纪80年代著名的超模和迪斯科女王，以中性形象闻名。

裸体女人，就像电影《发条橙》里的莫洛克吧一样。在哈米德旁边，爱丽丝·萨普里奇①抽着长烟嘴，嘴角挂着女王般的微笑，脖子里围着条蟒蛇（一条真蛇，哈米德想，但他立刻觉得这又是个愚蠢的花样）。她凑过来对他们喊："怎么样，我的小可爱们，今晚不错吧？"哈米德微笑着点燃了大麻，但萨义德回答："不错在哪儿？"

　　吧台边，"中士"终于成功让博诺请他喝了一杯，斯里曼想，他们用什么语言沟通呢？可其实他们看上去没有在聊天。两个小胡子找了个角落坐下，点了一瓶波兰伏特加，里面加了野牛草的。这瓶酒引来了各色俊男美女，不乏一两个二线小明星。维克多·佩奇②，深色头发，衬衫敞开，耳戴钻石，正在和金色头发、衬衫敞开、耳朵夹环的维塔斯·格鲁莱蒂斯③说话。斯里曼远远地向一个看上去得了厌食症的女孩打招呼，她正和"出租车女孩"的歌手交谈。一根仿陶立克风格的混凝土方柱上靠着"电话"乐队的贝斯手，他面无表情，任凭一位女性朋友轻舔脸颊，跟他解释奥兰多的人是怎么喝龙舌兰酒的。"中士"和博诺不见了。福柯从厕所里突然出现在酒吧，与ABBA乐队的女歌手热烈交谈起来。萨义德对哈米德喝道："我要可卡因，要兴奋剂，要毒品，要白粉，要棕粉，要糖，要大象，要犀牛……随便什么，给我拿点来，他妈的！"哈米德把自己的大麻递给他，他怒气冲

---

① 　爱丽丝·萨普里奇：法国演员。

② 　维克多·佩奇：巴拉圭网球运动员。

③ 　维塔斯·格鲁莱蒂斯：立陶宛美国籍网球运动员。

冲地一把抓过，带着一副"看我怎么对你的大麻"的神情，凑到嘴边，带着厌恶和贪婪，深深地吸了一口。角落里的两个小胡子已经跟新朋友打成一片了，一边干杯一边喊"Na zdravé!①"，简·伯金②对一个长得像她兄弟的年轻人说话，但重复了五遍，对方还是没有听懂，只是无力地耸了耸肩。萨义德对哈米德叫道："我们还剩下什么可做？去'帕克'？是计划这样的吗？"哈米德意识到只要没有毒品，萨义德就会变成讨厌鬼，于是抓住萨义德的肩，直视他双眼，对他说"听着"——就像对待一个受到过巨大震惊或是全身僵硬的人——然后从裤子后面的口袋里拿出一张折为两层的A5大小的纸。这是一张"艾德曼合金"的请柬，一家在雷克斯俱乐部对面新开的舞厅。今晚正好是哈米德认识的一个毒品贩子要去那儿主持一场70年代的特别晚会，他的名字出现在请柬上，上方还画着一张隐约有点像娄·里德③的大脸。哈米德问爱丽丝·萨普里奇借了支笔，在请柬背面仔细地用大写字母写上毒品贩子的名字，郑重其事地递给萨义德。对方敏捷地把请柬塞进外套内袋里，扬长而去。角落里的两个小胡子似乎跟新朋友们玩得正起劲，他们发明了一种新鸡尾酒，是把茴香酒、伏特加和苏滋牌龙胆酒混在一起调和而成的。伊娜丝·德拉弗莱桑热④也加入了他们。可他们一看到萨义德向门口走去，便敛

---

① 俄语"干杯"音译。
② 简·伯金：定居法国的英国女演员、歌手，塞尔日·甘斯布的前妻。
③ 娄·里德：美国著名摇滚音乐人，"地下丝绒"乐队的主唱兼吉他手。
④ 伊娜丝·德拉弗莱桑热：20世纪80年代法国最著名的超模。

了笑容，婉拒了"信任"乐队鼓手一边叫着"臭小子！臭小子！"一边想亲他们的脸的要求，一齐站起身来。

萨义德在大街上坚定地往前走，没注意到身后离他一段距离，跟着两个带着雨伞的男人。他计算着要在"艾德曼合金"的厕所里干多少趟才能得到一克可卡因。说不定他该买安非他命，没那么好，也没那么贵。但药效时间更长。会让他有点软，但总还是能让他勃起的。五分钟钓客人，五分钟找地方，五分钟打一炮，一刻钟做全套。做三次应该就够，要是能找到那些特别饥渴的有钱人，也许两次就够了。他认为"艾德曼合金"想吸引的是时髦和有钱的人，而不是那种吸廉价毒品的女同性恋。一切顺利的话，一小时后他就能拿到可卡因。可是他身后跟踪的两个男人逐渐靠近了，就在他准备穿过布瓦索尼埃大道时，一个男人用伞尖对准他大腿刺了一下，趁他跳起来呼痛，另一个男人把手伸进他衣服，偷走了内口袋里的请柬。等他转身，两个人早已穿过了斑马线。萨义德感到大腿有异样，也感到有只手偷偷碰了他胸口，他心想碰到小偷了，立刻确认了证件还在身上（他身上没钱），可随后他就发现请柬被偷了，一下子头都晕了，他一边跑着去追一边大喊"我的请柬！我的请柬！"就在此时，他忽然感到一阵眩晕，力气流失了，视线模糊了，腿脚不听话了，他在马路中间停了下来，手抚上双眼，倒在了喇叭滴滴作响的车流中。

明天，在《自由巴黎人报》上，我们会看到两个人的死讯：一个20岁的阿尔及利亚人，因为毒品过量，暴死街头；一个毒品贩子，在新开的夜店"艾德曼合金"的厕所里被折磨致死，当局立刻决定对这家夜店予以关停。

# 30

"那些人在找什么东西？唯一的问题在于，哈米德，为什么他们没有找到？"

巴亚尔咬着烟，西蒙摆弄着回形针。

巴特被撞死，萨义德被毒死，卖给他毒品的贩子被谋杀，自己的公寓被洗劫，哈米德觉得该去警察局了，因为关于巴特，他没有全部坦白：他们俩最后一次见面时，巴特留给他一张纸。打字机的"嗒嗒"声回荡在各间办公室里。警察总署永远骚动不安。

不，那些搜他房间的人没找到。不，他没带在身上。

那么，他怎么能确定那些人没拿到呢？因为它不在房间里。因为他把它烧了。

好吧。

他看过那张纸吗？看过。说得出讲了什么吗？大概吧！讲了什么？沉默。

巴特让他把内容记下来，然后毁掉。他似乎认为南方口音更便于记忆。哈米德照做了。因为尽管巴特又老又丑，大肚子，双下巴，可哈米德是真心喜欢他的，老头讲到他母亲时伤心得像个孩子，况且这个大教授终于交给他一项口交之外的任务，他觉得很高兴，当然还因为巴特给了他3000法郎。

巴亚尔问："您能背一遍文字内容吗？"沉默。西蒙终于停下了把回形针串成项链的活儿。房间外，打字机的合唱仍在继续。

巴亚尔递给牛郎一支烟，牛郎出于职业的条件反射接了过来，尽管他平时不抽黑烟草烟。

哈米德抽着烟，保持沉默。

巴亚尔指出，鉴于他目前掌握着一个重要信息，而这条信息已经导致三个人死亡，如果不公开，他的生命将始终受到威胁。哈米德反驳说恰恰相反，只要他是这条信息的唯一保管人，别人就不能杀他。他的秘密就是他的人身保障。巴亚尔给他看了死在夜店厕所的毒品贩子的惨状。哈米德久久地凝视着照片。然后往椅背上一靠，开始背诵："像尤利西斯一样美好远行／或像伊阿宋一样觅得金羊毛……"巴亚尔疑惑地看了一眼西蒙，后者告诉他这是杜贝莱的一首诗："唉，可我何时才能再见到／我那炊烟袅袅的小村庄，什么时节才能……"哈米德说上学时学过这首诗，现在还记得。他看上去很以自己的记性为傲。巴亚尔指出他可以拘留哈米德24小时，哈米德回答说悉听尊便。巴亚尔用上一支烟的烟蒂点燃了第二支烟，心里盘算着怎么调整盘问策略。哈米德回不了家，是否保证有地方睡觉？是的，哈米德可以睡在他朋友斯里曼家里，在巴贝斯。他要让大家忘记自己一段时间，不去那些以前常去的地方，不给陌生人开门，出门时四处留意，走在路上时常常回头……一句话，他得躲起来。巴亚尔让西蒙开车送哈米德。直觉告诉他，比起一个老警察，哈米德更容易对一个不是警察的年轻人说实话；再说，跟小说和电影里的警察不一样，他还有其他事情，不可能把100%的工作时间耗在这个案子上，即便吉斯卡尔把这个案子列为优先级，即便他给吉斯卡尔投了票。

他下令让人找来一辆车给西蒙和哈米德。走之前，他问哈米德"索菲亚"这个名字是否令他想到什么，但哈米德说他不认识任何名叫索菲亚的人。一个缺了截手指、身穿制服的职员把他们带到车库，给了他们一辆去掉标识的R16及车钥匙。西蒙填了张表，哈米德坐上副驾驶位，他们离开警察总署，往夏特莱方向驶去。在他们身后，一直狡猾地停在双列停车位上的黑色DS紧随其后也开动了，但没有任何警卫留意到。在十字路口，哈米德对西蒙说（带着点南方口音）："哦！一辆儿福果豪车。"一辆蓝色的福果豪车。

西蒙穿过西岱岛，经过司法宫，来到夏特莱。他问哈米德为什么要来巴黎。哈米德说，基佬们在马赛过得不好，巴黎要好一点，尽管也不很灵（西蒙注意到他用了"灵"这个词），至少基佬在这儿的待遇要好些，要知道在外省，基佬过得比阿拉伯人还糟糕，而且巴黎能找到很多同道中人，很多有钱人，过得很开心。西蒙在里沃利街过了黄灯，黑色的DS为了追上他闯了红灯。不过蓝色的福果豪车停了下来。西蒙告诉哈米德，他在学校教的就是巴特的学说，并很小心地问："那篇东西，讲了什么？"哈米德向他要了支烟，说："说真的，我不知道。"

西蒙不知道哈米德是不是在骗他们，可哈米德说，他背是背了，没理解意思。他得到的指令是，如果发生危险，他要去某个地方，把内容背给某个人听，而不能告诉别人。西蒙问他为什么没这么做。哈米德问他为什么以为他没有这么做。西蒙说他觉得如果真这么做了他就绝不会去警察局。哈米德承认，是的，他没有做，因为那个人离得太远了，他不住在法国，而他又没有足够的钱出国。巴特给的3000法郎他宁愿花在别处。

西蒙从后视镜里注意到黑色DS始终跟在后面。在斯特拉斯堡-圣德尼，他闯了个红灯，结果DS也闯了。他减速，它也减速。他在双列停车，好摸清状况。DS停在他身后。他觉得心跳加快了，问哈米德，将来有了钱，要是有了钱，打算做什么。哈米德一时不明白西蒙为什么停车，但也没问，说有钱的话，他想买条船，组织游客出海，因为他喜欢大海，因为他小时候常和爸爸一起去卡朗格峡湾钓鱼（但这是在他爸爸赶他出门之前的事了）。西蒙忽然开车，轮胎摩擦地面发出声音，从后视镜里他看到黑色的DS轰鸣着飞奔而来。哈米德转身也看到了，他想起在自家楼下，在巴士底广场的晚会上都看到过这辆车，明白自己已经被跟踪好几个星期了，早就可能被杀死十次有余，虽然如今还活着，但并不意味着第十一次就不会死。于是他一把抓住侧面车窗上方的把手，只说了句"向右转"就一言不发了。

西蒙不假思索地转了弯，发现他们来到一条与玛珍塔大道平行的小巷子里，让他最恐惧的是，后面的车根本毫不掩饰自己的跟踪行为，它越来越近，西蒙灵机一动，忽然刹车，DS撞上了R16的车尾。

有那么几秒钟，两辆车一前一后，一动不动，好像失去了意识，而车里的乘客也呆住了，没从事故中回过神来。然后，西蒙看到一只手臂从DS里伸了出来，有一样金属物体闪了一下，他觉得是个武器，于是猛踩了一下离合器，第一下没发动，R16发出可怕的喀嚓一声，往前一跳。手臂缩了回去，DS也发动了。

西蒙闯过了所有的红灯，不停地摁喇叭，像空袭警报一样划破了第十区的宁静，DS紧随其后，像在瞄准器里发现了敌机的枪手一样咬定不松口。西蒙撞上一辆505，碰到一辆小卡车，驶上了人行道，差点压死两三个行人，把车开到了共和国广场。在他身后，DS像蛇一样在障碍物之间灵活穿梭。西蒙在车流中东拐西拐，避开行人，对哈米德大喊："文章！背文章！"可哈米德无法集中精神，他紧抓着吊把，一个字都说不出来。

西蒙绕着广场，边开边动脑筋。他不知道本区的警察局在哪儿，但记得有一年国庆，在消防员营地举行过一次舞会，就在玛莱区，巴士底广场附近。他冲进骷髅地女孩大道，对哈米德咆哮："那文章讲了什么？标题是什么？"哈米德脸色惨白："《语言的第七功能》。"就在他准备背诵全文的时候，DS赶上了他们，副驾驶那边的车窗摇了下来，西蒙看到一个小胡子用手枪向他瞄准，枪响刹那，他用尽全身力气刹了车，DS超过了他们，子弹打偏了，可随后西蒙身后的一辆404顶了上来，又把他的车推到与DS并行，西蒙用力向左一拐，把DS撞到了对面车道，但它奇迹般地避开了一辆反向开来的蓝色福果豪车，从冬季马戏团边上的一条侧边道开出去，消失在了与博马舍大道——它是骷髅地女孩大道的延伸——平行的阿莫洛街上。

西蒙和哈米德觉得已经摆脱了跟踪者，但西蒙仍然朝着巴士底方向开，他没想到迷失在玛莱区的小巷子里。哈米德开始机械地背诵："有一种功能，不同于言语交流其他的不可剥夺的要素……且在某种程度上囊括了它们全部。这种功能，我们叫作……"就在这一瞬间，DS忽然从他们侧面直竖着冲出来，随着一阵钢铁的轰鸣和玻璃碎裂的声音，R16被狠狠撞在了一棵树上。

西蒙和哈米德一时头晕目眩，从冒着烟的DS中走出来一个一手持枪一手拿伞的小胡子，冲过来一把拉开副驾驶位摇摇欲坠的车门，用枪抵住哈米德的脸，扣动扳机，可什么都没发生，枪卡壳了，他又试了一次，咔嗒咔嗒，还是不行，于是他以伞为矛，向哈米德胸前刺去，哈米德手臂一挡，伞尖一偏刺进他肩膀，他痛得大叫，惊怒交加，从小胡子手里夺过雨伞，与此同时解开安全带，扑向对手，把伞尖插进他胸膛。

与此同时，另一个小胡子走向驾驶位。西蒙神志还清醒，想从车里出来，可门变了形，他被困在了驾驶座上。小胡子拿起武器对准他，他惊慌失措，只能眼睁睁看着黑洞洞的枪管，从里面即将飞出一颗子弹，钻进他的脑袋，而他居然还想到"电光一闪，复归黑暗"①，就在这一瞬间，发动机的轰鸣撕破了空气，一辆蓝色福果豪车直直开过来，把小胡子撞得飞了起来，摔在马路上。从福果豪车上下来两个日本人。

西蒙从副驾驶位爬出来，连滚带爬跑向倒在第一个小胡子身上的哈米德。他把他翻过来，看到他还在动，松了口气。两个日本人中的一个走过来，扶起受伤的年轻牛郎的头，搭了下他的脉搏说"毒药"，可西蒙起初听成了"鱼"②，这让他想起巴特关于日本食物的分析，直到他看到哈米德脸色蜡黄、眼睛发黄、全身痉挛，这才反应过来。他大叫，谁去叫辆救护车，哈米德想跟他说些什么，艰难地直起身。西蒙凑上去问他功能是什么，可哈米德已经背不了文章了，头脑里闪过许多事情，马赛的贫穷童年、巴黎的生活、朋友们、胡搞、桑拿、萨义德、巴特、斯里曼、电影、穿顶咖啡馆的羊角面包、与他交缠在一起的油亮身体的皮肤反光、远处传来救护车的声音，就在他将要咽气的当口，他用最后一点力气吐出一个词："回声。"

---

①　波德莱尔的诗《给一位过路的女子》中的一句。
②　法语中"毒药"和"鱼"只差一个字母，发音相近。

# 31

　　巴亚尔到达时，警察已封锁了周边。两个日本人消失了，被他们撞倒的第二个小胡子也不见了。哈米德的尸体仍躺在马路上，袭击他的人，胸前插着伞，也一样横陈在地。西蒙·赫尔佐格披着条毯子在抽烟。不，他没事，他不知道那些日本人是谁。他们什么都没说，救了他一命就走了，开着福果。是的，第二个小胡子很可能受伤了，想必很强壮，才能在这样猛烈的撞击后还站得起来。巴亚尔困惑地注视着两辆车的残骸。为什么是DS？这种车1975年就停产了。另一方面，福果是刚出厂不久的新车型，甚至还没投放市场。警察用粉笔勾勒出哈米德尸体的轮廓。巴亚尔点了一支烟，哈米德的算盘打错了：他掌握的信息没能保住他的命。巴亚尔总结出，杀他的人不想让他开口，想让他永远沉默。为什么呢？西蒙告诉他哈米德临终前说的话，巴亚尔问他对语言的第七功能知道多少。出于无意识的职业习惯，西蒙解释："那是一位俄国大语言学家的语言学分类，他名叫……"

　　罗曼·雅各布森。

　　西蒙没有继续说下去。他想起在巴特办公桌上看到的雅各布森的《普通语言学随笔集》，那本书正翻到语言的功能那

第一部分 巴黎 >>>

一页，而且用一张纸作为书签。

他对巴亚尔说，他们去搜查巴特家的时候，那份已经导致四个人丧命的文件也许就在他们眼皮底下溜走了；他没留意他们俩身后站着一个警察，等听得差不多了，那人走开去打了个电话。他也没能看到这个警察左手缺了一截手指。

虽然始终不很明白雅各布森是怎么回事，巴亚尔还是觉得他们掌握的已经够多了。他带着西蒙坐进标致504，向拉丁区驶去，身后跟着一辆坐满穿制服的警察的大汽车，缺手指的也在其中。他们拉着警笛开到了圣叙尔皮斯广场，这或许是个错误。

沉重的大门装着电子门锁，他们砰砰砰地去敲门房的窗。门房很惊讶，来给他们开门。

不，没人要求进巴特的阁楼。自从上个月万喜的工人装了电子门锁之后，没发生什么特别的事情。是的，就是那个有俄国口音的，也可能是斯拉夫口音，也可能是希腊口音。啊对了，很有意思，他正好今天又来了。他说预备安装对讲机，需要估个价。不，他没要七楼的钥匙，有什么问题吗？看，那把钥匙挂在木板上，和其他钥匙放在一起呢！是的，他上楼了，5分钟前吧。

巴亚尔拿起钥匙，大步流星上了楼，六七个警察跟在他身后。七楼阁楼的门关着，巴亚尔把钥匙插进门锁，可是插不进：里面有一把钥匙，是巴特身上丢了的那把。巴亚尔心想，他拍着门大喊"警察！"房内传出声响。巴亚尔让人把门撞开。办公桌似乎没被动过，可桌上的书不见了，笔记本也不

111

见了。房间里一个人都没有，窗户紧闭着。

但是和六楼连通的活动门开着。

巴亚尔命令手下下楼，但他们转身的工夫，那个闯入者已经到了楼梯间；警察们迎面撞上了从家里跑出来的巴特的弟弟米歇尔，他因为忽然从天花板冒出来一个陌生人而惊慌失措，这就让那万喜公司的技工又比他多跑了两层楼；到了楼下，逃跑的人把一无所知的西蒙推到一边，然后从外面把门关上，他自己安装的保险机制立刻启动，把门锁上了。

巴亚尔冲进门房打电话叫增援，可这是个拨号盘电话，拨通电话的时间似乎足以让逃犯逃到奥尔良门了，甚至感觉逃到奥尔良市都绰绰有余。

但那人没朝那个方向走。他想开车逃跑，车停在路尽头，人却被两个站岗的警察拦住了，于是他往卢森堡公园方向跑，两个警察在后面鸣枪示警。巴亚尔在锁上了的大门后面大叫"别开枪！"他当然要活的。等巴亚尔和他的人终于摁下了嵌在墙上的按钮，把大门打开时，逃犯已经消失了。但巴亚尔已经拉响警报，他知道本区马上就会封锁，这个人逃不远。

那人跑步穿过卢森堡公园，身后跟着警察的哨声。行人们早已习惯公园里众多的慢跑者和公园看守的哨声，并没有特别在意这一幕。有个警察迎面追上了他，想把他掼倒，但他像橄榄球运动员一样扑过去把警察撞翻在地，跨过他的身体，继续往前跑。他去哪儿？他知道吗？他换了个方向。可以肯定的是，他必须在警方把所有路封锁之前离开公园。

巴亚尔此刻正坐在小型运货车里，通过无线电下达命令。警力已遍布拉丁区，那人被包围了，他完了。

但那人自有办法，他沿着王子街一路向下，这条狭窄的街是单行道，车子追不进来。出于只有他自己知道的理由，他必须跑到右岸去。他从波拿巴街出来，上了新桥，但到这儿他就没路了，警方的车已在桥那头恭候。他转身看到巴亚尔乘坐的警车拦住了他的退路。他现在走投无路，即使跳到水里，也游不了多远，但他想也许还有最后一招可以一试。

他爬上桥栏杆，从外套口袋里拿出一张纸，手臂伸开。巴亚尔独自一人靠近。他说再近一步他就把纸扔进塞纳河，巴亚尔站住了，仿佛身前有一堵看不见的墙。

"冷静。"

"往后儿退！"

"你想要什么？"

"一辆加满油的车儿。要不我就扔了这个问间（文件）。"

"好啊，扔吧！"

那人手臂一动，巴亚尔不禁全身颤抖。"等等！"他知道这张纸至少可以让他查清楚4个人的死亡。"我们谈谈，好吗？你叫什么名字？"西蒙走到巴亚尔身边。桥两边的警察持枪瞄准逃犯。那人气喘吁吁，胸脯起伏，把另一只手伸向口袋。就在此时，一声轰响。那人原地打了个转。巴亚尔大叫："别开枪！"那人像石头一般坠下河去，那张纸却在河面上空飘飘荡荡。巴亚尔和西蒙快步上前，趴在栏杆上，像被催眠一样呆呆地看着纸缓缓飘落，在空中划出优美的曲线，最后落在水面上，顺水而漂。巴亚尔、西蒙和其他警察，直觉告诉他们那张纸是他们真正的目标，一个个纹丝不动、大气不出，注视着纸张随水漂走。

巴亚尔第一个从愕然中回过神来，他觉得还可一搏，迅速脱掉外套、衬衫、裤子，爬上桥栏杆，犹豫了几秒钟之后跳了下去，消失在溅起的一片水花中。

等他从水里露出头的时候，离那张纸大约有20米。桥上，西蒙和其他警察像支持自家球队的球迷一样齐声大叫，向他指出纸张漂走的方向。巴亚尔奋力游去，刚想靠近，纸又漂远，但无论如何，距离在缩短，还差几米他就够得到了，但他和纸一起消失在桥下。西蒙和警察们跑到桥的另一边，等着他们出现。当他们再次出现时，叫喊声也再次响起。还差1米了，可就在这时，一条游船开过，激起一些浪花，吞没了那张触手可及的纸，巴亚尔也一个猛子扎下去，有一阵子只能看到他的短裤露出水面。终于他再次从水中探出头时，手里握着那张被水泡烂的纸。在一片欢呼声中，他艰难地游到了岸边。

众人把他拉上岸，他摊开手掌，却发现那张纸已经不成样子了，字迹也糊得无法辨认，因为巴特是用水笔写的。我们不是在拍电视剧，没有神奇的手段恢复文字，没有扫描、没有紫光，文件已经损坏，无法修复。

刚才开枪的警察向巴亚尔解释，他看到男人准备从口袋里掏武器，因此想都没想就开了枪。巴亚尔注意到他左手缺了截手指，问他是怎么回事。他说是他在乡下父母家里砍木头时不小心砍掉的。

　　警方的潜水员把那人的尸体打捞了上来，发现他外套口袋里没有武器，只有巴特书桌上那本《普通语言学随笔集》。巴亚尔刚把身体差不多晾干，问西蒙："什么乱七八糟的，这个雅各布森是什么人？"西蒙终于可以继续他的介绍了。

# 32

　　罗曼·雅各布森是一位俄国语言学家，出生于19世纪末，是结构主义思潮的先驱。他可能是索绪尔（1857～1913）、皮尔斯（1839～1914）和叶尔姆斯列夫（1899～1965）之后，语言学奠基人中最重要的理论家。

　　他从修辞学的两种形式：隐喻（用一个词代替另一个与之具有相似性的词，比如"金属大鸟"指协和飞机，"愤怒的公牛"指拳击手杰克·拉莫塔）和换喻（用一个词代替另一个与之具有邻近关系的词，比如"一把利刃"指击剑手，"喝一杯"指喝杯子里盛的液体——以容器代内容）出发，从选择轴和结合轴两个方面解释了语言的功能。

　　大体上说，选择轴是纵向的，讲的是词语的选择：每一次您说出一个词，都是在头脑中的一张词汇表中做出选择。比如，"山羊""经济""死神""裤子""我""你"

"他"。

然后再把这些词和其他词关联起来，"塞根先生的""病态的""和他的镰刀""皱巴巴的""特此声明"，这样就构成了一句句子：这个语链，是横向的，词语按不同顺序排列，让您说出一句话，然后是几句话，然后是一个语篇。这就是结合轴。

在名词后面，您必须决定跟着的是一个形容词，一个副词，一个动词，一个连词，还是一个介词……随后选择用哪个形容词、哪个副词或哪个动词：在每一步结合操作中，您都要进行选择操作。

选择轴是让您在同等语法级别的词汇表中选择，名词还是代词，形容词还是定语从句，副词、动词，等等。

结合轴是让您选择词语的语序：主语—动词—补语，还是动词—主语，还是补语—主语—动词……

词汇和句法。

您每说一句话，都是在无意识地进行这两个操作。大体上说，选择轴动用您的大脑硬盘，结合轴则归处理器管（我担心巴亚尔不懂这些信息概念）。

但目前情况下，我们感兴趣的不是这些。

巴亚尔嘟哝了一声。

雅各布森还归纳了一个语言交际模式，包括以下一些要素：发话者，受话者，信息，语境，媒介和代码。他从这个模式出发，得出了语言的功能。

雅克·巴亚尔并不想知道更多，可为了调查方便，他还是得知道个大概。语言的功能如下：

"指涉"功能是语言的第一大功能，也是最显而易见的功能。我们用语言谈论事物。所使用的词语指向某一个语境，某一个现实，某一个主题的相关信息。

"情感"或"表情"功能旨在表达发话者对其传达信息的存在或立场：感叹词，方式副词，评判的痕迹，嘲讽……发话者表达关于外部主题的信息时所采取的方式本身提供了关于发话者的信息。这是"我"的功能。

"意动"功能是"你"的功能。它是指向受话者的。这种功能一般都出现在命令式或呼唤语中，也就是说对受话者的召唤，比如"士兵们，我对你们感到很满意！"（您能同时注意到，一个句子基本不可能只有一种功能，而是结合了好几种。在奥斯特里茨战役之后，拿破仑对自己的军队说话时，用了"情感"功能——"我感到满意"——和"意动"功能——"士兵们/对你们！"）

"寒暄"功能是最有意思的，因为它把交流视作目的本身。打电话时您说"喂"，您说"我听着呢！"意思是"我正在交流情境中"，除此以外不用再说别的。您跟朋友在咖啡馆高谈阔论，当您谈起天气、谈起昨晚的球赛时，您感兴趣的不是信息本身，您是为了说话而说话，唯一目的是延续对话。可以说多数情况下我们开口的头几句话就是这一功能。

"元语言"功能旨在确认发话者和受话者彼此理解，也就是说双方使用了同样的代码。"你明白吗？""你听懂我说什么了吗？""你知道吗？""我来解释给你听……"或者在受话者这边，"你想说什么？""这是什么意思？"等。所有对词语的定义、对想法的解释，所有与语言学习过程相关的、关于语言的话、元语言，都是"元语言"功能。字典的功能就是纯粹的元语言功能。

最后一种功能是"诗性"功能。这个功能是从审美角度审视语言。词语的发音之美，叠韵、谐音、重复、回音、节奏，都属于这一功能。我们在诗歌中发现这种功能，在歌词、报纸标题、演讲稿、广告标语或政治口号……中，也会用到。比如"CRS = SS"就是"诗性"功能的体现。

雅克·巴亚尔点了支烟说："这才六个。"

"什么？"

"这才六个功能。"

"啊，是的。"

"没有第七功能？"

"唔，唔……应该是有的。"

西蒙傻乎乎地笑着。

巴亚尔大声质问西蒙人们到底是为什么雇佣他。西蒙强调这可不是他自己的要求，他是被迫的，是应了一个警察国家的首脑、一个法西斯总统的命令才待在这儿的。

话虽如此，西蒙经过思考，或者说重温雅各布森之后，总算发现了潜在的第七功能的痕迹，被称作"魔法或咒语"功能，指的是"与作为意动信息接收者的、不在场的或无生命的第三者的对话"。雅各布森举了一个立陶宛语咒语的例子："这个麦粒肿快消肿吧，tfu tfu tfu"。是的，是的，是的。西蒙想。

他还说了俄国北部的一种咒语："水，河流的女王，曙光！请把痛苦带去蔚蓝的大海，带到大海深处，不要再让它来侵蚀我主忠诚的仆人那脆弱的心灵了……"再举一个例子，《圣经》里有一句："日头啊，你要停在基遍，月亮啊，你要止在亚雅仑谷。于是日头停留，月亮止住。"（《约书亚记，10：12》）

好吧，可这些听起来都像奇闻轶事，我们不能把它作为一种完整的功能来看待，顶多算是意动功能一种有点谵妄的用法，主要起宣泄作用，最多也就算诗性功能，但绝对没有实效：对神灵乞求庇佑只可能出现在神话里。西蒙可以肯定，这并不是语言的第七功能；再说，雅各布森举这些例子，只是出于仔细，担心挂一漏万。例子举完之后，他又回到严肃的分析中去了。"魔法或咒语"功能？只是个可以忽略的有趣的小插曲，不值得为此闹出人命来。

# 33

"我以西塞罗的亡灵起誓，朋友们，今夜，让我们沉浸在省略三段论中！我知道你们中有人温习了亚里士多德，有些人深谙昆提利安之术。可这些，是否足以应对迂回的句法中种种词汇的陷阱呢？考拉克斯的英灵在对你们说话。向奠基者们致敬！今晚的优胜者将获得叙拉古之行。而落败者……将被门夹手指。这总比夹舌头好……请记住，今天的演讲者将是明天的雄辩家。荣耀属于罗各斯！罗各斯俱乐部万岁！"

# 34

　　西蒙和巴亚尔在一间既是实验室又是军械库的房间里。他们面前，一个穿工作罩衫的男人在检查小胡子留下的那支差点让西蒙脑袋开花的手枪。（西蒙想："他就是Q。"）这位弹道专家一边摆弄着手中的武器，一边高声评论："9毫米，弹匣容量8发，双动操作，钢制枪，胡桃木枪柄，净重：730克不含弹夹。"有点像"沃尔特"PPK，不过保险机柄是反的，所以应该是"马卡洛夫"PM。苏联产的。不过——

　　专家解释，火器就像电吉他一样。比如说，芬德是一家美国公司，生产的经典电吉他，有凯西·理查兹用的"泰莱"，还有吉米·亨德里克斯用的"斯特拉"。但还有一些墨西哥或日本的特许生产商，他们的电吉他基本是芬德的翻版，比原版便宜，也比原版粗糙些。

　　这把"马卡洛夫"不是苏联产的，而是保加利亚产的。可能就是因此才会卡壳，苏联版是很可靠的，保加利亚翻版稍微差点。

　　"不过，您听了这个会开心的，警官先生。"专家给他们看从小胡子胸口拔下来的雨伞，"您看到这个洞了吗？伞尖凹下去了。它的原理就像针筒注射器一样。只要一扣手柄的扳手，阀门就会打开，液体通过空气压力流出伞筒。原理简单得可怕。您记不记得两年前在伦敦，保加利亚的异见分子乔治·马可夫被暗杀？用的就是一样的东西。"巴亚尔记得，凶手被认为是保加利亚的秘密警察，当时用的是蓖麻毒素。但现在，毒药毒性更强了，是一种肉毒素，可以阻断神经传导，导致肌肉麻痹，几分钟内就能由于窒息或心脏骤停而致人死亡。

　　巴亚尔一边思考，一边摆弄着雨伞装置。

　　赫尔佐格会不会凑巧在大学里认识个把保加利亚人呢？西蒙想了一下。

　　是的，认识一个。

# 35

　　两个米歇尔，米歇尔·波尼亚托夫斯基和米歇尔·德·奥尔纳诺正在总统办公室汇报。吉斯卡尔忧心忡忡地站在二楼窗边，正对着爱丽舍宫的花园。奥尔纳诺抽着烟，吉斯卡尔向他要了一支。波尼亚托夫斯基坐在角落里靠沙发的宽大扶手椅

上，倒了杯威士忌，放在面前的茶几上。他先开口："我见
到了跟安德罗波夫①有联系的几个眼线。"吉斯卡尔什么都没
说，政治家做到他这个层面，都希望合作者不需要他开口提
问。波尼亚托夫斯基回答了那个没有说出来的问题："他们
说，克格勃与这件事无关。"

吉斯卡尔："你凭什么觉得我们可以信任这个观点？"

波尼亚："有几个因素。最大的证据是他们对这样一份
文件不是迫切需要，从政治上说。"

吉斯卡尔："在那个国家，宣传是决定性因素，文件或
许对他们有用。"

波尼亚："我对此表示怀疑。勃列日涅夫上台以后，相
比他的前任赫鲁晓夫，并没有特别支持言论自由。苏联是没有
辩论的，就算有，也是在党内，不会让公众知道。因此，关键
不是说服力，而是政治权力。"

奥尔纳诺："正是这样，我们可以想象，也许勃列日涅
夫，或是党内的其他某人，希望在内部使用这个文件。苏共中
央现在竞争激烈，谁有王牌，谁就脱颖而出。"

波尼亚："我觉得勃列日涅夫不会想用这种方式来显示
他的优势，他不需要。根本不存在反对派，系统是封闭的，中
央委员会里没有人能在国家机器不知情的情况下，为了个人利
益而支持这样的举动。"

奥尔纳诺："除了安德罗波夫。"

---

① 安德罗波夫：苏联政治家，曾任克格勃主席。

波尼亚（恼火地）："安德罗波夫是影子里的人。他在克格勃头头的位子上，比任何其他职位权力都大。我觉得他不会投入到这种政治冒险中。"

奥尔纳诺（嘲讽地）："没错，这不像是影子的做法。大家都知道，塔列朗①也好，富歇②也罢，都没有任何政治抱负。"

波尼亚："说到底，他们也没有实现这些抱负。"

奥尔纳诺："这可难说，在维也纳会议上……"

吉斯卡尔："行了！别的还有什么？"

波尼亚："没有苏联老大哥的支持，保加利亚基本不可能采取行动。不过，也不排除保加利亚特工授命于其他个人，但事件的性质有待明确。"

奥尔纳诺："保加利亚情报局这么管不住他们的人？"

波尼亚："收受贿赂大行其道，社会任何部门都不能幸免，情报部门首当其冲。"

奥尔纳诺："特工利用业余时间接活？说实话……"

波尼亚："同时受雇于好几个雇主的特工，有什么稀奇的？"（他喝光杯中的酒。）

吉斯卡尔（在一个河马形状的象牙制烟灰缸里捻灭了烟）："到此为止吧。还有其他吗？"

波尼亚（头枕着双手，往后靠在扶手椅背上）："听说卡特的弟弟是受雇于利比亚的特工。"

①　塔列朗：法国著名外交家，曾为六个政权效力。
②　富歇：法国政治家，大革命时期的骑墙派。

吉斯卡尔（惊讶地）："哪个卡特？比利？"

波尼亚："安德罗波夫好像是从中情局得到这个消息的。他听了笑得要命。"

奥尔纳诺（重新回到主题）："我们怎么办？就这么在疑惑中下结论？"

波尼亚："总统不需要那份文件，他只需要知道对手没有就行。"

据我所知，没有人指出过，当吉斯卡尔尴尬或高兴时，他的发音问题就会越发明显。他说："谁然（虽然）的确如此……但要能找得回来就更好……至少知道它在哪儿，如果可能的话拿回来，那我就更放心了。对法国也一样。假设这个文件落入了，嗯，图谋不轨的人手里……倒不是因为……总之就是这样。"

波尼亚："那就得给巴亚尔下命令：让他把文件带回来，但不要让任何人看。别忘了，他身边那个年轻的语言学家有解读文件的能力，也就是说有使用它的能力。要不就一定把文件销毁，不留任何副本。（他站起来走向吧台，一边嘟囔着。）左派。肯定是左派……"

奥尔纳诺："可是怎么知道文件有没有被人用过呢？"

波尼亚："根据我获得的消息，如果有人用过，我们应该很快就能发现……"

奥尔纳诺："可如果此人很谨慎，低调行事呢？"

吉斯卡尔（靠着德拉克洛瓦油画下方的写字桌，摆弄着盒子里的荣誉军团勋章）："这好像不太可信。一种权力，不管是什么权力，其使命都是被履行。"

奥尔纳诺（好奇地）："对原子弹也适用吗？"

吉斯卡尔（职业口吻）："尤其是原子弹。"

世界末日的景象使总统陷入了一番轻微的臆想。他想起了穿过奥维涅省的A71公路，想起了夏玛丽耶乡政府，想起了他统治的法国。另外两人恭敬地等着他继续。"目前，我们所有的行动都应该围绕一个目标：阻止左派当政。"

波尼亚（闻着一瓶伏特加）："只要我活着，法国就不会有共产党人当上部长。"

奥尔纳诺（点上一支烟）："没错，你要想在总统选举中获胜，就必须阻止这一切。"

波尼亚（举起酒杯）："Na zdrowie！①"

# 36

"克里斯托夫同志，你自然应该知道谁是20世纪最伟大的政治家？"

埃米尔·克里斯托夫没有被召去鲁比样卡②，他其实也不想去。

---

① 俄语"祝你健康"。
② 苏联时期克格勃总部所在地。

"当然咯，尤里·弗拉基米罗维奇。是格奥尔基·季米特洛夫。"

这看上去是一次和克格勃首脑尤里·安德罗波夫的非正式会面，地点也选在公共场合：莫斯科的一个地下老酒吧里——在那儿，几乎所有的酒吧都这样。但这一切并不能让他安心，在公共场合也可能被捕，甚至可能死亡。这些他都知道。

"一个保加利亚人，"安德罗波夫笑了，"谁曾想到呢？"

服务员把两小杯伏特加、两大杯橙汁和盛在小碟子里的两大根酸黄瓜放在桌上。克里斯托夫不禁想，这人是不是个眼线。周围的人抽着烟，喝着酒，大声说话，要想对话不让人听到，有这么个铁律：要身处喧闹的场所，噪声杂乱，这样即使有麦克风，也无法辨认出某个特定的声音。如果是在公寓里，就要在浴缸里放水。不过最简单的做法还是出来喝一杯。克里斯托夫看着顾客们的脸，认出至少两个特工，但他觉得应该不止这两个。

安德罗波夫继续谈论季米特洛夫："1933年德国的国会纵火案，整个诉讼过程都记录了下来。当时戈林作为证人，季米特洛夫作为被告人，两人之间的交锋预示了后来'二战'时纳粹的进攻，共产党人的英勇抵抗以及我方的最终胜利。这个案子从各个层面——政治和道德上——高度象征了共产党的优势。在法庭上，面对挥舞拳头威胁恫吓的戈林，季米特洛夫完美地使用了历史辩证法，庄严地讥笑纳粹。要知道他可是冒着掉脑袋的危险的……多么激动人心的场景！戈林当时是国会主席、普鲁士总理和内政部部长，身居要职。但季米特洛夫完全扭转了形势，他让戈林不得不回答他的问题，彻底打败了戈林。戈林怒火中烧，气得直跺脚，像个不允许吃甜点的小男孩那样撒泼。而坐在被告席上的季米特洛夫，面对戈林，向大家揭露了纳粹的疯狂，连庭长也意识到了，请季米特洛夫原谅戈林粗鲁的行为。多好笑啊！我对他说的话还记忆犹新：‘因为您一直在进行宣传，难怪证人如此激动。’激动！季米特洛夫则说他对总理的回答非常满意。哈哈！这个人！是个天才！”

　　克里斯托夫从这番话里处处都能听到隐射和暗示，但他试着从具体语境去考虑，因为他知道自己的妄想症会影响他正确判断克格勃首脑的话。不过他被召到莫斯科来，本身就是一个明确的迹象。他想的不是安德罗波夫是否知道了什么，而是他究竟知道多少，这个问题要难得多。

　　“当时全世界的人都在说：‘德国只剩下了一个人，而这个人是保加利亚人。’我认识他，你知道的，埃米尔。他是个天生的演说家。一个演讲大师。”

　　克里斯托夫同志一边听安德罗波夫赞扬伟大的季米特洛夫，一边掂量着自己的情形。对一个准备说谎的人来说，没有比不知道对话者的知情程度更糟糕的事情了。他知道迟早自己得冒个险。

　　这个时刻到来了：说完了季米特洛夫，安德罗波夫问他关于最近几份送交到他办公桌上的报告的详情，巴黎的那个行动到底是怎么回事？

　　来了来了。克里斯托夫感到心跳加快，尽量不大口喘气。

安德罗波夫咬了一口酸黄瓜。必须立刻决定，要么承认行动，要么声称一无所知。不过后者会让自己戴上无能的标签，这在情报系统可不是什么好事。克里斯托夫深知一个好的谎言是什么样的：它必须淹没在真相的汪洋大海中。90%的真话，会让我们试图隐瞒的10%听起来也像是真的，而且能降低自相矛盾的风险。还可以节省时间，不至于把自己也绕进去。谎言只能针对一个点说，其余的都要坦诚。埃米尔·克里斯托夫凑到安德罗波夫身边说："尤里同志，你认识罗曼·雅各布森吗？他是你的同胞，写过关于波德莱尔①的很美的作品。"

# 37

我亲爱的尤丽卡：

我昨天从莫斯科回家了。此次莫斯科之行一切顺利，至少我这么想。不管怎么说，我回来了。我和老家伙喝了不少。他很和气，到后来好像醉了，但我想不是真醉。我有时候也会装醉，为了获取信任，降低别人的戒心。但我自己呢，你想的没错，我从来不会降低戒心。我告诉了他想知道的所有事情，当然，除了你以外。关于巴黎的行动，我说我起初觉得那份手稿没那么大力量，想先确认一下，所以没事先通知他。但我部门里有些人是相

---

① 波德莱尔：法国著名诗人，代表作为《恶之花》。

信文件的威力的，因此我虽然将信将疑，也还是紧急派了几个特工过去。我还说他们恪尽职守，表现出色。法国方面好像已经开始调查了，但吉斯卡尔还装出一副不知情的样子。你也许可以通过你丈夫的关系打听一下？无论如何，千万小心。我现在已经被老家伙盯上了，所以不能给你增派人手了。

　　卡车司机已经到了，还有把文件交给你的那个假医生也到了。法国人绝对找不到他们，他们现在正在黑海边度假呢！只有通过他们才能查得到你。当然还有两个死了的特工，以及仍在跟踪调查的那个：我知道他受了伤，但是他很壮，你可以依靠他。万一警察查到了什么，他知道该怎么做。

　　我要给你一个建议。你必须把那个文件归档，我们这里的其他人一般习惯把这种不容丢失的珍贵文件好好保存，藏起来，而且绝不能把内容透露给任何人知道。你应该复印一份，只一份就够，然后把复印件交给一个值得信任，但不知情的人。原件你自己保存。

　　还有一件事，留心日本人。

　　我就这么几条建议，我的尤丽卡，千万别忘了。我希望你过得好，一切如意，虽然经验告诉我世事本难尽如人意。

关心你的老爸，

Tatko[①]

　　P.S.用法语给我回信，这样更安全，我也好练习练习。

---

①　保加利亚语"父亲"的意思。

# 38

先贤祠后面，有巴黎高师的一些公房。在其中一间大公寓里，一个白头发、大眼袋、神情倦怠的男人说：

"我一个人。"

"埃莱娜呢？"

"我不知道。我们又吵架了，她为了一个荒唐的理由大发雷霆。也许是我的缘故。"

"我们需要你。你能保存这个文件吗？不要打开，不要看，不要对任何人说，对埃莱娜也别说。"

"好的。"

# 39

很难想象1980年的克里丝蒂娃是怎么看索莱尔斯的。索莱尔斯那种造作的讲究，法国式的放荡不羁，近乎病态的夸夸其谈，辛辣的愤青式文风，近乎夸耀的资产阶级文化修养，在

1960年或可吸引一个从东欧来到西欧的保加利亚小姑娘。15年过去了，对她而言，最初的魅力也许消退了吧！不过也难说，他们的结盟坚如磐石，当初如此，现在依然如此：好比一支分工明确、团结一致的队伍。他负责虚张声势、追名逐利、出乖卖丑；她则发挥危险的、冷漠的、结构主义的斯拉夫魅力，游走于大学文化圈子，结交各派风流名士：两人的上位所需的所有技术层面、制度层面和必不可少的行政层面的运作。据说男的甚至"不会填邮政支票单"。光他们两个就足以组成一辆隆隆向前的战车，一往无前，驶入下个世纪，驶向事业的巅峰：当克里丝蒂娃从萨科齐手中接过荣誉军团勋章时，一同参加授勋仪式的索莱尔斯还不忘讥讽总统把"巴特"发成了"巴尔戴斯"。他们一个唱红脸，一个唱白脸。鱼与熊掌，可以兼得。（萨科齐之后，奥朗德授予了克里丝蒂娃更高级别的"司令勋位"勋章。流水的总统，铁打的受勋者。）

可怕的二人组，政治的夫妻档：让我们暂且记住这些。

克里丝蒂娃打开门，发现阿尔都塞是携夫人一起来的，忍不住——或许是不想忍住——不悦地皱了皱眉。而阿尔都塞的夫人埃莱娜，深知今晚此间的众人对她有看法，嘴角扯出一个强笑。两个女人互相之间本能的仇恨，令她们忽然有了一点默契。阿尔都塞呢，手里拿着一小捧花，看上去像个犯了错的孩子。克里丝蒂娃赶忙把花放到水池里去。索莱尔斯显然开胃酒有点喝过了头，充满感情地大声欢迎两位客人："怎么回事，亲爱的朋友们……就等你们了……马上就要开饭啦……亲爱的路易，一杯马提尼……像往常一样？……红的！……

哼哼！……埃莱娜呢……您喜欢什么？……我知道……血腥玛丽！……嘻嘻！……朱莉亚……把芹菜拿来……亲爱的？……路易！……党怎么样？……"

埃莱娜像一只胆怯的老猫，观察着其他客人，她只认出了贝纳尔·亨利-莱维，她在电视上见过；还有拉康，他跟一个身穿黑色皮质套装的高个子年轻女人在一起。落座时，索莱尔斯一一介绍，但埃莱娜没去记名字：一对穿运动装、来自纽约的年轻夫妇，一个中国女人，不是大使馆参赞就是北京马戏团的空中杂技演员，一个巴黎编辑，一个加拿大女权斗士，一个保加利亚语言学家。"无产阶级的先锋"，埃莱娜心中冷笑。

宾客们甫一落座，索莱尔斯就虚情假意地谈起了波兰问题："这个话题永远都不会过时！……团结工会，雅尔泽鲁斯基，是的，是的……从密茨凯维奇和斯洛瓦奇到瓦文萨和沃伊蒂瓦……这些人百年之后、千年之后，都仍然会被铭记，而波兰将始终屈服在俄国的枷锁下……这么做倒是方便……我们的谈话永远不会过时……就算不是俄国，也肯定会是德国，对不对？……哦，前进吧，前进吧，同志们……为格但斯克献身……为但泽①献身……巧妙的结巴！……你们怎么说来着？……对了：白帽子，帽子白，都是一回事！……"

这番挑战针对的是阿尔都塞，可老哲学家闭着眼睛，轻啜着马提尼，好像准备醉死其中。于是埃莱娜凭着野生小动物的大胆，替她丈夫回答道："我理解您对波兰人民的关心。我

---

① 波兰重要的港口城市，德语称格但斯克为"但泽"。

想他们大概没有把您的家人送去过奥斯维辛。"索莱尔斯犹豫了一秒钟（就只有一秒）是否要回应这个针对犹太人的挑衅，埃莱娜继续进攻："您喜欢新当选的教皇吗①？（她埋头吃东西。）我不大相信。"（她把重点放在了受欢迎程度上。）

索莱尔斯像振翅起飞一般张开双臂，充满热情地宣布："这位教皇完全符合我的喜好！（他咬了一口芦笋。）他走下飞机，亲吻迎接他的土地，这难道不是个高贵的举动吗？……不管到哪个国家，教皇都双膝跪地，像妓女准备为你口交一样，只不过他亲的是土地……（他挥舞着咬了一半的芦笋。）新教皇是个做爱高手，您还能要求什么呢……我怎么能不爱他呢？……"

纽约夫妇齐声咯咯地笑起来。拉康举起手，发出一声小鸟般的叫声，但没有开口。埃莱娜咬定青山不松口："那么，您觉得他喜欢纵欲的人吗？从最近的新闻来看，他在性方面可不开放。（她扫了一眼克里丝蒂娃。）我是说，从政治角度看。"

索莱尔斯发出一声刺耳的笑声，由此预示他将采取一种谙熟的老伎俩，也就是说，不加过渡地胡乱转换话题："那是因为没人好好给他参谋……再说，我敢肯定他身边围着一大堆同性恋……同性恋者是新的耶稣会会士……但在这种问题上，他们不一定能当好顾问……尽管……好像有一种新的疾病

---

① 指1978年当选为教皇的约翰·保罗二世，即上文提到的沃伊蒂瓦，波兰人。

让他们大量死亡……上帝说：增加人口吧，多生孩子吧……避孕套……多么可憎的发明！……被消毒的性……大脑的胼胝体被隔开了……啊……我这辈子从没用过一个英国避孕套……而你们都知道我很喜欢英国……把我的阳具裹成一块牛排……没门！"

此时，阿尔都塞醒了：

"苏联之所以进攻波兰，是出于战略决策的需要。必须不计代价，阻止希特勒接近俄国边境。斯大林把波兰作为缓冲区：立足波兰，就可战胜来敌……"

"……人人都知道，这个战略真的管用到极点呢！"克里丝蒂娃说。

"慕尼黑之后，《苏德互不侵犯条约》是必需的，该怎么说呢，是大势所趋。"阿尔都塞更进一步。

拉康发出一声猫头鹰般的叫声。索莱尔斯又给自己斟了点酒。埃莱娜和克里丝蒂娃盯着对方看。我们始终不知道那个中国人懂不懂法语，保加利亚语言学家也是，加拿大女权斗士也是，纽约夫妇也是。直到克里丝蒂娃用法语问纽约夫妇最近有没有打网球（从谈话中我们知道，这对夫妇是她和索莱尔斯的双打对手，克里丝蒂娃尤其提到他们上次对打，她表现出惊人的战斗力，连自己都惊到了，要知道——她觉得有必要解释下——自己的底线球不怎么好的）。可是索莱尔斯没有让他们回答，他对于转换话题，乐此不疲：

"啊，博格！……来自北国的摩西……当他跪在温布尔登的草地上，双臂张开……一头金发……他的束发带……

他的胡子……简直是草地上的耶稣再世……博格在温布尔登获胜，是在为全人类赎罪……要赎的罪太多了，所以他每年都赢……他要赢多少次，才能洗清我们身上的罪呢？……五次……十次……二十次……五十次……一百次……一千次……"

"我以为您喜欢麦肯罗呢。"年轻的纽约男人带着纽约口音说。

"啊，麦肯罗……让你又爱又恨的人……这个人是个舞蹈家……魔鬼的恩宠……他在网球场上飞翔，可都是徒劳……麦肯罗是路西法……所有天使中最美的天使……但路西法终会堕落……"

索莱尔斯开始滔滔不绝地阐释《圣经》，把麦肯罗比作圣约翰（麦肯罗正好也叫约翰），克里丝蒂娃借口把前菜撤下，和中国女人一起溜进了厨房。拉康的年轻情妇在桌子下脱下了鞋子，加拿大女权斗士和保加利亚语言学家互相投以疑惑的目光，阿尔都塞玩着马提尼酒里的橄榄。贝纳尔·亨利-莱维拳头敲着桌子说："应该向阿富汗发兵！"

埃莱娜审视着每一个人。

她问："不向伊朗发兵吗？"保加利亚语言学家神秘地加了一句："犹豫是幻想之母。"加拿大女权斗士微笑了。克里丝蒂娃端着小羊羔和中国女人一起回到了桌前。阿尔都塞说："党错误地支持了对阿富汗的进攻。不应该仅凭新闻稿就入侵一个国家。苏联人更狡猾，他们会退兵的。"索莱尔斯嘲笑地问："党，分成几个师呢？"编辑看了眼手表说："法国动作迟缓。"索莱尔斯微笑地看着埃莱娜说："到了70岁，做事情就没那么上心了。"拉康的情妇用光着的脚去碰贝纳尔·亨利-莱维的裆部，他立刻勃起了。

他们又谈起了巴特。编辑对他称颂不已，但是语焉不详。索莱尔斯解释说："很多同性恋者都在某些时候给我一种奇怪的感觉，好像他们的内部已被吞噬了……"克里丝蒂娃向在座的所有客人说："各位都知道我们俩和罗兰交往很密切。他非常喜欢菲利普……（她神色谦虚而神秘）也很爱我。"贝纳尔·亨利-莱维加了一句："他从**没**容忍得了马克思列宁主义。"编辑说："他还是很欣赏布莱希特的。"埃莱娜恶毒地问："那中国呢？他怎么看？"阿尔都塞皱了皱眉。中国女人抬起了头。索莱尔斯老神在在地回答："他觉得没意思，但也不比世界上别的地方更让人讨厌。"语言学家很了解巴特地说："日本除外。"加拿大女权斗士的硕士论文就是巴特指导的，她回忆道："他非常和蔼，也非常孤单。"编辑一副非常肯定的样子："是，也不是。他能让人聚集在他周围……只要他想。不管怎么说，是个精力旺盛的人。"拉康的情妇在椅子里越陷越深，继续用脚按摩着贝纳尔·亨利-莱维的裆部。

贝纳尔·亨利-莱维沉着冷静地说："有一位导师是件好事，但还要知道怎么摆脱他的影响。比如说我吧，在高师的时候……"克里丝蒂娃打断了他，冷笑着问："为什么法国人这么忘不了学生时代呢？好像两个小时不提就浑身难受。感觉像念念不忘战功的老兵。"编辑承认："这倒是真的。法国人特别怀念学校。"索莱尔斯戏谑道："有些人还一待就是一辈子。"阿尔都塞没有反驳。埃莱娜心中暗恨资产阶级这种把个别当一般的癖好。她就不喜欢学校，也没在学校待多久。

门铃响了。克里丝蒂娃起身去开门。她在玄关跟一个衣着落拓的小胡子谈话。时间不超过一分钟。然后她若无其事地返身落座，只简单地说（有那么一秒钟，泄露了她的口音）："抱歉。一些无聊的事儿。我工作室的事情。"编辑继续刚才的话题："在法国，学业的成功对踏上社会后的成功有重大影响。"保加利亚语言学家盯着克里丝蒂娃："可惜这不是唯一的因素。不是吗，朱莉亚？"克里丝蒂娃用保加利亚语回答了他什么。他们开始用母语交谈，你来我往，声音压得低低的。在一片和谐的氛围中，即便他们俩之间有敌意，别人也不可能发觉。索莱尔斯插话："好了，孩子们，别咬耳朵了，哈哈……"然后他转向女权斗士："亲爱的朋友，您的小说进展如何？我同意阿拉贡的话……您知道……女性是人类的未来……因此也就是文学的未来……因为女性，是死亡……而文学永远都是与死亡相关的……"他一边清晰地想象着加拿大女人正在帮他宽衣解带，一边问克里丝蒂娃是否可以上甜点了。克里丝蒂娃起身，在中国女人的帮助下撤掉主菜，两个人再度消失在厨房里。编辑拿出一支雪茄，用切面包的刀截掉一小段。拉康的情妇仍在椅子里歪来扭去，玩她的把戏。纽约夫妇乖乖地手拉着手，礼貌微笑。索莱尔斯想象着包括加拿大女人在内的4个人的猥乱场面，还想到了网球拍。贝纳尔·亨利-莱维欲望勃发，说下一次应该邀请索尔仁尼琴。埃莱娜指责阿尔都塞："邋遢鬼！你把衣服弄脏了！"她用苏打水沾湿餐巾，擦拭他的衬衫。拉康低声嘟哝着一首犹太童谣。大家装作什么都没注意到。厨房里，克里丝蒂娃揽住中国女人的腰。贝纳尔·亨利-莱维对索莱尔斯说："仔细想想，菲利普，你比萨特厉害：斯大林主义、教皇主义……大家说他总是上当，而你呢！你主意变得快，根本没有受骗的时间。"索莱尔斯放了支烟在他的烟嘴里。拉康嘀咕道："萨特，不存在。"贝纳尔·亨利-莱维继续："我的下本书里……"索莱尔斯打断他："萨特说过，所有的反共产主义者都是狗……我呢，我认为所有的反天主教者都是狗……而且，事实很简单，没有一个正派犹太人不想皈依天主教的……不是吗？……亲爱的，甜点能上了吗？"厨房里传来克里丝蒂娃闷闷的声音，说"就来"。

编辑对索莱尔斯说他可能会出版埃莱娜·西苏的书，索莱尔斯说："可怜的德里达……能让他开心起来的可不是西苏……"贝纳尔·亨利-莱维一心要发言："我对德里达有很深的感情。他曾是我的老师，您也是，亲爱的路易。可他不是个哲学家。仍在世的法国哲学家，我只认识三个：萨特、列维纳斯和阿尔都塞。"阿尔都塞对这小小的奉承不置可否。埃莱娜压抑着怒火。美国人问："皮埃尔·保尔迪厄（布尔迪厄），他不是个优秀的哲学家吗？"贝纳尔·亨利-莱维说，他是巴黎高师的人，但肯定算不上哲学家。编辑提醒美国人注意，布尔迪厄是个社会学家，在不平等、文化资本、社会资本、象征资本等方面做了大量工作。索莱尔斯毫不掩饰地打了个哈欠："他可真是讨厌……他的所谓习性……是，我们不是完全平等的，真是个大新闻！来来来，我来跟你们说个秘密……嘘……凑近点……人的不平等，其实向来如此，未来也不会变……是不是很让人难以置信？"

索莱尔斯越发激动起来："高度！高度！抽象，快！……我们不是艾尔莎和阿拉贡，也不是萨特和波伏瓦，错！……通奸是一种有罪的对话……没错……没错……既然要做……灵感，我们总是忘记这个……此地。此刻。真正的此地……真正的此刻……时尚经常是真实的……"他的目光从加拿大人转到埃莱娜身上。"中国……浪漫主义……我肯定写过一些比较激烈的东西，是真的……我是个唱反调的人……全法国第一号。"

拉康心不在焉。他的情妇仍然用脚挑逗着贝纳尔·亨利-莱维胯下。编辑在等这一切结束。加拿大人和保加利亚人感觉被一种无声的纽带团结了起来。埃莱娜内心满怀怒火，忍耐着法国大作家的大段独白。阿尔都塞感到某种危险的东西从他内心深处油然而生。

克里丝蒂娃和中国女人终于从厨房出来，带来了杏子馅饼和水果蛋糕；她们重新抹了口红，色泽像火一样热烈。加拿大人问，法国人怎么看待明年的大选。索莱尔斯噗嗤一笑："密特朗命中注定……要失败……他会将这个命运履行到底的……"埃莱娜总是对一些小事记忆深刻，反应敏捷，她问："您跟吉斯卡尔一起吃过饭吧？觉得他怎样？"

"谁？吉斯卡尔？……呸，一个假贵族……您知道他姓名里的贵族前置词'德'是从他太太的家族继承来的吧？……我们亲爱的罗兰说得有理……他说，吉斯卡尔是成功的资产阶级的样本……啊，我们免不了要经历一次新的'68年'……假如现在仍然是'68年'……"

"机构……街头巷尾……"拉康筋疲力尽地低语。

"在我们国家，他代表了才华横溢、活力充沛、充满雄心的贵族形象，"美国人说，"不过直到目前为止，他没有在国际舞台上留下什么印迹。"

"他没有轰炸越南，这点可以肯定。"阿尔都塞摩擦着牙齿，擦着嘴说。

"但他出兵扎伊尔，"贝纳尔·亨利-莱维说，"还有，他爱欧洲。"

"这会让我们陷入波兰的烂摊子。"克里丝蒂娃说。

"哦不，别提波兰了，今天到此为止！"索莱尔斯抽着烟嘴说。

"是的，要不我们可以换个话题，谈谈东帝汶。"埃莱娜说，"我没听到法国政府谴责印度尼西亚犯下的屠杀。"

"想想看，阿尔都塞似乎又醒了：1亿3000万人口，一个巨大的市场，美国宝贵的盟友——他们在那个地区可没什么同盟，这不就是理由吗？"

"真好吃。"美国人吃完了水果蛋糕。

"再来一杯白兰地吗，先生们？"索莱尔斯问。

那个用脚挑逗着贝纳尔·亨利-莱维的年轻女人忽然问："圣日耳曼人人都在谈论的夏吕斯是谁？"索莱尔斯微笑：

"是全世界最有趣的一个犹太人，亲爱的……而且又是个同性恋。"

加拿大女人说她也还想喝一杯白兰地。保加利亚人递给她一支烟，她用蜡烛点着了。家里的猫跑过来在中国女人腿上蹭来蹭去。有人提到西蒙娜·韦依，埃莱娜讨厌她，所以索莱尔斯支持她。美国夫妇认为卡特会连任。阿尔都塞开始勾引中国女人。拉康点燃了他著名的雪茄。大家又聊了会儿足球，说到年轻的普拉蒂尼，一致认为他前途无量。

晚宴结束。拉康的情人会跟贝纳尔·亨利-莱维一起回去。保加利亚语言学家会送加拿大女权斗士。中国女人会独自回代表团里。索莱尔斯会睡着，并在梦境中体验实际没能发生的肉欲狂欢。忽然，拉康用一种无比厌倦的口吻说了一个他观察到的现象："真稀奇啊，当女人不再是女人时，她会把自己掌握的男人碾得粉碎……碾得粉碎，当然是为他好。"其他客人尴尬地沉默着。索莱尔斯宣布："国王是对阉割情结体会最强烈的人。"

# 40

巴亚尔认为必须把断指的原委弄清楚，所以他决心跟踪枪杀了新桥上那个保加利亚人的警察。但是他又隐约觉得警察内部被一个身份不明、性质也不明的敌人渗透了，所以他没有求助警务监察总署，而是派西蒙去盯梢。西蒙一如既往地反对，并认为这一回自己的反对有足够的理由：那个警察在桥上跟他碰过面，巴亚尔跳下河的时候，西蒙跟其他警察在一起；等巴亚尔出水以后，他又跟巴亚尔说过话，别人都看见了。

没关系，他可以伪装。

怎么伪装？

剪短头发，换掉穷学生的衣服。

西蒙之前一直都很好说话的，可这回要求太过分了，他态度很坚决：这绝不可能。

巴亚尔深谙公共机构的运作，说起了任职的麻烦。年轻的西蒙（再说也不那么年轻了，他多大来着？）完成博士论文后准备做什么？他们可以在博比尼的某个初中为他安排一个教职，或者帮他在万森纳谋个正职？

西蒙觉得这在教育系统恐怕行不通，而且通过吉斯卡尔（特别是吉斯卡尔）开后门进万森纳也起不了任何作用（这可是德勒兹和巴里巴尔的学校！），但他也不能完全肯定。倒是在本专业内部调动职位，这一点他可以肯定，是完全可以实现的。于是他去了理发店，剪短了头发，太短了，他检视结果时感到很不适应，好像面对着的是个陌生人，脸还是那张脸，但多年来无意识构建起来的身份却无从辨认了。内政部掏钱给他置办了一身西装领带，西装价格不菲，但看上去很一般，带着很多普通西装的通病：肩膀宽了点，脚踝短了点。不仅如此，西蒙还要学着打领结，而且要做到宽面和窄面恰好重叠。不过，等他变装结束，往镜子前一站，虽然那种陌生感和排斥感仍然存在，但他感觉到了一种好奇和有趣：这个形象是他，又不是他，是过着另一种人生的他，在银行或保险企业工作，也可能是在官方机构或是外交部工作的他。西蒙下意识地正了正领结，拉了拉西装里面的衬衫袖子。他准备出发了：意识里一部分的他其实对人生的有趣经历饶有兴味，决定体会一下这次小小的冒险。

　　他站在警察总署门口，抽着一根法国政府掏钱的"好彩"烟，等那个缺了一截手指的警察下班。是的，这项任务还有一个好处，就是可以报销，所以他保留了烟酒店的小票（3法郎）。

　　警察终于露面了，穿着便装，盯梢开始了，步行盯梢。西蒙跟着他穿过圣米歇尔桥，一路向北，到与圣日耳曼大街交叉的路口，那人上了公交车。西蒙拦下一辆出租，说了一句"跟着那辆公交车"，话一出口，他产生了一种奇妙的复杂感觉，好像置身于一部题材不明的电影里。司机一个问题都没问，乖乖服从。公交车每停一站，西蒙都得留神看那个便装警察下车了没有。那人正值中年，外貌平凡，身材中等，往人堆里一站就被淹没，所以西蒙得特别警觉才行。公交车沿着蒙日街往北开，那人在桑西耶下了车，西蒙也下了出租车。那人走进一家咖啡馆，西蒙等了一分钟才跟进去，看到那人坐在最里面一张桌子前。西蒙在门边坐下，但几乎立刻就意识到自己犯了个错误，因为那人不停地往他这个方向看过来。倒不是认出了他，而是在等什么人。为了不引人注目，西蒙望着窗外，注视着一群群学生进出地铁站，停下来抽根烟，或是成群结队往前，还没决定要去哪里。他们对未来满怀憧憬，只要能结伴而行就很快活。

但是突然，他看到——不是一个学生，而是——那个驾着DS在街头差点杀死他的保加利亚人走出地铁站，衣服还是皱巴巴的，也没把小胡子剃掉，大概觉得没必要吧！那人环视一周，然后向西蒙这个方向走来，跛着脚。西蒙把头埋进菜单里。保加利亚人推开咖啡馆的门，西蒙本能地往后缩了一下，不过那人没看到他，从他身前经过，径直向里走去，坐到断指警察那儿。

两人开始低声交谈。正在此时，服务员过来为西蒙点单，他不假思索地要了杯马提尼。保加利亚人点燃一支烟，外国牌子，西蒙不认识，他也点了一支"好彩"，慢慢吸了一口，以稳定情绪，并试图说服自己，那个保加利亚人没看到他。他伪装得很好，那人认出他来，还是整个咖啡馆的人都发现了他过短的裤腿、过大的西装、毫不专业的可疑神态？他心想，自己套上的这副伪装跟内在的真实自我之间差距太大了，不难看出矛盾吧？西蒙感到自己像个将被揭穿假面具的骗子，这种可怕的感觉过去可能也曾有过，但这次尤其强烈。那两个男人点了啤酒，似乎顾虑重重，没有注意到西蒙；让他特别惊讶的是，整个咖啡馆都没人留意他。西蒙调整了一下心情，试着去听两人的谈话，在咖啡馆嘈杂的背景音中分辨他们俩的声音，就像声学工程师在众多乐器中分离出一条音轨一样。他感觉听到了"纸""剧本""联系""大学生"

"部门""汽车儿"……但也许他只是受了自我暗示的影响，也许他听到的只是自己想听的，甚至说不定有些对话内容是他自己编出来的？他感觉听到了"索菲亚"，还有"罗各斯俱乐部"。

就在此时，他感到面前闪过一条影子，他之前没留意咖啡馆的门打开时吹过来的穿堂风，但听到有人拉开了一把椅子，他转过头，一个年轻女人坐在他桌边。

她笑眯眯的，金发，高颧骨，眉头微皱，问："那天在萨尔佩特里埃尔医院和那个警察在一起的就是您，是吗？"又一次，西蒙感到一阵心悸，偷偷向最里间瞄了一眼，两个男人忙着说话，没听到。她又说了一句，让西蒙再次浑身颤抖起来："可怜儿的巴特先生。"他认出来了，是医院里那个长腿护士。索莱尔斯、克里丝蒂娃和贝纳尔·亨利-莱维三人大闹医院那天，是她发现了管子被拔掉摔下病床的巴特。他想这下糟了，被认出来了，他对自己的伪装更没信心了。"他受了那么多苦儿。"口音不重，但西蒙仍然察觉了。"您是保加利亚人？"年轻女人神色惊讶。她有一双褐色的大眼睛，应该还不到22岁。"不是，为什么这么说？我是俄国儿人。"西蒙好像听到最里面传出一声冷笑。他又斗胆向那儿瞄了一眼，两个男人在碰杯。"我叫安娜斯塔西娅。"

西蒙觉得头脑有点混乱，但还是觉得奇怪，为什么一个俄国护士会出现在一家法国医院里？现在是1980年，苏联人开始放松戒备了，可还没到人口自由流动的程度。他也没想过法国医院会雇佣东方阵营的人。

安娜斯塔西娅讲起了她的经历。她8岁来到巴黎，父亲掌管着香榭丽舍大街上的俄国航空公司分店，获许携带家属前来。后来莫斯科想让他回总部任职，他申请了政治避难，她就和妈妈、弟弟一起留了下来。她成了护士，弟弟还在读高中。

她点了杯茶。西蒙不知道她所为何来，试图从她到巴黎的时间推算她的年龄。她对他露出青春洋溢的笑容："我从窗外看到了您，我想得跟您说说话。"最里间传来椅子挪动的声音。保加利亚人起身，不知是去打电话还是上厕所。西蒙低下头，手扶着太阳穴，把自己藏起来。安娜斯塔西娅把茶包放进茶杯里。西蒙心想，年轻女人移动手腕的动作有一种优雅的气质。柜台上，有个客人大声评论着波兰局势、普拉蒂尼对抗荷兰的球赛，以及博格在罗兰加洛斯球场的所向披靡。西蒙感觉自己没法集中精神了，年轻女人的到来扰乱了他。时间一分一秒过去，他越来越紧张，然后，也不知怎么回事，他的头脑里回荡着苏联国歌，伴随着铜钹的敲击与红军的和声。保加利亚人从洗手间回到了座位。

"Soïouz nerouchymyï respoublik svobodnykh...①"

一些学生走进来，跟朋友们会合，围坐在一起大声喧哗。安娜斯塔西娅问西蒙是不是警察，西蒙先是惊奇地表示怎么可能，他当然不是！但是，出于他自己也不知道的原因，他又补充说自己在巴亚尔警官身边担任一个角色，类似于顾问。

"Splotila naveki Velikaïa Rous'..."

_____

① 苏联国歌的俄语歌词。

146

最里面的桌边，那个警察说"今晚"。西蒙相信自己听
到保加利亚人回了一句简短的话，其中有"基督"这个词。他
凝视着面前女郎青春洋溢的笑容，想到暴风雨过后，总会有自
由的太阳①。

安娜斯塔西娅让他跟她讲讲巴特。西蒙说巴特很爱他
的母亲和普鲁斯特。安娜斯塔西娅当然知道普鲁斯特，**伟大
的列宁为我们指明前程**。安娜斯塔西娅说巴特的家人有点担
心，因为没在巴特身上找到钥匙，所以他们想换锁，但这要
花钱。**斯大林培育我们对人民的忠诚**。西蒙给安娜斯塔西娅
背诵了这一小段，并指出在赫鲁晓夫的秘密报告出炉后，国
歌中去掉了关于斯大林的内容（但这一改动是到1977年才
实现的）。西蒙想，这有什么关系，**我们的军队在战斗中成
长壮大**……保加利亚人站起来穿上外套，他准备走了。西蒙
犹豫着要不要跟过去，但还是谨慎地决定完成自己的任务。
**我们的战斗将决定人民的命运**。就在此刻，保加利亚人的目
光和西蒙相遇了。幸好看到他的不是那个警察。没那么危
险。现在他明白了，断指警察肯定跟这件事有关。出门时，
保加利亚人盯着安娜斯塔西娅看，后者向他露出美丽的微
笑。西蒙觉得死神近在咫尺，全身都僵硬了，他低下了头。
接着那个警察出来了，安娜斯塔西娅也对他笑了笑。西蒙
想，这个女人习惯了被人注视。他看着警察继续沿蒙日街往
北走，知道要想不跟丢就得快点行动。他掏出一张20法郎付

---

① 苏联国歌中的一句歌词。

马提尼和茶钱，没等找零（但拿了小票）就挽着护士手臂一起走了。她好像有点吃惊，但没有反对。Partiia Lenina, sila narodnaïa...轮到西蒙对她微笑了，他想出来透透空气，有点急，她愿意陪他吗？他在脑海里把国歌的副歌部分结束：...Nas k torjestvou kommounizma vediot! 西蒙的父亲是共产党员，但他觉得不用向年轻女人说明这点，幸运的是，她似乎对他稍显古怪的行为感到很有趣。

他们跟在警察后面走了十来米。夜色降临，有点冷。西蒙一直挽着护士的手臂。安娜斯塔西娅不管觉得他很奇怪还是很鲁莽，都没露声色。她跟他说巴特在医院里时，许多人来看他，太多了，总有人想进他病房。警察向互助院方向走去。她跟他说巴特跌到地上的那天，三个来闹事的人狠狠地辱骂了她。警察走进一条与圣母院广场街平行的小路。西蒙又想起了人民的友谊，对安娜斯塔西娅说，巴特善于揭示支配我们行为的象征性代码。安娜斯塔西娅点点头表示同意。警察在一扇略低于人行道的沉重的木门前忽然停下，西蒙和安娜斯塔西娅来到门边时，警察已消失在了门里。西蒙停了下来，他一直没松开安娜斯塔西娅的手臂。年轻女人沉默着，好像有点意识到空气中弥漫的紧张气氛。两个年轻人看着铁栅栏门、石头台阶和木头门。安娜斯塔西娅皱了皱眉。

一对夫妇走过来（西蒙没听到他们走路的声音），绕过他们，通过铁栅栏门，走下石阶，按下门铃。门开了条缝，一个看不出年纪的男人，脸色苍白，嘴里叼着根烟，脖子上围着一条羊毛围巾，端详了一眼这对夫妇，让他们走了进去。

西蒙心想："如果是在小说里，我会怎么做？"他肯定会按门铃，然后与安娜斯塔西娅手挽手走进去。

里面会是一个地下赌场，他会在警察那张牌桌前坐下，用扑克向他发起挑战；安娜斯塔西娅坐在他身边，小啜着一杯血腥玛丽。他会故意问男人，他的手指是怎么回事。男人会同样心照不宣、气势汹汹地回答："打猎时出了事故。"然后西蒙就用三张A加一对Q赢了对方。

可生活不是小说，他想。他们继续往前走，好像什么都没发生过。走到路尽头时，他回过头，又看到三个人按了门铃，然后走了进去。但是他没看到停在对面人行道上的那辆被撞得坑坑洼洼的福果。安娜斯塔西娅又开始跟他谈起了巴特：意识清醒的时候，巴特问了好几次他的外套，似乎在找什么东西。西蒙知道他在找什么吗？西蒙意识到今晚的跟踪任务已经结束，像大梦初醒一样恢复了原来的自己。面对着年轻的女护士，他心慌意乱，嘟哝了一句：也许，她有空的话，他们可以去喝一杯。安娜斯塔西娅微笑着（西蒙摸不准这微笑的真正含义）：他们不是刚喝过吗？西蒙可怜巴巴地邀请她，那就下一次吧，再一起喝酒。安娜斯塔西娅与他对视，依然笑着，好像有很多微笑可以附赠一样，她只回答了一句："也许吧！"西蒙觉得这其实是拒绝。他应该猜对了，因为年轻女人一边说着"下一次儿"，一边走了，没有留下电话号码。

在他身后，停在路边的福果亮起了车灯。

# 41

"大家靠近点，雄辩的、华丽的、滔滔不绝的演说家们！在这疯狂与理智并存的宝地，在思想的舞台上，梦想的神殿里，逻辑的学堂中，找到你们的一席之地吧！快来听一听词语之间如何激荡回响，欣赏动词与副词之间如何美妙联姻，品味驾驭言辞的大师们如何迂回出击！今天适逢新一届大会召开，罗各斯俱乐部将向在座各位提供，不是一场，也不是两场，而是三场！朋友们！三场手指辩论！第一场舌战将围绕一个地缘政治的棘手问题展开：阿富汗是否会成为苏维埃政权的越南？

荣耀属于罗各斯，朋友们！辩证术万岁！狂欢开始！语言与我们同在！"

# 42

　　兹维坦·托多罗夫是一个鬈发浓密、戴着眼镜的瘦子，也是一个在法国生活了20年的语言学研究者，巴特的门生，主攻文学类型（尤其是奇幻文学）、修辞学与符号学专家。

　　巴亚尔根据西蒙的建议来询问他，因为他是保加利亚人。

　　在极权国家长大的经历，似乎让他产生了一种强烈的人文意识，这点即便在他的语言学理论中也有所体现。比如说，他认为修辞学只有在民主中才能开花结果，因为它需要辩论的空间，而君主制和独裁统治都提供不了这种土壤。他以罗马帝国和欧洲封建社会为例，说明在那些时代，演讲作为一门科学，放弃了说服他人的目的，也不再聚焦于如何让对话者接受，而只是单纯地以语言本身为中心。人们不再期待演讲是否有效，而只是关心文辞美不美。审美盖过了政治。换言之，修辞学成了诗学（也就是所谓"第二修辞学"）。

　　他用炉火纯青，但口音仍然明显的法语跟巴亚尔解释，据他所知，保加利亚情报部门（KDC）很活跃也很危险。他们得到克格勃的支持，因此有能力开展复杂的行动。虽不至于到暗杀教皇的程度，但要除掉一些碍事的个人，那真是小菜一碟。不过他不明白为什么KDC会被牵扯进巴特的车祸。一个法国文学批评家有什么令他们感兴趣呢？巴特不搞政治，跟保加利亚也从无瓜葛。诚然，他去过中国，可我们不能就此断言中国之行使他成了共产主义者，或者成了反共产主义者。纪德和阿拉贡也一样。托多罗夫还记得，巴特从中国回来后很生气，但他的怒火主要是针对法航的飞机餐：他甚至考虑过要写篇文章。

巴亚尔知道托多罗夫直指调查的最大困难：动机。但他也清楚，在缺少进一步信息的情况下，他需要利用目前掌握的物证——一支手枪、一把雨伞。尽管在巴特事件中没发现任何地缘政治因素，他还是继续向这个保加利亚批评家打听他祖国的情报部门的情况。

首领是谁？一个叫埃米尔·克里斯托夫的上校。此人声誉？不算是自由派，但也没在符号学上有多大投入。巴亚尔觉得不妙，好像走进了一条死胡同。说到底，如果两个杀手是马赛人、南斯拉夫人或摩洛哥人，他又能推出什么结论呢？巴亚尔无意间用上了他自己都不知道的结构主义方法论：把保加利亚作为变量是不是一个合适的标准呢？他在脑子里把所有其他还没好好研究的线索归纳了一遍，忽然想到了什么，问道：

"索菲亚这个名字是否能让您想起什么？"

"那是我出生的城市。"

索菲亚。

看来的确与保加利亚有关。

就在这时，一位红发美女身穿睡袍出现在他们面前，她穿过客厅，谨慎地跟来访者打了个招呼。巴亚尔觉得听出了英国口音。他想，这个戴眼镜的书呆子看上去有点漫不经心。他本能地注意到英国女郎和保加利亚批评家之间有一种不露声色的肉欲的默契。他不是特别关心这个，只是职业习惯使然。他看出两人之间要不就是刚开始一段关系，要不就是通奸，或者兼而有之。

既然到了这一步，他便又问托多罗夫，"回声"这个词——哈米德临死前说的最后一句话——是否让他想起什么？保加利亚人说："是的，您有关于他的新消息吗？"

巴亚尔不明白。

"翁贝托[①]，他还好吗？"

# 43

路易·阿尔都塞手中拿着那张珍贵的纸。他受过共产党员的党纪训练，自小就很听话，一副好学生脾气，又在德军战俘营逆来顺受了若干年，绝不敢自作主张去读文件内容。但与此同时，他又有种与共产党员格格不入的个人主义倾向，喜欢神秘兮兮的东西，惯于弄虚作假，所以他又展开了纸。他不知道文件的内容，却有点自己的猜测。如果他真看了，那这一举动将被记入他漫长的作弊历史中，其开端可追溯到预科一年级时那篇因作弊而得了17分的哲学论文（这件事在他作为骗子的个人神话中具有肇始意义，所以他常常会想起来）。可是他害怕。他知道那些人什么都做得出，于是明智地（他想是卑鄙地）决定，不读内容。

---

① 翁贝托：指翁贝托·埃科（Umberto Echo）。"埃科"与"回声"在法语中是同一个词。

可是藏在哪儿呢？他看了看书桌上乱七八糟堆得老高的纸张，想到了坡①：他把文件装进一个开了口的本来是放广告的信封里，大概是附近某家比萨店的吧，要不就是某个银行的。我不记得那个年代信箱里会塞进什么样的广告了，重要的是他把信封放在桌上显眼的地方，跟一堆手稿、文献资料、草稿放在一起。他所有的草稿都多少与马克思和马克思主义有关；由于他最近正进行"反对唯理论主义的自我批评"，为了从中得出"实用"的结果，他还写了很多关于"人民运动"和——产生于"人民运动"或是作为人民运动的精神指引的——意识形态之间偶然的物质关系的东西。文件放在这儿安然无虞。桌上还有几本书：马基雅维利、斯宾诺莎、雷蒙·阿隆、安德烈·格鲁斯曼……这些看似都已经读过，其他数千本装点他书柜的书则并非如此（在他逐步构建出自己的骗子人格时，他常想到这个）：柏拉图（这个还是读过的），康德（没读过），黑格尔（翻了翻），海德格尔（浏览过），马克思（读过《资本论》第一卷，但第二卷没读过），等等。

他听到钥匙开门的声音，埃莱娜回来了。

---

① 爱伦·坡有一篇小说《失窃的信》。阿尔都塞受此启发决定了文件的藏匿方法。

# 44

"主题是什么？"

这个保安和世界上所有保安并无两样，只是披了条厚厚的羊毛围巾。他是白人，看不出年纪，神色灰暗，嘴里叼着烟头，而眼睛呢，不是空洞地看着你的身后仿佛你不存在，而是流露出试图窥探你灵魂的不怀好意。巴亚尔知道不能拿名片出来，只有隐藏身份才能进去，所以他准备编一个让人同情的谎，但西蒙灵机一动，先开了口："她知道。"

木头嘎吱作响，门开了。保安退开一步，做了个潦草的手势请他们进去。他们走进一个拱形地窖，闻得到石头、汗水和香烟的味道。整个大厅座无虚席，像开音乐会一样，但人们并不是为了鲍里斯·维昂而来，墙壁也没有保留昔日爵士和弦的回响。在演出开场前的各种交谈汇成的嘈杂声中，一个声音用街头卖艺人的口吻宣布：

"朋友们，欢迎来到罗各斯俱乐部，欢迎你们为了语言之美而来，来讲演，来评议，来赞美，来处分！哦语言，你打动着人们的心灵，你支配着世间万物！今晚，各位选手将为了演说的桂冠而唇枪舌剑，请享受这世间至乐吧！"

巴亚尔用疑惑的目光询问西蒙。西蒙在他耳边说，这跟

155

巴特低语过的那些话无关，涉及一个首字母缩写：LC就是罗各斯俱乐部。巴亚尔撇了撇嘴表示不满，西蒙微微耸了耸肩。那个声音继续暖场：

"蒙上省略是多么精妙！连词省略是多么美丽！但它们是有代价的。今晚，你们将会认识到语言的代价。因为我们的宗旨是：说话不可随心所欲！这也应该是人世的法则。罗各斯俱乐部不说空话，是不是，亲爱的们？"

"这儿在干什么？"巴亚尔问一个左手缺了两截手指的白发老人，他尽量不暴露职业身份，可也没能表现得像个游客。老人不带恶意地打量了他一眼："第一次来？那我建议您多看看。不要急着报名。您有足够的时间学习。听，学习，进步。"

"报名？"

"您当然可以参加友谊赛，但这没什么用。不过，如果您没看过正式比赛，那就最好先当个观众。第一次亮相出战给大家留下的印象，会给您日后的名声打下基础，而名声是个重要的因素：它是您的取信度。"

他抽了一口夹在残手上的烟，那个暖场的主持人躲在石头穹顶下的某处阴影里，继续鼓动道："荣耀属于伟大的普罗塔哥拉！属于西塞罗①！属于莫城之鹰！"巴亚尔问西蒙这些是什么人，西蒙说莫城之鹰就是博须埃②。巴亚尔又想扇他耳光了。

---

① 西塞罗：古罗马演说家。
② 博须埃：法国古典主义作家。

"像德摩斯梯尼一样口含石头吧！伯里克利万岁！丘吉尔万岁！戴高乐万岁！耶稣万岁！丹东和罗伯斯庇尔万岁！让·饶勒斯为什么会被杀？"

这些人名，除了头两个，巴亚尔总算都认识。

西蒙问老人比赛规则是怎样的。老人解释：所有比赛都是两人对抗，抽一个主题，主题都是可以用"是"或"否"回答的一般疑问句，也可能是"赞同还是反对"这类的问题，好让两个对手为不同立场辩论。

"德尔图良、奥古斯丁、马克西米利安与我们同在！"那个声音喊道。

前半个晚上是友谊赛，真正的比赛放在最后。一般来说总会有一场，有时两场，三场比较少，但也有过这种情况。理论上，正式比赛数量不限，但是出于一种老人认为显而易见因此不用解释的原因，并没有多少人跃跃欲试。

"正反论证！论战就此开始！欢迎两位辩手，他们辩论的题目是：吉斯卡尔是法西斯主义者吗？"

叫声，口哨声。"反命题的先哲们与我们同在！"

一男一女上台，站到两张讲台后，面对大众，开始涂写笔记。老人向巴亚尔和赫尔佐格解释："他们有五分钟时间准备，先各自介绍一下主要观点和论据，随后开始辩论。整个辩论过程时间不定，像拳击赛一样，裁判可以随时判定辩论结束。第一个说的人有优势，因为他可以选择自己的立场。对手必须选择相反的立场。友谊赛中，双方选手都是同等级别的，所以抽签决定谁先说；但正式比赛的选手等级不同，由低等级的先说。你们现在看到的这个辩题，属于一级水平。两个选手属于善言者，罗各斯俱乐部里最低的等级。小兵而已。他们往上，是善辩者，然后依次是演说者，辩手，逍遥派①，雄辩家，等级最高的是诡辩家。但一般人很难超过第三等级。诡辩家据说人数很少，只有十来个，而且人人有代号。从第五级开始，就完全是个封闭的小圈子了。甚至有人说，没有人到达诡辩家级别，第七级是编出来的，好让罗各斯俱乐部的成员们有一个难以企及的目标，幻想一个无法到达的完美境界。我个人觉得诡辩家肯定存在。在我看来，戴高乐就属于这个级别，甚至可能就是伟大的普罗塔哥拉。这是罗各斯俱乐部主席的代号。我是善辩者级别，曾经有一年达到过演说者，但没能维持这个级别。"他伸出残废的左手，"这让我付出了惨痛的代价。"

比赛正式开始，不能说话了，西蒙来不及问老人他所谓的"真正的比赛"是什么意思。他扫视了一下观众：大多数都是男的，各个年龄和各种类型都有。这个俱乐部是精英化的，但筛选标准似乎和经济条件无关。

第一个选手嘹亮的声音回荡在大厅内：法国的总理是个傀儡；49–3号法令剥夺了议会的权力；戴高乐是个温和的君主，而吉斯卡尔则独揽大权，甚至包括媒体；勃列日涅夫、昂纳克和齐奥赛斯库，他们至少还受到党的领导，可吉斯卡尔没

---

① 原指亚里士多德的门生组成的学派，因为亚里士多德喜欢一边在花园漫步一边授课，故称为"逍遥派"。

有；美国总统的权力比法国总统小得多；墨西哥总统不能连任，而我们的可以。

他面对的选手是个还挺年轻的姑娘。她回应说只要看看报纸，就明白我们并不处在独裁统治下（本周的《世界报》又刊登了这样的标题批评政府——《为何在多个领域均以失败告终》——我们可经历过比这严苛得多的审查制度呢……），她还举了马歇、希拉克、密特朗等人的过激言辞作为佐证。要说这真是独裁的话，那言论自由的情况还是很不错的。既然刚才提到了戴高乐，不妨想想我们以前是怎么说他的：法西斯主义者戴高乐；法西斯主义的第五共和国；法西斯主义宪法；"永远在政变"，等等。她的结论是："说吉斯卡尔是法西斯主义者，是历史上一贯使用的骂人方式；是对受希特勒和墨索里尼伤害的人的侮辱。去问问西班牙人怎么想，去问问豪尔赫·森普伦。吉斯卡尔是不是佛朗哥。我为不尊重历史的修辞学感到耻辱！"掌声雷动。简短的商议之后，评委们宣布女选手获胜。年轻女人高兴地跟对手握了握手，向观众微微屈了屈膝。

比赛在继续，选手们或悲或喜，观众们或喝彩或喝倒彩，口哨声、叫喊声不绝于耳。随后来到本晚的高潮，"手指比赛"。

主题：文字还是口语。

老人搓了搓手："啊，一个元论题！用语言来谈论语言，没有比这更有意思的了。我喜欢。你们看，那边的木板上标明了选手等级：一个年轻的善辩者挑战一个演说者，想取而代之。所以由善辩者先开始。我不知道他会选哪个立场，一般总会有某个立场更难一些，但如果想吸引裁判和观众，那就得选难的。相反，容易的那边得到的好处可能少一点，因为论证过程不容易出彩，说的话平淡无奇，不引人入胜……"

老人不说话了，比赛开始了，所有人都在焦躁兴奋的安静中聆听，准演说者果断地开了口：

"书籍的信仰塑造了人类社会，有一些篇章被供上神坛：《诫碑》《十诫》《托拉律法书》《圣经》等等。要使其有效力，就要刻在石头上。依我说，这是偶像崇拜，是迷信，是教条主义的温床。

"断言口语高于笔语的并不是我，而是那个使我们成为我们的人，让我们能思考、会争辩的人，他是言论之父，是我们所有人的祖先，他不着一字，却奠定了西方思想基石。

"回忆一下！我们在埃及的底比斯，王问：书写有什么用？神说：这是对抗无知的终极手段。王说：恰恰相反！实际上，这门技艺会在学了它的人的灵魂里播下遗忘，因为他们不再用心记忆了。回想不是记忆，书籍也只能起到提醒作用。它不是知识，不能助人理解，也不能让人领会。

"假如一切都能通过书本学习，那学生还要老师何用？为什么他们还需要老师讲解书中所写的内容呢？为什么图书馆之外还要有学校？因为只凭书写永远不够。所有的思想，只有交流了，才有活力；一旦固化，思想也就死了。苏格拉底把书写与绘画相比：人物一经绘就，便栩栩如生；但不管我们问什么，他们只能固定在一个庄严的姿势里，沉默不语。文字也一样。书写在纸上的内容，仿佛先哲在侃侃而谈；但我们若有所不解而询问，他们只会逐字逐句，重复同样的内容。

"语言的作用是表达一个信息，但如果这个信息没有对象，它就没有意义。我此刻在对各位说话，你们就是我说的话的存在意义。只有疯子才会在沙漠里说话。也只有疯子才会自言自语。但是一篇文章，它的对象是谁？是所有人！所有人也就是没有人。文章一旦写就，对了解它的人和与它无关的人，都是一视同仁的，它分不清哪些人应该是它的对象，哪些不应该是。没有明确受众的文章，注定是不精确的、含糊的、无个性的。一个信息怎么可能对所有人适用？哪怕是信件，也比任何形式的对话要低级：写信的人处在一个背景下，而看信的人处在另一个背景下，在别处，或在稍后的一个时间，信件作者和读者的情形是不同的。信是写给一个已不存在的人，而它的作者，等到信封封缄，也将消失在时间的深井里。

"所以：文字是死亡。文章只应存在于学校课本中。真相只存在于变换中，思想是流动的，也只有口语足以跟得上思想的速度。口语是生命：今天我已证明了这点，我们大家一起证明了这点。我们聚在一起，聆听、交流、讨论、辩驳，共同创造活生生的思想，通过论辩的力量，在言辞和想法上灵犀相通，一切都要依靠我们称之为话语的声音的震颤；而文字之于话语，就像乐谱之于音乐，前者只是后者苍白的象征，仅此而已。我将引用苏格拉底说过的一句名言作为结语，因为我的立场就是他的立场：仿佛是学者，而非真学者，这就是文字带来的效果。谢谢大家。"

热烈的掌声。老人看上去激赏不已："啊啊！他把经典谙熟于胸，这孩子。论证非常严密。苏格拉底从没写过一本书，可他是我们这个领域的大师！就像是修辞学界的猫王，是吧？从战术上说，他还是选了比较保险的立场，为口语辩护就是认可俱乐部的活动意义：一箭双雕呢！下面轮到另一个了。他也得找到一个坚实的论据才行。要是我的话，就用德里达的方式来干：拆掉所有背景，说明对话并不比文章或信件更具有个体性，因为任何人说或听的时候，都不能真正知道他是谁，他的对话者是谁。背景不背景什么的，只能骗骗白痴，背景是不存在的：这就是关键！反正如果是我的话，就拿这个作为主要的反驳点。先要摧毁对方美丽的架构，然后只要再说清楚一点就行了：文字更高级。你们瞧，这有点像是上课时老师问的问题，比较技术性，但不太有趣。我？是的，我在索邦大学上夜课。我以前是邮递员。啊，嘘，嘘！上吧，伙计，让我们看看你是不是实至名归！"

整个大厅都安静下来，演说者年纪更大，头发花白，举止更沉稳，没有那么激情洋溢。他看了看观众、对手、裁判，然后伸出食指，只说了一句话：

"柏拉图的。"

然后他沉默了。时间长得让人不适，整个大厅完全沉寂。直到他感觉观众们开始疑惑为什么他要浪费这么多时间，这才开口继续：

"我可敬的对手刚才把一句名言安到了苏格拉底身上，

可这是您自己的改动，是不是？"

间隔。

"他是想说柏拉图。如果不是柏拉图，那么苏格拉底的思想，包括他在《裴多篇》中对口语的称颂——我的对手刚才基本给我们全篇还原的这一思想——将无人能知。"

间隔。

"谢谢，我说完了。"他重新坐下。

整个大厅的人都转向年轻的对手。他还可以发言，与对方争论，但是他面色苍白，一言不发。他不用等三位裁判的判决就知道，自己输了。

年轻人鼓起勇气，慢慢地走到裁判桌前，把手平摊在上面。所有人都屏息凝神。抽烟的人们激动地抽着烟。每个人都感觉听到了自己的呼吸声。

坐在中间的裁判拿出把切菜刀，一刀砍下了年轻人的小指。

年轻人没有叫喊，但整个人痛得弯下腰去。立刻有人上前照顾他，帮他包扎，气氛肃穆宛如教堂。有人拿走了被砍下的小指，但西蒙不知道他们是拿去扔掉呢，还是放进玻璃瓶保存在某个地方，瓶子上还贴上标签，标注砍下来的日期和当时的辩题。

开场时的那个声音又响了起来："向辩手们致敬！"观众们跟着齐声高唱："向辩手们致敬！"

在安静的氛围中，老人低声解释："一般来说，认输了以后到下次挑战之间，要有一小段时间。这是个不错的系统，这样就不会有强迫症挑战者了。"

# 45

这个故事里有个盲点，也正是故事的起点：巴特和密特朗的午餐。这伟大的一幕以后不会发生了，但它确确实实发生过……雅克·巴亚尔和西蒙·赫尔佐格始终不知道，也永远都不会知道，那一天到底发生了什么，两人之间到底说了些什么。他们最多能拿到参加午餐的宾客名单。但是我，也许我可以……说到底，一切都是方法论问题，我知道怎么操作：询问证人，截取证词的有用信息，放弃不可靠证词，把有主观倾向性的个人回忆与历史真相进行比对。然后，若有必要……您懂的。那一天，我们需要回顾一下那一天。1980年2月25日还有许多未解之谜。小说的功效正在于此：从来都不会太迟。

# 46

"是的，巴黎需要一个歌剧院。"

巴特宁愿自己身在别处，他有比这些应酬更有意义的事要做。他后悔接受了邀请，他的左派朋友们肯定会骂他的。但至少这样一来，德勒兹就满意了。福柯呢，肯定会用轻蔑的讽刺刻薄他一顿，然后想办法传得尽人皆知。

"阿拉伯小说正在试图超越其原有的界限，想要跳出古典的框架，与主题小说割裂……"

大概之前和吉斯卡尔一起吃了个饭，所以和密特朗的这一顿就算是他需要付出的代价吧！吉斯卡尔，"一个成功的大资产阶级"，没错，但此刻在场的这些人也不遑多让……算了，既来之，则安之。酒都开了，不妨喝一点。再说，这白葡萄酒不错。什么牌子的？我觉得是"霞多丽"。

"您看过莫拉维亚的新书了吗？我很喜欢列奥纳多·莎沙。您看意大利语的书吗？"

这些人之间有什么不同？本质上说，没有。

"您喜欢伯格曼吗？"

看他们站着的样子，说话的方式，穿的衣服……毫无疑问，都是右派的习性，按照布尔迪厄的说法。

"没有任何一个艺术家——可能毕加索除外——能像米开朗琪罗那样得到如此多的评价。可是，从来没有人提到他作品中体现的民主色彩！"

我呢？我有没有右派的**习性**？不是说穿得寒酸一点就不是右派了。巴特摸了摸椅背，确定他的旧外套还在那儿。冷静点，没人会偷的。哈哈！瞧你这想法就很资产阶级。

"说到现代性，吉斯卡尔梦想着一个封建的法国。我们很快就能看到，法国人是不是在寻找一个导师或是一个向导。"

此人一说话就像在辩护。肯定是个律师。厨房里很香嘛！

"这一天即将到来，时机差不多成熟了！您呢，先生，您最近在做关于什么的工作？"

关于词语的。微笑。神情要笃定。不需要讲细节。谈一点点普鲁斯特，这个大家爱听。

"您不会相信的，我有个阿姨认识盖尔芒特①一家。"年轻女演员挺有趣的。很法国化。

我觉得很累。我真正想做的，是走一条反修辞学的路。但现在已经迟了。巴特悲伤地叹了口气。他痛恨无聊，可是有这么多事情让他感到无聊，而这些事情，他不知怎么都接受了。但今天略有不同。他不是因为无所事事才来的。

"我跟米歇尔·图尼埃挺熟的，他不像大家想的那么粗野，哈哈。"

哦，瞧，上鱼了，所以今天配白葡萄酒。

"来，坐下吧，'雅克'！您不能一顿饭时间都待在厨房里！"

在厨房里：一个介词出卖了他的身份地位……长了副山羊脸的鬈发年轻人上完菜，跟我们坐到了一起。他扶了一把巴特的椅背，然后在他旁边坐下。

"这道菜是布列塔尼炖菜：把各种鱼放在一起，有火鱼、牙鳕、鳎鱼、鲭鱼，还有各种海鲜和蔬菜，加少许醋汁，我还放了一点咖喱和龙蒿。祝大家好胃口！"

---

① 盖尔芒特：普鲁斯特《追忆似水年华》的人物。

啊，是的，很美味，既雅致又亲民。巴特经常写食物：牛排薯条，火腿黄油，牛奶和葡萄酒……但这道菜显然不寻常。它力求简单，其实技艺精湛。要努力体会制作这道菜凝聚的努力、细致和满满的爱，还有，力量的展示。他在关于日本的书里已经形成了一套理论：西方的食品常常堆得高高的，极力夸张声势，摆弄得很有气派，这些食物总是显得沉甸甸、气昂昂，不仅数量多，而且很丰饶；而东方的食品则恰恰相反，往往趋向于细小琐屑的物品：黄瓜的将来不在于它体积的增大或长得厚墩墩，而是在于分割。

"这是一道布列塔尼渔家菜：以前都是在船上用海水做的，加醋是为了缓解海水里盐分造成的口渴感。"

东京的回忆……为了把事物分开，两只筷子必须分离、叉开、合拢，而不是像我们的餐具那样切割和刺扎；它们从不蹂躏食物……

巴特又让人倒了杯酒，桌边的宾客们都无声地吃着，气氛沉默得有点让人害怕。巴特观察着那个薄嘴唇的小个子男人一边吃鱼一边发出轻微的吮吸声，这在作风优良的资产阶级教育中肯定是要被严厉纠正的。

"我曾宣称，权力，就是财产。这话肯定不是全无道理的。"

密特朗放下了手中的勺子。其他人都停了下来，以向这个小个子男人表示他们正在听他说话。

如果说日本烹饪总是在就餐者面前操作（这是这种菜的一个主要特点），这可能是因为让人们尊敬的那些东西当众捐躯很重要……

他们好像害怕发出声音，就像在舞台上一样。

"但这不是真的。你们比我更清楚，是不是？"

日本菜都没有一个中心（西方的摄食习惯含有这样一种中心，它由主菜、副菜和配菜所组成的）；在这里，每一样食品都是对另一种装饰物的装饰：首先，在餐桌上，在盘子里，食物不过是零碎部分的组合……

"真正有力量的，是语言。"

密特朗笑了，声音很迷人，巴特确定没有听错，而且明白这话是对他说的。再见了东京。现在，他最害怕的时刻到来了（但他知道这是免不了的），要做出回应，回应必须符合大家的期待，要扮演符号学家的角色，或至少得是一个对语言多少有点研究的知识分子。他简短地说——暗自希望人们把这种简短看成是深刻："尤其是在民主体制下。"

密特朗仍然笑着，回了一句"真的吗？"巴特难以判断这是要求进一步解释呢，还是礼貌地表示同意，或者是隐晦地表示反对。那个山羊脸的年轻人显然是本次午餐的负责人，他可能担心这刚刚开始的对谈就此中断，觉得有必要介入："就像戈培尔曾经说的那样：'有人和我谈文化，我就拔出手枪来'……"巴特还没来得及解释这句话的背景，密特朗就生硬地纠正道："不，说这话的是巴尔杜·冯·席拉赫。"大家尴尬地沉默着。"请原谅，这位朗先生虽然出生在战时，但他太年轻了，不可能记得那么清楚。是不是，'雅克'？"密特朗像日本人那样眯了眯眼睛，用法语把"贾克"说成了"雅克"。此时此刻，为什么巴特觉得在他和这个目光犀利的小个子男人之间有点什么呢？好像这次午餐是特意为他准备的，其他宾客只是障眼法、诱饵，更有甚者，是同谋。可这不是第一次为密特朗组织的文化圈午餐了。每月有一次。其他的午餐不会都是障眼法的，巴特心想。

外面似乎有一辆敞篷马车经过白大衣街。

巴特很快分析了一下：藏在他外套夹袋里的文件，他经历的一切，都很容易让他产生被害妄想。他决定说下去，部分也因为看到那个褐色卷发的年轻人虽然始终微笑着，但多少有点懊悔，想替他解围："修辞学的伟大时代总是共和国时代：雅典、罗马、法国……苏格拉底、西塞罗、罗伯斯庇尔……他们各有各的雄辩，这都与其所处的时代有关，但所有的辩术都铺成了一条通向民主的地毯。"密特朗好像起了兴致，反驳道："我们亲爱的'雅克'刚才把战争引入了话题，因此我想提醒您，希特勒也是一位大演说家。"他又补充了一句："戴高乐也是，按照他的风格。"一点都没有嘲讽大家的意思。

巴特冒着掉进陷阱的危险，问："那吉斯卡尔呢？"

密特朗似乎等的就是这句话，之前的所有交锋都是为了将话题引向这个方向，他往椅子上一靠："吉斯卡尔技术很好，清楚地了解自己，知道优势和劣势所在，这是他厉害的地方。他知道自己气息短促，但能把句子和呼吸节奏完美结合。主语，谓语，直接宾语。只有句号，没有逗号：我们将进入未知。"他停了一会儿，让来宾们有时间露出阿谀奉承的微笑，然后继续说："句子与句子之间也没有必要的连接词。每一句都独立成意，光滑圆整像个鸡蛋。一个鸡蛋，两个鸡蛋，三个鸡蛋，一次就下这么多。像节拍器一样有规律。"桌边响起了小心翼翼的咯咯笑声，密特朗受此鼓舞，说得更来劲了："精妙的机器！我认识一个音乐迷，他认为，吉斯卡尔在节拍上比贝多芬更有天赋……他的演讲自然让人听得入迷。除了深受市场欢迎，还非常具有教学意义。每个人都明白，鸡蛋就是鸡蛋，对不对？"

贾克·朗始终谨记自己文化调解员的任务，插话道："这正是巴特先生作品中揭露的：同语反复的危害。"

巴特认可道："是的。也就是……完美的伪论证，无意义的等式，A=A，'拉辛是拉辛'，这是思想的零度。"

密特朗为大家理论观点一致而高兴，但也没偏离自己的发言思路："没错，就是这个。'波兰是波兰，法国是法国。'"他惺惺作态道，"来吧，接下来解释一下反论题！通过这点我是想说，吉斯卡尔拥有一种惊人的能力，就是陈述明显事实的本领。"

巴特谦和地表示同意："显而易见的事实不需论证，它是自证的。"

密特朗得意地重复："是的，事实不需论证。"这时，桌子另一头传来一个声音："如果按照您的阐述，您的胜利将是显而易见的。法国人不傻，他们不会连续两次上这个骗子的当。"

说话的是个有点谢顶的年轻人，嘟着嘴，跟吉斯卡尔的嘴巴有点像。他与其他宾客不同，好像并不畏惧那个小个子男人。密特朗凶狠地转向他："我知道您是怎么想的，洛朗。您跟大多数当代人一样，认为没有比他更好的推销员了。"

洛朗·法比尤斯倨傲地撇了撇嘴："我没这么说……"

密特朗恼怒地说："就是这么说了！您是个多么称职的电视观众啊！就因为有许多电视观众和您一样，所以吉斯卡尔在电视上的表现才那么好。"

谢顶的年轻人没有反驳。密特朗激动了起来："我承认，他在解释自己如何无所作为方面，做得无懈可击。9月份物价上涨了吗？一定的咯，牛肉涨了（巴特注意到密特朗说了"一定的咯"这个非常口语化的词）。10月份轮到甜瓜。11月份，就是电、煤气、铁路和房租。物价能不上涨吗？真高明。"他恶狠狠地咧嘴一笑，压低了声音："经济之谜就这样轻而易举地解开了，普通人也能领会高端财政的奥秘了，大家都惊叹不已呢。"他转而又大喊："哦，是的，牛肉！恶心的甜瓜！奸诈的房租！吉斯卡尔万岁！"

宾客们呆若木鸡，但法比尤斯点了支烟，回答道："您太夸张了。"

密特朗又笑容可掬起来，用最平常的声音说："当然，我是在开玩笑，也可以说并不全是玩笑。要能说服大家，所谓管理就是对一切免责，这可是需要大智慧的。在这点上我们只能自愧不如。"这话也不知道是在回答法比尤斯还是在消除来宾的疑虑。

贾克·朗悄悄溜走了。

巴特感觉他对面坐着一个强迫狂躁症患者：他要权力，对手的命运那么顺遂，而他却截然相反，这令他积怨日深。听上去他已经在为下一次的失利而恼火，可给人的感觉却是绝不轻言

171

放弃，必会倾其所有背水一战。也许他自己都不相信会胜利，可是天性使然，或者说命运教会了他，要为胜利拼搏到最后一刻。失败是最好的学校。巴特感到一阵淡淡的忧伤，他也点了支烟，好显得自在一些。但失败也会让人病态，巴特猜测着这个小个子男人到底想要什么。他的决心诚然可嘉，但他是不是在一个系统中固步自封了呢？1965，1974，1978……每一次表现都让人印象深刻，虽败犹荣，没人把失利归咎于他，于是他觉得有权保留自身的天性，这个天性，是政治，或许也是失败。

谢顶的年轻人继续说："您很清楚，吉斯卡尔是个出色的演说家，而且为了上电视琢磨过自己的风格。这就是与时俱进。"

密特朗假意让步："我亲爱的洛朗，我不是早就信服了吗？早在国民议会时期我就很欣赏他的发言水平。当时我就想，我还没见过比他更好的演说家呢……皮埃尔·库特也许比他好，库特是人民阵线时期曾经做过部长的一个激进派。我扯远了。法比尤斯先生还太年轻，就算他知道《共同纲领》、人民阵线，这也太为难他了……（桌上响起窃笑）我们还是说回吉斯卡尔吧，他是雄辩的典范！他的发言清晰流畅，合适的停顿让听众觉得有思考的余地；就像电视上的体育慢放画面，把您从安然稳坐的扶手椅上投射到比赛场上，近距离感受运动员肌肉的运动：所有这些特点都让吉斯卡尔非常适合电视。可能他也在先天的特质之外付出了很多后天的努力。业余选手在这个时代根本没有一席之地！他的努力获得了回报：他说话的时候，我们能听到电视的呼吸。铁肺的胜利。"

　　谢顶的年轻人没被吓住："从结果上看，他的效率高得可怕。大家都听他说话，甚至有人投票给他。"

　　密特朗边思考边回答，好像是在说给自己听："我有点怀疑。您刚才说到这是与时俱进，可我觉得已经过时了。人们嘲笑文学化的修辞和发自内心的激情（巴特耳边回荡着1974年的电视辩论，这对失败者来说是个永远没有愈合的伤口吧）。很多时候他们嘲笑得对。（哦，这样的让步想必让密特朗很揪心吧？能说出这话，他肯定花了很多功夫练习自制力……）语言的矫揉造作总是刺耳，就像过度涂脂抹粉让人侧目。"

　　法比尤斯在等，巴特在等，所有人都在等。密特朗习惯让人等，他慢条斯理地继续说："但强中自有强中手。技术人员的把戏用完了。过去这弥足珍贵，如今却显得可笑。是谁最近说了：'账目平衡让我痛苦'？"

　　贾克·朗回到座位上，问："不是罗卡尔吗？"

　　密特朗又有点气急败坏："不，是吉斯卡尔。"他狠狠地盯着这个让他前功尽弃的年轻人，随后若无其事地道："这话让人摸不着头脑。头痛？心痛？腰痛？肚子痛？这些，我们都知道是哪儿。但账目平衡在哪儿？是第六和第七根肋骨之间？是一个新腺体？是尾椎骨？莫名其妙的吉斯卡尔。"

　　宾客们不知该不该笑，他们在疑虑中索性什么都不做。

　　密特朗看着窗外继续说："他懂常理，基本算是个演讲技术大师，对政治的理解和认识不同寻常。"

　　巴特能听出这个赞扬语焉不详：对密特朗这样的人来说，这是巨大的认可；但是"政治"这个词本身便有多重意义，而这句话里的"政治"有贬低意味，从他嘴里说出来，甚至近乎侮辱。

密特朗自顾自说下去："但他的时代将随着经济主义一起落幕。玛戈老眼昏花，开始觉得无聊了。"

巴特觉得密特朗大概喝醉了。

法比尤斯倒好像越来越起劲，对他的老板说："您要当心，他还能动，而且瞄得准。还记得他射出的那支箭吗：'您不能垄断良心。'①"

来宾们屏住了呼吸。

出乎意料的是，密特朗可以很镇静地回答道："我也没这个想法。毕竟，我只针对公众人物发表意见，至于我不了解的私人生活，我会提醒自己不要涉足。"表达完自己的让步，同时表现出自己公平竞争的精神后，密特朗总结道："但我们之前一直在说技术。技术在他那儿占了太大比重，而没有给意外留任何空间。对他来说，对您来说，对我来说，对所有满怀雄心壮志的人来说，发现自己开始模仿自己，那就是人生最艰难的时刻到来了。"

听了这番话，巴特低头喝起了酒。他觉得自己露出了一个紧张的笑容，但他努力抑制住自己，机械地在心里背诵一句格言："各人只为自己笑。"

永远是反省。

---

① 这是1974年吉斯卡尔对阵密特朗的电视辩论中，吉斯卡尔说的经典名句，那次总统选举密特朗以极微弱劣势败北。

# 第二部分
博洛尼亚

# 47

16点16分

　　"妈的，热死了。"西蒙·赫尔佐格和雅克·巴亚尔走在博洛尼亚坑坑洼洼的马路上，一个接一个的拱廊连接起这座革命的城市，他们想找个地方避避毒日头。1980年的夏天，意大利北部仍屈从在烈日之下。墙上有喷雾的涂鸦，两人读得懂："我们想要一切！占领这座城市！"3年前，意大利宪兵就是在这个地方杀死了一名大学生，由此掀起一场真正的人民起义，内政部部长调来坦克镇压运动：1977年的意大利发生了一场"布拉格之春"①。而今，一切归于平静，装甲车回到巢穴，整个城市陷入沉睡。

　　"在哪？我们是在哪呢？"

　　"看看地图。"

　　"地图在你手上！"

　　"才不是，我给你啦！"

　　圭拉齐路位于学生区的中心，这里是欧洲大陆上最古老的大学城，西蒙·赫尔佐格和雅克·巴亚尔走进一幢古老的博

―――――――――――――――――

①　布拉格之春：1968年捷克斯洛伐克国内发生的一场政治民主运动。

洛尼亚宫殿，艺术音乐戏剧系（DAMS）设在此处。两人破译了一张晦涩难懂的课程表，得知埃科教授每周会在系里上一堂课，半年为一个学期。可教授不在，门房用无可指摘的法语解释说课程结束了（"我就知道，"西蒙对巴亚尔说，"大热天的跑到大学里面来简直蠢透了！"），不过，依照各种可能性，他应该在小酒馆。"他通常会去杂货店修鞋匠酒馆或者太阳酒馆。杂货店修鞋匠酒馆打烊得早。他是否会去那儿取决于他是否上课，他是否很口渴。"

两人穿过雄伟壮丽的博洛尼亚主广场，建于19世纪的大教堂还没完工，一半是白色大理石，一半是赭褐色石头；海神喷泉周围，那丰腴放荡的美人鱼骑在疯魔的海豚身上，抚摸胸脯。他们在小巷子里找到了太阳酒馆，里面挤满了大学生。酒馆的外墙上写着："干得少——一起干！"①西蒙靠着拉丁语功底，明白了这句话的意思："干得少——一起干。"巴亚尔默默地想："约翰到处干活，别人没活可干。"

入口处的巨型招贴画上是炼金术士风格的硕大太阳。酒馆的酒不贵，客人还能自带吃的。西蒙点了两杯桑娇维塞葡萄酒，巴亚尔在打听翁贝托·埃科的行踪。所有人似乎都认识他，但就像他们说的："不是现在，不是此处。"两个法国人决定先待上一会儿，避一避这难耐的酷热，万一埃科出现了呢。

---

① 原文为意大利语。意大利语来源于拉丁语，西蒙会拉丁语，所以能根据拉丁语猜出意大利语的意思。

L形的大堂尽头，一群学生闹哄哄地为一个姑娘庆祝生日，朋友送给她烤面包器作为生日礼物，她感激地拿出来展示一番。也有老人，西蒙注意到他们都聚集在入口处的柜台边，他猜这样是可以少走几步路点单，大堂里面并没有服务员。吧台后面的老妇一身黑衣，表情肃穆，灰色的发髻梳得一丝不苟，掌控着酒馆的运营。西蒙猜她是酒馆老板的母亲，他放眼望去，立马找到了老板：一个大家伙正坐在桌子边笨手笨脚地打扑克。从他那嘟嘟囔囔发牢骚的样子还有过于浮夸的一脸不高兴，西蒙猜他是在店里工作，但鉴于他没在干活，确切地说，他是在打牌（没见过的牌，西蒙认出是一种塔罗牌），那老板只能是他。母亲时不时叫唤道："卢恰诺！卢恰诺！"他报以怒吼。

L形大堂呈凹形的那块是一个小小的内院，构成了酒馆的露台；西蒙和巴亚尔看见几对男女在温存地互相抚摸，三个围围巾的青年满脸写着"阴谋家"三个字。西蒙还辨认出一些外国人，他们的穿着、动作或者眼神暴露了他们不是意大利人。过去几个月的经历让他有点偏执狂了，看谁都像保加利亚人。

然而，酒馆的氛围并不适合胡思乱想。人们取出夹了猪油或蒜香酱的荞麦饼，有的嚼起朝鲜蓟。所有人都在抽烟。西蒙没见到院子里的年轻阴谋家在桌子底下传递包裹。巴亚尔又要了一杯酒。没多久，大堂尽头的一个学生跑来搭讪，为他们送来起泡酒和一块苹果蛋糕。他叫恩佐，真的是口才了得，还会说法语。他邀请两人加入，那群朋友兴高采烈地骂骂咧唎，"法西斯主义""共产主义""政党联合""同党"还有"腐败"这些单词充斥在大堂内，可以断定讨论的是政治话题。西蒙在想pitchi是什么意思，谈话中时不时会跳出这个词。面色暗哑、棕色头发的小姑娘凑上来，用法语解释说，PC①在意大利语中就是这么发音的。她说所有党派都腐败不堪，即使洁身自好的共产党党员也开始和雇主狼狈为奸，和基督教民主党同流合污。幸好红色旅绑架了阿尔多·莫罗，②历史性折中③的主张就此流产。当然，他们是杀了他，但这都是教皇的错，还有那个猪一样的安德莱奥蒂④，根本无意谈判。

卢恰诺听见女孩对法国人说的话，手舞足蹈地插嘴道："谁说的！红色旅是杀人凶手！他们杀害了阿尔多·莫罗，把尸体扔在汽车后备厢里，就像对待一条狗！"

女孩转身："你是条狗！他们是在战斗，想用阿尔多·莫罗换回同志们还有政治犯。他们等了55天，政府才同意对话，整整两个月！安德莱奥蒂拒绝了，一个政治犯都没门，他就是这么说的！莫罗在恳求：朋友们，救救我，我是无辜的，要谈判！他所有的好朋友却说：那不是他，他吸了毒，他是被迫的，他变了！'那不是我认识的阿尔多'，他们

---

① PC："法国共产党"的缩写。
② 红色旅：意大利的极左翼军事组织，该组织最著名的行动之一是在1978年绑架并处决了意大利前总理阿尔多·莫罗。
③ 恩里科·贝林格提出了历史性折中，阿尔多·莫罗尤其支持。
④ 安德莱奥蒂：意大利政治家，和阿尔多·莫罗一样是意大利基督教民主党的代表人物之一。

会说。这些婊子养的！"

她做了个唾弃的样子，一口喝干了杯子里的酒，转身冲西蒙微笑。卢恰诺嘴里不干不净地骂骂咧咧，埋头玩起塔罗牌。

她叫比安卡，那双瞳仁黑得很，牙齿很白，这个那不勒斯女孩在攻读政治学，立志当名记者，但不会在资产阶级的媒体谋职。西蒙摇摇头，笑得有点傻。他告诉比安卡，他在万森纳做研究，这为他加了分。比安卡拍起手：博洛尼亚3年前举办过一场盛大的研讨会，那些伟大的法国知识分子都来了，瓜塔里、萨特，还有穿白衬衫的年轻人——莱维……她就"持续斗争"①这事采访过萨特和西蒙娜·德·波伏瓦。萨特是这么说的，女孩举起一根手指尽力回忆道："我无法接受一个年轻战士在城市街头被人杀害。"作为革命同路人，他宣称："我站在年轻战士这边。"太棒了！她提起瓜塔里得到了摇滚明星般的待遇；人们在大街上还以为碰见了约翰·列侬，疯了。有一天，他旁观示威游行的时候碰见了贝纳尔-亨利·莱维，他让后者离开游行队伍，因为学生兴奋极了，这个穿白衬衫的哲学家会被打的。比安卡放声大笑，又倒上一杯起泡酒。

在和巴亚尔聊天的恩佐也加入进来："红色旅？左翼恐怖分子，还是有恐怖分子的，不是吗？"

比安卡又被点着了："恐怖分子？这些年轻战士是在用

---

① 1969年成立的一个政治组织，信奉共产主义和革命。

暴力手段作为一种方式。就这样！"

恩佐发出刺耳的笑声："是啊，莫罗是罗马的走狗。他只是穿西装系领带的傀儡，任由阿涅利①和美国人摆布，但领带后面是个活生生的人。啊，假如他没写信给妻子、孙子……我们或许还以为他只是傀儡，不是活人。他的友人正因为这点才慌了：他们可能会说，他是在被逼无奈的情况下写信的。所有人都知道不是这样，那些字句是看守听写下来的，但发自一个可怜男人的内心，他就要死了。而你，你也认可他朋友的举动，他们抛弃了他：你想忘记这些信，是为了忘却你的红色旅朋友杀了一个爱孙子的老人。很好！"

比安卡的眼睛闪闪发光。话已出口，她无计可施，除了再来点抒情，表现得更加夸张，但也不能太过抒情，因为政治化的抒情听上去就像是基督教的教理书，她于是开口道："他的孙子会没事的，会上最好的学校，不会挨饿，经人举荐后在联合国教科文组织、北约、联合国、罗马、日内瓦或纽约谋得实习的机会！你在那不勒斯待过吗？你有没有见过住在危房里的那些孩子？政府，就是安德莱奥蒂及其朋友莫罗的政府，任由这些房子垮掉。基督教民主党的腐败政策抛弃了多少妇女和孩子？"

恩佐冷笑着斟满了比安卡的酒杯："以恶制恶，这就对了？"

此时，一个年轻阴谋家站起来，扔下纸巾，用围巾遮住

---

① 阿涅利：意大利的工业家。

下半张脸，走到玩牌的桌子边，用枪指着酒馆老板，冲着他的大腿就是一枪。

卢恰诺号叫着倒在地上。

巴亚尔没带武器，面对闹哄哄的局面，没办法追击正走出酒馆的年轻人。两名同党簇拥着他一起逃离，手中的枪还冒着烟。

就一眨眼的工夫，蒙面党消失得无影无踪了。

酒馆内并没有真的发生恐慌，尽管吧台后面的老妇急忙跑向大吼大叫的儿子，年轻人和老人也在此起彼伏地大叫。卢恰诺推开母亲。恩佐用恶毒讽刺的语气冲着比安卡大叫："好啊，好啊！你的红色旅朋友就是这么继续斗争的？有必要惩罚卢恰诺吗？就因为他是酒馆老板，一个肮脏的资本主义有产者。这里是法西斯党徒的老窝，对吗？"比安卡跑去救助躺在地上的卢恰诺，用意大利语回答恩佐，那些人肯定不是红色旅，有百来号极左翼或极右翼党徒会用瓦尔特P38手枪打伤路人大腿。卢恰诺对母亲说："妈妈，算了！"可怜的老妇惊慌失措，发出长长的呜咽。比安卡不明白红色旅为什么要袭击卢恰诺。她用毛巾给伤者止血，恩佐向她指出一个简单的事实，她不知道该把这次袭击归咎于极左翼还是极右翼，这已经暴露了一些问题。有人提议报警，卢恰诺断然吼道：不要警察。巴亚尔俯身查看伤口：伤口在膝盖上方，大腿处，鉴于流血的情况，子弹并没有打穿大腿动脉。比安卡又用法语回答恩佐的问题，西蒙明白这番话也是对他说的："你知道事情总是这样，恐怖策略。米兰广场屠杀之后就是这样。"西蒙问起这是怎么回事。恩佐解释，1969年的米兰广场，一枚炸弹在银行里面炸死了15个人。比安卡接着说，案件调查过程中，警察杀死了一名无政府主义的工会干部，从警局的窗口把他扔了下去。"据说是无政府主义者干的，但接着我们明白是极右翼，他们和政府狼狈为奸，引爆了炸弹，引导舆论指责极左翼，为法西斯政策的合法性寻找托词。这是恐怖策略。整整持续了10年。教皇也是同谋。"恩佐肯定道："的确如此。一个波兰人！"巴亚尔问："呃，这种大腿袭击频繁吗？"比安卡一边思考一边用皮带当成止血带来使用："不太多，好像一周不到一次。"

既然卢恰诺只是在鬼门关上逛了一圈，顾客于是四散开来，没入夜色。西蒙和巴亚尔由恩佐和比安卡做向导，前往杂货店修鞋匠酒馆，那两人也不想回家。

19点42分

这两个法国人钻进博洛尼亚的大街小巷，如同沉入梦里，城市恰如充满暗影的舞台，稍纵即逝的剪影依照神秘的编舞跳起奇怪的芭蕾，学生在立柱后面时而显现时而消失，瘾君子和妓女站在拱门下面，宪兵在悄无声息地无端乱跑。西蒙抬起头。两个漂亮的中世纪高塔俯瞰着一扇大门，这扇门过去应该通向拜占庭时期的拉韦纳路，其中一个高塔像比萨斜塔一样斜向一边，还比另一个塔矮了一截，这就是断塔。但丁将它写进地狱最后一圈，书里的塔更加高耸逼人："站在塔下仰望，当云朵朝倾斜的那面飘去，加里森达塔会显得歪向了另一侧。"红色旅的五角星装饰在红砖墙上。远远听见警察的哨声和拥护者的歌声。一个乞丐靠上巴亚尔想要根烟，还在向他叨叨必须发动革命，巴亚尔听不懂，埋头走路。拱廊一个连着一个，马路一条接着一条，似乎永远没有尽头。西蒙看见石墙和横梁上张贴的竞选海报，心中感慨：共产主义意大利的代达罗斯和伊卡洛斯①。当然，在重重暗影中会有猫咪出没，意大利的任何地方都如此，它们才是城市真正的居民。

杂货店修鞋匠酒馆的橱窗在浓黑的夜色中熠熠生辉。酒馆内，教授和学生一边畅饮一边品尝开胃小食。老板表示酒馆快要打烊了，但里面热闹的样子否定了这种说法。恩佐和比安卡点了一瓶马纳雷西葡萄酒。

有个大胡子在讲滑稽故事，所有人哄堂大笑，除了一个戴手套的和一个背帆布包的；恩佐为两个法国人做翻译："有个男人晚上回家，烂醉如泥，但在路上遇见了一个修女，那修女身穿长袍，戴着帽子。男人扑向修女，揍了她一顿。等他揍爽快了，就把女人扶起来，说道：'好吧，蝙蝠侠，我觉得你更厉害！'"恩佐笑了，西蒙也是，巴亚尔犹豫不决。

大胡子在和戴眼镜的女孩还有一个男人聊天，巴亚尔立马觉得那男人是教授，因为他有书生气但年龄比学生大。大胡子喝光酒，拿起柜台上的酒瓶为自己倒上一杯，却不顾女孩和教授的空杯子。巴亚尔认出了酒瓶上的标签：安东尼世家

---

① 希腊神话中，代达罗斯为了帮助儿子伊卡洛斯逃跑，制作了飞行翼，是用蜡和羽毛粘合而成的，代达罗斯告诫儿子不能太过靠近太阳，因为蜡会融化，但后来伊卡洛斯忘记了父亲的嘱托，落入海里。

酒庄。他问服务员这算不算好酒。托斯卡纳产的白葡萄酒，不算好，服务员用流利的法语回答道。他叫斯特凡诺，政治学学生。"这里所有人都学政治！"他对巴亚尔说，并举杯致意："为恶势力干杯！"巴亚尔和他碰杯，附和道："为恶势力干杯！"酒馆老板急了："斯特凡诺，把酒拿到楼上去。"斯特凡诺笑着对巴亚尔说："别理他，他是我爸。"

戴手套的人要求释放安东尼奥·内格里[①]，还指出"短剑"这个极右翼团伙得到了中情局的资助。"内格里是红色旅的同谋，这就和托洛茨基是斯大林的同谋一样好笑！"

比安卡反唇相讥："斯大林主义适合博洛尼亚。"

恩佐搭讪上一个女孩，在猜她攻读的科目，当然一猜就准。（政治学）

比安卡告诉西蒙，共产党在意大利十分强大，拥有50万名党员，和法国的情况截然相反，意大利共产党在1944年没有上交武器，所以国内还有大量德产瓦尔特P38手枪在流传。博洛尼亚作为红色基地有点像是意大利共产党的窗口，身为党员的市长支持阿门多拉[②]，后者是社会改良论的代表人物。"右翼，"比安卡露出一丝轻蔑，"这该死的历史性折中，就是他们。"巴亚尔看见西蒙抿紧了嘴唇，于是冲他举起红酒："那你喜欢左翼吗，博洛尼亚？比起闹闹哄哄的万森纳，你不觉得这里更好？"比安卡两眼放光，重复道："万森纳……德

---

①　安东尼奥·内格里：意大利哲学家和政治家。
②　阿门多拉：意大利著名政治家、共产党党员。

勒兹！"巴亚尔问服务员斯特凡诺是否认识翁贝托·埃科。

趿拉着拖鞋的嬉皮士走进酒吧，径直走过去拍了拍大胡子的肩膀。大胡子回头，嬉皮士郑重其事地拉开门襟，尿在了他身上。大胡子震惊地往后退去，所有的人都开始大喊大叫，有那么一刻大家手足无措，最终，老板的儿子们把嬉皮士轰出了酒吧。大家团团围住哼哼唧唧的大胡子："我从不谈论政治！"嬉皮士出门之前大喊："就是这样！"

斯特凡诺回到吧台后面，指着大胡子对巴亚尔说："翁贝托，就是他。"

帆布包男人离开酒吧时把帆布包落在了吧台底下，幸好有顾客把他叫回来，并把帆布包还给他。男人一头雾水，古里古怪地道歉并说了感谢之后消失在夜色中。

巴亚尔走到大胡子身边，后者在象征性地擦拭裤子（因为尿液早已渗入布料），他掏出名片："埃科先生？法国警察。"埃科激动起来："警察？应该逮捕那个嬉皮士！"接着，想到酒馆里尽是左翼学生，他决定不再追究。巴亚尔简单陈述了他出现在此地的原因：巴特叮嘱一个年轻人，如若他遭遇意外，就去见埃科。但那个青年也死了，死前说出了埃科的名字。埃科的惊讶不是装出来的。"罗兰，我和他很熟，但我们不是亲密的朋友。这事太可怕了，是事故吗？"

巴亚尔明白自己要有更多的耐心，于是喝干杯子里的酒，点上烟，看着戴手套的男人手舞足蹈地谈论历史唯物主义，恩佐在对女大学生献殷勤，一手玩弄她的头发，西蒙和比安卡为了"欲望的自主"干杯。巴亚尔说："请您想一想。巴特非要联系您，肯定是有原因的。"

他听见埃科答非所问："罗兰，他那伟大的符号学课，我铭记在心，他能指出宇宙中所有的事件，提醒人们任何事件都有其意义。他不厌其烦地说过，符号学家走在路上，能觉察到事件的意义，而其他人只看到发生的事。他知道，我们能从某人的着装风格、拿酒杯的姿势、走路的步伐读出点内容……就像您，我猜您在阿尔及利亚参战过，还有……"

"很好！我承认。"巴亚尔低声抱怨道。

"啊？好吧！同时，文学当中他喜爱的，是我们不必确定含义，而是和含义玩游戏。明白吗？绝顶聪明。所以他才如此热爱日本：他不懂那个世界的密码，无法弄虚作假，但日本的价值不在于意识形态或政治因素，而是美学，或者说，人类学。但也不一定是人类学，这种乐趣在于纯粹地、开放地、没有负担地诠释所指对象。巴特对我说：'当然，翁贝托，尤其要扼杀所指对象。'哈哈哈！注意喽，这并不是说含义不存在！一切都有含义。（他喝下一大口白葡萄酒。）一切。但这并不意味着有无穷无尽的解释。犹太教神秘哲学家可不这么认为！现在有两个流派：犹太教神秘哲学家认为我们可以用无穷的方式来解读《摩西五经》，从而得到新事物。圣奥古斯丁呢，他认为《圣经》的文本是'无尽的含义森林'，这个说法出自圣哲罗姆，但我们可以用造假原则来检验，从而剔除无论我们用何等暴力的手段来阐释，背景都无法让人读懂的内容。明白吗？我们无法辨别某个诠释是否正确，或者某个诠释是最好的，但可以分辨出这个文本拒绝了一个和它背景不符的诠释。这就是说，我们没法胡说八道。简而言之，巴特，他是圣奥古斯丁派，不是犹太教神秘哲学家。"

埃科的声音侵入了周围窸窸窣窣的谈话声和推杯换盏的叮当声，酒馆的架子上摆满了酒瓶，柔韧、紧实的年轻肉体流露出对未来的信仰。巴亚尔看着那个戴手套的男人对着听众夸夸其谈，但主题无人能懂。

他好奇那人为什么在30摄氏度高温的情况下还要戴手套。

埃科先前对他说笑话的那个教授加入到谈话中，他的法语听不出口音："问题是，翁贝托，你也知道，巴特没有研究过索绪尔所谓的记号，他研究的是象征符号，更严格地说，通常是征象。诠释征象，并不是符号学，它能调动起所有的科学：物理学、化学、人类学、地理学、经济学、哲学……巴特不是符号学家，翁贝托，他不明白什么是符号学，因为他不明白记号的特殊性，它不同于征象，征象只是接收者偶然发现的线索，需要发送者自愿发送。他是一个充满灵感的全科学者，但归根结底是个老派的评论者，就像皮卡尔①还有他反对的那些人。"

"不是这样的，乔治，你搞错了。诠释征象并非科学的**全部**，而是科学的符号学瞬间，是符号学本身的实质。罗兰·巴特的《神话学》就是一种聪明的符号学分析，因为日常生活充斥着信息爆炸，这些信息并不会常常显现出直接的意

---

① 皮卡尔：雷蒙·皮卡尔，法国文学评论家，拉辛专家，他和罗兰·巴特的观点相左。

向，而是在意识形态的目的促使下，经常会以‘修饰过的’真实面貌显现出来。”

"啊，好吧！我不明白你为什么非要把广泛的认识论说成符号学。"

"正是如此。符号学，它提供了工具，让我们知道科学是干什么的，首先是学会从全局来看待这个世界，就像是有意义的事实的集合体。"

"照此说来，符号学是所有科学之母！"

翁贝托分开手，摊开手掌，透过胡子也能看见他的笑容："就这些！"

此起彼伏地爆发出开酒瓶的"啵啵"声。西蒙殷勤地为比安卡点烟。恩佐试图亲吻女大学生，后者笑着宽衣解带。斯特凡诺为所有的顾客斟满酒杯。

巴亚尔看见戴手套的男人放下没喝光的酒杯，走到马路上。酒馆的吧台采用封闭设计，顾客没法进入酒馆后部，巴亚尔推断酒馆设有厕所，但顾客没法使用。根据那个戴手套男人的举止，他不会干出嬉皮士的行为，所以跑到外面撒尿去了。巴亚尔犹豫了几秒钟，抓起吧台上的咖啡匙，尾随而出。

戴手套的男人没走远，这个街区并不缺少幽暗的小巷。他面对墙壁，放松身体，巴亚尔突然扯住了他的头发，把他摔倒在地，死死压住后，冲着他吼道："尿尿也戴手套？你不喜欢弄脏手？"那男人中等身材，但完全蒙了，既忘了反抗也不会大叫，只是骨碌骨碌转动惊恐的眼珠。巴亚尔用膝盖抵住他的胸口，抓起他的双手，感到左手皮革下面有点软绵绵。他摘下对方的手套，发现小指和无名指各缺了一截指骨。

"这么说，你也喜欢砍柴？"

他揪住那人的脑袋狠狠砸向潮湿的石板。

"在哪里聚会？"

戴手套的男人嘟囔着没人听得懂的话。巴亚尔稍稍松手，听见那人说："我不知道！我不知道！"

弥漫在城市上方的暴力氛围可能感染了巴亚尔，他不再循循善诱，而是从外套口袋里掏出小匙，狠狠抵在男人眼睛下方，后者像只受惊的小鸟一样开始瞎嚷嚷。他听见西蒙在他身后边跑边喊："雅克！雅克！你在干吗？"西蒙抓住巴亚尔的肩膀，但巴亚尔身材强壮，根本无法制止他。"雅克！他妈的！你疯了吗！"

警察把小匙插入眼眶。

他不再提问。

他要采用出人意表的行动，在最短的时间内把绝望和恐怖发挥到极致。他追求的是效率，就像在阿尔及利亚的时候那样。不到1分钟前，戴手套的男人还以为这个晚上就这样平平安安度过了，可现在，冷不丁窜出来的这个法国人在他撒尿的时候要戳瞎他的眼睛。

巴亚尔感到这个受惊的男人愿意抓住救命稻草来保住眼睛和性命，于是又详详细细地问：

"罗各斯俱乐部，他妈的到底在哪里？"断指男人含糊不清地说："阿奇吉纳西欧宫！阿奇吉纳西欧宫！"巴亚尔没听明白。"阿奇吉什么？"身后传来另一个声音，不是西蒙："阿奇吉纳西欧宫，那是博洛尼亚大学的主楼，就在博洛尼亚主广场后面。由安东尼奥·莫兰迪建造，他的绰号是恐怖者，可为什么……"

巴亚尔不用回头也能分辨出埃科的声音，埃科问："可为什么要折磨这个可怜人？"

巴亚尔解释道："罗各斯俱乐部今晚在博洛尼亚有个聚会。"戴手套的男人发出粗重的呼吸声。

西蒙问："你怎么知道的？"

"我们的机构截获了消息。"

"'我们的'机构？你是说情报机构？"

西蒙想起还在酒馆内的比安卡，便想向所有人澄清，他没有为法国情报部门效力，但是，他不想费力说明自己感到日益扩大的身份危机，于是选择闭口不言。他明白了，他们来博洛尼亚并不仅仅是为了询问埃科。他也注意到埃科没问罗各斯俱乐部是什么，于是便问："埃科先生，关于罗各斯俱乐部，你知道些什么？"

埃科摩挲着胡子，清了清喉咙，点燃香烟。

"雅典城邦建立在三大支柱上：体育、戏剧和辩术。我们现在在表演领域仍能找到蛛丝马迹，这个领域能让三类人出名：运动员、演员（或者歌手，古代戏剧对此不加区分）以及政客。在这三大类中，第三类时至今日仍是最强大的（我们来看罗纳德·里根，三大类之间也不是完全独立的），因为他们掌握了最有力的武器：语言。

"从古至今，掌握语言成了政治的关键，即使在似乎可以求助于武力和军事优势的封建时期。马基雅维利告诉君主，我们是用恐惧而非武力进行统治，武力和恐惧不是一回事：恐惧是描述武力的产物。因此，谁掌握了演讲能力，谁就能挑起爱恨情仇，掌握世界也指日可待！

"正是基于马基雅维利的理论，也为了对抗基督教日益壮大的影响力，一个异端教派在公元3世纪成立了Logi Consilium。

"此后，Logi Consilium在意大利开枝散叶，又流传到法国，在18世纪法国大革命期间更名为罗各斯（Logos）俱乐部。

"组织呈金字塔结构，发展方式如同等级严密的秘密社团，管理层由10名'诡辩家'组成，最高领袖是伟大的普罗塔哥拉，他们利用辩论才华来实现各自的政治抱负。有人怀疑多位教皇，如克雷芒六世、庇护二世都是组织高层。还有，据说莎士比亚、德拉斯·卡萨斯、罗贝托·贝拉尔米诺（审判了伽利略的宗教裁判所法官，知道吗？）、拉波哀西、卡斯蒂利奥内、博须埃、莱兹红衣主教、克里斯蒂娜女王、卡萨诺瓦、狄德罗、博马舍、萨德、丹东、塔列朗、波德莱尔、左拉、拉斯普京、饶勒斯、墨索里尼、甘地、丘吉尔、马拉帕尔泰①都是

① 德拉斯·卡萨斯：16世纪西班牙多明我会教士，曾致力于保护西班牙帝国治下的南北美洲印第安人。罗贝托·贝拉尔米诺：文艺复兴时期欧洲神学家之一。卡斯蒂利奥内：文艺复兴时期欧洲诗人。拉斯普京：帝俄时代尼古拉二世时的神秘主义者。马拉帕尔泰：意大利政治记者、小说家和剧作家，其最著名的小说是《毁灭》和《皮肤》。

罗各斯俱乐部的成员。"

西蒙注意到这个名单里面都是政治家。

埃科解释说："事实上，罗各斯俱乐部有两大流派：内在主义者在辩论中寻求乐趣，在自身中寻找圆满；还有功能主义者，他们将辩术视为达到目的的手段。功能主义又分为两个分支：马基雅维利派和西塞罗派。官方说法，马派只想说服他人，而西派则试图说服他人采取行动，后者的动机更加高尚，但两派的区别其实十分模糊，因为对于他们而言，都是要取得权力或者保住权力，所以……"

巴亚尔问："那你呢？"

埃科："我？我是意大利人，所以……"

西蒙："马基雅维利也是啊，西塞罗也是啊！"

埃科笑了："是的，我认为我更偏向内在主义者。"

巴亚尔问戴手套的人进入社团的暗号。那人有点从惊吓中缓过来了，嚷嚷道："这是秘密！"

在巴亚尔身后，恩佐、比安卡、斯特凡诺和酒馆一半的顾客闻声跑来看看到底发生了什么事。所有人都听见了翁贝托·埃科的小小演说。

西蒙问："这是个重要聚会？"戴手套的人回答说，今晚的聚会级别较高，有传闻说有个诡辩家，甚至伟大的普罗塔哥拉本人都会参加。巴亚尔请求埃科陪同他们前往，但埃科拒绝了："我知道这类聚会。我年轻的时候参加过罗各斯俱乐部，你们也知道！我是雄辩家级别，还有你们看见了，我没丢手指。"他得意洋洋地伸出双手。戴手套的男人掩饰住苦涩的表情。"不过,我没时间精进,就不再赴会了。我的等级丢了好长时间。我很好奇现在的辩论者是何种水平,但我明天要回米兰,火车11点发车,我要准备关于15世纪浅浮雕的讲座。"

巴亚尔没法强迫埃科,但他尽量克制恫吓的语气:"埃科先生,我们还有问题要问,关于语言的第七功能。"

埃科看着巴亚尔,又看向西蒙、比安卡、戴手套的男人、恩佐和他的新朋友、他的法国同事、斯特凡诺和他的父亲,他也跑出来了,瞥了一眼聚集在小巷里的一小群顾客。

"好吧,明天10点我们在火车站候车厅见,二等车厢的候车厅。"

接着,他转身进入商店,买了一些西红柿和金枪鱼罐头,然后拎着小小的塑料袋和教授皮包消失在夜色中。

西蒙说:"我们需要一名翻译。"

巴亚尔:"断手能帮忙。"

西蒙:"他看上去精神不济。我担心他不行。"

巴亚尔:"好吧,带上你的女伴。"

恩佐:"我也要去!"

酒馆的顾客们:"我们也想去!"

戴手套的男人还趴在地上,挥舞起残肢:"这是一个私人聚会!我没法让所有人都进去。"

巴亚尔给了他一个耳光,"这可不是共产主义!走吧!"

在这个炎热的博洛尼亚之夜,一小队人马朝着古老的大学进发。从远处望去,那画面有点像是费里尼的电影,但大家并不太清楚到底是《甜蜜的生活》还是《大路》。

0点7分

　　阿奇吉纳西欧宫门口聚集着一小群人和一名保安。哪里的保安都一样，只是他戴了一副古驰墨镜，普拉达手表，范思哲西装以及阿玛尼领带。

　　西蒙和巴亚尔站在戴手套的男人两边，他对保安说："我们要进入罗各斯俱乐部，暗号是50分。"

　　一脸狐疑的保安问："多少人？"

　　戴手套的男人转身点了点人头："呃……12人。"

　　保安差点要乐，但拼命忍住，告诉他不行。

　　恩佐走上前："听我说朋友，我们这些人远道而来，就是为了参加今晚的聚会。我们是从法国来的，明白吗？"

　　保安不为所动，法国小分队的说辞并不能打动他。

　　"可能会引发外交事件，我们当中有些人是上流社会的。"

　　保安轻蔑地打量这群人，表示看见的就是一群叫花子。他说："够啦！"

　　恩佐坚持道："6个天主教徒呢？"保安摘下墨镜。"要知道不可以貌取人。某人无知地向耶稣关闭了大门，该如何评判他？"该如何评判一个因为无知向耶稣关闭了大门的人？

　　保安撇撇嘴，恩佐觉得他动摇了，他想了好一会儿，又想起关于伟大的普罗塔哥拉的那个神龙见首不见尾的传言，终于，他指向12个人："好吧，12个，进去。"

　　一行人进入宫殿，爬上饰有无数纹章的石阶。戴手套的男人把他们带往解剖教室。西蒙问他为什么是50分？戴手套的男人解释说，在拉丁语中，罗各斯俱乐部的首字母意为50和100①，这样很好记。

他们走进一个全是木结构的雄伟大厅，那里设计成圆形阶梯教室的样子，四周摆放着解剖学家和著名医生的木雕像，中央的白色大理石平台先前是用来解剖尸体的。教室后部有两座木质的人体模型，它们托举起的平台上有一座身穿厚裙的女性雕像。巴亚尔推测那是医学女神，假如她蒙上了眼睛，那也可能是司法女神。

阶梯教室的阶梯上已经坐了很多人，评委席设在人体模型下面，负责主持今晚的会议。教室闹哄哄的，观众正陆陆续续进场。比安卡扯住西蒙的袖子，兴高采烈地说："看啊！那是安东尼奥尼②！你看过《奇遇》吗？棒极了！哦，他是和莫妮卡·维蒂一起来的！她好漂亮！那边，你瞧见了吗？坐在评委席正中央的人？那是比弗③，爱丽丝电台的老板，这个博洛尼亚自由电台很受欢迎。3年前，正是他们播放的节目挑起了内战，也是他让我们接触到了德勒兹、瓜塔里、福柯。那边那边！保罗·法布里和奥马尔·卡拉布雷斯，埃科的两位同事，和他一样也是记号语言学家，都是大名人呢。那是韦尔迪廖内，也是记号语言学家，还是精神分析学家。那边，罗马

---

① 罗各斯俱乐部（Logos Club）的首字母分别是L和C，在拉丁语中，L代表50，C代表100。
② 安东尼奥尼：意大利著名导演，代表作为《奇遇》。
③ 比弗：意大利马克思主义理论家，真名是弗朗科·贝拉尔迪。

诺·普罗迪[1]，前工业部部长，他在这里干吗？这个小丑！他还相信历史性折中吗？"

巴亚尔对西蒙说："瞧那边。"他指着卢恰诺，卢恰诺和年迈的母亲站在台阶上，下巴搁在拐杖上抽烟。教室另一头，是那三个朝卢恰诺开过枪的蒙面青年，每个人都装作什么事也没发生过。蒙面党一点也没有忐忑不安。奇怪的国家！巴亚尔想。

午夜已过。会议开始了，响起一个声音，是比弗在说话，这位爱丽丝电台的老板在1977年点燃了博洛尼亚的激情，他引用彼特拉克的歌词，马基雅维利也曾用这段话说服他的君主：

骁勇对抗盛怒

拿起武器；战斗短暂

因为那古老的价值

就在意大利人的心中，未曾死去。

比安卡的眼睛瞬间燃起了黑色的火焰。戴手套的男人挺起胸膛，双拳抵住胯部。恩佐的手搂住他在酒馆搭讪来的女大学生的腰，斯特凡诺兴奋地吹起口哨。阶梯教室内飘荡着爱国歌曲。巴亚尔注意到有人站在阴暗角落里，但认不出是谁。西蒙没有在人群中认出他曾在酒馆里见过的带帆布包的男人，因为他所有的注意力都集中在了比安卡古铜色的美丽肌肤以及低

---

① 罗马诺·普罗迪：曾经两度出任意大利总理，曾经担任欧盟委员会主席。

胸衣服下面起伏的胸脯。

比弗抽出第一个辩题，是葛兰西①的话，比安卡为他翻译成法语：

"危机正是在于青黄不接。"

西蒙在思考这句话。巴亚尔才不屑呢！他扫视整个教室，观察撑拐杖的卢恰诺母子和安东尼奥尼与莫妮卡·维蒂，没有看见角落里的索莱尔斯和贝纳尔-亨利·莱维。西蒙在脑中分析："正是"什么？他运用三段论的推理：我们处于危机中。我们陷入了困境。吉斯卡尔之流统治了世界。恩佐在吻女大学生的嘴。该怎么办？

两位辩手站在解剖台两头，就像是站在角斗场中央即将一决雌雄的两人。他们全都站着，方便转身面对观众。

在解剖教室的木制品当中，解剖台的大理石显得格外白。

比弗身后是教师讲台（教堂宣讲台的款式），人体模型守护着一扇虚拟的门。

第一名辩手，带普利亚口音的青年，衬衫敞开，皮带上面有个银质的大扣子。他开始了表演。

如果统治阶层失去了认可，也就是说如果统治阶层不再具有领导力，而仅仅是统治力，仅仅持有强权，这就意味着民众的传统意识形态在分崩离析，不再相信他们过往相信的东

---

① 安东尼奥·葛兰西：意大利共产主义思想家，也是意大利共产党创始者和领导人之一。他创立的文化霸权理论对后世影响深远。

西……

比弗扫视全场，有那么一刻停在了比安卡身上。

正是在群龙无首的日子里，葛兰西所说的"群魔乱舞"会滋生壮大。

巴亚尔看见比弗在打量比安卡。躲在阴影中的索莱尔斯向贝纳尔–亨利·莱维指着巴亚尔。贝纳尔–亨利·莱维为了不被认出，穿了件黑衬衫。

年轻辩手缓缓扫视全场。葛兰西影射的群魔乱舞现象，人们自然是一清二楚。不是吗？时至今日仍有威胁。他顿了一顿，大吼一声："法西斯！"

他引导听众联想到这个词，然后再从口中说出，那一瞬间，他好像让所有与会者产生了心灵感应，通过暗示的手法创造出一种集体思想共鸣。法西斯这念头如同无声的电波在教室中游弋。年轻辩手至少达到了一个目的（必不可少的）：确定辩论的重点。他所要做的，就是尽量夸大：法西斯主义的危险，仍然肥沃的温床，等等。

帆布包男人紧紧攥住膝盖上的帆布包。

索莱尔斯的香烟嵌在象牙烟嘴中，象牙在幽暗中闪现出白光。

现在和葛兰西的时代还是有差别的。现在的我们不再受到法西斯主义的威胁，但法西斯主义根植于国家心脏，如一条蛆虫在蠕动身躯。法西斯主义不再是处于危机的国家和失去统治权的统治阶级的灾难性后果。法西斯主义不再是制裁，而是领导阶层采用的一种隐蔽的辅助性手段，目的是为了阻碍进步势力的发展。这不再是一种谋求拥护的法西斯主义，而是一种可耻的法西斯主义，一种阴影里的法西斯主义，一种恶警的法西斯主义；不是士兵的法西斯主义，不再是青年党徒的法西斯主义，而是老人的法西斯主义，一种可疑的地下法西斯主义，纠集了一帮秘密警察，想再过上靠民族主义老板接济的日子，这些民族主义者妄想发生翻天覆地的变化，这样一切才不会变，意大利才会窒息在废墟中。法西斯主义就是个说尴尬笑话的表亲，但还是会被邀请来参加家庭聚会。法西斯主义不再是墨索里尼，而是P2①。

阶梯上掀起一片嘘声。普利亚口音的青年就剩下总结陈词了：这种非典型的法西斯主义无法形成压倒性的优势，但可以融入国家机器的各个阶层，从而阻止国家变革（青年谨慎地避免评论历史性折中），法西斯主义不再是凌驾于永恒危机之上的威胁，而是成了促成危机永存的条件。这个危机，意大利已经深陷其中数年，无法迎刃而解，只能等到法西斯主义被剔除出这个国家。为此，说到这，他举起拳头，"战斗在继续！"

掌声雷动。

对手做了种种努力，也无法捍卫他的奈格里②观点：危机不再是一时的情势，一种周期性现象，一个体系因机能障碍或者发展迟缓而产生的后果，而是正在发生变化的多元的资本主

---

① P2：共济会经营管辖的意大利大东方机构，P2与许多意大利神秘犯罪有关。
② 安东尼奥尼·奈格里：意大利政治家和哲学家。

义需要的发动机，是一种持续的以退为进，为了革新，寻找新市场，让劳动力继续处于压力之下。他顺道列举了一些症状：撒切尔选举、即将到来的里根选举。他肯定会以2∶1的比分输掉辩论。在听众看来，两位辩手都奉献了一场高质量的演讲，也证明了自己身为辩手的实力（罗各斯俱乐部7个级别中的第4级）。但普利亚口音的青年占了一点法西斯主义的便宜。

就像第二场辩论：天主教和马克思主义（意大利的一大经典话题）。

第一位辩手提到了亚西西的方济各、乞丐帮会、帕索里尼的《马太福音》、工人神甫、南美洲解放的神学①、把商人从神庙中驱走的耶稣，最后的结论是耶稣是第一个货真价实的马克思列宁主义者。

大获全胜。比安卡用力鼓掌，蒙面党点燃了大麻烟，斯特凡诺打开一瓶随身带着以备不时之需的红酒。

第二位辩手成功地论述了人民的鸦片，佛朗哥和西班牙战争，教皇庇护十二世和希特勒，梵蒂冈和黑手党的勾结，宗教裁判所，反改革，十字军东征（帝国主义战争的绝佳例子），对杨·胡斯、布鲁诺、伽利略进行的审判。无济于事。所有人都疯了，站起来高歌《再见了，姑娘》②，尽管没

---

① 在为获得民族或政治独立的第三世界人民斗争中发展起来的基督教潮流。

② 南斯拉夫反法西斯题材电影《桥》的插曲《啊朋友再见》，其原曲是第二次世界大战期间意大利游击队的歌曲《再见了，姑娘》。

有任何关系。在听众施的压力下，第一位辩手以3∶0的票数
获胜，但我怀疑比弗完全被说服了。比安卡放声高歌，西蒙
看着比安卡的侧脸，那柔顺、灵动的线条，光彩夺目的脸庞
令他魂不守舍（他觉得她长得像克劳蒂雅·卡汀娜①）。恩佐
和女大学生也在唱歌，卢恰诺和妈妈在唱歌，安东尼奥尼和
莫妮卡·维蒂在唱歌，索莱尔斯在唱歌。巴亚尔和贝纳尔–亨
利·莱维试图弄明白歌词的意思。

下一场辩论的两位是一名年轻女士和一个年纪稍大的男
士；辩题关于足球和阶级斗争。比安卡向西蒙解释说，托托
内罗丑闻震动了整个国家，这个假球赌球案牵连到了尤文图
斯、拉齐奥、佩鲁贾以及博洛尼亚的球员。

这场辩论又一次出人意料，年轻女士取得了胜利，她的
观点是：球员和其他人一样是无产者，而俱乐部老板窃取了他
们的劳动力。

比安卡又告诉西蒙，假球赌球案结束后，已经入选国家
队的前锋保罗·罗西被判3年缓刑，无法参加在西班牙举行的
世界杯。这是活该，比安卡说，他拒绝加入那不勒斯球队。西
蒙问为什么。比安卡叹了口气。那不勒斯太穷了，和豪门没法
比。没有一个大腕球员肯来那不勒斯。

奇怪的国家，西蒙心想。

夜色越来越深，终于到了压轴的那场辩论。那些沉默的
雕像——加里恩努斯、希波克拉底、意大利的解剖学家、人体

① 克劳蒂雅·卡汀娜：意大利女演员。

202

模型和端坐的女人——和骚动的活人形成了鲜明对照。大家抽烟、喝酒、聊天、野餐。

比弗念出辩手的名字。有个辩手要挑战逍遥派。

有人在解剖台边坐定。那是安东尼奥尼。西蒙看着莫妮卡·维蒂，她包裹在印制精美的纱巾中，投向大导演的目光充满了爱恋。

在他正对面，卢恰诺的母亲衣着朴素、发髻光洁、身板挺直，昂首阔步走下台阶。

西蒙和巴亚尔面面相觑，然后又看着恩佐和比安卡：他们也有点惊讶。

比弗抽出辩题：知识分子和权力。

由两个低级别的辩手开始，这至少是妥当的。

既然要探讨这个辩题，第一位辩手需要解析它。在这种情况下，问题很容易延伸：知识分子是权力的盟友还是敌人？这需要选择。同意或者否定？安东尼奥尼决定批判他所属的社会等级，而这个等级充斥了整个议会。知识分子是权力的同谋。阿门。

知识分子：上层建筑的公务员，参与构建领导权。因此又要提起葛兰西：所有的人都是知识分子，诚然，但并非所有的人都能在社会中占据知识分子这个职位，这个职位致力于让民众自发地表示赞成。"组织的"或者"传统的"，知识分子总是陷于"经济合作"的逻辑中。有组织或传统，他们总是为权力服务，现存的权力，过去的，或者将来的。

葛兰西口中的知识分子的救赎？政党的超越。安东尼奥

尼爆发出嘲笑。今天还有谁能实现救赎？历史性折中，一派胡
言！妥协导致恶果。

破坏性的知识分子？帮帮忙！他背诵起另一部电影中的
台词："想一想苏埃托尼乌斯①之于恺撒！您带着检举揭发的
雄心出发，最终同流合污。"

山呼海啸的欢呼。

热烈的掌声。

老妇发言了。

"我知道。"

她也开始背诵，但选择的是帕索里尼。1974年，帕索里
尼在《晚邮报》发表了《我控诉》，这篇文章传为佳话：

"我知道1969年米兰大屠杀罪魁祸首的名字。我知道1974
年布雷西亚和博洛尼亚大屠杀罪魁祸首的名字。我知道那些元
凶的名字，他们在中情局、希腊军人和黑手党的帮助下发动了
反共产主义的军事行动，接着又用反法西斯主义来装清白。我
知道那些人的名字，他们在两场弥撒之间下达命令，为年老的
将军、年轻的新法西斯党徒以及普通的罪犯提供政治保护。
我知道那些大人物的名字，他们躲藏在小丑或者平庸的人格后
面。我知道那些大人物的名字，他们躲藏在那些悲剧性的年轻
人后面，互相给对方送去杀手和刺客。我知道所有的名字和事
实——为反制度和屠杀而实行暴力，却成了有罪的。"

---

① 苏埃托尼乌斯：罗马帝国时期的历史学家，代表作是《罗马十二
帝王传》。

老妇在控诉，她颤动的嗓音在阿奇吉纳西欧宫内回响。

"我知道，但我没有证据，甚至连踪迹也没有。我知道，因为我是一个知识分子，一个作家，力图跟踪发生的一切，力图知道人们为此写下的一切，力图想象出我们不知道或者闭口不谈的一切；把相去甚远的事实联系起来，把政治局势所有支离破碎、杂乱无章的碎片搜罗起来，重新建立起联系，而其中盛行的似乎是专制、疯狂和秘密。"

这篇文章发表后不到1年，帕索里尼惨遭谋杀，横死在奥斯蒂海滩上。

葛兰西死在监狱里，奈格里接着也锒铛入狱。世界变了，因为知识分子和权力在作战。权力几乎每次都赢，知识分子付出了生命或者自由，想站起来对抗权力。他们折戟沉沙，但不会总是如此，当有个知识分子战胜了权力，即使是在身后，世界也终将改变。当一个人能为无声者发声，他就配得上知识分子的称号。

安东尼奥尼利用人身权没让老妇做最后总结。他引用福柯的话，他说过应该"终结发言人"。发言人不为他人说话，而是为了自己。

老妇立马反击，认为福柯就是个没蛋的孬种：他不是拒绝介入在3年前震动整个意大利的杀害父母案件吗？但他最近不是出了本书，写的就是皮埃尔·里维埃尔[①]的谋杀案？假如

---

① 皮埃尔·里维埃尔：一个生于19世纪的诺曼底农民，杀死了自己的母亲和兄弟姐妹。

都不介入和他专业知识相关的事件，那知识分子有什么用？

索莱尔斯和贝纳尔–亨利·莱维躲在阴影里冷笑，尽管贝纳尔·亨利-莱维在想索莱尔斯的专业领域在哪里。

安东尼奥尼予以反击，说福柯比任何人都清楚地表现自负的姿态和方式，知识分子（他又一次引用福柯）"用稍微严肃的态度对待无关紧要的纷争"。福柯自诩为研究者，而不是知识分子，他把大量的时间投入研究，而非论战的纷争。他说过："知识分子难道不希望通过意识形态斗争，提高自己在现实生活中的重要性？"

老妇哽住了，一字一顿地说：所有知识分子，如果正确地在做他能胜任的启发性研究工作，如果那是他的志向，即使他在为权力服务，也是在反对权力，正如列宁所说（她戏剧性地转动身子，扫视全场），真相总是革命性的。"真相总是革命性的！"

以马基雅维利为例吧！他为洛伦佐·德·美第奇写的《君主论》中说：我们不能极尽献媚。然后，这部著作被视为在政治上极其恬不知耻，但绝对是一部马克思主义宣言："因为民众的目标比伟人的目标更诚实，有人想要压迫，有人不愿被压迫。"他写道。事实上，他写《君主论》并不是为了佛罗伦萨的公爵，因为这本书流传甚广。随着《君主论》的出版，他将那些只为权贵所知的真相公之于众了。此举是颠覆性的，也是革命性的。他将君主的奥秘告知了人民。政治实用主义的秘密终于脱离了道德和神圣似是而非的辩白，就像所有去神圣化的行为。《君主论》的出版是人类迈出的决定性一步。知识分子有决心要披露、解释和实行，他是在对抗神权。因此，他永远都是救星。

安东尼奥尼知道这些经典著作，他回击道：马基雅维利对无产阶级一无所知，也无法正视他们的条件、需求和期望。因此，他在书中也写过："每次置身于群体中，我们都不会剥夺财产和荣誉，他们生活得心满意足。"深陷在金色的囚笼里，他无法想象到绝大多数人无名无利，所以没有东西可以被剥夺……

老妇说这正是一名真正的知识分子体现出的美：他无需为了革命而表现得革命，无需热爱人民或者懂得人民才能为他们服务。他理所当然、命中注定是共产主义者。

安东尼奥尼鄙夷地脱口而出，应该这么向海德格尔解释。

老妇表示，最好重读马拉帕尔特。

安东尼奥尼提起"坏主人"的概念。

老妇说，假如我们要用形容词，比如用"坏"来修饰主人，那么根源还是在"主人"上。

大家觉得这次没法有明显的胜负了，比弗吹哨终结了比赛。

两名对手互相打量，表情肃穆，下巴紧阖，都是大汗淋漓，但老妇的发髻仍是纹丝不乱。

听众分成两派，犹豫不决。

比弗的两名助手率先投票，一人投给了安东尼奥尼，一人投给了卢恰诺的母亲。

听众的心因为比弗的决定而悬了起来。比安卡紧紧握住西蒙的手。索莱尔斯轻轻地吞咽口水。

比弗投给了老妇。

莫妮卡·维蒂脸色惨白。

索莱尔斯微微一笑。

安东尼奥尼岿然不动。

他把手放在解剖台上。比弗的一名助手起身，这是一个瘦高个儿，手里拿着一把生铁小斧子。

斧子落在安东尼奥尼的手指上，骨头断裂的回声伴随着斧头敲击大理石的声音，还有电影导演的叫喊声。

莫妮卡·维蒂上前用纱巾包裹住他的手，助手郑重其事地捡起那截手指，交还给女演员。

比弗中气十足地宣布："荣耀归于辩手。"全场的人异口同声地附和："荣耀归于辩手。"

卢恰诺的母亲坐回儿子身边。

几分钟的时间悄然流逝，就像是影片结束后大厅的灯光还未亮起，人们浑浑噩噩地再次踏入真实世界，那些画面还在眼睛后面舞动。终于，有批观众率先舒展开麻木的四肢，起身离开了"放映大厅"。

解剖教室渐渐人去楼空，比弗和助手收拾好文件夹里的草稿纸，郑重其事地退场了。罗各斯俱乐部的活动在深夜曲终人散。

巴亚尔问戴手套的男人，比弗是不是伟大的普罗塔哥拉。男人像个孩童似的摇头否定。比弗是雄辩家（6级），还没成为诡辩家呢！（诡辩家是最高的7级。）他提到安东尼奥尼，据说60年代的时候达到过诡辩家的级别。

索莱尔斯和贝纳尔–亨利·莱维悄然隐退。巴亚尔没看见两人离开，因为门口一时堵成了一团，帆布包男人挡住了两人。必须做出决定。巴亚尔决定跟踪安东尼奥尼，他转过身，当着大家的面，冲西蒙喊道："明天10点，火车站，别迟到！"

**3点22分**

大厅人走空了。杂货店修鞋匠酒馆的人也都走了，西蒙下意识地走在最后面，看着戴手套的男人离开。恩佐和女大学生结伴离开。他欣喜地发现比安卡没动，就此可以推断，她在等他。他们两个是最后走的。两人站起来，慢慢走向门口。加里恩努斯、希波克拉底还有其他雕像在看着他们。人体模型岿然不动。欲望、酒精、身在异国的兴奋和好客，这是法国人在国外旅游途中时常感受到的，让腼腆的西蒙陡然有了勇气——哦，勇敢的害羞男孩！——他知道在巴黎的他可没这份胆量。

西蒙拉起比安卡的手。

或者是相反的情况？

比安卡拉起西蒙的手，走下台阶，登上讲台。她转过身，雕像呈现在眼前，如同幽灵的幻灯片、活动的影像。

此时此刻，西蒙是否意识到生活就是一场游戏，每个人要尽力演好自己的角色？或者德勒兹的灵魂突然进入这个年轻、柔软、修长、皮肤光滑、指甲修剪得干干净净的躯体？

他灵感乍现，扶住比安卡的肩膀，手滑进衣领，在她耳边低语，像是在对自己说话："我渴望这一裹在这个女人身上的画卷，我不认识但我能感觉到，只要没有展开，我就会不高兴……"

比安卡因为舒爽而战栗。西蒙用不容置疑的口吻呢喃，这语气连他自己都不认得："让我们缔结起契约。"

她把嘴送了上来。

他把她翻倒，平摆在解剖台上。她撩起裙子，分开双腿，对西蒙说："吻我，把我当作一台机器。"比安卡的双峰挣脱出衣服，西蒙就此沉沦于男欢女爱。西蒙的舌头像机器一样舔过女孩的躯体，不漏过任何缝隙。比安卡的嘴也有多种功能，如同鼓风机一样发出有节奏的粗重呼吸声，那一声一声的"就这样！"附和西蒙有力的心跳。西蒙没事人一般朗诵起阿尔托①的话："皮肤下的躯体那是热火朝天的工厂。"比安卡的工厂自发地为他的阴茎抹上润滑油。两人的呻吟混合在一起，回响在空无一人的解剖教室中。

并非真的空无一人：戴手套的男人又回来偷窥两个青年。西蒙瞥见了他，后者隐藏在阶梯教室的台阶角落里。比安卡在为西蒙口交时也看见了那个男人。戴手套的男人看见比安卡黑黝黝的眼珠在暗夜中熠熠生辉。

室外，博洛尼亚的夜开始凉快了。巴亚尔点了一支烟，在等安东尼奥尼，这个尊贵的人有点懵了，终于迈开脚步。处在目前的调查阶段，巴亚尔不知道罗各斯俱乐部是一群无害的异类还是一些危险分子，是否和巴特的死以及小白脸的死有关，

---

① 阿尔托：法国诗人、演员和戏剧理论家。

是否和吉斯卡尔、保加利亚人和日本人也有说不清道不明的牵扯。安东尼奥尼向前走去，莫妮卡·维蒂跟在后面，巴亚尔紧随其后。他们默默地穿过商业长廊，两边布满了别致的商店。

比安卡躬身躺在解剖台上，那低语声吹向西蒙，也清晰得足够让躲藏起来的戴手套男人听到。西蒙压在她身上，欣喜地发现当他刺入她体内时，里面分泌出一股股液体。他感到如入无人之境的顺畅，没有任何阻隔，滑过那不勒斯女孩那兴奋激动、饱满玲珑的躯体。

安东尼奥尼走过法里尼路，站定在圣斯德望圣殿前，整个建筑群由7座教堂组成（先后在漫长的中世纪时期建成）。他坐在石头边上，用健康的手捂住截断手指的手，脑袋低垂，巴亚尔虽然站在远处的拱廊下，但知道他哭了。莫妮卡·维蒂靠近他。尽管没有迹象表明安东尼奥尼知道她在、就站在他身后，但他知道她在场，巴亚尔也知道他知道。莫妮卡·维蒂犹豫不决地举起手，停在了半空，没碰到安东尼奥尼低垂的头，就像一圈微弱的、不相配的光晕。巴亚尔躲在立柱后面点上烟。安东尼奥尼在抽泣。莫妮卡·维蒂如同一座石雕的妙物。

比安卡在西蒙的重压之下激烈地挣扎起来，神经质地搂住西蒙，大叫："我这台机器奇迹般地修好啦！"西蒙上足马力一般做着活塞运动。戴手套的男人躲在暗处，仿佛看到的是一台发动机和一匹野马在苟合。解剖教室在他们的结合、在不连贯的压抑的怒吼中不断膨胀，见证了两台运转的欲望机器不停地发生故障，但只有有故障的机器才能运转。"生产总是嫁接到产品上，机器的零件同样也是燃料。"

巴亚尔点了一支又一支烟，莫妮卡·维蒂最终下定决心摸安东尼奥尼的头，他放任地呜咽。她温存地抚摸他的头发。安东尼奥尼哭啊哭，停不下来。那双美丽的灰色眼睛看向导演的后颈，巴亚尔离得太远，无法看清她脸上的表情。他试图刺破黑夜，最终觉得在那个演员脸上读到了怜悯，这是逻辑做出的假设。莫妮卡·维蒂转过眼睛，抬头望着宏伟的教堂建筑群。她可能已经神游天外了。远处传来猫叫声，巴亚尔决定该回去睡觉了。

解剖台上，现在是比安卡骑在西蒙身上，他紧贴着大理石台面，青年男性紧绷的肌肉凸显出意大利女孩腰肢的扭动。"只有生产，真实的生产。"比安卡在西蒙身上滑动，越来越快，越来越用力，直到击中G点，两台欲望机器如同打散的原子融合在一起，最终蜕变成没有器官的躯体："因为欲望机器是欲望经济的基本范畴，生产出没有器官的躯体，无法区分零件的因子……"德勒兹的话语闪过年轻人的脑海，他的躯体在痉挛，而比安卡的躯体就像是超速运转的机器，散得七零八落，瘫软在西蒙身上，两人的汗水混合在一起，精疲力竭。

两具胴体舒展开，仍在痉挛的作用下颤抖。

"因此，幻觉绝非个体，而是集体幻觉。"

戴手套的男人没法挪动步子。他也精疲力竭，那不是一种真正的疲惫。并不存在的手指损害了他的身心。

"精神分裂症患者执着于资本主义的限度：它趋向发达，是过度生产，是无产者以及灭绝天使。"

比安卡一边向西蒙解释德勒兹的精神分裂，一边卷起一根大麻烟。外面传来了鸟儿的初啼。两人说着话直到清晨。"不，大众没有被欺骗，他们在那种时候、那种情况下想要法西斯主义……"戴手套的男人终于横在台阶上面睡着了。

8点42分

两个年轻人终于离开了他们林中的朋友，重新置身于博洛尼亚大广场灼热的空气中。他们绕过海神喷泉及其邪恶的海豚、淫荡的人鱼。疲惫、酒精、欢愉和大麻令西蒙茫然不知所措。他到博洛尼亚还没有24个小时，这次逗留没有让他不满意的地方。比安卡陪他一同前往火车站。两人走过市中心的主干道独立路，商业活动渐渐复苏了。狗围着垃圾桶嗅个不停，人们提着行李箱出门：这是一个出门度假的日子，所有人都涌向了火车站。

所有人都去火车站。现在是1980年8月2日早上9点。7月度假的人回来了，8月度假的正要离开。

比安卡卷好一支大麻烟。西蒙在想该不该换件衬衫，他停在阿玛尼专卖店前面，想着买衣服的费用能不能报账。

长长的马路尽头耸立着宏伟的加列拉门，外表是拜占庭式样，拱门则是中世纪风格，西蒙执意从下面走过，自己也不知道为什么。还没到和埃科见面的时间，他拉着比安卡走向公园下方的石阶，站在一个奇怪的喷泉前面，喷泉一半嵌进了台阶墙体，两人把大麻烟传来递去，一边欣赏那尊骑马的裸女塑像，还有章鱼以及无法分辨的海洋生物。西蒙感到有点体力透支，他冲着塑像露出笑容，同时想到了斯丹达尔，这又把他带向巴特："在提及自己所爱时，人们总是力不从心……"

博洛尼亚火车站尽是穿着短裤的度假客还有吵吵嚷嚷的孩子。西蒙任由比安卡把他带进候车厅，见到了已经等候在那里的埃科。巴亚尔也从他们下榻的旅馆带来了西蒙的小行李箱，不过他最后没睡成觉。有个小男孩追着弟弟跑，撞上了西蒙，西蒙险些跌倒。他听见埃科在向巴亚尔解释："这就是说，小红帽构建起的宇宙里没有雅尔塔会晤，里根也不会继卡特之后成为美国总统。"

巴亚尔向他看了一眼，他觉得是在向他求助，但他可不敢打断大学者的讲话，于是看了看四周，好像在人群中看见了恩佐及其家人。埃科对巴亚尔说："简而言之，对于小红帽而言，她可能会认为大灰狼不说话的世界是存在的，但'实际存在的'世界是她自己的世界，也就是大灰狼能说话的世界。"西蒙感到内心浮起一阵焦虑，他把原因归咎于大麻烟。他似乎看见斯特凡诺和一个女孩朝着马路走远了。"《神曲》叙述的各大事件，相对于中世纪的百科全书我们可以认为是'可信的'，但相对于我们的百科全书来说却如同传说。"西蒙感觉埃科的话语在他头脑中跳来跳去，好像看见卢恰诺和他的母亲拎着塞满了食物的大背包。为了让自己安下心来，他确认了一下比安卡就在身边。一个金发德国游客从她身后经过，头戴蒂萝尔式帽子，脖子上挂着一个大照相机，穿着皮短裤还有半筒长袜。纷纷攘攘的意大利语回荡在火车站屋顶下，西蒙集中注意力分辨出埃科所说的法语："恰恰相反，当我们在历史小说中读到法国国王隆西巴尔德①时，和历史上的百科全书中的虚无世界一比较，会产生异样感，这预示着我们将重新调整作出判断：这显然不是一本真正的历史小说，而是一本奇幻小说。"

当西蒙终于下定决心和两人打招呼时，他或许在意大利符号学家身边出现了幻觉，但他发现巴亚尔立马明白了他有点体力透支，就像他自己在塑像底下诊断的那样。

埃科冲着他说话，就好像他一开始就参与了谈话："阅读小说时，什么叫作重新认出，什么叫作小说中发生的事件比真实生活来得更加真实？"西蒙在想，小说中的巴亚尔会不会咬嘴唇或者耸肩。

埃科终于住嘴了，没人敢打破短暂的沉默。

西蒙好像看见巴亚尔在咬嘴唇。

他觉得那戴手套的男人从他身后走过。

"关于语言的第七功能，你知道什么？"昏昏沉沉的西蒙一时没意识到提问的不是巴亚尔，而是埃科。巴亚尔扭头看他，西蒙意识到他一直握着比安卡的手。埃科色迷迷地打量着女孩（一切都显得很轻佻）。西蒙试图打起精神："我们有证据相信，巴特和另外三个人死于一份和语言的第七功能有关的文件。"西蒙听见了自己的声音，但总觉得是巴亚尔在说话。

埃科饶有兴致地听着这个关于失窃手稿的故事，有人因

---

① 隆西巴尔德：寓言故事中虚构的法国国王。

此还丧了命。他看见有个男人手拿一束玫瑰花经过，思维跳跃了一秒钟，被毒死的僧侣的画面一闪而过。[①]

西蒙觉得在人群中看见了昨晚背帆布包的人。他也坐在候车厅里，把帆布包塞进座位底下，那个包鼓鼓囊囊得就要裂开了。

时间已到10点。

西蒙不愿冒犯埃科，提醒他在雅各布森的理论中，语言只有6种功能。埃科知道得一清二楚，但在他看来，这种说法并不准确。

西蒙承认在雅各布森的论文中会有某种"神奇或者咒语般的功能"的雏形，但他提请埃科注意，雅各布森并没有认真对待它，所以没有列入正式的分类。

埃科没说"神奇的"功能确实存在，然而，我们或许能在雅各布森的延伸研究中找到它的蛛丝马迹，某些能带来启发和灵感的内容。

英国哲学家奥斯汀曾将另一种语言功能理论化，取名为"操演性"，可以用一句话来总结："说了就是做了。"

这是指某些陈述实现（埃科的用词是"现实化"）它陈述的内容的能力，只要宣之于口就行。举例来说，当市长说"我宣布你们俩结为夫妻"，或者当封建君主授予骑士武器或封号时说"我封你为骑士"，或者当法官说"我判你有罪"，或者议会主席说"我宣布议会开庭"，或者某人只是对

---

① 埃科的《玫瑰的名字》正是出版于1980年。

另一人说"我向你保证"，说出这些话这一事实就让所说的事情发生了。

从某个角度来说，这就是咒语，雅各布森的"神奇功能"的原理。

墙上的挂钟指向10点02分。

巴亚尔把谈话主动权让给了西蒙。

西蒙知道奥斯汀的理论，但不明白为何能杀人于无形。

埃科表示，奥斯汀的理论并不限于几个例子，他把它推广至更加复杂的语言环境中，当陈述的话语不再满足于确认和世界相关的某个事实，转而诱发一个行为，那么当话语出口之际，行为就完成了。我们举个例子，假如某人对你说"这里好热"，这可能是对温度的简单陈述，但你通常会明白他是期望自己的话语能够产生某种效果，比如你会去开窗。同样，当某人问道"你戴表了吗？"他要的不是你回答戴了或者没戴，而是你告诉他时间。

根据奥斯汀的理论，说话就是言内行为，关键在于说出某些内容，但还有言外行为或言后行为，这超出了纯粹的语言交流，因为说话会引发某些事，也就是说，会产生某些行为。使用某种语言可以陈述事实，也可以像英语中所说的，操演（埃科用带意大利语口音的英语说出perform这个单词）。

巴亚尔不明白埃科说这番话的目的，西蒙也同样。

背帆布包的男人离开了，但西蒙好像瞥见帆布包仍在座位底下。（可好像没之前那么大了？）西蒙心想，那人是不是又把包给忘了，有些人就是马大哈。他在人群中搜寻这人，但没看见。

墙上的挂钟指向10点05分。

埃科继续他的解释："想象一下，操演功能并不仅仅适用于刚才提过的场合；想象一下，有种语言功能可以广泛地应用，用于说服任何人在任何场合干任何事。"

10点06分

"知晓并掌握了这种功能的人，有可能成为世界的主宰，他的权力将无边无际。他可以在所有选举中当选，他可以鼓动人民，挑起革命，引诱妇女，卖出所有想象得到的货物，可以缔造帝国，侵吞所有领土，随时得到他想要的一切。"

10点07分

巴亚尔和西蒙开始弄明白了。

比安卡说："他还可以打败伟大的普罗塔哥拉，成为罗各斯俱乐部的领袖。"

埃科温和地回答："呃，我也这么认为。"

西蒙问："但既然雅各布森没提过这种语言功能……"

埃科："他或许提到过呢？可能有另一个版本的《语言学概论》，雅各布森在其中详细介绍了这种功能？"

10点08分

巴亚尔大声说出自己的想法："巴特被人发现拥有这份文稿。"

西蒙："杀死巴特就是为了偷文稿？"

巴亚尔："还不止呢！为了阻止巴特使用这个功能。"

埃科："假如第七功能存在，假如这的确是种操演或者言后功能，那在为大众广泛所知的情况下，它就会丧失大部分作用。知晓某种操纵机制并不一定会让我们对它产生戒心——看看广告，还有公关：大部分人知道它们的运作原理，它们使用的手段——尽管如此，还是会削弱它们的效果……"

巴亚尔："偷走文稿的人希望独占它，只为他所用。"

比安卡："总之，这个小偷不会是安东尼奥尼。"

西蒙意识到自己一直在盯着座位下的黑包看，这个帆布包是5分钟前留在这里的。他觉得这个包异常大，体积比刚才大了3倍，能装下40公斤的东西，鼓得都要裂开了。

埃科："如果某人希望把第七功能据为己有，那他就要确保世界上再没有副本。"

巴亚尔："巴特家里有个副本……"

西蒙："哈米德就是一个移动的副本，他随身携带一份。"他觉得那个帆布包的金色纽扣就像只眼睛在看着他，好像是埋入墓中的该隐①。

埃科："小偷也有可能复制了一份，然后藏在某个地方。"

比安卡："要是这份文件真的价值连城，那就千万不能把它给弄丢了……"

---

① 该隐：《圣经》里的杀亲者，为亚当和夏娃的两个儿子之一，因憎恶弟弟亚伯的行为而将其杀死。

西蒙："他必须冒险复制一份，然后交托给某人……"
他似乎看到帆布包里面冒出了一股烟。

埃科："我的朋友们，我要走了！火车在5分钟后发车。"

巴亚尔看向挂钟。10点12分。"我以为你是乘11点的火车？"

"本来是的，但我提早了。这样我可以早点到米兰！"

巴亚尔问："到哪里可以找到奥斯汀？"

埃科："他死了。不过，他有个学生在继续研究操演性、言外行为、言后行为……一个美国哲学家，语言学专家，名字叫作约翰·希尔勒。"

巴亚尔："在哪里可以找到这个约翰·希尔勒？"

埃科："呃……美国！"

10点14分

伟大的符号学家登上了火车。

巴亚尔看向挂钟。

10点17分

翁贝托·埃科的火车离开了博洛尼亚火车站。巴亚尔点燃一支烟。

10点18分

巴亚尔对西蒙说，他们将乘11点的火车去米兰，然后从那里飞回巴黎。西蒙和比安卡互相道别，巴亚尔去买车票。

10点19分

西蒙和比安卡情意绵绵地拥吻在一起，置身于候车厅的人群中。那是一个有力的吻，男孩通常会这样，西蒙吻上比安卡的时候，两眼睁得大大的。一个女声宣布从安科纳出发前往巴塞尔的火车即将进站。

10点21分

当西蒙亲吻比安卡时，有个金发女人进入了他的视野。那女人在十几米开外，转身冲他微笑。他吓了一跳。

是安娜斯塔西娅。

西蒙在想准是大麻烟草的效力太强劲，他又很累，可是，那个身影，那个微笑，那头秀发，就是安娜斯塔西娅。萨尔佩特里埃尔医院的护士出现在博洛尼亚。还没等西蒙回过神来叫住她，她已经走远，离开了火车站。西蒙对比安卡说："在这等我！"就去追护士了。他要解开心中的疑问。

幸好比安卡没有听他的话，也跟着离开，才得以捡回一条命。

10点23分

安娜斯塔西娅穿过火车站前面的圆形广场，停下脚步，转过身，似乎是在等待西蒙。

10点24分

西蒙跑出火车站，看见她站在老城环城大道的边上，于是迅速穿过广场中央的花丛。比安卡就在几米远的地方。

10点25分

博洛尼亚火车站发生爆炸。

西蒙趴倒在地，脑袋撞上了草坪。地动山摇，一阵气浪向他袭来，如同一波波的浪潮。他趴在草丛里，上气不接下气，满身灰尘，大块的残屑像雨水一样砸在身上。巨大的爆炸声震聋了耳朵，西蒙晕头转向，觉得仿佛是楼房倒塌，瓦砾都倒在了他身上，又好像是在梦中，他一直在坠落，没有尽头，又好像是喝醉了酒，大地在脚下摇晃，眼前的花丛像是飞碟不停地乱转。当周围的景物渐渐放慢了速度，他也终于可以着陆了。他用目光搜寻安娜斯塔西娅，但一块广告牌（芬达汽水）阻挡住他的视线，他没法转动脑袋。听力渐渐恢复了，他听见意大利语的叫喊声，还有远处传来了第一波的警报声。

他感到有人在搬动他。安娜斯塔西娅把他背朝下翻过来，为他做检查。在博洛尼亚蓝得刺眼的天空下，西蒙看见了她那张美丽的斯拉夫脸孔。她问他有没有受伤，但他无法回答，因为他什么也不知道，因为话都哽在了喉咙口。安娜斯塔西娅托住他的脑袋，对他说（此刻露出了她的口音）："看着我。你没事，一切都会好的。"西蒙终于站了起来。

火车站的左翼成了一片废墟，原先的候车厅只剩下断壁残垣。悲惨拖长的呻吟从开膛破肚的大楼里飘出，屋顶已被掀掉，暴露出变形的内部结构。

西蒙看见比安卡就在花丛前面。他爬过去，抬起她的头。她被震晕了，但还活着。她在咳嗽，额头划开了一道口子，鲜血淌在脸上。她喃喃低语着："发生了什么事？"此时此刻，出于生存的本能，她的手摸向仍然背着的小斜包，裙子染上了点点血迹。她抽出一根烟，对西蒙说："劳驾，点根烟。"

巴亚尔呢？西蒙在找他，周围是伤者，受惊的幸存者，从菲亚特上下来的警察，还有从第一批赶到的救护车上像跳伞一样跳下来的救援人员。身处混乱的局面，人人都像是歇斯底里的提线木偶，他谁也认不得了。

突然，他看见了巴亚尔，这个法国警察从残垣瓦砾中冒了出来，一身尘土，那高大的身影让人感受到力量和心中无声的怒火。他背着一个失去了意识的年轻人，神奇地出现在眼下的战争场景中。西蒙受到了极大的震撼，想到了冉阿让[①]。

比安卡在低语："我不太确定这是不是'短剑'干出的勾当。"

西蒙瞥见地上有截东西，像是动物的死尸，但马上意识到那是人腿。

"在欲望机器和没有器官的躯体之间出现了显而易见的斗争。"

西蒙摇摇头，他出神地看着第一批被担架抬走的躯体，那些躯体平躺在担架上，生死没有区别，手臂下垂，几乎碰到地上。

"每次机器的结合，每次机器的生产，每一声机器的噪音，对于没有器官的躯体都难以忍受。"

他转向安娜斯塔西娅，终于想到要向她提出的问题。在他看来，这能解释清楚很多事："你为谁工作？"

安娜斯塔西娅思考了几秒钟，回答道："不是保加利亚人。"

她躲开了，尽管是护士，但并没有帮助救护人员照料伤

---

① 冉阿让：《悲惨世界》的男主人公，他曾有过救人的壮举。

者。她奔向环城大道，穿过小路，消失在了拱廊之下。

恰在此时，巴亚尔找到了西蒙，好像一切情节都是经过精心设计编排的，如在戏中，西蒙心想，炸弹和大麻烟更加深了他的偏执。

巴亚尔晃了晃去米兰的火车票说："我们要租辆车了。我看今天是通不了火车了。"

西蒙问比安卡借了支烟，塞进嘴里。周围一片混乱。他闭上眼睛，吸了一口。躺在柏油马路上的比安卡又让他想起了解剖台、人体模型、安东尼奥尼的手指，还有德勒兹。烧焦的烟味弥漫在空气中。

"在器官中，他感受到了恶心的蛆虫和神的行为，神搭建起了他，又要把他搞坏，把他扼死。"

# 第三部分

## 伊萨卡①

---

① 纽约上州中部城市，纽约州汤普金斯县首府。

# 48

阿尔都塞着了慌，在文件堆里翻翻找找，就是不见那份别人交托给他的重要文件，他肯定把它塞进了广告信封，摆在桌上显眼的位置。他抓狂了，虽然不知道内容，但清楚把文件交给他的人把它看得顶顶重要，他将难辞其咎。他找完垃圾桶，又把每个抽屉翻了个底朝天，从书架上取下所有的书，一本接一本地抖动，怒气冲冲地朝地上一扔。他感到有股难以压抑的怒火在心头蹿动，又渐渐生出疑惑，于是大叫："埃莱娜！埃莱娜！"埃莱娜急忙跑来。她是不是……凑巧……见过一个信封……打开的……广告信封……银行或者是比萨店的……他记不清了……埃莱娜神色自然地答道："啊，是的，我记得，广告，扔了。"

那一刻对阿尔都塞而言，时间静止了。他没让埃莱娜再说一遍，他听得真真切切。还有一线希望。"垃圾桶？"昨晚倒了，环卫工人今早收走了垃圾。哲学家在心底咆哮，叫苦不迭，他肌肉紧绷，看向妻子。这么多年了，老埃莱娜忍受着他的种种作为，阿尔都塞知道自己爱她、敬她、怜她、怨她；知道埃莱娜承受的一切，他的任性妄为、他的红杏出墙、他幼稚的行为、他孩童般的需求，竟然要求妻子支持他另择情妇，还有他的郁躁症（他们说是轻度躁狂）。不过这一次，过了，过火得让他忍无可忍，这个幼稚的伪君子嘶吼着扑到妻子身上，双手如铁钳般紧紧扼住她的喉咙，受了惊的埃莱娜睁大双眼，却没有寻求自卫，只是双手搭在阿尔都塞的手上，没有做出实质性的抵抗，或许她清楚结局终将如此，或许她希望会有其他结局，但两者无甚差别；或许是阿尔都塞动作太快、太粗暴，像是一头着了魔的野兽，她可能想要活下来，在那一刻想起了阿尔都塞，这个她曾经爱过的男人说过的一两句话，"我们不会像丢弃一条狗一样放弃一种理念"。或许吧，但阿尔都塞这条狗掐死了妻子，这条狗，他，残忍、自私、缺乏责任、疯狂。他松开手，埃莱娜咽气了，一截舌头——"一小截作孽的舌头"，他后来说道——从嘴中耷拉出来，突出的眼球死死盯住杀人凶手，或是天花板，或是虚无。

阿尔都塞杀了妻子，却没有被提起诉讼，因为他被认定在案发期间处于精神错乱状态。是的，他那时在生气。但为什么啥都没告诉她？如果说阿尔都塞"深受自己所害"，那是因为他恪守保持沉默的嘱咐。他至少应该傻乎乎地和妻子交个底。谎言这玩意儿太过珍贵，容易使用不当。他至少可以对她说："别碰那个信封，它很重要，信封里的文件算是头等大事，是X或Y（随便扯谎编个人名）交托给我的。"现实不是这样，埃莱娜死了。阿尔都塞被判精神失常，不予起诉。他将在精神病院待上几年，此后搬离乌尔姆街的公寓，定居20区，开始写那本奇奇怪怪的自传《前途漫长》，从中我们会读到以下谵妄的语句："M甚至同意接见我，但出于'法国政治'的考虑，我做了蠢事，**平生最蠢的蠢事**，没有赴约……"（这是我要强调的。）

# 49

"当然是意大利，这最有可能！"奥尔纳诺在总统办公室内双手朝天，走来走去。"博洛尼亚的事是怎么回事？乱七八糟的，和我们有关系吗？我们的人会被盯上？"

波尼亚托夫斯基[①]在吧台里面翻箱倒柜。"难说。可能是凑巧。或许是极左翼，或者是极右翼。也可能来自政府。那些意大利人，我们永远搞不明白。"他打开一瓶番茄汁。

吉斯卡尔坐在办公桌后，合上正在翻阅的《快报》，默默交叠起双手。

奥尔纳诺（在跺脚）："巧合，我去他妈的蛋！**假如**——我是说假如，一群人，不管它是政府、安全局、警察、组织，有本事**也**有决心制造爆炸，害死85条人命就是为了阻止我们调查，那我觉得我们碰上麻烦了。美国人有麻烦，英

---

[①] 米歇尔·波尼亚托夫斯基：法国政治人物，和吉斯卡尔·德斯坦过从甚密。

国人有麻烦，俄国人也有麻烦。除非是他们，当然啦。"

吉斯卡尔问："和他们很像，不是吗，米歇尔？"

波尼亚托夫斯基取出芹菜盐。"以制造尽可能多的命案为目的的盲目性屠杀，我得承认，的确更像是极右翼的做派。此外，根据巴亚尔的报告，一个俄国女间谍救了那个年轻人的命。"

奥尔纳诺（跳起来）："那个女护士？也有可能是她放的炸弹。"

波尼亚托夫斯基（打开伏特加）："那她为什么出现在火车站？"

奥尔纳诺（用手指向波尼亚托夫斯基，似乎他才是罪魁祸首）："已经证实，她从没在萨尔佩特里埃尔医院工作过。"

波尼亚托夫斯基（在调他的红玛丽酒）："有件事差不多得到证实了，巴特在医院里的时候那份文件已经丢了。事情的经过很可能是这样：他和密特朗外出吃午饭，被洗衣店的小卡车撞倒在地，开车的司机是个保加利亚人。有个男人扮作医生，装模作样地为他检查了一下，顺便偷走了他身上的文件和钥匙。完全可以相信，那份文件和其他文件放在一块。"

奥尔纳诺："那医院里发生了什么事？"

波尼亚托夫斯基："有目击者看见两个人闯入，其体貌特征和杀死小白脸的两个保加利亚人完全吻合。"

奥尔纳诺（在心里默默分析那两个涉事的保加利亚人）："就因为文件不在巴特身上了？"

波尼亚托夫斯基："他们或许是来扫尾的。"

奥尔纳诺气喘吁吁，不再绕圈，注意力似乎被某样东西吸引过去，他开始研究德拉克洛瓦油画的一角。

吉斯卡尔（抓起约翰·肯尼迪的传记，抚着表面）："我们要承认，在博洛尼亚，他们是想杀了我们的人。"

波尼亚托夫斯基（加了一点烟草）："由此证明我们的人调查对了方向。"

奥尔纳诺："意思是？"

波尼亚托夫斯基："他们对我们的人动了杀机，那就是为了阻止我们发现什么。"

吉斯卡尔："那个……俱乐部？"

波尼亚托夫斯基："或者其他的东西。"

奥尔纳诺："那么，派人去美国？"

吉斯卡尔（叹气）："那个美国哲学家没有电话？"

波尼亚托夫斯基："那个年轻人说，或许能借此契机'稍微厘清头绪'。"

奥尔纳诺："是啊，我敢肯定，那个小笨蛋希望共和国给他报销旅费。"

吉斯卡尔（茫然无措，似乎在嚼东西）："鉴于我们手头掌握的资料，明智之举不是该把人派往索菲亚？"

波尼亚托夫斯基："巴亚尔是个好警察，但终归不是詹姆斯·邦德。有可能派遣别动队吗？"

奥尔纳诺："有什么用？干掉保加利亚人？"

吉斯卡尔："我情愿让国防大臣置身事外。"

波尼亚托夫斯基（做了个鬼脸）："接着就可能引发和苏联的外交危机了。"

奥尔纳诺（试图转换话题）："说起危机，德黑兰怎么回事？"

吉斯卡尔（开始翻阅《快报》）："沙赫死了，毛拉在跳舞。"①

波尼亚托夫斯基（又为自己倒了杯伏特加）："卡特完蛋了，霍梅尼②永远不会释放人质。"

沉默。

雷蒙·阿隆在《快报》上写道："既然习俗不由分说地拒绝了法律，那情愿让它安眠吧。"吉斯卡尔想："果然睿智。"

波尼亚托夫斯基在冰箱前单膝跪地。

奥尔纳诺："呃，那个杀了妻子的哲学家呢？"

波尼亚托夫斯基："没人在乎。那家伙被关进了精神病院。"

沉默。波尼亚托夫斯基从冰格里面倒出冰块。

吉斯卡尔（语气咄咄逼人）："这事儿不该影响竞选活动。"

波尼亚托夫斯基（明白吉斯卡尔又绕回到他牵肠挂肚的事情上）："保加利亚司机还有那个假医生都找不到了。"

---

① 沙赫：伊朗国王的称号。毛拉：某些穆斯林地区对伊斯兰教学者，尤其是对古兰经法学家的尊称。

② 卡特：美国第39任总统，1976年当选。霍梅尼：1979年伊朗革命的政治和精神领袖。

吉斯卡尔（食指叩击皮质垫板）："我不在乎司机。我不在乎医生。我不在乎……罗各斯俱乐部。我要那份文件。要它出现在我的办公桌上。"

# 50

1977年，吉斯卡尔·德斯坦在波布高地上为钢筋铁骨的蓬皮杜中心主持了开幕仪式，中心立马收获了"提炼厂"和"管道圣母院"的美名。当鲍德里亚得知参观人数超过了3万，中心差点就"被搞趴了"时，这个法国理论①的构建者兴高采烈得像个顽童。他后来写过一本名为《波布现象——崩溃和威慑》的小册子：

"蜂拥前去参观建筑物的民众成了摧毁建筑物的变量——假设诚如设计者所愿（但如何盼到的？），假设他们设定好了时机，猝然终结了建筑和文化——那么波布就成了最大胆的客体，本世纪最成功的机遇剧。"

斯里曼熟知马莱区和波布路，图书馆一开门，学生就排

---

① 指20世纪60年代法国知识分子构建起的一系列哲学、文学和社会学理论。这批知识分子包括阿尔都塞、鲍德里亚、福柯、德里达、德勒兹、克里丝蒂娃、拉康等等。法国理论随后在20世纪70年代对美国学术圈造成了巨大影响。

起了长队。他知道，因为当他通宵狂欢，精疲力竭地从夜店走出来时就见过这种场景。他在想，两个没有交集的平行世界之间是如何无缝对接的。

但是，他今天也在队伍里，抽着烟，耳机套在耳朵上，前后两名学生沉浸在书本中。他不动声色地看了下书名。排在前面的学生在读米歇尔·塞尔托的《日常生活的发明》，后面的学生在读萧沆的《论诞生之不便》。

斯里曼在听警察乐队的《月上漫步》。

队伍进展缓慢，有人告诉他还要排上一个小时。

"**搞垮波布**！新的革命口号。不用烧了它。不用质疑它。就这么干！这是摧毁它最好的方式。波布成了热门地标，这不再是秘密：人们前往那里就是为了这个目的，人们蜂拥进入建筑物，唯一的目的就是要搞垮它，而脆弱的结构已经昭告一场灾难的来临。"

斯里曼没有读过鲍德里亚，轮到他进入，穿过转门时，他并不知道自己或许参与了一场后情境主义的演出。

他穿过报刊阅览室，人们在特制的阅读器上查阅微缩胶卷，乘扶手电梯，进入像制衣车间的阅览室，只是并没有工人在裁剪衬衫，用缝纫机拼接起来。读者一边读书，一边在小本子上做着笔记。

斯里曼也注意到有年轻人是来泡妞的，还有来睡觉的流浪汉。

室内鸦雀无声，给斯里曼留下了深刻的印象，还有挑高的天花板，一半像工厂一半像教堂。

巨大的玻璃幕墙后面，一个大电视机在放送苏联电视台的画面。过了一会儿，画面跳转成美国电视台。不同年龄层的观众坐在红色扶手椅内看得如痴如醉。气味不太好闻。斯里曼没有过多停留，开始浏览书架。

鲍德里亚写过："人们想要拿走一切，夺走一切，占有一切，操控一切。目睹、了解、学习并不会对人们产生影响。唯有操控能产生重大的影响。面对无法控制的微弱愿望，组织者（和艺术家以及知识分子）害怕了，因为他们只能从文艺**演出**中了解大众。"

室内、室外、地上、天花板下，到处都是风向袋。如果斯里曼能从这次冒险中侥幸逃生，那他就会和所有人一样，把波布（这艘未来的邮轮）的身份和风向袋的形象结合在一起。

"他们从未希冀过欣欣向荣、翻天覆地的魔力，面对无法理解的文化做出新颖断然的回复，恰似扫荡神庙的余兴节目。"

斯里曼随意扫过书名。乔治·穆南的《有没有读过勒内·夏尔？》、斯丹达尔的《拉辛和莎士比亚》、罗曼·加里的《黎明的承诺》、卢卡奇·捷尔吉的《历史小说》、苏瑞的《火山下》、渡边淳一的《失乐园》、拉伯雷的《巨人传》（这本书他有点喜欢）。

他走过雅各布森的书，看都没看一眼。

他撞上一个小胡子男人。

"对不起。"

或许应该化身为眼前的保加利亚人，这样他才不会像同伙那样死去，成为一场隐秘战争中壮烈牺牲的无名战士，这场争夺战的原由已然明晰，结局还雾里看花。

　　就当他叫尼科莱。但真实姓名没人知道，他和队友跟踪调查者，后者却把他们引到了小白脸那儿。他们杀死了两个小白脸。他不知道是否该杀了眼前这人。他今天没带武器。他来的时候没带伞。鲍德里亚的幽灵在耳畔低语："缓慢的惊慌，无外在动机。"他问："您在找什么？"两个朋友过世之后，斯里曼就不再信任陌生人，他勃然大怒，回道："什么都不找。"尼科莱对他笑道："都这样，很难找回。"

# 51

　　我们又身处巴黎某家医院，但这次没人踏进病房，因为这里是圣安娜精神病医院，阿尔都塞在服用镇静剂。雷吉斯·德布雷、埃蒂安·巴利巴尔和雅克·德里达在门口高度戒备，讨论保护导师的对策。司法部部长佩雷菲特同样毕业于巴黎高等师范学院，但并没有因此网开一面，他曾在报纸上要求对阿尔都塞判以重刑。另一边，三人还要耐心倾听亲爱的迪亚特金医生给出否定意见。这位精神病专家追踪阿尔都塞的病情好多年了，在他看来，阿尔都塞掐死妻子，在体力上根本办不到（亲口陈述），在技术层面也不可能（援引观点）。

　　福柯突然到访。这就是当时的法国，如果你在1948年至

1980年期间在巴黎高等师范学院任教，那么你的同僚和学生就会是德里达、福柯、德布雷、巴利巴尔、拉康。还有贝纳尔·亨利-莱维。

福柯问了一下情况，得到的都是车轱辘话："我杀了埃莱娜，接着发生了什么？"

福柯把德里达带到一边，问他是否照吩咐办了事。德里达摇头。德布雷暗中观察两人。

福柯表示他也不会这么干，此外，有人和他提出过，但他拒绝了。（大学同僚竞争所致，他还顺口提到是先找的他，在德里达**之前**。什么？说出这事还太早。但他拒绝了，他不想欺骗朋友，尽管提起这个所谓的"老朋友"时语气总是带着厌烦和掩盖不了的怨恨。）

德里达说，应该继续推进。其中有利益纠葛，政治层面的。

福柯抬头望天。

贝纳尔·亨利-莱维赶到了。他被礼貌地拦在门外。自然，他会翻窗进入。

在此期间，阿尔都塞在睡觉，他的学生希望他不会做梦。

# 52

"网球红土视觉电视卫星转播草坪就该回个直球干净利落旋转效果上旋球擦着边线博格康诺尔斯①维拉斯麦肯罗②……"

索莱尔斯和克里丝蒂娃坐在卢森堡花园的咖啡馆里，克里丝蒂娃心不在焉地小口咬着甜味可丽饼，索莱尔斯一边喝着奶油咖啡一边不知疲倦地自言自语。

他说："上帝那件事，有个细节有点特别，是他自己说他会回来的。"

或者：

"如波德莱尔所说：我花了很长时间变得不会犯错。"

克里丝蒂娃目不转睛地盯着咖啡表面的那层奶泡。

"希伯来语的'启示录'，写作gala③，意为'发现'。"

---

① 吉米·康诺尔斯是著名网球运动员，与博格都曾排名世界第一，两人交手达23次。

② 吉列尔莫·维拉斯也是著名网球运动员，与麦肯罗曾多次交手。

③ 希伯来语中，gala作动词，意为"发现、揭示"，译至希腊语时为apokalupsis，仍遵从最初的含义，但法语变成了apocalypse，隐含"灾难"的意思。

克里丝蒂娃挺胸压下胸口的恶心。

"如果《圣经》中的上帝说:'我无所不在。'那意味着……"

克里丝蒂娃试图保持理智。她默默背诵起来:"符号不是事物,但仍是如此。"

一位相识的出版商嘴里叼着茨冈牌香烟,一瘸一拐走过来和他们打招呼,他正带着小孩散步,问起索莱尔斯"正在"忙什么,后者立马侃侃而谈起来:"一部小说,有很多形象,很多人物……许许多多有关这个领域的注脚……涉及两性斗争……我还没见过一本书能这么有料、多元、尖刻、轻盈。"

克里丝蒂娃仍着迷地研究那层奶泡,强压住心头的厌恶。身为精神分析学家,她给出自我诊断:她是想把自己给吐出来。

"一部哲学小说,甚至形而上,冰冷又热情的现实主义。"

退化到幼年和外界创伤有关。但她是克里丝蒂娃:**自己的主人**。她能做到**自制**。

索莱尔斯对着出版商口沫飞溅,后者皱起眉头,表现出应有的热忱,身边的孩子开始拉扯他的衣袖。"我将详细描述20世纪下半叶如同症候群的转变,各种秘辛还有确凿事实。读者从中可以看见一幅化学画面:阴性的女性躯体(以及为什么),阳性的躯体(以及怎样)。"

克里丝蒂娃缓缓伸手够向咖啡杯,一根手指滑入把手。嘴唇凑向米色的液体。

"我在书中会揭示出哲学家各自的局限,女人的歇斯底里和经营算计以及自说自话的无动机。"

克里丝蒂娃在咽下咖啡时闭上了眼睛。她听见丈夫在引用卡萨诺瓦的话："如果快乐存在，如果生而为人能享受到快乐，那生活就是一种幸福。"

出版商在原地雀跃起来："太棒了！说得好！好！"

孩子惊讶得瞪大了眼睛。

索莱尔斯越说越来劲，开始使用历史现在时①："在这里，虚情假意的男男女女待人冰冷，热衷社交和反社会者大声疾呼肤浅、浅薄，工业巨头举步维艰或是意图扭曲现实，魔鬼不高兴，因为快乐应该具有毁灭的力量，生活即厄运。"

咖啡流入克里丝蒂娃体内，如同温热的火山岩浆。她**感到**奶泡滑过口腔，进入喉咙。

出版商想找索莱尔斯约稿，等他完成所说的这部作品。

索莱尔斯第一千次说起有关他和法朗西斯·蓬热②的逸事，出版商礼节性地听他说完。啊，这些大作家！总是反反复复提起各自的执念，总是篡改事实……

克里丝蒂娃觉得恐惧感并没有消失，只是潜伏在舌头下面。恐惧的客体是一种图画文字，与此相反的是，所有语言练习既然也是文字，那就是惧怕的语言。"作家——恐惧症患者，善于使用隐喻，这样才不会怕得要死，却在符号当中让恐惧起死回生。"她自言自语道。

---

① 历史现在时一般用于历史描述、小说、新闻头条及日常对话中。

② 法朗西斯·蓬热：法国散文家、诗人。索莱尔斯曾在1970年出版过一本和蓬热的访谈录。

出版商问："您有关于阿尔都塞的消息吗？"索莱尔斯突然沉默下来。"巴特之后轮到了他，真可怕。这年头！"索莱尔斯看向别处，回答道："是的，世人疯了，您能指望什么？可是，这就是忧郁灵魂的归宿。"他没有看见克里丝蒂娃瞪大的眼睛，如同两个黑洞。出版商告辞，带走了小声叫唤的孩子。

索莱尔斯仍旧站着，安静了片刻。克里丝蒂娃想象着那口咖啡在胃里形成一潭死水。危险过去，奶泡还在。恶心留在了杯底。索莱尔斯说："我天生与众不同。"克里丝蒂娃一口喝干了杯中的咖啡。

两人走向大水池，孩子们玩耍的木头船是父母花了几个法郎按小时租来的。

克里丝蒂娃问起阿尔都塞的消息。索莱尔斯答道，那些走狗严防死守，但贝纳尔还是见到了他。"完全傻了。人们找到他的时候，他似乎一直在念叨：'我杀了埃莱娜，接着发生了什么？'你能想象同样的事吗？接着……发生……了……什么？这不是很奇异？"索莱尔斯津津有味地琢磨小道消息。克里丝蒂娃把他带回更加实际的问题。索莱尔斯信誓旦旦：鉴于房内凌乱的状况，副本如果没有被销毁，那肯定是弄丢了。最糟的情况么，副本遗落在纸板箱里，200年后让中国人给找到了，也不知道用处，最后用它点了烧鸦片。

"你父亲犯了个错。下次就不该有副本。"

"没用的，没有下次了。"

"总会有下次的，我的小松鼠。"

克里丝蒂娃想到巴特。索莱尔斯说："我比别人更了解他。"

克里丝蒂娃冷淡以对："但我杀了他。"

索莱尔斯向她引用起恩培多克勒①："浸润心脏的鲜血是思想。"不过，只要有几秒钟不是以他为中心，他就受不了。他咬牙切齿，喃喃低语："他是不会枉死的。我还会是我。"

接着，他又开始自言自语，就当一切都没发生过："信息当然不重要……啊啊这件小事并不明了哦哦……定义上的公众没有记忆，他们是一张白纸，是原始森林……我们，我们，就像空气里的鱼……不管德波②有没有误解我，甚至将我和科克多做比较……首先，我们是谁，最后呢？……"

克里丝蒂娃叹了口气，将他带往下棋的人群。

索莱尔斯就像个孩子，短暂记忆只持续了三秒。他一头扎进棋局，对弈双方一老一小，两人都戴着棒球帽，帽子上面有某个纽约棒球队的队徽。年轻人发动攻击，显然是要阻止对手王车易位，作家在妻子耳边低语："瞧那老头，精得跟个猴子似的，哈哈。不过，假如要找我，就能找到我，呵呵。"

网球的击打声从旁边的网球场传到他们耳朵里。

轮到克里丝蒂娃扯起索莱尔斯的袖子，马上就要到点了。

他们穿过秋千林，来到吉尼奥尔剧院，和孩子们一同坐

---

① 恩培多克勒：公元前5世纪的古希腊哲学家。
② 居伊·德波：法国哲学家，代表作为《景观社会》。

在长条木凳上。

衣着寒酸的小胡子在两人身后坐定。

他裹紧皱巴巴的外套。

把雨伞夹在两腿之间。

点上一支烟。

他俯身凑向克里丝蒂娃，对着她的耳朵窃窃私语。

索莱尔斯转身，高兴地叫道："你好，塞尔盖！"克里丝蒂娃断然打断丈夫："他叫尼科莱。"索莱尔斯从蓝色的玳瑁烟盒里抽出一支烟，问保加利亚人借火。身边的孩子好奇地打量他，索莱尔斯冲他做了一个鬼脸。帷幕拉开，吉尼奥尔①出现了。"孩子们好！""吉尼奥尔你好！"尼科莱用保加利亚语向克里丝蒂娃解释说，他跟踪了哈米德的朋友，还搜了那人的家（这次没有弄乱），铁定没有副本。不过发现了一些奇怪的事：他这段时间在图书馆过日子。

索莱尔斯听不懂保加利亚语，只能看木偶剧。正邪双方分别是吉尼奥尔和胡子拉碴的小偷，还有一个和塞尔盖一样发"尔"音的宪兵。剧情围绕一件简单的诉讼案，穿插了好多场舞刀弄枪的打戏。概括说来，吉尼奥尔要取回侯爵夫人被小偷窃走的项链。索莱尔斯立马怀疑，侯爵夫人是在男欢女爱之后自愿把项链送给那人的。

克里丝蒂娃问起斯里曼查阅哪类书。

吉尼奥尔问孩子们，小偷是否离开了。

----

① 吉尼奥尔：法国一个木偶剧及其主要角色的名字。吉尼奥尔聪明、勇敢、慷慨，而且总是代表正义战胜邪恶。

尼科莱说，他看见斯里曼主要查阅的是语言学和哲学类书籍，不过，在他看来，这个小白脸不太明白自己在找啥。

孩子们回答："是——！"

克里丝蒂娃心想，掌握的信息就是他在找一件东西。她想把话复述给索莱尔斯，只听得他也在叫："是——！"

尼科莱给出更多细节：尤其是美国作家。乔姆斯基、奥斯汀、希尔勒，还有俄国的雅各布森，布勒和波普尔这两个德国人，以及法国人本维尼斯特。

这个名单对于克里丝蒂娃而言具有十足的说服力。

小偷让孩子们出卖吉尼奥尔。

孩子们喊起来："不——！"索莱尔斯恶作剧地叫道："好——！"但他的声音淹没在孩子们的叫声中。

尼科莱又说，大部分书斯里曼只是翻了翻，他主要读的是奥斯汀。

克里丝蒂娃由此推断出他想联络希尔勒。①

小偷拿着木棒，悄悄靠上吉尼奥尔的后背。孩子们想提醒吉尼奥尔："小心！小心！"但吉尼奥尔每次转身，小偷就躲起来。吉尼奥尔问孩子们小偷是不是就在附近。孩子们还是想提醒他，但他似乎听不见，装出不明白的样子，这让孩子们更急了。他们嚷嚷起来，索莱尔斯也跟着一起喊："你后面！你后面！"

吉尼奥尔挨了一棍。剧场内笼罩着焦虑的死寂。大家以

---

① 奥斯汀对希尔勒的理论有重大影响。

为他被打晕了，其实没有，他是装出来的。哎哟。

克里丝蒂娃在思考。

吉尼奥尔耍了一个计谋，打昏了小偷。他以其人之道还治其人之身，用木棒痛揍了小偷。（现实世界中，脑袋挨了这么多下是活不成的，尼科莱想道。）

宪兵逮捕了小偷，并向吉尼奥尔道谢。

孩子们热情鼓掌。我们不太清楚吉尼奥尔最终是交还了项链，还是把它留在了身边。

克里丝蒂娃把手搭在丈夫的肩上，冲他耳边喊道："我要去美国。"

吉尼奥尔向孩子们致意："再见，孩子们！"

孩子们和索莱尔斯："再见，吉尼奥尔！"

宪兵："再见，孩子们！"

索莱尔斯转头："再见，塞尔盖。"

尼科莱："再见，克里丝蒂娃先生。"

克里丝蒂娃对索莱尔斯说："我要去伊萨卡。"


# 53


斯里曼是在床上醒过来的，但不是他的床。除了他，房里没有其他人，温热的床铺还留有睡过的印迹，就像是用粉笔勾勒出一个人体轮廓。说是床，其实就是扔在地上的床垫。昏暗的房间没有窗，里面几乎空无一物。房门另一边传来男声，混杂着古典音乐。他清楚地记得它来自哪里，他知道这音乐（马勒的音乐）。他打开房门，也不用穿上衣服，走进客厅。

客厅很宽敞，一长排玻璃幕墙俯瞰巴黎城（对着布洛涅和圣克劳德），因为这是在9楼。矮桌边上，米歇尔·福柯裹在黑色晨衣里面，在向两个穿三角短裤的年轻人解释大象性欲的奥秘。长沙发边的立柱上挂着三幅照片，都是其中一个年轻人的肖像。

或者更确切地说，斯里曼以为明白了，在17世纪的法国，大家是如何理解和评价大象性欲的。

两个小年轻在抽烟，斯里曼知道掺了鸦片，他们用这种方式来减轻吸毒的副作用。有趣的是，福柯从不依赖鸦片，尽管他藏有各种毒品：吸食LSD[1]一夜之后，他能早上9点在打字机前面坐定。他们似乎感觉不到疼了。两人声音低沉地和斯里曼打了招呼。福柯提议来杯咖啡，就在此刻，厨房传来巨响，第三个年轻人出现了，一脸悲伤，手里拿着一截塑料。马蒂厄·兰东摔坏了咖啡壶。另外两个年轻人忍不住咳嗽着冷笑。宽厚的福柯又建议喝茶。斯里曼坐下，往面包干上涂抹黄油，身穿黑色晨衣的秃头高个儿又开始讲述大象。

弗朗索瓦·德萨勒——17世纪日内瓦红衣主教和《虔

---

① 　LSD：也叫麦角二乙酰胺，一种强烈的半人工致幻剂。

诚信徒生活导论》的作者——认为，大象是贞洁的楷模：忠诚、节欲，一生只有一个伴侣，每隔三年交配一次，每次5天，它会避开众人的目光，之后花上很长的时间洗澡，清洁自身。俊俏的埃尔维穿着三角短裤，隐在烟雾后面嘟嘟囔囔，他听出了大象寓言隐含的天主教道德伦理，他感到厌恶，想吐唾沫，至少象征性地吐一下，但因为嘴里没有唾液，他只能以咳嗽代替。福柯在晨衣里面激动起来："对，就是这样！这点很有趣，我们在普林尼的著作里面发现他也是这样分析大象的生活习性的。如果研究一下这种道德伦理的来龙去脉，诚如另一位所说，就会注意到它似乎源于先于基督教的时期，至少在那个时期，基督教还处于萌芽状态。"福柯幸灾乐祸的样子。"您瞧，人们说起基督教，就好像基督教曾经存在过……然而，基督教和异教没有构成过成熟的整体，或者纯粹的个体。无法想象一个严丝合缝的团体忽地出现，又倏然消失不见，与其他团体没有互相影响、互相渗透、互相改变。"

马蒂厄·兰东站在边上，手拿一截咖啡壶，问道："可是，呃，米歇尔，你想得出什么结论呢？"

福柯朝他灿烂一笑："事实上，异教不能被看作整体，基督教更谈不上！我们要重新审视我们的方法，明白吗？"

斯里曼嚼着面包干，说："那么，米歇尔，康奈尔的研讨会，你总会去的？康奈尔是什么乡下地方？"

福柯总是乐意回答问题，不管什么样的问题。斯里曼对他的研讨会感兴趣，他并不感到惊讶。福柯告诉他，康奈尔是一所美国大学，位于美国北部名叫伊萨卡的小城，和奥德修斯的故乡同名①。他不明白怎么就接受了邀请，因为这是一个语言学研讨会，Linguistic turn②，正如大洋彼岸那边所说的，他很长时间没研究相关领域了（《词与物》是在1966年出版的），但最后还是答应下来。他不喜欢出尔反尔，所以他会去。（他其实清楚得很：他喜欢美国。）

斯里曼细细咀嚼面包干，喝下一口热茶，点燃香烟，清了清喉咙，问："你觉得我可以和你同行吗？"

# 54

"不行，亲爱的，你不能和我一起去。这个研讨会针对大学人员，你讨厌被人叫作克里丝蒂娃先生。"

索莱尔斯的笑容无法掩饰受到创伤的自恋，那伤口恐怕永远无法愈合。

你能想象蒙田、帕斯卡尔、伏尔泰提交论文吗？

为什么美国这群废物就这么冥顽不灵，一直忽视他，忽视这位巨人中的巨人？人们会读他的书的，反反复复地读，直到2043年。

---

① 奥德修斯：荷马史诗中的英雄，他的故乡是伊萨卡岛，位于爱奥尼亚海。

② 英语意为"语言转向"。

想一想夏多布里昂、斯丹达尔、巴尔扎克、雨果。总有一天，应该要求思考许可证？

最为可笑的，显然是他们邀请了德里达。不过，你们知道吗，亲爱的纽约朋友，你们的偶像，你们敬畏的偶像，就因为发明了différance①（世界在分解，在毁灭）。他的杰作《散布》（世界在散播）是为了向《数》②致敬，而纽约和加利福尼亚的学者都认为没必要翻译《数》！啊，真是笑死人了！

索莱尔斯拍着肚子哈哈大笑。哈哈哈！没有他，就没有德里达！啊，假如世人知道……啊，假如美国人知道……

"你能想象福楼拜、波德莱尔、洛特雷阿蒙、兰波、马拉美、克洛岱尔、普鲁斯特、布勒东、阿尔托正在提交**论文**吗？"索莱尔斯冷不丁打住了，装出思考的样子，克里丝蒂娃知道他会接着说下去："肯定还有塞利纳的论文，不过是医学论文，非常出色。"（潜台词：他读过塞利纳的医学论文。有多少大学教授敢这么说？）

接着，他把脑袋凑到妻子胳膊下面，蹭来蹭去，傻乎乎地问：

"你为什么也想去，我亲爱的小松鼠？"

"你知道原因。希尔勒也在。"

"还有所有其他人。"索莱尔斯怒气冲冲。

克里丝蒂娃点了一支烟，端详起靠垫上面的刺绣图案，

---

① 这是德里达自造的词，源自法语différence（差异），他用a替代e。
② 索莱尔斯的著作，完成于1968年。

一只独角兽，克鲁尼修道院挂毯上的仿制品，这是她和索莱尔斯在新加坡机场购买的。她盘起双腿，头发扎成马尾，手指抚过沙发边上的绿色植物，带着些许口音，刻意一字一顿地低声说："是的……其他人。"

为了排遣内心的烦躁，索莱尔斯背起了他自己的"玫瑰经"：

"福柯？太神经兮兮，妒忌心重，热情澎湃。德勒兹？太尖酸刻薄。阿尔都塞？病得太重（哈哈）！德里达？层层叠叠的衣服下面找也找不着。讨厌拉康。共产党要确保万森纳的安全，他没看出任何不妥。（万森纳：就是个看管疯子的地方。）"

真相，克里丝蒂娃心知肚明，索莱尔斯担心最终进不了七星丛书①。

此时此刻，不被理解的天才只能竭尽所能地嘲讽美国人，还有他们的"男女同性恋研究"，他们的极端女权主义，他们对"解构"或者"客体小a"②的痴迷……而莫里哀的大名显然是闻所未闻！

还有他们的妻子！

"美国女人？大多数都不值得交往：金钱、牢骚、家庭小说、假精神分析传染。幸好在纽约还有拉丁女人、中国女人

---

① 法国珈利玛出版社出版的一套丛书，都是经典之作，一般都是在大作家去世之后，其作品才会被收录进去。能够进入七星丛书，对于作家而言，是一种极大的肯定。

② 雅克·拉康精神分析理论中重要的组成部分。

以及不少的欧洲女人。但康奈尔没有！呸。唉，莎士比亚也会这么说的。"

克里丝蒂娃一边喝茶，一边翻阅英语的精神分析学杂志。

索莱尔斯塌下双肩，像是一头公牛围着客厅大桌子团团转："福柯，福柯，他们的脑袋里只有福柯。"

他突然直起身子，就像短跑选手冲过终点线之后挺起胸膛。"哎哟，见鬼，谁在乎呢？我懂这一套：旅旅游，开开会，说说殖民地的美式英语，参加无聊的研讨会，'和大家在一起'，絮絮叨叨地发表意见，看上去像个人样儿。"

克里丝蒂娃放下茶杯，柔声细气地对他说："你会有回报的，亲爱的。"

索莱尔斯激动不已，握住妻子的手腕，开始用"您"称呼她："您出口成章，不容辩驳，蛊惑人心（人们情愿您是个结巴，可惜）……"

克里丝蒂娃拉住他的手。

索莱尔斯笑着对她说："我们有时需要鼓励。"

克里丝蒂娃笑着回答他："来，我们一起来读约瑟夫·德·迈斯特[①]。"

---

① 约瑟夫·德·迈斯特：18世纪法国哲学家、作家。

# 55

金银匠码头①，巴亚尔在用打字机写报告，西蒙在读乔姆斯基关于生成语法的书，他不得不承认看不太懂。

巴亚尔每打完一行字，就抬起右手扳动打字机手柄，让纸筒复归原位，左手则抓起咖啡杯，喝上一口，再抽口烟，接着把香烟搁在烟灰缸边上。烟灰缸上面印有51茴香酒的标志。噼里咔嗒咔嗒咔嗒，咔嗒咔嗒咔嗒，噼里咔嗒咔嗒咔嗒，一直持续下去。

突然，咔嗒声中断了。巴亚尔从人造革椅子上站起来，转向西蒙，问道：

"对了，克里丝蒂娃这个姓从哪里来的？"

---

① 金银匠码头：巴黎司法警察总署所在地。

251

# 56

　　塞尔热·莫阿蒂大快朵颐地享用萨瓦纳牛排，密特朗赶到了。穿着便鞋的法比尤斯在先贤祠的私人官邸中接待他。朗、巴丹戴尔、阿塔利、德布雷喝着咖啡老老实实等在一边。密特朗把围巾丢在法比尤斯身上，骂骂咧咧："你的同伙莫鲁瓦①，我会把他搞趴下的！"他的臭脾气是远近闻名的，年轻的密谋分子们明白眼下的工作会是件苦差事。密特朗流露出敌对情绪："罗卡尔②！罗卡尔！"没人抗议。"他们丢了梅斯，于是竭尽所能要我参加总统大选，就是为了甩掉我！"年轻的幕僚一声叹息。莫阿蒂放缓了嚼肉的速度。冒失的年轻同僚斗胆开口："总统……"密特朗转向他，冷若冰霜、神色恐怖，手指戳向他的胸膛，步步紧逼："闭嘴，阿塔利……"阿塔利退到墙根，法定总统候选人继续说："他们都想我输，但我能够轻而易举地挫败他们的计谋：只要我不参加竞选，哈哈！就让罗卡尔那个傻瓜蛋被吉斯卡尔·德斯坦这个蠢货揍得屁滚尿流。罗卡尔，吉斯卡尔……两个笨蛋的对

---

① 莫鲁瓦：法国社会党政治家，曾在密特朗当选总统后，出任总理。
② 罗卡尔：时任法国总理，曾任法国社会党第一书记和法国总理。

决！盛况空前！叹为观止！左翼第二大党，放屁，德布雷！法国式的废话！罗贝尔，拿笔来，我要口述一份公告！我认输了！我不玩了。哈哈！干得漂亮！……"他嘟嘟囔囔，"输了！这算什么意思！输了？"

没人敢搭腔，法比尤斯偶尔也会和老板对着干，但没有胆大包天到在这个危险的话题上表态。而且，这完全是一个修辞学问题。

密特朗应该做过神职人员。他写好简短的演讲稿，平庸、俗套、一无是处。他的言论墨守成规，如一潭死水。没有激情、没有信息、没有灵感，只有浮夸空洞的陈词滥调，透露出一个常败之人出离的愤怒。口述结束，众人陷入了悲伤的沉默。法比尤斯神经质地在便鞋里面扭动脚趾；莫阿蒂嘴里的牛肉味同嚼蜡；德布雷和巴丹戴尔面无表情地对视了一眼；阿塔利透过窗户看见警察正在抄下莫阿蒂R5的牌照；贾克·朗看上去一脸困惑。

密特朗咬牙切齿，换上了一辈子都戴着的面具，用傲慢来掩饰煎熬的内心的愤怒。他起身，找到围巾，不告而别。

沉默又持续了很长时间。

莫阿蒂脸色灰白："好吧，总之，塞盖拉①是我们唯一的希望。"

在他身后的朗嘟囔道："不，还有一个人。"

---

① 塞盖拉：法国广告界重要人物，曾在密特朗总统大选期间帮助他制订宣传策略。

# 57

"我不明白，他第一次怎么就错过了。他知道要找一份和俄国语言学家雅各布森有关的文件。他在书桌上看到了雅各布森的书，就没留点心？"

是的，听上去似乎**很可笑**。

"凑巧吧，有人突然拜访巴特的家，他正好在里面。他有好几个星期的时间可以重新返回那套公寓，他有钥匙。"

波音747的起落架离开了跑道，西蒙听着巴亚尔侃侃而谈。吉斯卡尔这个痴肥的法西斯有产者最终同意支付两人的旅费，但不能乘坐超音速飞机。

保加利亚人的那条线索指向了克里丝蒂娃。

克里丝蒂娃去了美国。

所以，我们马上就会有热狗和有线电视了。

同排有个孩子哭哭啼啼。

空姐让巴亚尔灭了香烟，起飞和降落期间禁止吸烟。

西蒙拿出翁贝托·埃科的《故事里的读者》，打算途中阅读。巴亚尔问他有没有在书里看到有趣的内容，所谓有趣，意思是对调查有用，但也不限于调查。西蒙的视线落在纸页上，念道："我活着（我是说：我在写，我想活在我知道的唯一世界中），然而，当我在为可能的叙事世界构建理论时，我决定（从我的肉体有直接体验的世界出发）将这个世界简化至符号学体验，将其和叙事世界两相比较。"

空姐挥动双臂，演示安全规章，西蒙感到一阵燥热。（孩子停止了哭泣，空姐的手舞足蹈让他着了迷。）

官方消息，克里丝蒂娃去了纽约州伊萨卡的康奈尔大学参加研讨会，巴亚尔没想过要搞明白研讨会的名字和主题。他只需知道，埃科和他们提起过的美国哲学家约翰·希尔勒也在受邀之列。他们不是要把这个保加利亚女人秘密绑架回法国。假如吉斯卡尔真想逮捕杀死巴特的凶手，因为所有证据表明她是知情者，那只要不让她出国就行了。这是为了弄清正在策划的阴谋。事情不总是这样？

对于小红帽而言，真实的世界就是大灰狼会说话的世界。

还有，要取回那份该死的文件。

巴亚尔试图搞明白："语言的第七功能"是使用方法、巫术，还是使用手册？一个让政界和知识分子为之癫狂的臆想，这一小撮人从中窥测到了无限机遇，都想染指？

隔着一条走廊的小男孩掏出五颜六色的魔方，朝不同方向转动起来。

西蒙问自己，他和小红帽或者福尔摩斯有什么根本差别？

他听见巴亚尔嚷嚷着自言自语，也可能是对着他说话："假设语言的第七功能是一种表述行为的功能。掌握了这种功能的人可以在任何场合说服任何人，好吧，文件大概就一页纸，正反面写满了蝇头小字。就这点内容，却有如此大的威

力？随随便便什么技术说明书，比如洗碗机、电视机或者我的
洗衣机，都有几页说明书呢！"

西蒙龇牙咧嘴。是的，难以想象。不，他给不了解释。
关于文件内容，哪怕他有一星半点的直觉，他早就当选为总
统，把女人睡了个遍。

巴亚尔说着话，眼睛却落在孩子的玩具上。根据他的观
察，魔方这个大的立方体是由许多小的立方体组成，需要纵向
和横向转动，使每一面统一成一个颜色。男孩玩得不亦乐乎。

埃科在《故事里的读者》中论述了虚构人物的身份，他
把他们称为"编外人员"，因为他们是增补进真实世界的人
物。罗纳德·里根或拿破仑属于真实世界，福尔摩斯不是。然
而，当我们提出以下论断，比如"福尔摩斯没结过婚"或者
"哈姆雷特是疯子"，这到底有什么意义？我们可以像对待真
实人物一样对待编外人员吗？

埃科提到了沃利，这位意大利符号学家说过："我，我
存在；爱玛·包法利，不存在。"西蒙越来越焦虑。

巴亚尔起身去洗手间，他并不想小解，但看见西蒙沉浸
在书中，自己也想活动一下腿脚，再说，他已经喝完了所有
的酒。

他往机舱后侧走去，看见福柯正和一个阿拉伯青年说得
起劲，青年的脖子上挂着耳机。

他看过研讨会的日程表，本不应该感到惊讶，他知道福
柯受到了邀请，但他还是吃了一惊。福柯朝他露出食肉动物的
笑容：

"你不认识斯里曼吧，警官？他是哈米德的好朋友。你们肯定还没找到他的死因？同性恋，差不多这么回事，不是吗？也可能是阿拉伯人，或者两者皆是？"

巴亚尔回到座位上，西蒙睡着了，脑袋歪向一侧，这是坐着睡觉睡得不舒坦的表现。又是埃科的一句话，提到了岳母，是这么结束的："如果女婿没娶我的女儿，那会怎么样呢？"

西蒙在做梦。巴亚尔在沉思。福柯把斯里曼带到楼上的吧台，和他说起自己关于古希腊春梦的讲座。

两人点了两杯威士忌，空姐露出了和哲学家相似的笑容。

阿特米多鲁斯认为，我们的春梦类似预言。梦里的性关系和现实的社会关系可以一一对应。比如，梦见和奴隶睡觉，是吉兆：奴隶是私有财产，那就意味着我们的财富会增加。梦见和人妻睡觉，凶兆：不能染指他人的财物。和母亲，那就要看了。在福柯看来，我们过分夸大了希腊人对俄狄浦斯的重视程度。无论如何，这都是一个自由的、精力充沛的男性的观点。进入（男人、女人、奴隶、家庭成员），吉；被进入，凶。凶中之凶就是最违背自然的事，两个女同性恋进入了对方身体（仅次于和神明、动物以及尸体发生性关系）。

"各有标准，万物合理！"福柯哈哈大笑，又要了两杯威士忌。他把斯里曼带到洗手间，后者听之任之（但拒绝摘下耳机）。

我们没法知道西蒙做了什么梦，因为我们没法进入他的脑子，不是吗？

巴亚尔看见福柯和斯里曼上楼去了吧台，头脑一热，转身去检查两人的空座。福柯的夹袋里面塞了几本书，斯里曼的座位上则扔着几本杂志。巴亚尔打开位子上方的行李架，取下他认为属于两人的行李。他坐在福柯的位子上，翻查哲学家的帆布包和小白脸的背包。文件、书籍、一件替换的T恤衫、磁带。没有那份文件的踪影，但巴亚尔想到文件上面并不一定会显著地标明"语言的第七功能"，于是，他带着两件行李回到座位上，叫醒了西蒙。

西蒙醒过来，明白了当前处境，惊讶的是福柯竟然在飞机上，愤怒的是巴亚尔让他做这种事，但也只能勉为其难地翻找并不属于自己的财物。搜查整整持续了20多分钟，西蒙肯定地告诉巴亚尔，在福柯和斯里曼的物品中没有任何类似"语言的第七功能"的东西，两人看见福柯走下楼梯。

他就要返回座位，迟早会发现行李不翼而飞了。

无需商量，久经考验的两人立马行动起来。西蒙跨过巴亚尔，在过道上和福柯不期而遇，巴亚尔则从另一边的过道绕到机舱尾部福柯所在的那排座位。

西蒙站定在福柯面前，后者正好走到这里，等着他让路呢，可西蒙纹丝不动。福柯抬眼，透过近视眼镜片认出了年轻人。

"哎哟？阿尔西比亚德斯①！"

"福柯先生，真是意外啊！……实乃荣幸，我十分敬佩您所做的……最近在忙什么呢？……还是性？"

---

① 阿尔西比亚德斯：雅典杰出的政治家、演说家和将军。

福柯眯缝起眼睛。

巴亚尔取道另一条走廊，空姐却推着饮料小推车堵住了路，安静地为乘客送上茶水和红酒，趁机推销免税商品，跟在她身后的巴亚尔急得直跺脚。

西蒙没听见福柯的回答，他在绞尽脑汁编出下一个问题。站在福柯身后的斯里曼显得很不耐烦。"往前走啊！"西蒙顺势接上："啊，您是同行的？幸会，幸会！您也是，他也叫您阿尔西比亚德斯，哈哈，嗯！您去过美国？"

迫不得已的巴亚尔只能推搡空姐，但他没法跨过小推车，还差三排座位。

西蒙问："您见到佩雷菲特吗？那个垃圾，哼。我们在万森纳可惦记您呢，您知道吗？"

福柯礼貌但坚决地扶住西蒙的肩膀，一个探戈舞步，身子一转，西蒙夹在了福柯和斯里曼之间，事实上福柯已经绕过了西蒙，距离座位仅数米之远。

巴亚尔终于走到机舱尾部的洗手间，从那里可以绕到对面的走廊。他赶到福柯的座位，眼看就要和福柯撞个正着，后者将看见他正把行李放回原位。

西蒙不用戴上眼镜也明白当下的状况，他看见巴亚尔占了先机，于是叫起来："埃尔居里纳·巴宾！"

乘客们吓了一跳。福柯转身。巴亚尔打开行李架，塞进两个包，关上。福柯直勾勾地盯着西蒙。西蒙傻笑着说："我们都是埃尔居里纳·巴宾，不是吗，福柯先生？"

巴亚尔绕过福柯，并致以歉意，装出刚从洗手间出来的样子。福柯看见巴亚尔走过去，耸耸肩，每个人终于各归各位。

"埃尔居里纳·巴宾是谁？"

"活在19世纪的阴阳人，命途多舛。福柯出版过他的回忆录。他有点出于私心，想以此表明生命权的标准分配逼迫我们选择性别和性征，却只认可两种选择，男人或女人，而且是异性恋。希腊人在这方面恰恰相反，尽管他们也有自己的标准……"

"嗯，好吧！"

"那是谁，陪着福柯的年轻人？"

剩下的旅途顺顺当当。巴亚尔点上烟。空姐再次提醒他降落时禁止吸烟，警官只能拿备用的酒精饮料将就一下。

我们知道福柯的旅伴名叫斯里曼，但姓不清楚，不过，在进入美国国境时，西蒙和巴亚尔注意到他和审核护照的警察发生了激烈的争吵，年轻人的签证不合法，或者该说他根本没护照，巴亚尔奇怪他在戴高乐机场到底是怎么被放行登机的。福柯试图为他说情，但没用，美国警察不习惯和外国人开玩笑，斯里曼让福柯不必等他，也不用担心，他会解决麻烦的。之后，西蒙和巴亚尔就看不见他们了，两人钻进了郊区火车。

他们没像《黑夜尽头的漫游》里的塞利纳那样乘船徐徐进入曼哈顿，而是乘地铁在麦迪逊广场花园站下车，贸然的闯入带来了巨大冲击：两人目瞪口呆地抬眼注视摩天大楼勾勒出的天际线，第八大道流光溢彩，一种不真实感和强烈的熟悉感交杂在一起。西蒙是《奇异漫画杂志》的老读者，巴望着蜘蛛侠会突然出现在黄色出租车和交通灯上面（但蜘蛛侠是"编外人员"，这不可能）。一个行色匆匆的当地人停下来主动提供帮助，两个巴黎人不太适应这种殷勤，但总算不用晕头转向了。两人在纽约的夜色中沿着第八大道一直走到交通总站，对面的高楼就是《纽约时报》所在地，大楼外立面上巨大的哥特字母准确无误地指出了这点。两人乘上了前往伊萨卡的公共汽车。再见了，广厦仙境。

车程有5个小时，大家都累了，巴亚尔从包里掏出小巧的魔方，开始玩弄。西蒙傻掉了："你拿了小朋友的魔方？"巴亚尔拧完第一排，公共汽车驶出了林肯隧道。

# 58

"在语言转向中换挡到超速"

康奈尔大学，伊萨卡，1980年秋

（会议组织者：乔纳森·D.卡勒）

发言者名单：

**诺姆·乔姆斯基：** "变质的语法"

**埃莱娜·西苏：** "木槿的眼泪"

雅克·德里达："干巴巴的独奏"

米歇尔·福柯："阿特米多鲁斯占梦术中一词多义的文字游戏"

费利克斯·瓜塔里："有意义的专制体制"

露西·伊利格瑞："物质的大男子主义和形而上学"

罗曼·雅各布森："《龙飞凤舞》①，从结构上来说"

弗雷德里克·詹姆逊："政治无意识：叙述作为一种社会性的象征行为"

朱莉亚·克里丝蒂娃："语言，这个陌生人"

西尔韦尔·洛特兰热："意大利：自治——后政治的政治学"

让-弗朗索瓦·里奥塔尔："口耳相传的波莫族：后现代的话语"

保罗·德曼："蛋糕上的樱桃：法国的毁灭"

杰弗里·梅尔曼："布朗肖，洗衣工"

阿维塔尔·罗奈尔："既然一个人会说话，他就认为能够谈论语言。"——歌德&元说话者

理查德·罗蒂："维根斯坦 vs 海德格尔：大陆的碰撞？"

爱德华·萨义德："在大街上流亡"

约翰·R.希尔勒："欺骗或假象：在虚构作品中履行F单词②"

---

① 比吉斯乐团在1977年推出的迪斯科单曲，曾进入《滚石》杂志"史上最伟大的500首歌曲"名单。

② 欺骗（fake）和假象（feint）这两个英文单词都是以f开头。

佳亚特里·斯皮瓦克："副官有时该闭嘴吗？"
莫里斯·J.扎普："在解构世界寻找补充"

# 59

"德勒兹没来，是吗？"

"没，《反俄狄浦斯》[①]今晚上演，我很激动！"

"听了他们的新单曲吗？"

"听啦，令人敬畏，所以洛杉矶嘛！"

草坪上，克里丝蒂娃坐在两个男孩之间。她一边顺头发一边说："我爱美国。你们真朴实，男孩们。"

其中一人想要搂住她的脖子。她笑着推开了。另一人在耳边私语："你是说'货真价实'？"克里丝蒂娃呵呵一笑。她感到一股电流蹿过周身。坐在对面的另一个学生卷完香烟，点燃。烟草的香味弥漫在空气中。克里丝蒂娃抽上几口，头微微扭向一边，阴郁的语气端着架子："正如斯宾诺莎所说：每次否定都是一个定义。"三个后嬉皮——前新浪潮的年轻人听得如痴如醉："喔，再说一遍！斯宾诺莎说了什么？"

大学校园，行色匆匆的学生来来往往，穿过大草坪，两

---

① 法国哲学家德勒兹与心理学家伽塔利于1972年合作出版的一本书。

边的建筑物有哥特式的，也有维多利亚式和新古典主义的。一座类似塔楼的建筑矗立在山丘上，居高临下俯瞰着湖泊和峡谷。我们或许不在任何一处，但至少，我们身处中间。克里丝蒂娃咬着总汇三明治，因为她喜爱的长棍面包还没运到奥农多加县①的偏僻首府——锡拉丘兹。该城位于纽约州腹地，介于纽约和多伦多之间，本是易洛魁系卡尤加人的领土，建有康奈尔大学的小城伊萨卡就坐落于此。她皱起眉头，说："至少相反。"

第四个年轻人来和他们会合，他走出旅游系，一手拿着铝纸包裹，另一只手中则是《论文字学》（但他不敢问克里丝蒂娃是否认识德里达）。他带来了亲手制作、新鲜出炉的松饼。克里丝蒂娃欣然加入这场即兴的野餐，在龙舌兰酒的作用下有点晕陶陶（可以想见，酒瓶藏在纸袋子里）。

她看着经过的学生，胳膊下有夹着书的，也有拿着曲棍球球杆或者吉他琴盒的。

一个塌脑门的老头在树下自言自语，浓密的头发向后梳去，像是茂盛的灌木丛，身前挥动的两只手形似树枝。

一个短发青年女性，长得像是《101条斑点狗》的反派角色库伊拉和瓦妮莎·雷德格瑞夫②的合体，她似乎是一场看不见的示威活动的唯一参与者，喊起了克里丝蒂娃听不懂的口号，看上去怒气冲冲。

---

① 纽约州下辖的县。

② 瓦妮莎·雷德格瑞夫：英国女演员，曾出演《霍华德庄园》《赎罪》等。

一群青年人在玩橄榄球。在别人对着瓶子灌红酒时（没有纸袋子，这些叛乱分子），其中一人朗诵起了莎士比亚。四人之间唇枪舌剑，还要花心思攻破对手。拿到酒瓶的人没法单手接住（因为另一只手拿着烟），遭到了旁人的嘲笑。他们已然醉意醺醺。

克里丝蒂娃的目光对上了塌脑门–灌木丛老头，两人相视了仅仅一刹那，太短太短，短得没有意义。

神经质的年轻女性在克里丝蒂娃面前站定，说："我知道你是谁。回你的家去，婊子。"克里丝蒂娃的朋友愣住了，面面相觑，又哈哈大笑，激动地回答道："你喝醉了吧？你他妈的以为你是谁？"女人走开了，克里丝蒂娃看见她继续一个人的示威游行。她差不多能确定，她这辈子从没见过这人。

另一群小年轻迎面走向打橄榄球的人，气氛瞬间发生了变化；克里丝蒂娃从她的角度看过去，两伙人剑拔弩张。

教堂的钟声敲响了。

新来的那伙人嚷嚷着质问先来者。在克里丝蒂娃听来，新来的把先前那群人叫作"口交法国佬"。克里丝蒂娃一时半刻听不明白这个称呼的含义（是说这些口交的人是法国人，还是为法国人口交的人），但鉴于目标人群像是有盎格鲁–撒克逊血统（她觉得自己注意到这些人掌握了橄榄球的游戏规则），她认为第二种猜测更有可能（要知道，英语也有类似的模棱两可：French suckers中的French可以是作为前置定语的形容词，也可以是独立属格名词）。

　　无论如何，先来者也用类似的脏话回敬（"你这个爱分析的阴茎！"），局面差点就一发不可收拾，还好有个花甲老人出面劝开两拨人，他叫道（竟然用法语）："冷静点，可怜的疯子！"一名爱慕者低声同克里丝蒂娃说话，他对现场情况的解读令她印象深刻："那是保罗·德曼，是法国人，对吗？"克里丝蒂娃纠正："不，比利时人。"

　　灌木丛老头在树下嘀嘀咕咕："语言的声音形状……"

　　独自示威的年轻女人似乎在支持其中一方，声嘶力竭地喊起来："我们不需要德里达，我们有吉米·亨德里克斯①！"

　　"库伊拉·雷德格瑞夫"那相当莫名的口号逗乐了保罗·德曼，他没听到背后传来的声音："转过来，男人。面对你的敌人。"身后出现了一个穿粗呢西装的男人，那件外套大得晃来晃去，手臂过长，斜分的发线，一缕头发耷拉在额头上，那张脸就是西德尼·波拉克②电影里男配角的脸，但敏锐的小眼睛咄咄逼人，能穿透你的骨头。

　　那人就是约翰·希尔勒。

　　塌脑门–灌木丛老头在观察"看戏"的克里丝蒂娃。专心致志的她任由指尖的香烟燃烧殆尽。灌木丛老头的视线从希尔勒转移到克里丝蒂娃，再从克里丝蒂娃转到希尔勒。

　　保罗·德曼试图摆出嘲讽又随和的神情，扮演好和事

---

① 吉米·亨德里克斯：著名的美国吉他演奏家、歌手和作曲人。

② 西德尼·波拉克：美国电影导演，代表作有《走出非洲》。

佬的角色。他只有半分把握，说："别闹，朋友！放下你的剑，帮我劝开那些孩子。"这话不知道为什么激怒了希尔勒，他冲到保罗·德曼面前，所有人都以为要开揍了。克里丝蒂娃抓紧青年的手臂，后者趁机握住了她的手。保罗·德曼站在那里一动不动，他呆住了，不仅仅是冲他而来的身躯，还有思想上的冲击，他的手划拉了一下，出于自我保护，或者——谁知道呢？——自卫，这时，第三个声音响起了，那造作的愉悦声调无法掩饰歇斯底里的焦虑："亲爱的保罗！亲爱的约翰！欢迎来到康奈尔！真高兴你们能来！"

是乔纳森·卡勒，这位年纪轻轻的研究者是本次研讨会的组织者。他热情地向希尔勒伸出手，后者没好气地回礼，卡勒的手柔软无力，投向保罗·德曼的目光却恶狠狠的，他用法语说道："叫上德里达的小子们，离开。现在。"保罗·德曼带走了这个小团伙，插曲到此结束。年轻人搂住克里丝蒂娃，两人似乎逃离了一场巨大的危险，至少经历了惊险一刻。克里丝蒂娃的想法应该差不多——总之，她对青年的亲昵动作听之任之。

马达的轰鸣声撕破了暮色沉沉。一辆莲花跑车停下来，车胎发出刺耳的摩擦声。一个四十来岁、举止潇洒的男人从车里下来，嘴里叼着雪茄，波波头，丝手绢，他径直走向克里丝蒂娃，"嗨，女孩！"他吻了她的手。她转向年轻人，用手指着那人："孩子们，我为你们介绍一下莫里斯·扎普，大家哦，结构主义、后结构主义、新批评，还有很多别的。"

莫里斯·扎普微微一笑，露出排斥的神情，这样别人就没法当即指责他妄自尊大了，他接着说（仍用法语）："首位工资六位数的教授！"

小年轻掸着香烟，"喔"了一声。

克里丝蒂娃的笑声清脆明亮，问："你为我们准备了关于沃尔沃的讲座？"

莫里斯·扎普痛心疾首地表示："你知道的……我认为这个世界还没准备好。"他瞥了一眼在草地上交谈的希尔勒和卡勒，没听到希尔勒向卡勒解释说，所有与会者都是废物，除了他和乔姆斯基。扎普没打算和那两人打招呼，他对克里丝蒂娃说："总之，我还会见到你的，我要去希尔顿酒店登记入住了。"

"你不睡在校园里？"

"老天，不睡，这多恐怖！"

克里丝蒂娃说笑起来。康奈尔大学负责接待外宾的特柳赖德之家十分舒适。莫里斯·扎普在某些人看来，可以把学术野心提升至艺术层面。他登上莲花①，发动引擎，差点一头撞上来自纽约的公共汽车，接着风驰电掣开上了山丘。她想，那些人说得没错。

接着，她看见西蒙·赫尔佐格和巴亚尔警官走下公共汽车，轮到她露出一脸苦相。

她不再关注那个一直在树下观察她的灌木丛老头，老头也没发现还有一个北非瘦子在观察他。塌脑门老头穿了一件厚

_____

① LOTUS，官方中文名为"路特斯"，世界著名的跑车和赛车生产商。

实的细条纹西装，像是从卡夫卡小说里面走出来的人物，还系了一条羊毛领带。他在树下嘟嘟囔囔，没人听得见，就算有人想听，也没几个人能明白，因为他说的是俄语。阿拉伯青年重新戴上耳机。克里丝蒂娃躺在草坪上，仰望星空。公共汽车开了五个小时，巴亚尔只拼出魔方的一面。西蒙惊讶地发现这是个美丽的校园，他不禁想起万森纳，相比之下，那简直就是个巨型垃圾桶。

# 60

"最初，哲学和科学携手前进，直至18世纪，他们一同对抗教会的蒙昧主义，从19世纪开始，随着浪漫主义的出现，人们开始渐渐回归启蒙精神，德国和法国的哲学家（没有英国）纷纷表态：科学无法识破生命的奥秘，无法识破人类灵魂的奥秘。哲学家只能独自担负起这份责任。于是，欧洲大陆的哲学不仅敌视科学，还反对科学遵循的原则：明晰、理智的精确、证据文化。它变得越来越不为外人道，越来越**自由体**，越来越唯心（除了马克思主义），越来越生机论（比如柏格森）。

"海德格尔将其推向了巅峰：这个反动的（完全就是字面意思）哲学家决定，既然哲学误入歧途已有几百年，应该回归根本问题，即'存在'的问题，于是他写了《存在与时间》，言明他将去找寻存在。只是，他一辈子都没找到，哈哈哈，好吧！无论如何，海德格尔的的确确为哲学家开启了一种头昏脑涨的模式，充斥着繁复的生词、晦涩的推理、荒谬的类比、大胆的隐喻，德里达如今继承了这一切。

"英国人和美国人信奉更为科学的哲学，也就是所谓的分析哲学，这成就了希尔勒的名声。"

（不知名大学生，校园内收集到的言论）

# 61

实话实说，美国的伙食很好，特别是康奈尔大学的教师餐厅，和外面餐厅的烹饪水准不相上下，即便是自助餐。

这天中午，大部分与会者三三两两地聚集在餐厅中，就座的原则依照的是巴亚尔和西蒙还未领悟的地缘政治学。每张餐桌能容纳6至8名就餐者，但没有一张桌子是坐满的，西蒙和巴亚尔在空气中嗅出了立场分明的意味。

"真希望有人给我画个势力分布图。"巴亚尔一边和西蒙说话，一边为自己挑选热菜：双份牛排加土豆泥、大蕉、肉肠。黑人厨师听后用法语回道："看见靠门的餐桌了吗？那是分析哲学派，他们势单力薄，不过够团结。"这群人包括希尔勒、乔姆斯基、"库伊拉·雷德格瑞夫"，第三位真名其实叫卡米尔·帕格里亚，研究性历史的专家，作为福柯直接的竞争对手，后者的存在总是让她想吐。"另一桌靠窗的，俊男美女，你们法国人是这么说的吧：里奥塔尔、瓜塔里、西苏，福柯坐在当中，你认识他吧？当然啦。大嗓门的秃头，对吧？克里丝蒂娃在那边，还有莫里斯·扎普、西尔韦尔·洛特兰热，她是《半文本》杂志的老板。那个孤零零地坐在角落里的老头，系着羊毛领带、留着奇怪发型的，我不知道他是谁。（好奇怪的人，巴亚尔默默想着。）坐在他身后的年轻女士，紫色头发，我也不知道她的身份。"波多黎各帮厨瞥了一眼，干巴巴地表示："肯定是海德格尔派。"

出于职业本能而非真的感兴趣，巴亚尔想要知道，这些教授之间的竞争关系到底白热化到何种程度。黑人厨师随手指了一下乔姆斯基的餐桌作为回答，一个老鼠头的青年从前面经过。希尔勒叫住他：

"嘿，杰弗里，你一定要帮我翻译一下最近从屁眼里拉出的屎。"

"嘿，约翰，我不是你家的婊子。自食其力，行不？"

"好得很，你这个渣滓，我的法语还是能译出这坨屎的。"

黑人厨师和波多黎各帮厨拍手大笑。巴亚尔并不理解两人的对话，但抓住了重点。身后的人不耐烦起来："您能往前挪挪吗？"西蒙和巴亚尔认出了这人就是陪在福柯身边的阿拉伯青年。他的餐盘里面放了咖喱鸡、紫土豆、煮鸡蛋，还有芹菜泥。他没有教师卡，只能去柜台付现金。福柯注意到他的举动，想出面说情，但斯里曼示意没事，经过简短的沟通之后，他带着餐盘通过了。

巴亚尔打算和西蒙坐到老头独占的那张桌子边。

接着，他看见德里达走了进来，尽管从未谋面，但能认出来：脑袋缩进肩膀，四方下巴，薄唇，鹰钩鼻，螺纹天鹅绒西装，敞开的衬衫，一头银发如簇簇火焰。他拿了古斯古斯①和红酒。同行的是保罗·德曼。希尔勒那桌停止了交谈，福柯也是。西苏向他打了个手势，后者没瞧见，他寻寻觅觅的眼神很快锁定了餐厅内的希尔勒。他顿了一秒，端着餐盘，走向朋友们。西苏给了他一个拥抱，瓜塔里拍了拍他的背，福柯和他握手的时候脸色并不好看（因为德里达曾写过一篇名为《我思和疯狂的历史》的文章，其中大致提到福柯并不理解笛卡儿）。紫色头发的年轻女士也走过去打招呼：她叫阿维塔尔·罗奈尔，研究歌德的专家，也是解构主义的狂热粉丝。

巴亚尔观察着众人的举止和神色。他默默嚼着香肠，西蒙在一旁点评议程表："看见了没？会有一场关于雅各布森的讲座。我们去吗？"

巴亚尔点燃香烟，他差点就同意了。

---

① 用杜兰小麦制成的外形有点类似小米的食物，是北非摩洛哥、突尼斯一带以及意大利南部撒丁岛、西西里岛等地的一种特产。

# 62

"分析哲学家，真的都是劳碌命。就像吉列尔莫·维拉斯，懂不？他们太烦了，几个小时几个小时地给所有字眼下定义；每个推理，他们都不会忘记给出前提，接着还有前提的前提，以此类推。这些该死的逻辑学家！最终，他们写上20页，就为了向你解释只需10行的内容。吊诡的是，他们还常常因为同一件事指责大陆派，指责他们天马行空，缺乏严谨，没有定义术语，是在搞文学而不是做哲学，缺乏数学精神，成了诗人，净是些不严肃的家伙，差不多就是神秘主义的胡说八道（尽管这些人都是无神论者）。好吧，大陆派大体说来更像是麦肯罗①。和他们在一起，至少不会无聊。"

（不知名大学生，校园内收集到的言论）

---

① 麦肯罗提出"艺术网球"的概念，即以娴熟的发球上网技术配以激情取悦球迷。

# 63

　　通常来说，西蒙的英语水平算是过得去，但在法国尚且认为正常的外语水平到头来常常不够用。

　　于是，参加了莫里斯·扎普讲座的西蒙发现三句话中只听得懂一句。他找到了开脱的理由，因为讲座的主题——解构主义——他并不熟悉，涉及的概念难以理解或者说至少是晦涩难懂的。不过，他指望能从中找到指明问题的线索。

　　巴亚尔没来，这让西蒙舒了口气：他会受不了的。

　　既然扎普的发言他大半都听不懂，那只能另辟蹊径：莫里斯·扎普言辞中讽刺的意味，在场听众的笑声（每个人都希望在这个阶梯教室中，确立自己此时此刻的存在感——"还是阶梯教室"，西蒙想道。他偏执地会做出结构主义的反应，总在寻找常见的**动机**），听众的提问，其实提问内容不是重点，更像是试探，或者说是对演讲者的**挑战**，相较于其他听众，至少能确立合法的对话者地位，证明自己拥有敏锐的批判精神以及出众的智力（一言以蔽之，诚如布尔迪厄所说，脱颖而出）。根据提问者的语气，西蒙能猜出每个人的身份：**大学生**、在读博士生、教授、专家、对手……他不费吹灰之力就能分辨出各色人等，令人讨厌的、腼腆的、奉承的、傲慢的，而为数众多者总是忘了自己的提问，絮絮叨叨说个不停，迫不及待地想发表个人观点。显然，在这个木偶剧院内正上演着某种存在主义。

终于，他抓住了一段话："评论之谬的根源在于天真地将文学和生活混为一谈。"他提起了兴致，向邻座——一个40多岁的英国人求助，既然萍水相逢，能否为他做下同声翻译或至少说个大概。就像这大学里一半的学生，还有3／4来参加研讨会的人。那个英国人的法语很好，他解释道，根据莫里斯·扎普的理论，文学批评在根源上就犯了一个方法性错误，它混淆了生活和文学（西蒙更是打起了精神），两者并不是一回事，它们的**运转**不一样。"生活是透明的，文学则不透明。"英国人对他说。（这点有待商榷，西蒙想。）"生活是一个开放的体系，文学是封闭的体系。生活由物质组成，文学由词汇构成。生活就是它谈论的样子：当我们在飞机上感到恐惧，这事关死亡。当我们勾引一个女孩，这事关性。但在《哈姆雷特》中，即使是最愚蠢的评论家也完全明白，这个故事不是在说一个想杀了他叔父的男人，而是其他事情。"

西蒙得到了些许安慰，他一点也不明白自己这些冒险经历是想告诉他什么。

除了语言，显而易见。嗯。

莫里斯·扎普的演讲还在继续，风格越来越偏向德里达，此时的他表示，理解一个信息就是将其解码，因为语言就是一种密码。然而，"所有解码行为都是再一次的编码"。因此，我们永远无法肯定任何事，特别是两个交谈者之间没法互相理解，因为不能断定其中一人使用的词汇是否为对方理解的意思（包括同种语言的情况）。

正是如此，西蒙想。

莫里斯·扎普打了一个惊世骇俗的比喻，英国人翻译给西蒙听："总之，交谈就像打一局网球，那个球是用面团做的，可揉可搓，每次穿过球网时就变了个样儿。"

西蒙感到脚下的大地在解体。他走出教室抽根烟，遇见了斯里曼。

阿拉伯青年正等着讲座结束，好上前和莫里斯·扎普攀谈。西蒙问他想要问什么。斯里曼回答说，他不习惯随随便便找个人胡乱问问题。

# 64

"是的，这点确实吊诡，所谓的'大陆派'哲学而今在美国比在欧洲更受欢迎。在这里，德里达、德勒兹和福柯都是当之无愧的校园明星，而在法国，文坛不研究他们，哲学界对他们嗤之以鼻。在美国，我们用英语研究他们。对于英语系而言，有了**法国理论**就如同手持起义的工具，从人文科学的备胎一跃成为包罗万象的学科，因为**法国理论**的前提是：语言是一切的根本，那么研究语言就是在研究哲学、社会学、心理学……这就是大名鼎鼎的**语言转向**。于是，哲学家不安了，他们开始埋头研究语言。希尔勒、乔姆斯基之流，他们用了大把的时间来诋毁法国人，说来说去也就是指令明晰，‘想法成熟才能表述明确’，或者揭穿神神道道的格调，‘日光之下并无新事，孔狄亚克①说过，阿那克萨戈拉②不会重复其他的话，他们都在榨取尼采，诸如此类。’他们觉得，那些杂耍艺人、小丑、江湖郎中窃走了自己的光环，所以大动肝火也是人之常情。然而，不得不承认，福柯要比乔姆斯基性感。"

（不知名大学生，校园内收集到的言论）

# 65

天色已晚，整整一天连轴转的讲座，熙熙攘攘的听众个个全神贯注，激荡在校园中的热情一时沉寂下来。到处能听到学生迷醉在夜中的笑声。

斯里曼独自一人躺在和福柯同住的客房内，他在听随身听。有人敲响了房门："先生？有您的电话。"

---

① 孔狄亚克：法国哲学家、认知学家，曾参与《百科全书》的编撰工作，对启蒙运动产生影响，代表作是《官能论》。
② 阿那克萨戈拉：古希腊哲学家、科学家。

斯里曼小心翼翼地来到走廊上。他已经接到首批报价，有个潜在的买主可能想抬价。他拿起固定在墙上的电话。

是福柯，他在电话那头惊慌失措，一字一顿地说："来接我！又来了。**我把英语给弄丢了。**"

福柯如何在这个鸟不生蛋的地方找到一家同性恋夜总会，而且还是玩SM的，斯里曼不想知道。他登上出租车，找到了位于下城郊区叫作"白色水槽"的地方。里面的顾客穿着皮裤，戴着警察大盖帽，斯里曼觉得这里的氛围还算友善。有个手拿马鞭、身材魁梧的大汉请他喝酒，他礼貌地拒绝了，前往后屋查看。他找到了吸食了LSD的福柯（斯里曼立马认出了吸毒后的症状），福柯蹲在地上，周围三四个美国人流露出疑问和关切的神色。福柯半身赤裸，身上被鞭出了一条条粗红痕，他变得痴痴呆呆，只会重复一句话："我把英语给弄丢了！没人听得懂我说什么！带我离开这里！"

出租车拒绝载福柯回去，司机可能担心他会在车上呕吐，或许是因为讨厌同性恋。斯里曼只能用肩膀架住他，两人徒步走回大学宾馆。

伊萨卡是一个人口只有3万的小城（还有同等数量的大学生），但占地很广。长长的马路上空无一人，大同小异的木屋两边排开，望不到头，每户庭院中都摆着靠背长椅或安乐椅，矮桌上面是空了的啤酒瓶以及满满的烟灰缸（1980年的美国，人们还在抽烟）。每隔几百米就能见到一个用木头搭建的教堂。两人跨过了好几条河道。福柯发现到处都是松鼠。

警车放慢速度，在他们身边停下。透过照在脸上的手电筒光线，斯里曼看到两个面露疑色的警察。他对着他们说了几句法语，表现出乐呵呵的高兴劲儿。福柯的肚子咕噜噜叫唤起来，斯里曼明白，训练有素的警察看上一眼就会发现趴在他身上的男人不是喝醉酒，而是吸了毒。他只能希望福柯身上没有LSD。巡警迟疑片刻，最后没有搜身就离开了。

他们终于来到市中心。斯里曼在摩门教徒开的小餐馆里给他买了一块华夫饼。福柯嚷嚷道："操他妈的里根！"

上山用了一个小时，幸好斯里曼灵机一动，从墓地抄了近路。福柯全程反反复复地嘟囔："好吃的老派汇总三明治，还有可乐……"

福柯在旅馆的走廊里突然着了慌，他出门前看了电影《闪灵》。斯里曼为福柯掖好被子，后者索要了一个吻，昏昏沉沉睡去，满脑子想着希腊和罗马的角斗士。

# 66

"我不会表态，因为我是伊朗人，但福柯，他只会说蠢话。乔姆斯基有道理。"

（不知名大学生，校园内收集到的言论）

# 67

西蒙和一个犹太裔女权同性恋作家并肩走出西苏关于女性写作的讲座，两人相谈甚欢。她叫朱迪斯[①]，来自匈牙利犹太家庭，正在攻读哲学博士，恰好对"操演性"感兴趣，她认为父权依仗一种隐性的操演形式，接纳了以他律的一夫一妻制为典型模式的文化结构。说穿了，她表示，白人直男说是就是。

操演性，并非只是授封骑士的仪式，还有修辞上的招摇撞骗，它能将力量对比的结果说成是自古以来天经地义的事实。

特别是"顺其自然"。自然，就是敌人。反对派给出了强有力的回击："反自然"。这是先前对抗神圣意志的现代变体。（即使在美国，上帝到了20世纪80年代也有点累了，但反对派并没有放弃战斗。）

朱迪斯笑嘻嘻地戏仿起拥护生命权的口号："自然，是痛楚，是疾病，是残忍，是野蛮，是死亡。**自然是杀手**。"

西蒙表示赞同："波德莱尔讨厌自然。"

她有一张四方脸，加上干练的学生头，一看就是巴黎政治学院毕业的优等生，只是这位激进的女权主义者和莫妮

---

① 朱迪斯：此处是指朱迪斯·巴尔特勒，美国后结构主义学者，主要研究女性主义、酷儿理论、政治哲学和伦理学。

克·维蒂希①一样，差不多认为：女同性恋不是女人，因为女人会自我定义为男人的**附属品**，这是**定义上的**从属。亚当和夏娃的传说从某种意义上来说，就是最初的操演行为：从那时起，人们就认为，女从男，女人是男人身体的一部分，女人吃了那个苹果干下了蠢事，女人是个婊子，女人就该分娩时痛得死去活来，显然是罪有应得。她竟然还敢拒绝照看孩子。

巴亚尔赶到了，却错过了西苏的讲座。他宁愿参加曲棍球队的训练，按他的说法，呼吸下校园的空气。他手中的啤酒喝掉了一半，还有一包薯片。朱迪斯好奇地瞅着巴亚尔，出乎西蒙意料之外，并没有表现出明显的敌意。

"女同性恋不算女人，她们厌恶你们，你们还有你们的阳具逻辑中心主义。"朱迪斯哈哈大笑。西蒙也笑了起来。巴亚尔问："在说什么呢？"

# 68

"摘下墨镜，又没太阳。你知道得很清楚，今天天气不好。"

这是无稽之谈，经历了昨夜的壮举，福柯一脸倦容。他把一块山核桃曲奇饼浸在还能喝的双份蒸馏咖啡中。一旁的斯

---

① 莫妮克·维蒂希：法国小说家，女权主义理论家。

里曼在吃奶汁培根芝士堡。

建筑位于山顶校门处，一座桥横跨峡谷，连接起对面，意志消沉的学生偶尔会跳桥轻生。两人没搞明白这是酒吧还是茶室。尽管头还痛着，福柯跃跃欲试，想点一杯啤酒，斯里曼取消了订单。女服务员大概见惯了**客座教授**还有其他校园明星的心血来潮，耸耸肩，转身，机械性地照本宣科："没问题，伙计。有啥需求和我说。好不？顺便说一声，我叫坎迪。"福柯嘟哝道："好啊，坎迪。你真可爱。"服务员没听见，或许是出于善意吧！福柯这么想着，突然发现，自己的英语又回来了。

他感到肩膀一沉，抬眼，透过墨镜认出了克里丝蒂娃，手中冒着热气的大口杯和保温杯一般大小。"还好吗，米歇尔？好久不见了。"福柯立马打起精神。调整好脸部线条，取下墨镜，冲着克里丝蒂娃就是一个招牌式的微笑，露出一口白牙。"朱莉亚，你真是光彩照人。"他问道，"喝什么？"好像两人昨晚还见过面。

克里丝蒂娃笑起来："恶心的茶。美国人不会烹茶。你去了中国就会明白……"

为了不让人看出他的状态，福柯接口道："你的讲座怎么样？我没能参加。"

"哦，你知道的……没啥革命性的。"她顿了顿，福柯听到自己的肚子在咕噜噜叫，"革命，我还要留到大场合。"

福柯假笑几声，随后歉意地表示："这里的咖啡让我想尿尿，哈哈。"他起身，尽量镇定地向盥洗室走去，他要排空身上每个洞里的东西。

　　克里丝蒂娃坐到福柯的位子上。斯里曼看着她一声不吭。她注意到福柯惨白的脸色，知道身体状况没有改善之前，他是不会从盥洗室出来的。所以，她估计还有两三分钟的时间。

　　"我听说，您拥有的某样东西，正在这里找买家。"

　　"您搞错了，夫人。"

　　"恰恰相反，我认为您即将犯下一个错误，会让全世界感到遗憾的错误。"

　　"我不知道您在说什么，夫人。"

　　"不过，我准备成为买家，私人名义，我会给予物质补偿，但希望得到一个保证。"

　　"什么保证，夫人？"

　　"保证别人无法从这次购买中获益。"

　　"怎么样算是得到了保证，夫人？"

　　"这要您告诉我，斯里曼。"

　　斯里曼注意到她直呼其名。

　　"给我听着，肮脏的婊子，这里不是巴黎，我也没见到你身边的两条狗。如果你再接近我，我会像捅死一头猪一样捅死你，再把你扔进湖里。"

　　福柯从盥洗室回来了，看得出脸上淋过水，不过仪态无可指责，外表真能唬人，克里丝蒂娃暗自想道，眼白一点也不蜡黄，别人肯定以为他是要去做讲座，他可能是要去，讲座的确切时间往往记得很牢。

　　克里丝蒂娃把位子还给他，并表示歉意。"很高兴认识您，斯里曼。"她没向他伸出手，因为知道他不会握上的。他没喝已经开了瓶的饮料，也不用桌上的盐瓶。他要避免任何身体接触。他小心行事，这是有道理的。尼科莱不在，事情变得有点复杂。不过，没有什么事——她估摸着——她扛不住的。

# 69

解构一篇论文，那就要指出这篇论文是如何将哲学减损到它宣称的程度，或者减损到它呼吁的对立等级，方法就是通过在文本当中识别出特定的修辞手法，后者能赋予内容推定的根据、关键概念或者前提。

（乔纳森·卡勒，"在语言转向中换挡到超速"会议组织者）

# 70

"可以说，我们处在语言哲学的黄金时代。"

希尔勒在做讲座，美国学术圈都知道他会按规矩对德里达发起一场进攻，捍卫导师奥斯汀的声誉。在美国逻辑学家看来，奥斯汀受到了法国解构主义学家的强烈质疑。

西蒙和巴亚尔也在其中，但听不太懂，因为希尔勒用的是英语。讲座内容是关于"言语行为"，当然啦。西蒙听到了"言外""言后"①。不过，utterance②是什么意思？

德里达没来，但他派来的密使绝对会向他汇报，这些人包括：忠实的副官保罗·德曼、翻译官佳亚特里·斯皮瓦克、女伴埃莱娜·西苏……老实说，所有人都到场了，除了福柯，他不愿移动大驾。他大概指望着斯里曼会总结一下讲座的情况，或许他一点也不在乎。

巴亚尔认出了克里丝蒂娃以及所有在大学餐厅内见过的人，包括那个系羊毛领带、一头灌木丛式头发的老头。

希尔勒反反复复说了好几遍没必要再重提这个或那个，不愿再解释这个或那个观点，无意冒犯在座尊敬的听众，也没必要纠结在显而易见的事实上，诸如此类。

西蒙听明白了，希尔勒认为，只有真正的傻瓜才会弄混"可重复性"和"恒存性"、书面语和口语、严肃的讲话和假装的讲话。希尔勒给出的信息，一言以蔽之：去他妈的德里达。

杰弗里·梅尔曼凑向莫里斯·扎普耳边："我先前没

---

① 即约翰·奥斯汀提出的"言外行为""言后行为"，还有一种叫"言内行为"。

② 意为"语句"。约翰·奥斯汀曾区分了两类语句，即直陈式语句（the declarative utterance）和履行式语句（the performative utterance）。

发现希尔勒这个爱吵架的可爱小伙像个具有哲学气质的警察。"扎普笑了起来。身后的学生发出嘘声。

讲座临近尾声，有个学生提问：希尔勒是否认为针对德里达的争鸣（尽管希尔勒特意没提对手的名字，但所有人都知道这场讲座针对的是谁——教室内响起窃窃私语的赞同声）标志着两大哲学传统之间的交锋（分析派和大陆派）？

希尔勒强忍着怒气答道："我认为这样想是错误的。交锋从未发生过。""某些所谓的大陆派哲学家"对于奥斯汀及其言语行为理论的理解混乱不堪、似是而非、尽是谬误，"正如我刚才证明的"，没必要过多讨论。希尔勒补充道，语气酷似严厉的神甫："年轻人，别把时间浪费在那些愚蠢的行径上。严肃的哲学不是如此行事的。谢谢你的参与。"

之后，面对教室内的骚动，他轻蔑地哼了一声，起身走人。

听众开始散场，巴亚尔注意到斯里曼紧跟着演讲者走了出去。"看呐，赫尔佐格！那个阿拉伯人似乎还有关于言后行为的问题要问呢……"西蒙下意识地听出了其中隐含的种族主义和反智主义。不过，透过这布热德①式的讥讽话语，还是能抓住一个实在问题：斯里曼对希尔勒有何企图？

---

① 20世纪50年代，皮埃尔·布热德发起了一场以小商人、手工业者为主体的右翼运动，也就是后来所称的"布热德运动"。起初是反对政府，反对犹太人，后来是鼓吹解散议会和建立个人独裁统治。

# 71

"上帝说'要有光',于是便有了光。"(《死海古卷》,约公元前2世纪,犹太—基督教世界中迄今为止能找到的最为古老的操演句。)

# 72

西蒙刚按下电梯按钮,就知道自己升入了天堂。电梯门在**罗曼语系研究**的楼层打开,西蒙进入了书架迷宫,这些直冲天花板的书架被质量低劣的灯照亮。康奈尔大学图书馆24小时对外开放,它上空的太阳永不落下。

所有的书,西蒙希冀的,别人希冀的,都能在这里找到。他摇身一变成了财宝洞里的海盗,只要填上一份表格,他就能带走一部分。西蒙的手指拂过书脊,就像是麦田的主人抚摸麦穗。这里实现了真正的共产主义:所有人的也是我的,反之亦然。

这个时间点的图书馆几乎没人。

西蒙踱到解构主义的书架前。天哪，列维–斯特劳斯关于日本的书？

他在超现实主义书架前面停下了脚步，那一整堵墙的奇迹令他欣喜若狂：罗歇·维特拉克①的《死亡认知》……尤妮卡·齐恩②的《阴郁之春》……算在德斯诺斯③名下的《魔鬼女教宗》④……克勒维尔⑤的法语和英语珍本……安妮·勒布伦⑥和拉多万·伊夫希奇⑦从未发表的作品……

吱呀一声。西蒙僵立不动。还有脚步声。他出于本能躲到超现实主义研究办公室"性欲研究"的书架后面，大半夜出现在大学图书馆内就算不违法，至少如美国人所说，也是**不合适的**。

他看见希尔勒走过查拉⑧的书信集。

他听见希尔勒在临近的书架前和人说话。西蒙小心翼翼地取下《超现实主义革命》12册传真期刊的合订本，透过空隙，他认出了斯里曼瘦削的身影。

---

① 罗歇·维特拉克：法国超现实主义剧作家、诗人。
② 尤妮卡·齐恩：德国超现实主义作家、画家。
③ 德斯诺斯：法国超现实主义诗人。
④ 这部作品应为罗贝尔·德斯诺斯和恩斯特·根根巴赫合著。
⑤ 克勒维尔：法国作家、诗人，先后推崇达达主义和超现实主义。
⑥ 安妮·勒布伦：法国作家、诗人和文学评论家，在和安德烈·布勒东相识后参加过超现实主义的活动。
⑦ 拉多万·伊夫希奇：克罗地亚超现实主义诗人和剧作家。
⑧ 查拉：法国诗人、散文作家，原籍罗马尼亚。

希尔勒的声音很轻，但西蒙把斯里曼的回答听得一清二楚："你有24个小时。之后我会卖给出价最高的人。"接着，他戴上耳机，走向电梯口。

但希尔勒没和他一起离开。他心不在焉地翻动书本。谁知道他在想什么？西蒙驱散了脑中这种似曾相识的感觉。

他本想把《超现实主义革命》放回原位，却把一册《伟大游戏》弄到了地上。希尔勒像发现了猎物的狗一样抬起头。西蒙决定悄无声息地开溜，他在书架间兜兜转转，没有发出任何声响，他听见身后的语言哲学家捡起了那册《伟大游戏》，想象着那人把鼻子凑到杂志上面闻了闻。他加快速度，因为听见了那人跟随的脚步。他穿过心理分析学书架，转入新小说书架，发现死路一条。他转身，不觉一惊，希尔勒正步步紧逼朝他走来，一手拿着裁纸刀，一手拿着那本《伟大游戏》。他下意识地拿起一本书想要自卫（是本《劳儿之劫》，靠这本书可走不远，他想道，于是把书扔掉，又抓起另一本：《弗兰德公路》，这还好些[①]）；希尔勒没有像《惊魂记》[②]里的杀手一样举起胳膊，但西蒙确定，他不能让身体被裁纸刀的利刃划破。就在此时，电梯门开了。

西蒙和希尔勒杵在死胡同里，看见一个穿靴子的年轻女人和一个壮如公牛的男人打前面经过，往复印机的方向走去。希尔勒把裁纸刀放进口袋，西蒙放下了克洛德·西蒙的

---

① 《劳儿之劫》为杜拉斯所著，《弗兰德公路》的作者是克洛德·西蒙，《弗兰德公路》比《劳儿之劫》厚很多。

② 希区柯克的电影。

书，两人怀揣着同样的好奇心，透过娜塔莉·萨洛特的全集窥伺起这对男女。远处传来了机器的隆隆声，还有复印机一闪而过的绿光，但很快公牛男就一把搂住了靠在复印机上的女人。她微不可察地叹了口气，没有看他，手直接摸上了裤裆（西蒙想起了奥赛罗的手绢①）。她皮肤雪白，手指修长。公牛男解开她的连衣裙，裙子滑落至脚边。她没穿内衣，胴体像是出自拉斐尔的油画，丰满的胸脯，纤细的腰身，宽大的胯骨，优美的肩膀，剃了阴毛的私处。平齐的黑发赋予她的瓜子脸一丝迦太基公主的神采。女人双膝跪地，把公牛男的阳物含进嘴里，希尔勒和西蒙睁大了眼睛，想看清他的阳物是不是和公牛的大小相当。西蒙把《弗兰德公路》搁在一边。公牛男扶起女人，把她转了个向，用手掰开臀部，一下子刺入了还在反抗的女人体内，随即用手掐住她的后颈，不让她动弹。这一连串的动作就像是公牛所为：他在她体内冲刺，先是缓慢滞重，接着越来越激烈，复印机一下一下撞在墙上，最终被掀翻在地，公牛男一声长吼，吼声在四下无人（他们以为）的图书馆走廊间回荡。

西蒙无法将双眼从当前的交媾场面移开，尽管他应该移开。他犹豫着是否要打断这场春宫戏，最终，保守的天性胜过强烈的欲望，促使他一把扫下书架上的杜拉斯作品。书本落在地上，这动静吓得所有人都不敢动弹。呻吟声立马止住。西蒙

---

① 奥赛罗曾送给妻子一块手绢，手绢后来出现在追求妻子的凯西奥手里，奥赛罗由此怀疑妻子出轨，杀死了她。

直视希尔勒的眼睛，慢慢地从他身边走过，后者没做出任何动作。他进入中央走廊，回头望向复印机。公牛男直勾勾地盯着他，阳物暴露在空气中。年轻女人朝他投来轻蔑的一瞥，慢悠悠地拾起连衣裙，先是跨进一条腿，再是第二条，然后把背转向公牛男，让后者为她扣上裙子。西蒙发现她没脱掉靴子。他从安全梯逃走了。

楼外，他在草地上又见到了克里丝蒂娃的那群小伙伴，看着一地狼藉的空酒瓶和薯片包装袋，他觉得这伙人三天来没挪过一步。西蒙接受了他们的邀请，坐下来，感激地接过递来的啤酒和大麻烟。西蒙知道危险过去了（假如曾有过危险。他能百分百肯定瞧见了裁纸刀？），但悬着的心还没落下。事情还没完。

在博洛尼亚，他和比安卡在17世纪的阶梯教室里面春风一度，还躲过了一场炸弹袭击。在这里，一个语言哲学家差点就在夜间图书馆里捅死了他，他还目睹了一场发生在复印机上的带有神话意味的男欢女爱。他在爱丽舍宫见到了吉斯卡尔，在同性恋桑拿浴室撞见了福柯，亲历了一次飞车追逐和谋杀未遂，看见一个男人用带毒的雨伞杀死了另一个人，发现了一个神秘团体、落败者的手指会被剁掉，他漂洋过海来到美国找寻一份神秘文件。这短短几个月经历的怪事超过了人生前几十年碰上的。既然邂逅了故事，西蒙觉得那就认了吧。他又想起翁贝托·埃科的"编外人员"，点燃了大麻烟。

"怎么了，哥们儿？"

西蒙转动起大麻烟。最近几个月的经历像电影一样一幕幕在脑海中闪过。出于职业习惯，他会从中整理出事情的来龙去脉，那些细枝末节，那些矛盾的地方，还有隐含的线索。愚蠢的一幕（演员）、博洛尼亚的一场谋杀（炸弹）。一场谋杀（裁纸刀）、康奈尔愚蠢的一幕（观众）。（交错排列法。）飞车追逐。重新书写的哈姆雷特决斗。图书馆的永恒主题（为什么他想到了波布高地？）。成双成对的人物：两个保加利亚人、两个日本人、索莱尔斯和克里丝蒂娃、希尔勒和德里达、安娜斯塔西娅和比安卡……特别是那些悬而未决的事：第三个保加利亚人为什么会料到，他们猜出巴特家里有一份手稿副本并会去公寓搜查？为什么安娜斯塔西娅——假如她真是俄国警察——能迅速潜入巴特入住的医院？吉斯卡尔为什么没有逮捕克里丝蒂娃？他完全可以把她交给自己的爪牙，后者总能用酷刑让她开口的，吉斯卡尔没这样做，反而把巴亚尔和他派来美国跟踪她。这份文件为什么是用法语，而非俄语或英语所写？是谁翻译的？

西蒙两手抱头，发出呻吟。

"我觉得我他妈的是被困在一部小说里了。"

"什么？"

"我觉得我被困在小说里了。"

和他说话的大学生向后倒下，朝着天空吞云吐雾，流星划过天空。他对着啤酒瓶喝了口酒，手肘支起身子，悠长的沉默笼罩住美国之夜，他开口道："酷，哥们儿。好好享受。"

# 73

"既然偏执狂参与了解域化①的符号的无能为力,他在危险的氛围中从各个方面攻击它,但他在盛怒中达到了语言能指的超能力,作为团伙的主宰,怒气弥散在空气中。"

(瓜塔里,康奈尔大学讲座上的言论,1980)

# 74

"嘿,待会儿是关于雅各布森的讲座,赶紧去。"

"啊,好吧,好吧,我受够了。"

"该死的,你个讨厌鬼,你说过会去的。教室里面会挤满人。我们能得到一些信息……放下魔方!"

咔嗒咔嗒。巴亚尔沉着地转动五颜六色的魔方。他快完成第二面了。

---

① 解域化这个概念由德勒兹和瓜塔里在《反俄狄浦斯》中提出。

"好吧，不过再等等，接着是德里达。这场不能错过。"

"为什么？就这蠢货，他的讲座会比别人有趣？"

"他是目前**世界上**活着的最有趣的思想家之一。但问题不在这里，傻瓜。他和希尔勒因为奥斯汀的理论纠缠不清。"

咔嗒咔嗒。

"奥斯汀的理论，就是操演性，想起来了吗？言外行为、言后行为。说就是做。如何边说边做。如何仅仅通过对他人说话，就让他做事。举个例子，假设我拥有更合乎逻辑推理的言后行为，或者你不太傻，只要我说出'德里达的讲座'，你就该一下子跳起来，为我们留好座位。如果语言的第七功能真在某个角落溜达，那德里达就是一流的大师了。"

"什么大师？"

"别再犯傻了。"

"既然奥斯汀提出的功能唾手可得，为什么所有人都在找雅各布森的第七功能？"

"奥斯汀的著作完全是描述性的。它会向你解释运作的方式，但没提到如何让其运作。当你许下一个承诺、发出一个诅咒、和对话者说话意在让其做某事时，奥斯汀会描述工作机制，但不会告诉你该如何行事才能让对话者相信你，把你当回事，或者如你所愿行事。他只是指出，**言语行为**会成功或失败，他列举了种种取得成功所需的条件：比如说，只有市长或市长助理才能让'我宣布你们俩结为夫妻'这句话有效（但这是纯粹的操演）。他没有说出怎样做到百分百的成功。这不是使用说明，只是分析，你明白两者的细微差别吗？"

咔嗒咔嗒。

"雅各布森的著作不只是描述性的？"

"呃，是描述性的，但第七功能……应该不是。"

咔嗒咔嗒。

"妈的，这行不通。"

巴亚尔没法完成魔方的第二面。

他感受到西蒙质问的视线。

"好吧，几点了？"

"别迟到。"

咔嗒咔嗒。巴亚尔改变策略，不再试图完成第二面，转而在第一面周围弄出一圈花边。魔方转动得愈发熟练，但他自认还是不太明白言后行为和言外行为的差别。

西蒙前去参加关于雅各布森的讲座，不管有没有巴亚尔陪伴，他都很乐意去听一听。他穿过校园草坪，听见一阵大笑，带着小舌音的清脆笑声引起了他的注意。他转过身，看见那天复印机上的褐发女人：穿着皮靴的迦太基公主今天穿戴整齐，在和人讨论。一个是矮小的亚洲女人、一个是高大的埃及女人（或者是黎巴嫩，西蒙想，他本能地注意到她的阿拉伯口音还有脖子上的小十字架，马龙派的，可能吧，不过更可能是科普特派的）。（有何迹象让他做出了这样的判断？秘密。）

三个女人朝上城走去。

西蒙决定尾随其后。

她们走过科学大楼，天才连环杀手爱德华·鲁洛夫的大脑就浸泡在福尔马林里面。

她们走过酒店学院，里面飘出面包的香味。

她们走过兽医学院。正在跟踪的西蒙没看见希尔勒提着一大包宠物食品进了大楼，或者看见了但认为他的举动无关紧要。

她们走过了**罗曼语系研究**的大楼。

她们穿过横跨山谷，将城市和大学分隔开的大桥。

她们在一家以连环杀手名字命名的酒吧内坐定。他则暗暗躲在吧台边。

穿靴子的褐发女人对女伴说道："嫉妒，我没兴趣，竞争，更没有……我受够了那些害怕自己欲望的男人……"

西蒙点燃一支烟。

"我想说，我不喜欢博尔赫斯……不过，我每次要沉沦到什么程度……"

他点了一杯啤酒，打开《伊萨卡日报》。

"……我就敢说，我生来就是为了肉体和猛烈的爱情。"

三个女人哈哈大笑。

话题转移到大咖们关于神话和性学的著作上，还有希腊神话女主角永恒的边缘地位。（西蒙在心中盘算了一下：阿里阿德涅、淮德拉、珀涅罗珀、赫拉、喀耳刻①、欧罗巴……）

最终，他也错过了雅各布森现行结构的讲座，他更愿意窥伺和两个女伴一起吃汉堡的一位黑发女人。

---

① 喀耳刻：希腊神话中的女神，她是女巫、女妖、巫婆等称呼的代名词。

# 75

气氛紧张得一触即发，所有人都在，克里丝蒂娃、扎普、福柯、斯里曼、希尔勒，教室人满为患，随便动一下就会踩到某个学生或教授，人群像是在剧院中一样攒动、喧哗。主角到场了：德里达，**上场**，就是现在。

他朝坐在头排的西苏微微一笑，向翻译佳亚特里·斯皮瓦克做了一个示好的小动作，认出了朋友和敌人。发现了希尔勒。

西蒙也在场，连带着巴亚尔。身边是朱迪斯，那个女权主义同性恋。

"和解的话语，那是**言语行为**，通过一句话，在向对方说出的当口，使其动摇，伸出橄榄枝，至少在说出这句话之前，曾有纷争、苦痛、创伤、伤口……"

西蒙注意到复印机上的迦太基公主，立马乱了心智，没抓住德里达最初几句话的潜台词，他是想让人以为他要息事宁人。

事实上，德里达沉着冷静、有条有理地回到奥斯汀的理论上，他提出反对意见，严格使用学术语言，尽量摆出客观的姿态。

言语行为理论提出，言语也是一种行为，也就是说，说话者在说话的同时也在行动，这就隐含了一个先决条件：德里达所反对的意向性。要知道：说话者的意图是先于话语存在的，且说话者和对话者都对意图心知肚明（假设有明确的对话者）。

"如果我说'时间晚了'，意思是我要回家了。但假如我想留下来呢？假如我希望别人不让我走呢？希望别人不让我回家呢？希望有人安慰我说'才不是呢，时间还不晚'呢？

"我落笔的时候，真的清楚要写什么吗？文本的内容难道不是随着语言慢慢组织起来而渐渐清晰的？（它可真的清晰过？）

"还有，就算我知道自己要说什么，对话者能准确地接收到我心里想的内容吗（诚如我心里想的）？他从我的话语中理解的信息是否百分百吻合我想对他说的内容？"

人们注意到，德里达的开场白在严肃地讨论言语行为理论。在谨慎地表达完反对意见之后，他放开手脚，开始评估言外行为（尤其是言后行为）的力量，用到了"成功"或"失败"这类字眼，奥斯汀也是这么做的（用以替代哲学传统沿用至今的"真相"与"虚假"）。

"对话者听到我说'时间晚了'，以为我是想回家，于是提出送我回家。成功？是吧。要是我想留下来呢？我心底的某人或者某物想要留下来，而我本人没意识到呢？

"里根宣称自己是里根、美国总统，到底是什么意思？谁能精准地理解这句话？"

听众笑起来。所有人听得专心致志，已然忘了**语境**。

德里达瞅准时机发动进攻。

"但是，假如我允许萨尔勒进行批判，迎合萨尔勒的潜意识的意愿（出于可以分析的理由），并通过行为触发了结果会发生什么呢？我的'允许'算是允许抑或威胁？"

巴亚尔凑到朱迪斯耳边问她，德里达为什么把希尔勒叫成"萨尔勒"？朱迪斯解释说是为了讥讽他：在法语语境中，据她的理解，"萨尔勒"①的意思是"有限责任公司"。巴亚尔觉得相当滑稽。

德里达继续展开：

"什么是对话者的个体或身份？他是否需要为潜意识施加于他的**言语行为**负责？我的潜意识也想在萨尔勒愿意受批评时讨好他，不愿意受批评时让他难受，不批评他时让他高兴，批评时让他痛苦，允诺要威胁他，或用允诺来威胁他，投入到批评中时说些'显然虚假'的事来取乐，想享受自己的弱小，或者喜欢凌驾于一切之上的卖弄，凡此种种。"

与会者齐刷刷地转向希尔勒。后者似乎预料到了这个时刻，端坐在教室中央，独自处在茫茫人海中，如同希区柯克的镜头画面。在众人目光的注视下，他岿然不动，眼睛一眨不眨。这很容易，他本来就笨手笨脚的。

"此外，当我说话的时候，真的是我在说吗？既然语

---

① 希尔勒的法文名是Searl，德里达存心把他叫成Sarl（萨尔勒），而在法语中，"有限责任公司"的缩写就是S.A.R.L（société à responsabilité limitée）。

言要求我们从已经存在的词汇库中汲取词汇（大名鼎鼎的语库），我们又受到那些外因的影响：我们的时代、我们的阅读、我们的社会文化背景、我们的'口头禅'——这对于我们而言弥足珍贵，因为它赋予了我们身份（就像化个妆）——以及用各种能想象到的形式对我们进行的言论轰炸，我们说出的话怎么可能新颖、有个性、独到。

"谁没有正巧碰上过一个亲戚、朋友或办公室同事，几乎是照本宣科他在某张报纸上看到的或在电视上听到的言论，顺溜得就好像这是他本人想出来的，这是**恰当的**言论，就好像他是这话的源头，根本没有受到过影响；他采用相同的格式、相同的修辞、相同的前提、相同的愤怒语调，就好像他并不仅仅是位通灵者，被日报附了身，他重复某位政客的言论，而政客其实也是从某本书里看来的，以此类推。那个声音，我会说，是漂泊不定、没有根的，那个幽灵对话者用这种声音来表述和交流，以至于两个点要靠**通道**来连接。

"你岳父重复在报上读到的内容，他的谈话从何种程度上来说不算是**引用**呢？"

德里达顺着思路往下说，就当什么都没发生过。他又说起另一个核心问题：引用性，或者更确切地说，重述性（西蒙不太能理解两者的区别）。

"为了让我们的对话者**听见**，至少部分听见，我们需要使用同样的语言。我们需要**重复（反反复复讲）**已经使用过的词汇，否则，我们的对话者无法听懂。因此，我们总是不可避免地陷入引用的窠臼，使用他人的词汇。然而，就像是在玩传话游戏，随着一遍又一遍的重复，他人的语言变成自己的语言，其含义极有可能且不可避免地发生了轻微的变化。"

德里达这个黑脚①发出更加庄严、更加响亮的声音：

"这甚至能确保在这个时刻之外符号的作用（心理的、口头的、图画的，没关系），也就是说有可能再被重复一次，这甚至能侵蚀、分割、征用意图、潜台词，尤其是**含义和话语**相符的'理想的'全部或存在。"

朱迪斯、西蒙、黑发女子、西苏、瓜塔里、斯里曼，整个教室的听众，甚至包括巴亚尔都打起了精神，当德里达说道：

"甚至违背语言写就的法典或法律，它们必然具备内在重述性，同意重复过程中的篡改。"

他郑重其事地继续说：

"事故绝不是一场事故。"

# 76

"干扰的可能已然存在，即使在萨尔勒所谓的'**真实生活**'中。对这种'**真实生活**'，他抱有无可比拟的信心（差不多吧，不是百分百），知道这是什么，知道起始和终点；似乎

---

① 专指出生在阿尔及利亚的法国人。

与词汇的含义（'**真实生活**'）能立刻达成一致，没有一丝一毫被干扰的风险，似乎文学、剧本、谎言、不忠、虚伪、不幸（不恰当）、干扰、对**真实生活**的模拟不是**真实生活**的一部分！"

（德里达，康奈尔大学讲座上的言论，1980，或者是西蒙·赫尔佐格的梦境）

# 77

他们佝偻着身子，如同正在推动石块的古代奴隶，其实这些大学生正费力地滚动一桶桶啤酒。晚会还长着呢，需要有点储备。火印和毒蛇会成立于1905年，历史悠久，也是最负盛名的兄弟会之一，在美国英语语汇中，"火印"和"毒蛇"也是兄弟会使用频率最高的单词。估计会有很多人参加，因为今晚将庆祝研讨会闭幕。所有与会者都受到了邀请，对于学生而言，这是最后一次目睹巨星风采的机会了，否则就要等到他们下次来访。维多利亚宅邸的门口拉起一条横幅：**语言转向中的随意刹车。欢迎光临**。按理来说，晚会只许大学生入场，但今晚，这栋建筑将接纳各个年龄段的来宾。当然，这并不意味着会向所有人开放：总是有人能进，有人留在门外，依据的是社会／象征地位的普遍标准。

斯里曼是不会忘记这点的，他在法国常常被拒之门外，到了这里还是同样的情况，两个学生以貌取人，把他拦在了门外，不过，他不知道用哪种语言稍稍据理力争了下，就被放行了，耳机仍绕在脖子上，周围是穿着腈纶高领套衫无法入场的人投来的艳羡目光。

他在屋里碰见的第一个人正对着一群青年人侃侃而谈："赫拉克利特①囊括了德里达所说的每件事，还不止如此。"说话的是"库伊拉·雷德格瑞夫"，也就是卡米尔·帕格里亚。她一手端着莫吉托鸡尾酒，另一手夹着烟嘴，有根黑色香烟在徒自燃烧，散发出香甜的气味。旁边的乔姆斯基在和一个萨尔瓦多学生交谈，后者说起革命民主阵线的领导人最近被政府军队和武装力量给杀害了。萨尔瓦多再也没有作为反对派的左翼了，乔姆斯基似乎对此感到忧心忡忡，神经质地点燃一根大麻烟。

密室大多设在地下室中，斯里曼于是下楼查看，楼下悠悠飘来了黑色安息日②《英年早逝》的乐曲。他在那里看到成群结队的学生，穿戴还算整齐，却已喝醉了酒，三三两两地跳起脱衣舞。福柯也在场，身着黑色皮夹克，没戴眼镜（熟知他的斯里曼想，这是为了体验生活的迷离朦胧）。他友好地向斯里曼做了个手势，又指了指一个穿短裙的女学生，后者像脱衣舞女郎一样缠绕在钢管上。斯里曼注意到她没戴胸罩，白色的内

---

① 赫拉克利特：古希腊哲学家、爱菲斯派的创始人。
② 黑色安息日：英国重金属乐团。

裤还在，白色的耐克袜子上面印有鲜红的大钩（就像《警界双雄》主人公驾驶的红白双色福特汽车，不过正好反过来）。

在和保罗·德曼跳舞的克里丝蒂娃发现了斯里曼。德曼问她在想什么，她回答："我们是在埋葬第一批基督徒的地下墓室。"不过，她的目光没有从小白脸身上移开。

他似乎在找人。他跑上楼，在楼梯上撞见了莫里斯·扎普，后者朝他眨眨眼。音响在播放创世记乐团①的《误解》。他拿起一大杯龙舌兰酒。卧室门后传来学生的做爱声和呕吐声。有些门开着，他看见学生们盘腿坐在单人床上吸烟喝酒，谈论着性、政治或文学。一扇紧闭的房门后面，他觉得有希尔勒的声音，还有奇怪的咕噜声。他重新下楼。

西蒙、巴亚尔坐在宽敞的接待大厅里和朱迪斯聊天，活跃的女同性恋在用吸管啜饮血腥玛丽。巴亚尔瞥见了斯里曼。西蒙则注意到褐色皮肤的迦太基公主，她是和两位女伴（瘦小的亚洲人和高大的埃及人）一同到来的。有个学生嚷嚷道："考狄利娅！②"迦太基公主转身。一番热烈拥抱、联络感情之后，学生赶忙为她拿来一杯金汤力。朱迪斯在对巴亚尔说话，西蒙没听见："权利是按照命名的神圣权利模式被理解的，因此，发出一个话语就等于创造了这个话语。"福柯和埃莱娜·西苏从地下室回到底楼，拿起一杯椰林风情鸡尾酒，消失在楼梯上。朱迪斯趁此机会冲着福柯喊道："言论不是生

---

① 创世记乐团：英国的前卫摇滚团体。
② 《李尔王》中的三女儿也叫考狄利娅。

活，他的时代不是我们的时代。"巴亚尔表示赞同。男孩们聚拢在考狄利娅及其女伴周围，她们似乎很受欢迎。朱迪斯引用起拉康在某地说过的话："名字是客体的时间。"巴亚尔琢磨起来，那我们能不能说，"时间是客体的名字"，或者"时间是名字的客体"，甚至"客体是时间的名字"，或者仅仅是"名字是时间的客体"？他重新拿起啤酒，点燃卷好的大麻烟，听见了内心的呼唤："既然拥有选举权，那也有权离婚和堕胎！"西苏想和德里达说话，但一群木讷的年轻崇拜者把他围得水泄不通。斯里曼想避开克里丝蒂娃。巴亚尔问朱迪斯："您想要什么？"西苏听见巴亚尔的话，加入到谈话中："一间属于**我们**的房间！"《半文本》杂志的创始人西尔韦尔·洛特兰热手捧一枝兰花，在和德里达的译者杰弗里·梅尔曼和佳亚特里·斯皮瓦克说话，后者叫道："葛兰西是我兄弟！"斯里曼和让-弗朗索瓦·里奥塔尔谈论起性经济和后现代**交易**。平克·弗洛伊德①唱起了《老师啊！放过孩子吧！》。

西苏对朱迪斯、巴亚尔和西蒙说，新的故事超出了男性的想象力，因此，使他们失去矫正观念的能力，首先，摧毁他们的诱饵机关。但西蒙听不进去了，他看着考狄利娅那伙人，像在清点敌军人数：六个人，三男三女。这让他感到很棘手，就算她孤身一人，和她攀谈也非易事，更何况现在是这样一个始料未及的局面。

他还是开始行动了。

---

① 平克·弗洛伊德：英国摇滚乐队。

"白人、肉体、短裙、廉价的首饰，我要利用我的性别和年龄优势。"他一边想着，一边试图摸透那个女孩的想法。他走到她身边，听见她在用社交名媛的挑逗语气说："夫妻像是一对对形影不离的鸟儿，数不胜数，飞出了鸟笼也只是徒劳地拍打翅膀。"他没听出口音。一个美国人说了句英语，但西蒙没听明白。她先是用英语回答（在他看来也没有口音），接着话音一转："我还从不知道能靠爱情故事维生呢，我只靠小说活下去。"西蒙想去拿杯酒，甚至两杯。（他听见佳亚特里·斯皮瓦克对斯里曼说："人们教导我们对敌人说'是'。"）

巴亚尔趁着西蒙不在，让朱迪斯解释一下言外行为和言后行为的差别。朱迪斯说，言外行为是**完成的事**，而言后行为会引发和言语行为**不符**。"举个例子，假设我对你说：'你觉得楼上有空房间吗？'隐含在句中的言外客观事实是，我在勾引你。我提出这个问题，就是在勾引你。但言后的关键体现在另一个层面上：我是在勾引你，但我的提议是否会让你感兴趣呢？只要你明白我的邀请，言外行为就算成功了。但言后行为成立的条件是你要跟随我进入一间卧室。差异很微妙，不是吗？此外，差异也不总是成立。"

巴亚尔含糊不清地嘟嘟囔囔，但他的嘟囔恰恰表明他心领神会了。西苏露出迷人的微笑，说："那就去完成言后行为吧！"两个女人找到一打啤酒，巴亚尔跟着上楼，乔姆斯基和卡米尔站在楼梯上舌吻。他们在走廊内碰见一个拉丁裔学生，他穿了一件印有D&G的丝质衬衫，朱迪斯找他买了点小药丸。巴亚尔不知道这个品牌，于是向朱迪斯讨教D&G的含义，朱迪斯表示这不是一个牌子，而是"德勒兹和瓜塔里"①的首字母缩写；而且，这两个字母也出现在药丸上。

楼下，一个美国人对考狄利娅说："你是缪斯！"

考狄利娅傲慢地撇了撇嘴，西蒙猜她是在装腔作势，为了让自己的嘴唇更加动人。"这还不够。"

西蒙看准时机上前攀谈，当着她朋友的面，像阿卡普尔科②的潜水者那样坚决。他装作只是顺道路过，无意中听到谈话，情不自禁地想要活跃气氛，尽可能表现得洒脱些："当然，谁想做客体？"沉默。他能读懂考狄利娅的眼神："好吧，你引起了我的兴趣。"他知道，他不能光表现得有修养，而是要引起她的胃口，挑逗但不冒犯，展现出才智来激发她针锋相对，要有恰当的轻巧和深度，但要避免学究气和矫揉造作，玩弄上流社会的把戏，同时表明自己不吃这一套，并且顺其自然地为两人的关系带来情色意味。

"你生来就是为了激烈、肉欲的爱情，你喜欢复印机的重述性，不是吗？升华的幻象只是实现的幻象。那些持相反言论的人都是骗子、神甫、鱼肉人民的人。"他将两杯酒中的一杯递给她，"喜欢金汤力吗？"

歌曲变成了虎克博士③的《性感眼睛》。考狄利娅接过

①　D&G也可能是Dolce & Gabbana这个品牌。德勒兹的名字是Deleuze，
　　瓜塔里是Guattari，俩名字首字母缩写也是D&G。
②　墨西哥重要的港口城市。
③　虎克博士：美国乡村摇滚乐队。

酒杯。

她举杯致意，说："我们拿信任说谎。"西蒙也举起酒杯，差不多一口喝光。他知道闯过第一关了。

他本能地环顾四周，发现斯里曼站在通往二楼的楼梯平台上，一手撑住楼梯扶手，俯视大厅内密密麻麻的人群，另一只空着的手比了个胜利的Ｖ，接着又用双手画出一个十字，充当横线的手微微高于竖起的手的中点。西蒙试图找出他是在对谁做手势，但目力所及只有学生和老师在金·怀尔德《美国孩子》的伴奏下喝酒、跳舞、调情。他感到有些事不对劲，但不知道是什么。德里达周围的人群越来越密实——斯里曼在看他。

他没见到克里丝蒂娃和系羊毛领带的灌木丛老头，不过，他们在场。假如他能见到他们，假如他们不是分处两地，而是隐没在来宾的暗影下，他应该能看见这两人的目光也聚焦在斯里曼的身上，他将知道这两人都能猜透斯里曼手势的含义，或许能猜到这两人已猜出这个手势是做给躲在那圈仰慕者当中的德里达看的。

他也没看见在复印机上和考狄利娅做爱的公牛男，他其实在场，一双牛眼正怒目注视着女孩。

他在人群中寻找巴亚尔，没找到，因为巴亚尔已在楼上的卧室，手里拿着啤酒，未知的化学物质进入了血管。他在和两个新朋友谈论淫秽作品和女权主义。

他听见考狄利娅说："仁厚善良的教会在585年举行的马孔主教会议上发问，女人是否拥有灵魂……"于是顺着她的话说下去："……且避免找到答案。"

高大的埃及女人引用起华兹华斯的诗，西蒙无法找到出处。矮小的亚洲女人在向一个布鲁克林的意大利人解释说，她正在写关于拉辛作品中同性恋现象的论文。

有人开口："众所周知，精神分析学家已经无话可说，只是变本加厉地进行阐释。"

卡米尔·帕格里亚大喊大叫："法国佬滚回去！一定要把拉康这个独裁者逐出我们的国家。"

莫里斯·扎普哈哈大笑，隔着大厅冲她嚷嚷："对极了，卡斯特将军①。"

佳亚特里·斯皮瓦克想："你又不是亚里士多德的孙女，知道不？"

卧室内，朱迪斯问巴亚尔："你在哪里工作？"巴亚尔蒙了，傻乎乎地回答，满心希望西苏不会发现疑点："我做研究的……在万森纳。"然而，西苏陡然挑起一边的眉毛，他直视西苏的眼睛，说："法律方向。"她接着又挑起了另一边眉毛。她从没在万森纳见过巴亚尔，那里也没有法律系。为了转移话题，巴亚尔把手伸进她的衬衫，穿过胸罩，揉搓起一边的酥胸。西苏没有露出惊讶的神色，决定放弃反抗，因为朱迪斯的手也抚上了另一边的胸脯。

名叫多娜的大学生加入了考狄利娅的小团体，问起女生联谊会的新闻："希腊生活怎么样了？"（"希腊生活"

---

① 卡斯特将军：美国陆军军官，曾参加美国南北战争。

用来指代兄弟会和女生联谊会，因为它们多半会使用希腊字母。）多娜及其朋友打算恢复古老的酒神节。这个点子可把考狄利娅乐疯了。西蒙在思索：他认为斯里曼是想和德里达见面，手势并不是表示胜利的 V，而是见面时间。2点，在哪里呢？假如是教堂，斯里曼应该比画一个标准的十字，而不是先前奇怪的动作。他问："这里有墓地吗？"年轻的多娜乐得拍起手："哦耶！多棒的主意！我们去墓地吧！"西蒙想说他不是这个意思，可考狄利娅还有那些朋友似乎都喜欢这个实际上并非由他提出的建议。

多娜表示要去拿些<u>东西</u>。音乐变成了金发美女的《给我电话》。

时间快到1点了。

他听见有人在说："负责阐释的神甫、占卜者，他是暴君上帝的公务员，明白吗？仍然是神甫弄虚作假的一面，婊子：阐释趋于无穷，从没有任何需要解释的东西，因为它本身已经是阐释啦！"受到抨击的瓜塔里正在勾引一个懵懂无知的伊利诺伊大学女博士。

还是要通知巴亚尔。

音乐突然变成黛布拉·哈里[①]的嗓音，她唱道："你准备好的时候，我们可以分享美酒。"

多娜回来的时候手里多了个化妆包，她说可以出发了。

西蒙冲到楼上，想告诉巴亚尔，让他2点在墓地会合。他

---

① 黛布拉·哈里：金发美女乐队的成员。

打开所有的房门，看见形形色色在毒品作用下兴奋的学生，看见福柯在米克·贾格尔海报前手淫，看见安迪·沃霍尔在写诗（其实是乔纳森·卡勒在填写工资单），看见暖房里的印度大麻长到了天花板上，看见有些好静的学生一边吸食可卡因、一边在看电视棒球比赛，最后他终于找到了巴亚尔。

"哦？打扰了？"

他又关上门，但足以看见巴亚尔卡在两条玉腿之间，但他认不出是哪个女人的，朱迪斯喊道："我是男人，我要操你！你现在感受到我的言后行为了吧，嗯？"

此情此景让西蒙大受刺激，压根忘了要给巴亚尔传个口信。他急忙跑下楼，找到考狄利娅那群人。

他在楼梯上撞见了克里丝蒂娅，没过多注意。

他感到自己没遵照紧急流程行动，但考狄利娅雪白的肌肤太瞩目了。再说，他要去的地方就是约会地点；他心想，试图为自己的策略找到合理的理由，尽管他明白这是欲望而非逻辑让他去做的。

克里丝蒂娅敲响了传出奇怪咕噜声的房门。希尔勒开了门。她没进屋，只是低语几句，然后走向她看见巴亚尔和两个女伴进入的房间。

伊萨卡的墓地建在半山腰上，四周树木葱茏，坟墓横七竖八地散落在各地。除了月光以及来自城里的光线，没有其他一星半点的光亮。一伙人聚集在一个早逝的少女雕像周围，多娜解释说她要背诵女预言者的密文，但要准备"新人类诞生"的仪式，她需要一个志愿者。考狄利娅指向西蒙。他想了解更多细节，但也只能听之任之，因为多娜开始脱他的衣服。在他们周围，还有十几个人赶来观礼，在西蒙看来人还不少。等他完全赤身裸体后，多娜让他躺在雕像脚下的草地上，在他耳边低语："放松。我们要杀死那个老人。"

所有人都喝多了酒，酒壮人胆，因此一切都**真真切切**发生了，西蒙想着。

多娜递出化妆包，考狄利娅从中取出理发师的剃刀，郑重其事地打开。西蒙听见多娜在开场白中提到了瓦莱丽·索拉纳斯①，隐隐有些不安。考狄利娅又拿出一罐剃须沫，并将泡沫涂抹在私处，开始小心翼翼地剃毛。象征性地去势，西蒙明白了，他打起精神投入仪式中。

"起初，无论他们所言所说，只有一位女神。一位女神，仅此一位。"

他宁愿巴亚尔也在场。

巴亚尔正在黑暗中吞云吐雾，赤条条地摊在学生卧室的地毯上，两边各是一具女性的胴体，其中一人睡着了，一条胳膊横在胸前，手抓住另一条胳膊。

"起初，无论他们所思所想，女人是全部也是唯一。唯一的力量是阴性，是自发，是多重。"

巴亚尔问朱迪斯，她为什么会对他产生兴趣。朱迪斯搂住肩头，一声嘤咛，用中西部地区的犹太口音回答："因为你似乎不属于这里。"

---

① 瓦莱丽·索拉纳斯：美国激进女性主义作家，曾经试图暗杀安迪·沃霍尔。

"女神说：'我来了，这是正确的，有益的。'"

有人敲门，并走了进来。巴亚尔支起身子认出是克里丝蒂娃在对他说话："你该穿上衣服。"

"第一位女神，第一份阴性力量。人性在她身边，在她身上，在她体内。土、风、水、火。语言。"

教堂的钟敲响了2点。

"就这样，那天来临了，那个小调皮蛋出现了，看上去自信满满。他说：'我是神，我是人类之子，他们需要一个父亲向他祈祷。他们会知道该对我有多忠诚：因为我懂得交流之道。'"

墓地只在百米开外。晚会的喧嚣在坟间回荡，为仪式增添上错乱的背景乐：音响在播放ABBA乐队的《给我给我给我（一个男人，在午夜之后）》。

"于是，男人确立了图像、规则、对具有阳具的人类躯体的崇拜。"

西蒙扭头想要掩饰尴尬和激动，此时他注意到在数十米开外，有两个人影在树下会合了。他看见修长的人影将耳机递给手拿运动包的矮个人影。他明白德里达在验货，而货物就是一盘录下了语言的第七功能的磁带。

"真实失控了。真实制造了故事、传说和生物。"

德里达就在他眼皮底下，在树下，在伊萨卡墓地中，他正在听语言的第七功能。

"我们骑马登上坟墓，用他们父亲的内脏喂食我们的儿子。"

西蒙想要介入，但肌肉动弹不得，无法起身，甚至是他的舌头也失去了力量，他知道这是他全身最强壮的肌肉，现在说不出一句话，象征性地去势之后就该是象征性的新生仪式。

"我们用口构成女生联谊会的气息和力量。我们是唯一，是众多，我们是女性军团……"

交易眼看就要达成，他却无力阻止。

他的头向后仰去，山巅在校园灯光的映照下变得不太真切，比起眼前似乎真实的景象，这种不真切更令他不安，他看见有个男人牵着两头牧羊犬。

天太暗，但他知道那人是希尔勒。狗在吠。围观仪式的看客吃了一惊，看向希尔勒的方向。多娜停止了祈祷。考狄利娅也不再为西蒙口交。

希尔勒的嘴巴发出声音，放开的两条狗冲向斯里曼和德里达。西蒙站起来，朝两人跑去，想要帮忙，但一只强有力的手突然把他攥住：是那个公牛男，那个在复印机上和考狄利娅做爱的男人。他抓住西蒙的手臂，一记老拳打在他脸上。西蒙被打趴在地，一丝不挂，虚弱无力，看见两条狗扑到哲学家和小白脸的身上，两人向后倒去。

叫声和犬吠交织在一起。

公牛男浑然不知正在身后上演的惨剧，显然只想打架。西蒙听见英语的咒骂，明白这个人想独占考狄利娅的肉体。与此同时，两条狗正在撕扯斯里曼和德里达。

人和兽的叫声混杂在一起，酒神女祭司的学徒和朋友都傻眼了。德里达顺着斜坡滚到坟墓中，怒犬紧随其后。斯里曼更加年轻力壮，用前臂卡住动物的下颌，但手臂的肌肉和骨骼难以承受野兽巨大的咬合力，他似乎下一秒就会晕厥过去，到那时就无法阻止野兽啃食他了。突然，他听见一记刺耳的叫声，巴亚尔不知道从哪里跳出来，手指捅进狗头，戳瞎了狗眼。那条狗发出凄厉的叫声，跌跌撞撞地逃走了。

接着，巴亚尔奔下斜坡，赶去帮助还在打滚的德里达。

他一把抓住第二条狗的脑袋，想拧断它的脖子，但那条狗冲他撞上来，让他失去了平衡，他钳住狗的前腿，张开的狗嘴离他的脸只有10厘米，巴亚尔把手探进外衣口袋，掏出六面已排列整齐的魔方，塞进狗嘴，滑入了食道。狗嘴流出恶心的液体，脑袋往树上撞，在草地上打滚，抽搐起来，最后因为玩具窒息而死。

巴亚尔爬向躺在附近的人形躯体。他听见汩汩的流血声。德里达失血过量，那条狗咬开了他的喉咙。

巴亚尔忙着杀狗的时候，西蒙还在和公牛男交涉，希尔勒奔向躺在地上的斯里曼。他现在知道第七功能到底藏在哪儿了，他要拿走随身听。他把斯里曼翻了个个儿——后者发出痛苦的呻吟——用手按下开仓按钮。

放磁带的地方是空的。

希尔勒爆发出怒兽般的叫声。

第三个人从树后现身。他系着羊毛领带，灌木丛一样的头发和周围环境融为一体。他可能一早就藏在了那里。

无论如何，那盒磁带到了他手中。

他抽出里面的磁带。

另一只手在转动打火机的转轮。

震惊的希尔勒叫道："罗曼，别这么干！"

系羊毛领带的老头把打火机的火焰凑向磁带，立刻点燃了。远处，只有微弱的绿光洞穿了黑夜。

希尔勒叫得撕心裂肺。

巴亚尔转头，公牛男也是。西蒙终于得以脱身，像梦游者一样（还是一丝不挂）走向灌木丛老头，掐着嗓音问："你是谁？"

老头整了整领带，回答简洁明了："罗曼·雅各布森，语言学家。"

西蒙的血液凝固了。

站在低处的巴亚尔听不真切。"什么？他说什么？西蒙！"

最后几段磁带噼啪作响，沦为一堆灰烬。

考狄利娅跑到德里达身旁，撕开连衣裙，为他包扎脖子上的伤口。她希望能止住血。

"西蒙？"

西蒙没有回答，他在和巴亚尔进行无声的交流：为什么没告诉他雅各布森还活着？

"你从没问过我。"

真相就是这样，西蒙从未想到，这位解构主义的先驱，曾在1941年和安德烈·布勒东一同乘船逃出被占领的法国。布拉格学派的俄国形式主义学者，继索绪尔之后语言学最伟大的创始人之一，他竟然还活着。对于西蒙而言，他属于另一个时代，列维-斯特劳斯的时代，而不是巴特的时代。他笑了起来，因为自己的愚蠢逻辑：巴特死了，列维-斯特劳斯还活着，所以雅各布森为什么不呢？

雅各布森留心脚下的小石子和土疙瘩，走下几米，来到德里达旁边。

哲学家躺着，脑袋搁在考狄利娅的膝盖上。雅各布森向他伸出手，说："谢谢，我的朋友。"德里达一字一顿，气若游丝："我该听下磁带的，你知道，可我本该保守秘密。"他抬眼望向泪流满面的考狄利娅："我的美人儿，冲我笑笑，就像我会笑着对你，直到天荒地老。永远要热爱生活，不停地活下去……"

说完这些话，德里达断气了。

希尔勒和斯里曼消失得无影无踪，连带着那个运动包。

# 78

"对着死人，祈求他的原谅，这难道不够可笑、幼稚、孩子气？"

里奥朗吉的小墓地从来没涌进过这么多人。墓地位于巴黎郊区，旁边就是7号国道，排列成"人"字形的廉租房大楼围绕在四周。这里一片沉默，这是集体制造出的沉默。

棺材还没放入墓穴，米歇尔·福柯站在前面，发表葬礼致辞。

"出于热烈的友情和感激之情，同样出于欣赏，很高兴能够用还算直接的方式，赞颂、陪伴他进入另一个世界，为他留下只言片语，让他先走一步……然而，太多的忠贞最后无话可说，不用交流。"

德里达没有埋在犹太墓地，而是和天主教徒葬在一起，这样他的妻子之后就可以和他团聚了。

出席葬礼的第一排人中，萨特在听福柯说话，表情凝重，脑袋低垂，身边是埃蒂安·巴利巴尔。不再咳嗽的他像是一个幽灵。

"雅克·德里达这个名字不会再听到，不会再提及。"

巴亚尔问西蒙，萨特身边的是不是波伏瓦。

福柯的演讲充满福柯的风格："如何相信同时代的人？他们似乎属于同一个时代，这是按照历史日期或社会层面等划定的。这清楚地表明，他们的时代极其多样，老实说，没有任何关联。"

阿维塔尔·罗奈尔默默哭泣，西苏靠在让-吕克·南希身上，面无表情地凝视墓穴，德勒兹和瓜塔里在思考这一连串的怪事。

三幢涂料斑驳、阳台生锈的廉租房对墓地形成合围之势，如同哨兵或者大白鲨的利齿。

1979年6月，在索邦大学的大礼堂内举行了哲学大会，德里达和贝纳尔·亨利-莱维大打出手，但莱维出席了葬礼，他将很快或已经把这人称为"我的老师"。

福柯接着说："和我们通常认为的相反，那些居住在无法回避区域的个人'主体'，并非专横的'超我'。他们没有权利，所谓众人拥有的**权利**。"

索莱尔斯和克里丝蒂娃显然也来了。德里达曾加入过《如此》杂志。《播撒》①就是刊登在《如此》合集上的。不过在1972年他和《如此》断了来往，不太清楚是出于政治还是私人原因。但到了1977年12月，德里达在布拉格遭到逮捕，当局设计陷害他，把毒品放入了他的行李箱时，他得到了索莱尔斯的力挺。

巴亚尔一直没得到逮捕索莱尔斯和克里丝蒂娃的命令，他无法证明两人与巴特的死有关，除了他们和保加利亚人有千丝万缕的联系。尽管他差不多能肯定这对夫妻得到了语言的第七功能，但他没有证据。

是克里丝蒂娃通知巴亚尔前往伊萨卡墓地的，他认为也是她通知了希尔勒。据巴亚尔推测，她本想搅黄这次交易，因此叫来了所有相关人士，增加潜在的干扰因素。她不知道或者不愿相信，德里达会和雅各布森串通一气，上演了一出毁掉副本的好戏。雅各布森总是认为，他的发现超出了人类的认知。因此，他帮助德里达筹钱，从斯里曼手里重新购回磁带。

福柯仍在致悼词，一个女人悄悄来到西蒙和巴亚尔身后。

西蒙闻出了安娜斯塔西娅的香味。

---

①　德里达的著作。

她对着他们耳语了几句，两人出于本能没有转头。

福柯说："上面所说的'死亡时刻'和'去世之际'，都是典型的解决方案。其中最糟糕的情况，无耻抑或可笑，却颇为频繁：操纵、投机、骗取利益，巧妙与否，从死亡当中汲取额外的力量，用来对抗生者，颇为直接地揭露、辱骂幸存者，自寻借口、自我辩护、自我拔高到死亡的境界，由此推断，让他人免于任何的臆测。"

安娜斯塔西娅："罗各斯俱乐部即将举办一场盛大的比赛。伟大的普罗塔哥拉受到了挑战。他要为自己正名。因此会举行大会。但只有注册成员才能参加。"

福柯："在经典形式中，悼词是有益的，尤其是当悼词能正大光明地召唤死亡，还可以对死亡以'你'相称的时候。多余的虚构，当然，总是自己身上的死亡，他人围在棺材周围。然而在极度夸张之下，辞藻的堆砌至少表明他已然不在了。"

巴亚尔询问会议在哪儿召开。安娜斯塔西娅说是威尼斯，具体地点保密，因为很有可能还没选定，她效力的"组织"也没查出来。

福柯："应该终止幸存者的社交，扯破薄纱扔向他人、我们身上别的死亡，然而，是他人的死亡，死后继续存在的宗教慰藉仍能形成这种'好像'。"

安娜斯塔西娅："谁要挑战伟大的普罗塔哥拉，谁就是偷走了第七功能的人。你有动机。"

希尔勒和斯里曼还没被找到。但怀疑的矛头并没有指向这两人。斯里曼想卖，希尔勒想买。雅各布森帮助德里达竞价，克里丝蒂娃的所作所为就是为了搞砸交易，德里达命丧黄泉。这两人跑路了，但其中一人拿了钱，不过，根据巴亚尔老板的观点，这不是重点。

巴亚尔想，必须现形犯罪。

西蒙询问如何才有资格参赛。安娜斯塔西娅回答说，至少要达到6级（雄辩家），届时会专门组织一场资格赛。

"小说即死亡；它将生命变为命运，将回忆变为有用的行为，将期限变成定向的、有含义的时间。"

巴亚尔问西蒙，福柯为什么提到小说。

西蒙回答，肯定是引用，但他心中也有同样的疑问，这个疑问确实令人心焦。

# 79

希尔勒趴在桥上，很难辨别出谷底的河水，但在半明半暗中仍能听见奔流的水声。夜幕降临在伊萨卡，风蜿蜒穿行在喀斯卡迪拉溪形成的植被走廊中。河水嵌在遍布青苔和石头的河床内，奔腾不息，无视人间的悲欢离合。

一对学生手牵手走过大桥。这个时间点没有很多路人。也没人注意到希尔勒。

假如他知道，假如他能做到……

为时已晚，他无法重写故事。

语言哲学家一言不发地翻过栏杆，在矮墙上保持平衡，瞥了一眼深渊，最后一次仰望星空，松手，纵身一跃。

仅仅是一束光影：溅起一点水花。黑暗中，水沫的星光转瞬即逝。

河水不深，无法缓和冲力，但湍急的流水会将尸体带往瀑布和卡尤加湖。印第安人先前在那里垂钓，他们或许——谁知道呢？——了解一星半点关于言外行为和言后行为的知识。

# 第四部分
# 威尼斯

# 80

"我44岁。这意味着我的命长过死于32岁的亚历山大、死于35岁的莫扎特、死于34岁的雅里①、死于24岁的洛特雷阿蒙、死于36岁的拜伦、死于37岁的兰波。在我的余生中，我将超越所有已故的伟人，所有铸就了他们时代的巨人，假如上帝俯允，我还能超越拿破仑、恺撒、乔治·巴塔耶、雷蒙·鲁塞尔……可是不！我会英年早逝……我感觉到了……我不会是一把朽骨……不会像罗兰②那样，到64岁才离世……悲怆动人……归根结底，我们骄傲地帮了他的忙……不，不……我不会是可爱的老头……再说，这根本不存在……我宁愿燃尽……短小的灯芯，就这样……"

---

① 阿尔弗雷德·雅里：法国象征主义剧作家，其戏剧内容怪诞、手法夸张，影响了后来的先锋派和荒诞派戏剧。
② 罗兰：指罗兰·巴特。

# 81

索莱尔斯不喜欢利多岛，他逃离狂欢节的人流，向托马斯·曼和维斯孔蒂①致敬，栖身到贝恩大酒店，《魂断威尼斯》迷离的情节就在此展开。他觉得面对着亚得里亚海，可以自在地陷入沉思，但眼下，他坐在吧台上，一边啜饮威士忌，一边勾搭女招待。空无一人的酒吧深处，钢琴师心不在焉地弹奏拉威尔的乐曲。冬季的下午阳光明媚，就算没有霍乱，这个时节也并不适合游泳。

"亲爱的宝贝，叫什么名字？不，不要告诉我！我要叫你'玛格丽特'，和拜伦爵士的情人一个名字。她是面包师的女儿，知道吗？《面包师之女》②……烈火的脾气，大理石的臀部……你们俩的眼睛如出一辙。他们在沙滩上骑马，非常浪漫，对吗？可能有点媚俗，你说得也有道理……我教你骑马好吗？下午？"

索莱尔斯想起《恰尔德·哈洛尔德游记》③的诗句："总

---

① 托马斯·曼：德国现实主义作家，代表作《布登勃洛克一家》。
　　维斯孔蒂：意大利导演，作品有《战国妖姬》《威尼斯之死》。
② 拉斐尔的画作。
③ 拜伦的长篇叙事诗。

督的孤城……"总督无法迎娶大海，雄狮不再令人胆寒：就是
去势嘛，他想道。"战舰'布桑托尔号'①已然霉迹斑斑，寡
妇遗忘的珠宝！……"但他立马赶走了这种恶劣想法，晃动空
酒杯要了第二杯威士忌："酒加冰块。"女招待致以礼貌的微
笑："好的。"

索莱尔斯乐滋滋地叹了口气："啊，我要说出和歌德一
样的话：'在威尼斯，也许只有一个人认识我，他不会立即遇
见我。'但我在我的国家太有名，亲爱的宝贝，这就是不幸
啊。你知道法国吗？我带你去吧。歌德真是伟大的作家。怎么
回事？你脸红了。啊，朱莉亚，你来了！玛格丽特，我要为你
引荐我的妻子。"

克里丝蒂娃如同一只猫，不动声色地走进空无一人的酒
吧。"你这是白费力气，亲爱的，你说的话，这姑娘只听得懂
四分之一。是吗，女士？"

年轻女孩仍旧微笑以对。

索莱尔斯表现得自命不凡："瞧啊，这有什么要紧的？
当一个人能凭脸蛋获得投票，就像我，那就不需要（谢天谢
地！）被理解。"

克里丝蒂娃没和他提起布尔迪厄，索莱尔斯讨厌他，因
为这个社会学家威胁到了他的记号体系，而他本可以借此赢得
光鲜地位。克里丝蒂娃也没告诫他在完成本周的比赛前别喝太
多的酒。很久以来，她把索莱尔斯同时当成孩子和大人来对

---

① 曾参加特拉法尔加海战。

待，不再向他解释一些事情。等丈夫达到某个层次后，她可以理所当然地提出要求。

钢琴家用力砸出刺耳的和弦。凶兆？但索莱尔斯相信自己吉星高照。他或许会去游个泳。克里丝蒂娃注意到他脚上穿的是拖鞋。

# 82

200艘划桨船，24艘快速划桨船（体积是划桨船的一半），还有6艘加莱赛型战船①（那个时代的B-52轰炸机）横行在地中海上，追击土耳其舰队。塞巴斯提诺·维尼尔②，威尼斯舰队暴脾气的总帅，内心狂怒："尽管西班牙、热那亚、萨瓦、那不勒斯和罗马教皇都是他的盟友，他以为只有他一人盼望这场战役，但他错了。"

如果说当时头戴西班牙王冠的腓力二世对地中海失去了兴趣，忙着征服新世界，年轻的奥地利的唐·胡安，神圣同盟舰队意气风发的少帅、查理五世的私生子、西班牙国王同母异父的兄弟，则希望在战争中赢得私生子身份无法给予他的

---

① 一种划桨和风帆结合的大型战舰，主要由威尼斯人制造。
② 1577年至1578年出任威尼斯总督。本段描写的是发生在1571年的勒班陀战役。

荣誉。

塞巴斯提诺·维尼尔想要保住威尼斯共和国的切身利益，而奥地利的唐·胡安憧憬着荣耀，是他最好的盟友，而他却不知道这点。

# 83

索莱尔斯在玫瑰圣母堂中凝神端详圣安东尼的肖像，觉得自己和他颇为相似（到底是索莱尔斯像圣安东尼，还是圣安东尼像索莱尔斯，没人清楚索莱尔斯认定的前后顺序）。他为自己点燃许愿烛，走出教堂，漫步于他喜爱的多尔索杜罗区。

他在艺术学院美术馆门前巧遇正在排队的西蒙·赫尔佐格和警官巴亚尔。

"亲爱的警官，您在这儿啊，真是让人喜出望外！是什么风把您吹来的？啊，是啊，我听人谈起过您那位年轻的被保护者的丰功伟绩，迫不及待地要看下一出好戏了。是啊，是啊，您瞧，别装神弄鬼了，嗯？这是您第一次来威尼斯？您自然要去博物馆陶冶一下情操。代我向乔尔乔内的《暴风雨》问好，只有这幅画经得起日本游客的'长枪短炮'。他们根本不用眼睛欣赏而是拿着照相机拍个不停。您见识过吗？"

索莱尔斯指了指队伍里面的两个日本人，西蒙露出一丝诧异。他认出就是这两个日本人在巴黎救了他的命，他们手拿最新款的柯尼卡美能达相机，拍摄下所有活动的物体，对周遭的一切漠不关心。

"忘了圣马可广场，忘了哈利酒吧。您身处城市心脏，这也是世界的心脏：多尔索杜罗区……威尼斯理应承担一切，不是吗？哈哈哈……你们特别要去下圣斯德望广场，只要穿过大运河……你们能看见尼科洛·托马塞奥①的塑像，一个政治作家，威尼斯人对他兴致缺缺，把他叫作'讨厌书的家伙'。这座塑像好像真的讨厌书。哈哈。一定要去看一看河对岸的朱代卡岛。伟大的帕拉第奥②设计的教堂排成一溜，够您好好欣赏的。您不认识帕拉第奥？一个勇于挑战的人……就像您，可能吧？这人要在圣马可广场对面建造一幢建筑物。能想象吗？伟大的挑战，就像我的美国朋友所说的，他们可从没懂过艺术……或者女人，这又是另外一个故事……好吧，就这样：圣乔治·马焦雷岛傲立于浪潮之中。特别要提一下威尼斯救主堂，新古典主义的杰作：一边是往昔的拜占庭式和耸立的哥特式，一边是古希腊文明在文艺复兴和反宗教改革中的再次重生。去看一看，离这儿只有100米！动作快点，还能看到日落……"

就在这时，队伍中传来了喊声："抓小偷！抓小偷！"一

---

① 尼科洛·托马塞奥：19世纪的意大利语言学家、记者、散文家。
② 帕拉第奥：意大利建筑师。

名游客在追赶扒手。索莱尔斯下意识地去摸外套内侧口袋。

他马上镇定下来："哈哈，瞧见了吗？一个法国人，当然的喽……法国人总被坑。悠着点儿。意大利人是个伟大的民族，但都是强盗，伟大的民族都这样……我要走了，我要错过弥撒了……"

索莱尔斯走远了，柔软的拖鞋在威尼斯石板路上噼啪作响。

西蒙问巴亚尔："看见了吗？"

"看见了。"

"他带在身上。"

"是的。"

"为什么还不动手？"

"先要证明可行性。我要提醒你，你正是为此才到这里的。"

西蒙的脸上露出不易察觉的得意笑容。又是一个花招。他忘了身后的日本人。


# 84


200艘划桨船穿过克拉基海峡，驶向科林斯海湾。还有热那亚人弗朗切斯科·桑–弗雷达指挥的侯爵夫人号，船长迭戈·德·乌尔比诺和手下正在掷骰子取乐，其中有个是牙医的儿子，但父亲债台高筑，他为了荣誉和金钱外出闯荡。他是卡斯蒂利亚地区的小贵族、冒险家、没落的骑士，名叫米格尔·德·塞万提斯。

# 85

狂欢节间隙，私人晚会在威尼斯各处宫殿盛行，眼下在雷佐尼科宫举行的晚会算不上最没人气，也不能说是最私密的。

喧嚣的话语声飘出建筑物，引得路人和水上巴士的乘客抬眼望向舞会大厅，他们能看到或猜出大厅内装饰有立体画、五光十色的巨型玻璃吊灯，天花板上美轮美奂的17世纪壁画，但邀请函采用严格的实名制。

罗各斯俱乐部的活动并没有登报。

今天，我们会说罗各斯俱乐部没有通报这类活动。

但晚会的确举办了，就在威尼斯市中心。一百来号人蜂拥而入，不戴面具（要求正装出席，这不是化装舞会）。

乍眼看去，这个晚会和普通晚会没有任何差别，但要听一听交谈内容。开场白、结束语、命题、争吵、反驳（如巴特所说，"对于没有参与其中的人而言，分门别类的热情总是显得过于精细而无用"）。错格、讹传、省略三段论、变换反复

（如索莱尔斯所说："那又怎么样。"），"我认为不该把Res和Verba直白地翻译成'物'和'词'。Res，如昆提利安所说，是指quae significatue，而Verba意为quae signifiant；总而言之，在话语范畴内，分别是词义和词音。"当然啦。

有人说起以往和即将到来的辩论，来宾不是断了手指的熟人，就是辩论界的后生，大多数人还记着那些慷慨激昂、高潮迭起的舌战景象，喜欢站在贾姆巴蒂斯塔的油画下如数家珍地回忆。

"我不认识那句语录的作者！……"

"他对我用了一句居伊·莫莱①的话！我完蛋了，哈哈。"

"我在那里是为了见证让-雅克·塞尔旺·施赖贝尔和孟戴斯·弗朗斯的传奇交锋。我连辩论主题都不记得了。"

"我见证了勒卡尼埃和艾玛纽埃尔·贝尔的会面。超现实主义。"

"你们法国人太辩证了……"

"我抽到的辩题是……植物学！我以为死定了，接着又想到我种菜的祖父，多亏了他，我才保住了手指。"

"于是他说：'不能再到处看见无神论者。斯宾诺莎是个伟大的神秘主义者。'蠢货！"

"毕加索对阵达利。艺术史范畴，经典辩题。我喜欢毕加索，但我选择达利。"

"那家伙开始说足球，我一无所知，他不停地说绿党还

———————————
① 居伊·莫莱：法国政治家。

有一口锅……"

"哦，不，我两年没辩论过了，成了只讲究华丽辞藻的演说家，有了孩子和工作之后，我没时间也没精力……"

"我都准备放弃了，突然奇迹出现：他说了不该说的大蠢话……"

"世界上只有一个神，他的名字叫西塞罗。"

"我去了哈利酒吧（像所有人一样，为了纪念海明威）。1.5万里拉一杯的贝里尼，开玩笑啊？"

"海德格尔，海德格尔……我看上去像海德格尔？"

突然，楼梯上传来一阵骚动。人群散开迎接新的来宾。西蒙进来了，巴亚尔陪同在侧。客人重新聚拢，无一不露出张皇的神色。这就是所有人口中的天才，他冷不丁冒出来，在短得难以置信的时间内跻身逍遥派：他在巴黎参加了3次比赛，连跳4级，这本来要花上好几年的时间。简直是扶摇直上，或许很快就能升到6级。他身穿深灰色阿玛尼西装，深粉色衬衫，黑色的领带上面有紫色细条纹。巴亚尔觉得没必要换掉身上的破衣服。

人们鼓起勇气聚拢在天才周围，很快就开始鼓动他谈谈在巴黎的丰功伟绩：首先是在热身赛上，引用了列宁的《怎么办》，轻而易举地在内政辩题（"选举最终的获胜者总是中立方？"）上击败了浮夸的演说家。

他如何借助圣茹斯特①（"没有一个统治是无辜的"，尤

---

① 　圣茹斯特：法国大革命雅各宾专政时期的领导人之一。

其是："国王应该统治或死亡")把某个雄辩家岔到了一个技术性极强的司法哲学问题上（"合法的暴力是暴力吗？"）。

他如何舌战咄咄逼人的女辩论家：引用的是雪莱的句子（"他从生活的梦境中醒来"），糅合了卡尔德隆[①]和莎士比亚的精妙以及《弗兰肯斯坦》的雅致。

他优雅地故作逍遥派，念出莱布尼茨[②]的语句（"教育无所不能：能让狗熊翩翩起舞"），又滔滔不绝地引用萨德。

巴亚尔点燃一支烟，看向窗外大运河上的贡多拉。

西蒙有理有节地应对纷至沓来的邀请。身穿三件套的威尼斯长者递来一杯香槟酒：

"大师，您自然知道卡萨诺瓦？他和波兰伯爵有过一次著名的决斗，他曾说过：'送给决斗者的首条建议，是速战速决，不让对手有伤害你的机会。'您怎么看？"

（西蒙喝下一口香槟酒，笑眯眯地看着正眨巴眼的老妇。）

"用剑决斗？"

"不是，手枪。"

"既然是手枪，那我认为建议是有用的。"（西蒙笑起来。）"如果是辩论，方针略有不同。"

"为什么？大师，恕我斗胆问下原因。"

"好吧……拿我来举例，我是循序渐进，诱敌深入，让

① 卡尔德隆：西班牙军事家、作家、诗人、戏剧家，西班牙文学黄金时期的重要人物。
② 莱布尼茨：德意志哲学家、数学家。

他自己露出破绽，明白？辩论更像用剑决斗。露出破绽，防卫，避开，假动作，击杀，收剑，格挡，回击……"

"可以用剑，但手枪不行？"

巴亚尔用手肘捅了捅天才青年。西蒙也知道，大战前夜，别人有所求，他就和盘说出应对策略并非明智之举，但好为人师的天性占了上风，他不由自主地谆谆教导起来：

"在我看来，有两个法宝。符号学和修辞学，明白吗？"

"明白，明白……我也这么想，但……能稍微解释下吗，大师？"

"好吧，很简单。符号学的作用是理解、分析、解码，这是防卫，是博格。修辞学用于说服、击败，这是进攻，是麦肯罗。"

"啊，好吧。博格，他赢了吗？"

"当然！方式不同，各有取胜之道。我们运用符号学解开对手的修辞学，抓住关键，诱敌深入。符号学类似博格：只要把球打到对手那边。修辞学就是发球得分、回击、压线球，而符号学是回球、穿越球、高球。"

"博格更好？"

"呃，不是，并不完全是。但这是我的专业，我就是这么干、这么玩的。我不是王牌律师、布道者、政客、救世主、吸尘器推销员，而是大学教授，我的职责是分析、解码、评论、翻译。这是我的游戏。我是博格。我是维拉斯。我是何塞-路易士·克拉克①。唔。"

"那站在对面的是谁？"

"嗯……麦肯罗、罗斯科·坦纳、格鲁莱提斯……"

"那康尔诺斯？"

"对啊，康尔诺斯，妈的。"

"怎么？妈的？康诺尔斯怎么样？"

"他太强了。"

在1981年的2月，此刻无法判断西蒙的回答有多少讽刺意味，因为康诺尔斯在和博格的8次对战中无一胜绩，最后一次大满贯胜利还要追溯至3年前（1978年的美国公开赛，对手正是博格），人们都开始觉得他已经玩完了（因为我们还无法未卜先知，不知道他在翌年连拿温布尔顿和美国公开赛的冠军）。

西蒙又正色问道："我猜他赢了决斗？"

"卡萨诺瓦？是啊！他射中了波兰人的腹部，**差点**杀了他，不过他的拇指也中了一枪，左手险些截肢。"

"啊……当真？"

"当真，外科医生告诉他伤口就要溃烂了。于是卡萨诺瓦问道：'溃烂了？'医生回答没有，卡萨诺瓦表示：'好吧，我们就看看会不会溃烂。'医生警告他：'那就要切掉整条胳膊了。'您知道卡萨诺瓦怎么回答的？'没手的胳膊，我要它有什么用？'哈哈！"

---

① 何塞-路易士·克拉克：阿根廷网球运动员，曾获得1981年罗马网球公开赛冠军。

"啊啊。呃……好吧。"

西蒙礼貌地告辞，他要去找个名叫贝利尼的人。巴亚尔塞了一肚子的曲奇饼干，一边暗中观察那些围观西蒙的众人，他们的眼神中透露出好奇、仰慕，或许还有点畏惧。西蒙接过金丝长裙女士递来的香烟。晚会的情况证实了他想了解的信息：他在巴黎比赛中赢得的声誉已经传播到了威尼斯。

他来晚会是为了维护一下人气，他可不愿意回去得太晚。自负？他从没想要搞清楚对手是否在大厅里，而对手可能正聚精会神地长时间地关注他，或许正靠在珍稀木材制成的家具上，神经质地捏碎搁在布鲁斯特伦①小雕像上的香烟。

金丝长裙女士把巴亚尔迷得晕头转向（她想知道在天才青年冉冉上升的过程中，他起了什么作用），西蒙决定独自返回。至于巴亚尔，也许是低胸长裙令他完全沉沦，也许是美景和浓郁的文化氛围令他措手不及（这是他们来到威尼斯之后，西蒙让他感受到的），他并没有注意到西蒙的离去，总而言之，他没有看出不妥之处。

西蒙有点晕陶陶的，天色不算晚，节日的欢愉蔓延到威尼斯的大街小巷，但有些事不对头。感受到某个存在，这意味着什么？如同上帝，直觉是一个适当的概念，以避免解释。我们什么也"感受"不到。我们看见，我们听见，我们算计，我们解码。智慧——反应。西蒙邂逅了一个面具，接着重遇，一个又一个（可是有太多的面具，太多曲曲折折的小巷）。在荒

---

① 布鲁斯特伦：意大利画家。

无人烟的小巷中，他听见身后传来了脚步声。他"本能地"折返回去，不出意料地迷路了。他觉得脚步声越逼越近（没有意识到这是精确复杂的心理机制，**感觉**这个概念比**直觉**来得可靠）。威尼斯的流浪犬把他引向里阿尔托桥下的圣巴尔托洛梅奥广场，街头音乐家之间形成了此起彼伏的竞争态势，他知道离下榻的旅馆不远了，最多还有几百米的直线距离，但威尼斯的曲径似在嘲笑路人，西蒙每次想再进一步，就会遇上运河幽暗的河水。法瓦河、皮翁博河、圣利奥河……

倚靠在石井上的青年人喝着啤酒，嚼着小吃……旅店前面什么事也没发生过？

小巷越变越窄，但走到尽头一个转弯总会有另一条路。或者再转一个弯。

波光粼粼，水声汨汨。

他妈的，没桥。

西蒙转身，三张威尼斯面具挡住了他的道。他们一声不吭，但意图昭然若揭，每个人的手上都拿着一件凶器，西蒙下意识地盘算起来：一个圣马可飞狮①的二手塑像，在里阿尔托桥下的铺子里随处可见；一个柠檬酒空酒瓶；一根又长又重的吹玻璃钳（他不太肯定能否把这个物品列为凶器）。

他认出了这几个面具，他曾在雷佐尼科宫细细端详过隆基②关于狂欢节题材的画作：鹰钩鼻的年轻人面具，白色长喙

---

① 圣马可河的保护神。
② 隆基：意大利18世纪优秀的风俗画家。

的鼠疫医生面具，还有鬼魂面具，再戴上三角帽、披上黑斗篷，就是"包塔"的装束。①可眼前这位戴着鬼魂面具的老兄却穿着牛仔裤和篮球鞋，另外两人也是同样的装扮。西蒙推测这几个小流氓是奉命来揍他一顿的。既然他们不愿被人认出，那就可以认为他们也不会要了他的命。局面已然如此。除非戴上面具不是为了防备潜在的目击证人。

鼠疫医生默不作声地走近，手里拿着酒瓶，西蒙又一次被这种**不真切的**、诡异的哑剧给迷住了，上一次是在伊萨卡，狂犬袭击德里达时。他听见近在咫尺的旅店传来顾客的喧哗，他知道旅店就在几米开外，但街头音乐家零星的乐声以及威尼斯夜晚的喧闹立马让他明白，即使大声求救（他努力回想意大利语的"救命"该怎么说），也没人会注意到他。

西蒙步步后退，他在思考：假设他真的是小说中的人物（场景、面具以及独具地方色彩的物品强化了这种假设：小说会害怕老套吗？他暗自想），他会有什么风险？小说不是梦境：小说中的人物会死去。**自然**，我们不会杀死主人公，除非到了故事结尾。

可万一现在到了尾声呢？他该如何得知？如何知道现在到了他人生这本小说的第几页？如何知道是不是已经到了最后一页？

万一他不是主人公？每个人不都以为自己是人生的主角？

西蒙不确定自己是否有足够的理念武装，能正确理解小

---

① 这里提到的是几种最传统的威尼斯面具。

说本体论视角下的生死问题，于是他决定实际一点，走为上策，趁着还有时间，在面具男还没冲上来，用空酒瓶把他的脑袋砸开花之前。

唯一的退路就是身后的运河，只是现在是2月，河水冰冷刺骨，他担心要夺过贡多拉的桨也并非易事，因为每隔10米就停泊着几艘贡多拉，在水中涉行的他会像金枪鱼一样被撞晕，埃斯库罗斯的《波斯人》就这样描写过萨拉米斯战役中的希腊人。

脑子快过动作，就在他快速过完一遍可能发生的场景时，鼠疫医生终于举起酒瓶，可迎头砸向西蒙的那刻，瓶子脱手了。更确切地说，有人夺走了瓶子。鼠疫医生扭过头去，两个同党变成了两名黑西装的日本人。"包塔"和"年轻人"躺在地上。鼠疫医生愣住了，晃动着手臂，无法明白眼前的景象。一连串行云流水的精确动作之后，那个空瓶把他给砸晕了。攻击者动作老练，甚至连酒瓶都没碎掉，西装也没弄皱。

躺在地上的三人低声哼哼唧唧，站着的三人不出一声。

西蒙在想，假如小说家能主导他的命运，他为什么挑选这两个神秘天使来守护他。第二个日本人走上来，微微欠身致意，回答了他心中的疑问："罗兰·巴特的朋友就是我们的朋友。"接着，两人像忍者一样消失在暗夜中。

西蒙觉得他刚得到的解释可信度极低，但他明白应该知足。于是，他返回旅店，终于能上床睡觉了。

# 86

在罗马，在马德里，在君士坦丁堡，或许在威尼斯，众人都在发问。这支浩浩荡荡的舰队意欲何为？基督徒想重新夺回或者占领哪片土地？是要夺取塞浦路斯，发动第十三次十字军东征？然而，大家还不知道法马古斯塔已经沦陷，布拉加丁的痛苦呻吟还未传来。只有奥地利的唐·胡安和塞巴斯提诺·维尼尔凭直觉意识到，战争自会有个结果，重要的是敌军覆灭。

# 87

等待比赛的间隙，巴亚尔带着西蒙继续溜达，想改变后者的主意，两人兜兜转转来到科莱奥尼的骑马塑像下面。巴亚尔对塑像赞不绝口，青铜蕴含的力量，韦罗基奥①的灵巧刀

---

① 　韦罗基奥：意大利画家和雕塑家，达·芬奇和波提切利等著名画家都是他的学生。

工，艺术家设想了这位队长的一生，一个严肃、强大、专横的战士。与此同时，西蒙钻入圣若望及保禄大殿，瞥见索莱尔斯正在壁画前面祈祷。

西蒙心生疑窦，这次的巧遇他始料未及。不过，说到底，威尼斯是个小城市，在某个景点两次遇上同一个人并不奇怪，只要自己的旅行线路不是太特别。

西蒙并不打算和索莱尔斯说话，他悄悄潜入教堂中殿，欣赏起威尼斯总督的坟墓（其中就有勒班陀战役的主角——塞巴斯提诺·维尼尔的墓），贝利尼的画作，还有罗塞尔祭台中委罗内塞①的画。

当他确定索莱尔斯离开之后，就向壁画走去。

一个类似瓮的物体旁边各有一只小型飞天狮，上方的浮雕展现了酷刑场景，受刑的男人年老、秃头、长须，干瘪的肌肉一块块突起，遭受着凌迟之刑。

西蒙费力地辨认出下方标牌上的拉丁语铭文：塞浦路斯总督布拉加丁惨遭土耳其人杀害，1570年9月至1571年7月间，他英勇地坚守在法马古斯塔要塞。（并且投降时没有对战胜者奴颜婢膝，但大理石标牌上没有写到这点。据说，他高傲地拒绝按照惯例释放人质，换回基督徒长官。他对土耳其俘虏的命运漠不关心，帕夏因而指控他放任手下屠杀。）

简而言之，人们割下他的耳朵和鼻子，任其感染细菌、腐烂长达一个星期之久，接着，在他拒绝改宗之后（他当时还

---

① 委罗内塞：意大利文艺复兴时期的画家。

有力气朝刽子手骂骂咧咧），他被塞进一个用泥土和石子制成的容器中，在一支支部队中示众，接受土耳其士兵的嘲弄和折磨。

酷刑还没结束：人们将他吊在战舰的桅杆上，让所有的基督徒奴隶都能直观地感受到自己的惨败以及土耳其人的愤怒。整整一个小时，土耳其人冲着他喊道："瞧瞧是不是能看见你的舰队，瞧瞧那伟大的上帝，他会不会来救你！"

最后，他被赤身裸体地绑在立柱上，被活生生地剥下皮。

人们胡乱地往他的尸体上盖了些稻草，让奶牛驮着在城市的大街小巷中巡游之后，遗体被送往君士坦丁堡。

瓮里存放的正是他的人皮，可怜的圣物。它是如何来到这里？墙上的拉丁文并没有提到。

索莱尔斯为什么在壁画前面沉思？西蒙不明白。

# 88

"我没接到命令要接收这些该死的威尼斯人。"

胆敢在海军提督塞巴斯提诺·维尼尔面前这样说话的托斯卡纳船长自然遇到了大麻烦；他意识到自己的行为太出格，也见识了威尼斯老头人尽皆知的雷厉风行，拒绝束手就擒，最后演变为叛乱。船长身负重伤，并被处以绞刑，以儆效尤。

但他受命的是西班牙宫廷，那就意味着维尼尔无权处罚他，尤其是自作主张地处决他。胡安得到消息时，认真地考量过是否也该吊死维尼尔，让他好好学习下该如何尊重上级。不过威尼斯监督官，同样也是威尼斯舰队副司令的巴巴里戈成功说服了他，让他不要节外生枝，以免连累到整个军事行动。

舰队继续驶往勒班陀海湾。

# 89

父亲：

我们平安抵达了威尼斯，菲利普即将参加比赛。

这座城市充满了活力，威尼斯人正试图恢复狂欢节的传统。街上尽是戴着面具的人，还有很多演出。和先前听过的不同，威尼斯并没有散发出恶臭。恰恰相反，这里日本游客如织，就像是在巴黎。

菲利普似乎不太紧张。您也知道他的为人，总是一副乐天派的样子，有时近乎不负责任，不过，两者融为一体也算是种力量。

我知道，您不明白您的女儿为什么要把资格让给他，但您必须承认，碰上类似的局面，我是说，面对清一色由男性组成的评委会，在能力相当的情况下，男性总是比女性拥有更多的机会。

在我很小的时候，您就教导我，男女之间并不平等，女性甚至优于男性，我相信了您的话。我一直相信您，但我们无法忽视这样一个现实：社会学上所谓的"男性统治"（我又一次感到害怕）。

据说，在罗各斯俱乐部的历史上，只有4名女性曾跻身诡辩家的行列：凯瑟琳·德·美第奇、沙特莱侯爵夫人①、玛丽莲·梦露、英迪拉·甘地（至于这位，我们还能指望她卷土重来），简直寥寥可数。自然，还没有一位女性成为伟大的普罗塔哥拉。

然而，假如菲利普摘得桂冠，一切都会改变：于他，他会成为这个星球上最有影响力的人之一。于您，能获得暗中的权力，再也不用惧怕安德罗波夫②还有俄国人，还能改变您的国家的面貌（我本想说"我们的国家"，但您希望我成为法国人，我的好爸爸，至少我遵循了您的意愿，甚至超越了您的期望）。至于您的独女，她会赢得另一种权力，她将统治法国的知识分子生活，不容他人分享。

不要太过苛责菲利普了：无意识也是一种勇气，您知道他要坦然面对的风险，总是教导我要尊重行动力，尽管它如同儿戏。没有那颗忧郁的心，也就不会有心理活动。我知道菲利普没

①　沙特莱侯爵夫人：法国数学家、物理学家和哲学家。
②　安德罗波夫：曾接替勃列日涅夫成为苏共中央总书记。

有，这或许注定了他是个蹩脚的演员，台上的他神气活现、打了鸡血，正如莎士比亚所说，但或许正是这样的他才为我所爱。

吻您，我的好爸爸。

爱您的女儿
尤丽卡

P.S.您有没有收到让·费拉①的唱片？

# 90

"是啊，有点接近，真的。"

西蒙和巴亚尔刚在圣马可广场上遇见翁贝托·埃科。似乎所有人都相约在威尼斯。西蒙现在偏执地把所有看似偶然的现象解读为一种征兆：他的人生就是一部小说。这种偏执搅和了他的分析能力，阻碍他继续探究埃科为什么会此时出现在此地。

零星散布在潟湖上的船只无序但雀跃地行驶，船身偶尔相撞，炮声隆隆，群众演员熙熙攘攘。

"这是在重现勒班陀海战。"埃科要扯开嗓门才能盖过

———————————
① 让·费拉：法国歌手、词曲作者和诗人。

346

炮声以及人群的欢呼声。

自从恢复了狂欢节，去年第二届的时候，人们就想摆脱花花绿绿的演出，来一场历史还原：威尼斯舰队连同西班牙舰队和教皇军队组成神圣联盟，对抗塞利姆二世领导的土耳其军队，他继承了父亲苏莱曼一世的王位，人称"酒鬼塞利姆"。

"有没有看见那艘大船？这是黄金船的复制品，总督每年会在耶稣升天节那天登船，往亚得里亚海扔下一枚金戒指，庆祝和大海的婚礼。这是一艘礼船，并不用于打仗，只在官方典礼的场合把它开出来，从没离开过潟湖。所以，在这场演出中根本没它的事儿，因为我们是在1571年10月7日的勒班陀海湾啊！"

西蒙并没有在认真听他说话。他走上码头，心醉神迷地看着仿制的战舰以及改装的船只来来往往。当他正要穿过两根立柱组成的无形之门时，埃科叫住了他："等等！"

威尼斯人从不会穿过圣马可立柱，他们说这会带来厄运，因为共和国就是在这里处死犯人，之后把尸体倒挂起来的。

西蒙在立柱顶端看见了威尼斯的飞狮还有圣西奥多脚踩鳄鱼。他一边嘟囔着"我不是威尼斯人"，一边跨过无形的门槛，走到水边。

他看见了。不是有点媚俗的"声与光"，也不是改装成战舰的船只以及穿上戏服的演员，而是两军对垒：六艘加莱赛型战船在海中岿然不动，这些浮动的堡垒能够摧毁周围的一切；两百艘战船组成左翼，黄色军旗，由威尼斯监督官巴巴里戈指挥，战争伊始，他就眼睛中箭，一命呜呼；右翼飘扬着绿色军旗，指挥权落在了小心谨慎的热那亚人多利亚手中，难缠的沃尔格·阿里（生于卡拉布里亚，阿尔及尔太守，人称"改宗的阿里""独眼龙阿里""叛徒阿里"）运用灵巧多变的策略占得了上风；中间为蓝色军旗，最高统帅是代表西班牙的奥地利人唐·胡安；科隆纳负责指挥教皇的战舰，时年75岁的塞巴斯提诺·维尼尔为人严肃、白须飘飘，将成为威尼斯的总督；自从发生了西班牙船长事件后，奥地利的唐·胡安再也没瞧过他一眼，和他说过一句话；持有白色军旗的圣克鲁斯侯爵负责殿后，以防战局急转直下。正对面的土耳其舰队由阿里·穆安津（卡普坦帕夏①）指挥，助战的还有土耳其近卫军和海盗。

侯爵夫人号战舰上，旗手米格尔·德·塞万提斯在病中还怒气冲冲，人们让他在船舱中静卧休养，他却想参加战斗，他恳求船长：错过了所有时代中最伟大的海战，别人今后会怎么说他呢？

于是，船长同意了。正当战舰撞得噼里啪啦，士兵手持火枪登上敌船、短兵相接之际，塞万提斯裹挟着海浪的愤怒和战争的风暴，像条疯狗一样投入了战斗，他砍杀土耳其人就像是宰金枪鱼，胸膛和左手中了枪，但他继续战斗。基督徒必将迎来胜利，卡普坦帕夏的头颅被挂在旗舰的桅杆上，而他，迭戈·德·乌尔比诺队长麾下，英勇善战的旗手米格尔·德·塞万提斯，却在战役中丧失了左手的使用功能，或者

---

① 奥斯曼帝国海军的最高职位。

就是外科医生搞砸了手术。

自此之后，人们都叫他"勒班陀的独臂人"，还有人讥讽他是在某个小酒馆落下了残疾，而不是在历史上最伟大的战役中。

西蒙淹没在游客和面具中，激情澎湃。有人拍打他的肩膀，他以为会冷不丁地看见总督阿尔韦塞·莫塞尼格、十人会议的所有成员和国家监察官一同庆贺威尼斯之狮和基督教的大获全胜，但现实只是翁贝托·埃科笑容灿烂地对他说："有人出发去寻找独角兽，但只找到了犀牛。"

# 91

巴亚尔在凤凰剧院前面排队，轮到他的时候，经确认他的名字的确在名单上，他感到了那种通过审查的如释重负（由于职业关系，这种事和他完全绝缘）。但检票员问起他是以何种身份受邀出席的，巴亚尔解释说他陪同参赛者西蒙·赫尔佐格，可检票员不依不饶："何种身份？"巴亚尔不知道该如何回答，只能说："呃，教练？"

检票员放行了。他在一个金碧辉煌的包厢内坐定，地板上铺了地毯，座位用了深红色布料。

舞台上，年轻女士和老先生正围绕着《麦克白》里的一句话"让每个人做时间的主人"针锋相对。两名辩手用的是英语,巴亚尔没用为观众准备的同声翻译耳机,他觉得年轻女士占得了上风。"时间站在我这边。"她优雅地说道。显而易见,她会是获胜者。

大厅内人满为患,人们从欧洲各地蜂拥而至,为了参加这次盛大的资格赛。雄辩家会遭遇各方挑战:低一级的辩论者——人数众多的逍遥派,当然还有辩手,有些演说家甚至做好了一次丢掉三根手指的准备,只为获得参赛资格。

所有人都知道,有人要挑战伟大的普罗塔哥拉,只有寥寥几名雄辩家以及他们选定的陪同人员会受邀观摩比赛(自然还有诡辩家,他们是评委会成员)。比赛定在第二天,地点保密,只有等到今晚比赛结束有些人才能得到地址。从官方渠道并不能了解挑战者姓甚名谁,尽管小道消息已经满天飞。

巴亚尔翻阅起《米其林手册》,发现凤凰剧院自建成那天起就不断被烧和重建,凤凰这个名字大概就因此而得的吧!(巴亚尔觉得这个名字很美。)

舞台上,一名才华横溢的俄国人犯蠢引用错了一句话,丢掉了一根手指。这句话是马克·吐温对马尔罗说的,却给对手——狡猾的西班牙人抓住把柄,反转了战局。随着"咔嚓"一声,大厅内爆发出一阵"喔——"。

身后的大门打开了,巴亚尔跳起来。"好吧,亲爱的警官,别人还以为您是见到了活的斯丹达尔呢!"索莱尔斯叼着烟嘴造访包厢。"有趣的活动,不是吗?只有威尼斯的名流,老天,这算是整个欧洲有点文化的人。听说还有些美国人。我在琢磨，海明威有没有参加过罗各斯俱乐部。他写过一本书，故事就发生在威尼斯，知道吧？讲的是一个老上校在贡多拉上用受过伤的手给一个女孩手淫，还不赖。您知道威尔第就是在这里创作出《茶花女》的吗？还有《艾那尼》，根据雨果的剧本改编的……"索莱尔斯的目光落在舞台上，矮壮的意大利男人舌战抽烟斗的英国人，他若有所思地继续说下去："艾那尼没有字母H。①"接着，他微微欠身，踢踏着脚跟退出包厢，如同奥匈帝国的军官。他要回到自己的包厢去，巴亚尔试图认出是哪间，想看看克里丝蒂娃是否也在。

舞台上，身穿无尾常礼服的主持人宣布了下一场比赛，"先生们，女士们……"巴亚尔戴上耳机，"各国的辩手们……他来自巴黎……他的战绩无可争辩……0场友谊赛……4场模拟赛……4次胜利，评委会一致判定……他的名字呼之欲出……我请大家热烈欢迎……万森纳的解码专家。"

西蒙出场了，合体的切瑞蒂西装勾勒出他的身体线条。

巴亚尔随着大厅内的观众神经质地鼓起掌。

西蒙含笑向观众致意，严阵以待，辩题抽出来了。

古典和巴洛克，主题是艺术史？为什么不呢，我们是在威尼斯。

各种念头瞬间涌入西蒙的大脑，但要厘清为时已晚。他需要集中精神处理另一件事。在和对方握手的时候，他多握了

---

① 雨果剧本的原名是《Hernani》，而威尔第歌剧的名字是《Ernani》，法语中字母h不发音，所以两者读音是一样的。

几秒钟，从他身上读出了以下信息：

—— 晒黑的皮肤：意大利南方人；

—— 小个子：控制欲强；

—— 握手有力：社交人格；

—— 将军肚：吃菜爱淋调味汁；

—— 看向观众而非对手：政客的本能；

—— 作为意大利人，穿得不算好，西装有点旧，有点不搭调，裤管短了一截，黑色的皮鞋倒是闪闪发亮：吝啬或者哗众取宠；

—— 手腕上戴着一块名表，新款，所以不是继承来的，相较于他的地位太过奢华：很可能是受贿（这个猜测得到《南方报》的证实）；

—— 已婚，还有一个刻了名字的戒指：刻名字的戒指是一个女人或者情妇送给他的，婚前就戴在手上（否则他就要向妻子解释戒指的来由，他现在可以编个故事，说是家族遗产），一个情妇，他不愿娶作妻子，又下不了决心离开她。

所有的推论自然只是猜测，西蒙也不能保证每次都料事如神。他自言自语："我们不是福尔摩斯附体。"然而，当各种迹象都支持推论时，西蒙选择了相信。

结论是，面前的对手是个政客，极有可能是基督教民主党，支持那不勒斯或者卡利亚里①的球队，变色龙、野心家，精明狡猾，不过不喜欢做决断。

_____

① 撒丁岛首府。

于是，他决定一开始就要个花招，打乱对手的阵脚：他浮夸地放弃了开场优势（这至少要辩论者才能做到），慷慨地把主动权让给尊敬的对手，也就是让对方优先选择辩论立场。无论如何，在网球比赛中，我们可以选择接球。

对手并不一定要接受这份好意，但西蒙自有其考量：意大利人不愿别人误读他的拒绝，别人会解读成轻蔑、坏脾气、刻板，还有更糟的，胆怯。

那个意大利人也是个玩家，不是个扫兴的家伙，没法一开场就拒绝挑战，尽管这个挑战更像是陷阱。他接受了。

从此刻起，西蒙百分百肯定他要捍卫的立场了。在威尼斯，任何一个政客都会颂扬巴洛克的。

甫一开场，意大利人先是回顾了"巴洛克"这个单词的词源（在葡萄牙语中，指不规则的珍珠），西蒙却估摸着自己至少占得了先机。

意大利人起初表现得有点学究气，有点磕磕绊绊，因为西蒙把主动权让给了他，弄得他吃了哑巴亏，此外，他可能并不精通艺术史。然而，能够跻身雄辩家的行列可不是意外产物，渐渐地，他稳住阵脚，进入状态。

巴洛克这种审美思潮认为世界就是一个舞台，人生如梦似幻，如同五彩缤纷、支离破碎的镜子。《喀耳刻和孔雀》：变形、卖弄。比起直角，巴洛克更中意曲线。巴洛克热爱不对称、障眼法、夸张。

西蒙戴上了耳机，但他听见意大利人用法语引用了蒙田："我不描绘存在，我描绘暂歇。"

巴洛克悄无声息地从一个国家传到另一个，从一个世纪延续到下一个：16世纪的意大利，特伦托会议[1]、天主教的反改革运动；17世纪上半叶的法国，斯卡龙[2]、圣阿芒[3]；17世纪下半叶回归意大利、巴伐利亚；18世纪的布拉格、圣彼得堡、南美洲，洛可可……巴洛克是一场运动。贝尼尼、波洛米尼、提埃坡罗、蒙特威尔第。

意大利人慢条斯理地进行概述，发挥稳定。

突然，不知道触动了人类思维哪个机制、哪个思路、哪个回路，他找到了主攻方向，好像踩上了修辞和矛盾的冲浪板，可以一往无前。"巴洛克和鼠疫"。

巴洛克，即鼠疫。

这种没有实质的思潮，我们能在威尼斯找到其精髓。在圣马可教堂的球形屋顶中，在建筑外立面的涡卷线状图案中，在潟湖边上的哥特风格的宫殿中，当然，还有狂欢节。

为什么呢？意大利人如数家珍般回顾了当地历史。1348年至1632年，鼠疫来了一次又一次，不知疲倦地散播它的讯息：**虚空的虚空**。1462年、1485年，鼠疫肆虐共和国。1506年，**凡事皆虚空**，它卷土重来。1575年，它夺走了提香的性命。生命就是一场狂欢节，于是医生戴上了白色长喙的面具。

威尼斯的历史只是与鼠疫的漫长对话。

---

① 召开这次会议的起因是马丁·路德的宗教改革，而这次会议制定了反宗教改革的方案。

② 斯卡龙：法国诗人、小说家、剧作家，风格诙谐。

③ 圣阿芒：法国17世纪诗人。

　　然而，尊贵的威尼斯共和国给出的回答是委罗内塞（《阻止鼠疫的基督》）、丁托列托（《圣罗奇治疗瘟疫》），巴尔达萨雷·隆格纳设计的没有立面①的安康圣母教堂②，德国艺术评论家威特科尔之后说："那是雕塑界的绝对胜利，巴洛克的不朽丰碑，丰富多变的光影游戏。"

　　坐在人群中的索莱尔斯在做笔记。

　　八角形，无立面，充斥着虚无。

　　安康圣母教堂那些奇形怪状的石轮如同美杜莎石化的泡沫。这永无止境的波澜起伏就是对世界虚空的回复。

　　巴洛克，就是鼠疫，是威尼斯。

　　节奏相当好，西蒙想道。

　　意大利人连珠炮般发起进攻：古典是什么？我们在哪里见过"古典"？凡尔赛宫算古典？美泉宫是古典？古典永远姗姗来迟。我们宣称的古典都是经验论的。我们谈论古典，但从没见过。

　　有人想过把路易十四的极权政治嫁接到审美潮流上，这是一种建立在秩序、统一、和谐基础上的美学，不同于之前投石党运动的动荡不安。

　　西蒙想着，这个裤管短一截的南方乡巴佬倒是懂点历

---

①　教堂的立面由一段台阶引导，看上去就像一座装饰华丽的凯旋拱门，不同于普通建筑的立面，所以说成了"没有立面"。

②　17世纪，由于鼠疫肆虐，威尼斯参议院承诺：若圣母能赶走鼠疫，就为她建造一座教堂。后来鼠疫危机解除，参议院便委托巴尔达萨雷·隆格纳设计了这座教堂。

史、艺术以及艺术史。

他听见耳机里的同声翻译："可是没有别的古典作家……此时此刻……古典的标签……这份至高荣誉……是教材给的。"

意大利人做了总结陈词：巴洛克就是这里。古典不存在。

观众送上掌声。

巴亚尔神经质地点燃一根烟。

西蒙双手撑在演讲台上。

他可以在对手说话时打腹稿，也可以在认真听完对手的发言后反击他的观点。他倾向第二种，更有攻击性。

"如果说古典主义不存在，那就是说威尼斯也不存在。"

歼灭战打响了，一如在勒班陀海湾。

一旦使用了"古典主义"的说法，他就明白犯下了观念落伍的失误，但他不介意，因为无论是"巴洛克"还是"古典"都是既定的、过时的概念，提起它们只是为了支撑易变的、可商榷的现实。

"更让人奇怪的是，我们是在这里，在凤凰剧院念出这些词，凤凰剧院可是新古典主义的珍珠。"

西蒙存心使用了"珍珠"一词。他已经定下行动计划。

"这么快就在地图上划掉了朱代卡岛、圣乔治·马焦雷岛。"他转向对手，"帕拉第奥从没存在过？他设计的新古典主义教堂是巴洛克的梦境？我亲爱的对手在各处看见了巴洛克，他自然有这个权利，只是……"

两人不约而同地落在同一个问题上：关键点就是威尼

斯。威尼斯是巴洛克的还是古典的？它将决定正方或反方的胜利。

西蒙转向观众，大声说道："秩序和美、奢侈、平静和享乐：还有更恰如其分地描写威尼斯的诗句吗？还有对古典主义更好的定义吗？"巴特在波德莱尔之后说："经典。文化（越有文化便越有趣，越丰富）。智慧。讽刺。微妙。惬意。克制。安全：生活的艺术。"西蒙说："威尼斯！"

古典是存在的，它就在威尼斯。此为一。

第二：对手并没有理解辩题。

"我尊敬的对手听错了：不是'巴洛克或古典'，而是'巴洛克和古典'。为什么要将两者对立？它们是阴和阳，组成了威尼斯以及宇宙，就像太阳神和酒神①、美丽和怪诞、理性和激情、拉辛和莎士比亚。"（西蒙没有纠缠在最后一个例子上，因为斯丹达尔公开表示更喜欢莎士比亚——和他一样。）

"这不是把帕拉第奥与圣马可教堂的球形屋顶对立起来。帕拉第奥的威尼斯救主堂呢？"西蒙望向大厅的远方，似乎是看见了朱代卡岛的河岸："一方面，是过往的拜占庭和火焰式的哥特风（如果我能这样说）；另一方面，古希腊通过文艺复兴和反改革运动起死复生了。"辩手没有搞砸。索莱尔斯笑眯眯地看着克里丝蒂娃，她听出了这些话的道道，索莱尔斯

---

① 这个理论是尼采提出的：阿波罗代表诗歌、预言、俊美、整齐和光明；狄俄尼索斯则代表生命力、戏剧、狂喜和醉酒。

一边拍打包厢中的鎏金木板，一边心满意足地吐烟圈。

"拿高乃依的《熙德》举例。创作之初，就是巴洛克风的悲喜剧，差不多算作冒险题材，之后被（勉强）列为古典悲剧，因为奇幻题材过时了。规则、三一律、场景？有什么关系。两个剧本合在一起，还是同一个剧本，第一天的巴洛克，第二天的古典。"

西蒙还有很多有趣的例子，比如洛特雷阿蒙，最黑暗的浪漫主义颂扬者，蜕变成了伊齐多尔·迪卡斯①，在风格奇特的《诗选》中突然转型，成了堕落的古典主义捍卫者。但他不愿离题："修辞学的两大传统：雅典风格和小亚细业风格。一边是西方的严谨明晰，布瓦洛②口中的'想法成熟才能表述明确'；另一边是感性、复杂、东方的抒情、词藻、大量的比喻。"

西蒙完全清楚，雅典风格和小亚细亚风格并没有具体的地理依据，最多是超越历史的隐喻，但在现阶段，他知道评委知道他明白这点，所以他没必要详细解释。

"两个风格合流了？威尼斯，全宇宙的十字路口！威尼斯，大海和陆地融为一体，陆地在海上，直线和波浪，天堂和地狱，狮子和鳄鱼，圣马可和卡萨诺瓦，太阳和迷雾，变动和永恒！"

西蒙停顿片刻，进入结束语，斩钉截铁："巴洛克和古

---

① 伊齐多尔·迪卡斯：法国诗人洛特雷阿蒙的原名。
② 布瓦洛：法国著名诗人、古典主义文学理论家。其代表作文艺理论专著《诗艺》被誉为古典主义的法典。

典？证据：威尼斯。"

掌声奉上。

意大利人迫不及待地想要反击，但西蒙已经颠覆了他的结论，现在只能硬着头皮上。他直接用法语说，西蒙对此表示欣赏，但将其解读为分水岭。"我的威尼斯是大海！对手那可怜兮兮的辩证法完全没用。流动的是巴洛克。稳固、不变、刻板的是古典。威尼斯是大海！"西蒙想起了他旅游时听过的典故，黄金船，扔进大海的戒指，还有埃科说的故事。"不是的，威尼斯是大海的配偶，这不是一回事儿。"

"面具的城市！闪烁的玻璃！闪闪发光的马赛克！深入潟湖的城市！威尼斯是水，是沙子，是污泥！"

"还有石头。很多的大理石。"

"大理石是巴洛克！那弯弯曲曲的纹路脉络，那层层叠叠的内部结构，它总是碎掉。"

"不是的，大理石是古典。在法国，我们说'镌刻在大理石上'。"

"狂欢节！卡萨诺瓦！卡缪斯特罗①！"

"是的，卡萨诺瓦在集体无意识中是伟大的巴洛克之王，但他是末代君王。我们已经在它最辉煌的时候，埋葬了这个过去的世界。"

"这就是威尼斯的身份：永恒的末日。18世纪就是威尼斯。"

---

① 卡缪斯特罗：意大利冒险家。

西蒙感到拱手让出了部分领地，他无法一直坚持威尼斯是固定和笔直的反论，但仍执着于这一观点："不是的，强大、辉煌、盛气凌人的威尼斯属于16世纪，在它消失、瓦解之前。您捍卫的巴洛克，就是它毁灭了威尼斯。"

意大利人立马反击："但瓦解就是威尼斯！它的身份，恰恰就是注定迈向死亡的历程。"

"但威尼斯要有未来！您描述的巴洛克，那是上吊的绳子。"

"又是一个巴洛克意象。首先，您试图质疑，接着定罪，但您把一切引向了巴洛克。一切都证明了巴洛克精神铸就了这座城市的伟大。"

西蒙感到，在纯逻辑表达用语上，他是落了下风，幸好，修辞学不止逻辑，他打出了**感人法**这张牌：威尼斯应该活着。

"巴洛克或许就是杀死威尼斯的毒药，它杀死威尼斯，让它变得更加美丽（避免让步，西蒙心想）。不过，拿《威尼斯商人》来说：救赎来自哪里？来自那些活在岛上的女人：她们生活在陆地上！"

意大利人洋洋得意地叫起来："波西娅？是谁乔装打扮成了男人？完完全全的巴洛克！还是巴洛克战胜了夏洛克古板的理性、法则，夏洛克就是以此为挡箭牌索要一磅肉。对犹太商人信函的心理顽固症解读，是一种**原始古典神经官能征**的表现（假如我敢说的话）。"

西蒙发现，观众欣赏这种大胆的表述，同时他也看得明白，对手并没有在夏洛克这个点上东拉西扯，这倒值得庆幸，因为另一个问题动摇了西蒙的心神：他对本体论可靠性的疑问和妄想重新浮现，干扰了他的思考，而他现在正需要集中精神。他急忙搬出莎士比亚这个棋子（"生命是个可怜的演员，终其一生，神气活现、心急火燎"，《麦克白》的这句话为什么恰恰在此刻跳了出来？它从哪里来？西蒙尽力按捺住心头的疑问）："波西娅正是混合了巴洛克的癫狂和古典的天资才击败了夏洛克，其他人没有做到。她不仅打了感情牌，还凭借超凡的理性，针对夏洛克的论证，罗列出切切实实、无懈可击的司法论据，以其人之道，还治其人之身：'一磅肉，诚然这是权利赋予你的，**但多一克也不行**。'安东尼奥因为一个司法小花招得救了：诚然，这是**巴洛克**的行径，那也是**古典的巴洛克**。"

西蒙感受到观众对他的认同。意大利人明白自己又一次失去了先机，铆足力气要解开西蒙那在他看来"似是而非、哀婉动人的脑回路"，这回轮到他犯下小小的错误了。为了指出西蒙堪忧的逻辑跳跃，意大利人问道："谁说权利是古典价值？"尽管这是他先前论据中自己给出的预设假定。但西蒙太累了，神思飘忽，无法把注意力集中在另一件事上，错失了指出意大利人自相矛盾的机会，而后者却乘胜追击："这难道不是触及了我对手整个体系的边线？"

他控制住了局势："我尊敬的对话者所做的事极其简单：他是在类比。"

西蒙在他擅长的元话语领域受到了攻击，感到假如听之任之就会输了这场比赛，于是顺着意大利人的思路说下去：

"您对威尼斯的捍卫是在下套。应通过联盟来重新捍卫威尼斯，而波西娅就是这种联盟——足智多谋和实用主义——的混合体。威尼斯在面具之后迷失自我之际，是波西娅从她的海岛上带来了巴洛克的疯狂和经典的常识。"

西蒙越来越难以集中精神，他想到了17世纪的"幻象"，想到了勒班陀战役中浴血奋战的塞万提斯，想到了在万森纳开设的关于詹姆斯·邦德的课程，想到了博洛尼亚解剖教室内的解剖台，想到了伊萨卡的墓地，也想到了千千万万件事。他明白想要获胜，就要在他平时觉得饶有趣味的戏中戏里战胜向他袭来的巴洛克眩晕。

他决定结束关于莎士比亚的话题，估摸着已经恰当地周旋，于是集中起所有的脑力改变话题，把对手带离元话语。对手已开始深究这个话题，西蒙第一次失去了安全感。

"还是三个字：威尼斯。"

这话一出口，就是逼着对手跟上他的思路。中断了辞藻的堆砌，意大利人又一次失了主动权，他反驳道："共和国是巴洛克！"

西蒙开始即兴发挥，他要和时间赛跑，让脑中掠过的一切脱口而出："这要看情况。1000年的总督，好吧。稳定的制度，坚实的权利，随处可见的教堂：正如爱因斯坦所说，上帝不是巴洛克。拿破仑（西蒙存心提起这位威尼斯共和国的掘墓人）却是另一个极端：极权君主，但他搅动了整个时代，他这种类型，太巴洛克也太古典。"

意大利人刚想回击，但西蒙打断了他的话："啊，的确如此，我都忘了：古典不存在！既然如此，我们为什么在这个话题上讨论了半小时？"观众屏住呼吸。对手好像挨了狠狠一拳。

精神上的紧张还有体力付出累得两人晕头转向，辩论走向了混乱无序，隐在幕后的三名评委感到能分出胜负了，于是终止了这场辩论。

西蒙压下如释重负的叹气，转向评委。他意识到主持今晚比赛的三位评委铁定都是诡辩家（正常来说，评委会的等级要高于等待评判的辩手）。三人戴着威尼斯面具，就像那次的行凶者，西蒙明白了在狂欢节期间组织比赛的好处：人们可以谨慎地隐藏真实身份。

评委在一片压抑的沉默中开始了投票。

第一个投给了西蒙。

第二个投给了对手。

比赛结果的走向落在了最后一名评委手上。西蒙死死盯住一个类似面包盘的东西，先前辩手被剁下的手指的鲜血已经把它染红。他听到第三名评委待的小房间里传出低语声，他不敢抬头。只此一次，下不为例。他没法**解读**出这次的低语。

没人拿起桌上的小刀。

第三名评委把票投给了他。

对手丢盔卸甲，但不会失去手指，因为根据罗各斯俱乐部的规则，除非挑战者将自己的手指作为赌本。但他显然受不了降级的惩罚。

西蒙在观众的掌声中晋升为雄辩家。更重要的是，人们郑重地向他发出邀请，邀请他参加明天的巅峰对决。西蒙确认了时间和地点，最后一次向观众致意，回到包厢和巴亚尔会合。大厅渐渐空了，因为这场比赛安排在最后，是今晚的压轴。

包厢里，巴亚尔查看了邀请函上的信息，点燃一根烟，这至少是今晚第十二根香烟了。一个英国人从门口探进脑袋，向获胜者道贺："干得漂亮，那家伙是根硬骨头。"

西蒙看着微微颤抖的双手，说："我在想诡辩家是不是要厉害很多。"

# 92

索莱尔斯的身后是《天堂》：丁托列托的巨幅油画在他的时代也从竞争中脱颖而出，装饰在总督宫大议会厅内。

油画底下的宽敞平台上坐定的不是三名评委，而是十名，诡辩家全体成员。

两人站在评委前面，大半个脸正对观众，那是伟大的普罗塔哥拉本人，索莱尔斯则靠在演讲台上。

十名评委以及两名辩手都戴上了古里古怪的威尼斯面具，但西蒙和巴亚尔轻而易举地认出了索莱尔斯，而且还在人群中锁定了克里丝蒂娃。

和凤凰剧院的情况不同，此处的观众全都站着，人挨着人挤在建成于14世纪能容纳千名贵族的大厅内：大厅有53米长，天花板气势磅礴，人们不禁要问在没有立柱的情况下，它是如何独自支撑住的，还有无数大师在天花板上留下了作品。

大厅营造出的氛围让观众噤若寒蝉。在丁托列托或委罗内塞的目光注视下，所有人都毕恭毕敬地窃窃私语。

一名评委站起身，郑重地用意大利语宣布比赛开始，并从身前两个瓮中的一个抽出辩题。

"以温柔之姿行癫狂之举。"①

辩题似乎是法语，巴亚尔却转向西蒙，后者示意他没听清。

53米长的大厅内涌动起困惑的暗流。不会说法语的观众纷纷确认自己的同传机器是否调到了正确的频道。

索莱尔斯在面具后面露出了刹那的迟疑，但没有表现出来。无论如何，克里丝蒂娃在大厅里是不会犯下差池的。

索莱尔斯有5分钟时间来搞明白辩题、提出疑问、抽出论点，并找到严密的论据，如果有可能，论据还要耸人听闻。

巴亚尔询问邻座：这个难懂的辩题是什么意思？

那个容貌英俊的老先生穿着考究，胸前口袋里的丝巾和领带相得益彰。他解释道："那个法国人要挑战伟大的普罗塔哥拉，他应该不会等待'支持或反对死刑'这种辩题，对吗？"

---

① 　On forcène doucement. 这句话出自16世纪法国诗人龙沙。

巴亚尔很想表示同意，但不明白辩题为什么是法语的。

老先生回答："这是伟大的普罗塔哥拉展现出的谦逊。据说他精通各国语言。"

"他不是法国人？"

"不是，是意大利人呢！"

巴亚尔看着伟大的普罗塔哥拉躲在面具后面，一边静静地抽烟，一边潦草地写下笔记。他的身形、举止还有下巴的形状（面具只遮住眼睛）让巴亚尔有了点想法。

5分钟过去了，索莱尔斯在演讲台上直起身子，目光扫过观众，他一个180°转身，往前跃了一小步，似乎是想确认十名评委都在身后。他朝着对手恰如其分地欠身致意，随即开始演讲。他知道这份演讲会收录在年鉴中，因为索莱尔斯面对的是伟大的普罗塔哥拉。

"Forcène……forcène……fort……scène……fors……Seine……Faure（Félix）……Cène。①费利克斯·福尔总统死于口交和心脏骤停，他因此永载史册，同时退出了历史舞台。作为序言……开胃小菜……导言（哈哈！）……"

西蒙猜测索莱尔斯是想斗胆一试拉康派的方法。

巴亚尔用余光打量克里丝蒂娃，她脸上总是波澜不惊，要不就是太投入了。

---

① Forcène意为"发狂"，索莱尔斯根据读音做了一连串的同音异义联想。fort为"强大的"，scène为"舞台"，fors为"除了"，Seine为"塞纳河"，Faure（Félix）是指费利克斯·福尔，法兰西第三共和国第六任总统，Cène为"耶稣最后的晚餐"。

"力量。还有舞台。舞台上的力量。罗德里格。森林／塞纳河（马恩河谷省。据说人们把乌鸦钉在大门上）。掐住还是不掐住指挥者的咽喉？这是一个问题。"

巴亚尔探询地望着西蒙，后者低声解释道，索莱尔斯显然选择了冒进的策略，他要用类比关联来替换逻辑关联，更确切地说，是用并列的观念，甚至是一系列图像，来替代纯粹的推理。

巴亚尔试图搞明白："这是巴洛克？"

西蒙蒙了："呃，算是吧，只要你愿意。"

索莱尔斯接着说："除了舞台：在舞台之外。淫秽的。一切都在那里了。剩下的自然没什么意思。还记得马塞兰·普莱内①写的那篇振聋发聩的《淫秽的索莱尔斯》吗？毫不犹豫。好吧。哦！说到哪了！温柔地……精液②……哪来的精液？当然是那里啦（他指向天花板还有委罗内塞的画）！艺术就是上帝的精液（他又指了指背后的墙壁）。丁托列托是先知……此外，他在设下陷阱……颂扬钟和渔网重新取代镰刀和锤子的年代……总而言之，这难道不是渔民使用的渔具？"

巴亚尔觉得在克里丝蒂娃那张斯拉夫人的脸上捕捉到了焦虑的微微一瞥。

"假如鱼能抬头离开水面，它会发现它的世界并不是唯

① 马塞兰·普莱内：法国作家、诗人、艺术评论家，曾和索莱尔斯合作出版文学刊物《无限》。

② 此处原文是doucement...d'où...semence，两者读音类似，索莱尔斯又做了一次同音异义联想。

一的世界……"

西蒙意识到索莱尔斯的策略**真的**很大胆。

巴亚尔凑到耳边："太像拍电影了吧？"

胸前插着小手绢的老先生表示："他圆回来了，这个法国人。机不可失，时不再来。"

巴亚尔请他说明白。

老先生回答："显然，他也不懂辩题。不比我们懂得多，明白？所以，他打算**虚张声势地赌一把**——法语是这么说的吗？勇敢。"

索莱尔斯把胳膊肘支在演讲台上，这就迫使他的前胸微微前倾，但这个并不自然的站姿却意外地制造出放松的效果。

"我来了，我看了，我吐了。"

索莱尔斯加快了语速，口若悬河，简直像是乐曲："上帝差不多没有秘密被温柔地涂抹香油温柔的地狱手套……"接着，他提到了西蒙和巴亚尔都感到意外的内容："对器官瘙痒的信仰确保了尸体的根本价值。"说到这儿，索莱尔斯猥琐地用舌头舔了舔嘴唇。巴亚尔现在能看清克里丝蒂娃的恼怒了。

在某个时刻，索莱尔斯说（西蒙也在心里默默地说）："从公鸡到灵魂……"①

巴亚尔随着索莱尔斯的节奏在晃动，如同漂浮在一条河流上，时不时会有几截小圆木撞上那残破的小船。

---

① 此句原文是du coq à l'ame（从公鸡到灵魂），作者应是借用了一个固定短语du coq à l'ane（东拉西扯，牛头不对马嘴）。

"……上帝的整个灵魂会陶醉在至福的激情中吗似乎不会能举出好几个理由难道不能一边受苦一边享受既然痛苦和欢愉是对立的亚里士多德曾写道深层的悲哀无法压抑欢愉尽管两者对立……"

索莱尔斯唾沫横飞，但他停不下来，就像是阿尔弗雷德·雅里的一台机器："我改变了外形改变了名字改变了表象改变了绰号我仍是我我变来变去变成宫殿变成茅屋法老立柱或羔羊主显圣容圣餐变体耶稣升天……"

观众尽管跟不上却也感受到了演讲临近尾声："我将是我今后的样子也就是说你们只要在意现在的我我活在我之内别忘了我是随之而来的我如果我是明天我就会是到时的我……"

巴亚尔在西蒙身边惊呆了："这就是语言的第七功能？"

西蒙感到自己的妄想症又要上来了，他在想索莱尔斯这样的人是否真实存在。

索莱尔斯掷地有声地总结道："我就是苏德的反面！"

大厅内的众人心脏骤停了。

伟大的普罗塔哥拉也张口结舌，支支吾吾，有点尴尬。接着他开口发言，因为轮到他了。

西蒙和巴亚尔认出了翁贝托·埃科的声音。

"我不知道从何开始，我尊敬的对手，呃，他已经不择手段了。"

埃科转向索莱尔斯，礼貌地鞠上一躬，同时调整了脸上的面具。

"或许，我们首先可以提一提词源？亲爱的观众，尊敬的评委，你们或许已经注意到了forcener这个动词在现代法语中已经不存在了，唯一有迹可循的线索就是形容词forcené，其含义是'举止粗暴的疯子'。

"然而，forcené的定义会把我们引向歧途。最初——容我提两句单词拼写——forcener写作forsener，是s，不是c，因为这个单词来自拉丁语的sensus（动物没有理性）：forcener，本义是指理性之外，那就是疯了，一开始并没有力量的内涵。①

"因此，这个内涵是随着拼写变化而渐渐出现的，拼写的变化误导了词源，我估计大概在16世纪，这种拼写方式在中世纪法语中固定了下来。

"我要探讨的问题，如果我尊敬的对手曾提到过，那就是：forcener doucement算是矛盾形容法吗？是两个自相矛盾的单词组合在了一起？

"不是的，只要我们考虑一下forcener真正的词源。

"假如我们承认'力量'（force）的内涵是源于错误的词源。

"然而……温柔（doux）和力量（fort）必然是对立的吗？力量也可以是柔劲，比如，把你冲走的水流，你轻轻按住心爱之人的手……"

---

① forcener这个单词中可以拆出force，在英语和法语中都是"力量"的意思。

他悦耳的嗓音在大厅内回荡，但所有人都感到了进攻的力量：在他宽厚温和的表象之下，埃科不动声色地指出了索莱尔斯演讲中的缺陷，同时为自己重新辟出了争论的空间，对手已经无法插足。

"但这一切并不能让我们明白在说些什么，不是吗？

"我会比我的对手更加谦逊，他刚刚采用了极为大胆的诠释法，恕我直言，有些随心所欲，加上他的表述方式。我呢，如若你们肯赏光，我只想尽量解释清楚：那些'以温柔之姿行癫狂之举'的人，就是诗人。诗意的狂乱。我不太确定是谁说过这句话，好像是一位16世纪的法国诗人，让·多拉的徒弟、七星诗社的成员，因为人们总觉得七星诗社深受新柏拉图学派的影响。

"对于柏拉图而言，你们知道，诗歌不算艺术，不算技术，而是神圣的灵感。诗人的体内住着上帝，他是上帝的第二种形态：苏格拉底在其著名的对话录中就是这么向伊安解释的。因此，诗人是疯子，但那是一种温和的疯癫，创造性的疯癫，而非毁灭性的疯癫。

"我不知道这句话的出处，但我猜是龙沙或者是杜·贝莱①，这两位都算是正统地承袭了'以温柔之姿行癫狂之举'。

"我们可以谈一谈神圣的灵感这个问题吗？我不知道，因为不太明白我尊敬的对手到底想说什么。"

---

① 　两位诗人都师从让·多拉，在法国诗歌历史上占有重要地位，曾一同发表《捍卫与发扬法兰西语言》。

大厅内一片寂静。索莱尔斯明白话头又回到他这里，他犹豫了片刻。

西蒙下意识地分析起埃科的战略，总结起来就是一点：站在索莱尔斯的对立面。也就是采用极简主义、最低限度和极有分寸地延伸；拒绝任何天花乱坠的诠释、文艺气息的解释。凭借其家喻户晓的博学多才，埃科只需要直白地解释，无需提出论据，强调面对对手欣喜若狂的夸夸其谈，对话是无法进行下去的。严谨和谦逊会凸显出自负的对手混乱的思维。

索莱尔斯开口了，有些游移不定："我谈论哲学，因为文学现今的举动就是要表明，哲学演讲可以纳入文学主题，只要其经验能抵达先验的地平线。"

埃科没答话。

索莱尔斯着实慌了，他大呼小叫："阿拉贡写过一篇关于我的重要文章！关于我的才华！还有爱尔莎·特里奥莱①！我有她的献辞！"

尴尬的沉默。

十位诡辩家中的一位伸手示意，大厅入口处的两名保安上来逮住索莱尔斯，后者傻掉了，瞪圆了双眼嚷嚷："痒痒！哦哦哦！不不不！"

巴亚尔询问为什么没有投票。口袋插小手绢的老先生回答，在某些情况下，所有评委会意见一致。

---

① 阿拉贡：路易·阿拉贡，法国诗人。爱尔莎·特里奥莱是路易·阿拉贡的妻子，法国女作家。

两名保安把落败者扔在台前的大理石地面上，一名诡辩家走上前来，手里是一把大剪刀。

保安脱下索莱尔斯的裤子，而他在丁托列托的《天堂》之下声嘶力竭地进行反抗。其他诡辩家也离开座位，帮忙制住他。面具在混乱中脱落下来。

只有头排观众能看清台下发生的事，但大厅最后一排的人也明白一切。

戴鼠疫医生面具的诡辩家用剪刀卡住索莱尔斯的睾丸，双手牢牢攥住剪刀的把手，咔嚓一下。断了。

克里丝蒂娃打了个哆嗦。

索莱尔斯发出陌生的叫声，喉咙咯咯作响，之后是悠长的呜咽，在名画之间、大厅之内回荡。

戴鼠疫医生面具的诡辩家收拾好两个睾丸，放进第二个瓮里，西蒙和巴亚尔这才明白容器的用途。

西蒙面色灰白，问邻座："代价不是一根手指吗？"

邻座回答道，假如辩手挑战的是上一级，那代价是一根手指，但索莱尔斯想要越级，他从没参加过辩论，却要直接挑战伟大的普罗塔哥拉，"那代价就大了。"

索莱尔斯扭来扭去、哼哼唧唧，在人们给他施予急救时，克里丝蒂娃拿起装了睾丸的瓮，退出了大厅。

巴亚尔和西蒙紧随其后。

她手捧瓮，快步穿过圣马可广场。夜未深，黑压压的广场上尽是凑热闹的人、踩高跷的杂耍艺人、喷火者、身穿18世纪服装表演剑斗的演员。西蒙和巴亚尔劈开人群，生怕跟丢了目标。她潜入狭窄的弄堂，穿过小桥，没有回过一次头。某个扮成小丑的男人一把搂过她的腰，想要亲她，她像只弱小的动物，发出尖利的叫声，抱着瓮仓皇而逃。巴亚尔和西蒙走下里阿尔托桥，不太肯定克里丝蒂娃是否清楚自己的去向。远处的空中，烟火在燃放。克里丝蒂娃被台阶绊一下，差点摔坏瓮。她呼出一团白雾，大冷天的，她把大衣忘在了总督宫里。

她还是到了，圣方济会荣耀圣母教堂。按丈夫的原话，那里安放着"共和国伟大的心脏"，里面有提香的坟墓及其《圣母升天图》。此刻的教堂大门紧闭，她也不愿进去。

只是机缘巧合之下到了这里。

她走上横跨弗拉里河的小桥，在桥中央站定，把瓮搁在石头栏杆上。西蒙和巴亚尔就在后面，两人不敢贸然上桥，只要走上几级台阶就能碰到她了。

克里丝蒂娃听着城里的风言风语，转动黝黑的双眼，看到被黑夜的微风吹起的涟漪，细雨润湿了她的短发。

她从衬衫里取出一折为四的纸。

巴亚尔有过一瞬间的冲动，想要扑上去，夺下那份文件，但西蒙拦住了他的手臂。她朝两人的方向转过头，眯起眼睛，似乎觉察到了他们的存在。她投来怨恨的目光，那冷冰冰的视线让巴亚尔动弹不得，克里丝蒂娃打开那张纸。

天太暗，看不清纸上的内容，西蒙觉得分辨出了那些密密麻麻的蝇头小字。两面都写满了字。

克里丝蒂娃开始沉着冷静、慢条斯理地撕纸。

伴随着她的动作，纸片越来越小，纷纷扬扬地飘向运河。

最后，黑夜的风中什么都没留下，只有温柔的雨声。

# 93

"在你看来，克里丝蒂娃她是知道还是不知道？"

巴亚尔想弄个明白。

西蒙一头雾水。

也许，索莱尔斯没有意识到第七功能并没有啥用。那克里丝蒂娃呢？

"难说。我本该看一看那份文件。"

她为什么要背叛丈夫？换个角度来看，她为什么不用第七功能去参加辩论赛？

巴亚尔对着西蒙说："她可能和我们一样，想先看看第七功能是否真的有用。"

西蒙看着如织的游人，他们就像在慢镜头里一样缓缓移动着，威尼斯城变得空落落的。巴亚尔和西蒙带上小行李箱，正在等待水上巴士。狂欢节即将落幕，队伍排得长长的，还有很多游客选择火车或者飞机。水上巴士来了，但不是他们要乘的那艘，还要继续等下去。

西蒙若有所思地问巴亚尔："在你看来，什么是真实？"

　　巴亚尔不太明白他的意思，西蒙进一步问道："你怎么知道你不是在一本小说里？怎么知道你不是活在一个故事里？怎么知道你是**真实**的？"

　　巴亚尔好奇地打量起西蒙，温和地回答："你是傻了还是怎么的？真实，就是你活着。就这样。"

　　水上巴士来了，趁着靠岸的间隙，巴亚尔拍了拍西蒙的肩膀："别提那么多的问题，上船吧！"

　　上船的游客乌泱乌泱，乱成一团，水上巴士的工作人员冲着傻不拉叽的游客骂骂咧咧，他们提着大包小包，还要看紧孩子，笨手笨脚地登上船。

　　西蒙一个箭步跳上船，负责数人数的船员在他身后放下了金属栏杆。巴亚尔没来得及上船，留在了码头上，想要抗议，但意大利人只是不在乎地说了一句："很遗憾。"

　　巴亚尔让西蒙在下一站等着，他会乘下一趟船。西蒙挥手道别，笑了起来。

　　水上巴士开远了。巴亚尔点燃烟，身后有吵闹声传来，他转过头去，看见两个日本人在对骂。他好奇地凑上去，其中一人用法语告诉他："您的朋友被绑架了。"

　　巴亚尔花了数秒时间才反应过来。

　　不多，也就几秒，随后他切换成警察模式，只问了一个凡是警察都会提的问题："为什么？"

　　第二个日本人说："因为他前天赢了辩论赛。"

　　他击败的意大利人是那不勒斯的一个政客，咽不下这口气。巴亚尔已经知晓雷佐尼科宫那晚的袭击。日本人继续说："那不勒斯人派遣了打手，想让西蒙出些状况，无法参加比赛。他惧怕这个对手，现在输了比赛，想要报复。"

巴亚尔看着驶离的水上巴士，迅速分析眼下局势。他环顾四周，看见了某个大胡子将军的青铜像、达涅利酒店的正面、停靠在码头边的船只，还有在船上等待游客的贡多拉船夫。

他和日本人一同跳上贡多拉。船夫并没有太过惊讶，欣然接待了他们，还低声唱起了意大利语歌谣。巴亚尔对他下了指令："跟上那艘水上巴士！"

船夫装作听不明白，巴亚尔掏出一沓里拉，船夫摇起了桨。

水上巴士就在前方300米处，但1981年的时候还没有手机。

船夫愣住了：出怪事啦，那艘水上巴士没有按照既定路线行驶，而是驶向了穆拉诺岛。

水上巴士改变了路线。

船上的西蒙浑然不知，乘客大多是游客，他们也不知道本来的路线，除了两三个意大利人在用意大利语向船长抗议，没人发现航线不对了。意大利人嘟嘟囔囔发牢骚再正常不过，游客以为是民族文化的一部分。水上巴士靠上了穆拉诺岛。

贡多拉远远落在后面，奋力追赶，巴亚尔和日本人催促船夫动作麻利点，他们大叫西蒙的名字，想引起他的注意。但隔得太远，西蒙根本不会注意到。

与此同时，西蒙突然感到有把尖刀抵在了腰上，身后有个声音在说："劳驾。"他明白自己必须下船，于是乖乖就范。其他乘客急着要赶飞机，并没有看见尖刀。水上巴士又驶回既定航线。

西蒙站在码头上。他很肯定，身后的三个男人就是那天晚上的蒙面袭击者。

他被推进码头边上的一家玻璃作坊。室内，一名工匠正在揉搓刚从火炉中取出的玻璃膏。西蒙着迷地看着他，那团玻璃膏被吹大、拉长、塑形，三下五除二就成了一匹双蹄腾空的骏马。

火炉旁边的男人穿着不成套的西装，大肚秃顶；西蒙认出了他，凤凰剧院的对手。

"热烈欢迎！"

西蒙站在那不勒斯人的对面，被三个打手挟持着。玻璃工匠继续雕琢他的小马，似乎一切如常。

"好样的！好样的！在你离开之前，我想亲自向你道贺。帕拉第奥，辩得漂亮。简单，但漂亮。波西娅。我没有被说服，但评委呢，恰恰相反？啊，莎士比亚……我本该提到维斯孔蒂……你看过《战国妖姬》①吗？一个异乡客来到威尼斯，结局悲惨的故事。"

那不勒斯人走到工匠身边，工匠正忙着打造第二匹马的四蹄。他抽出雪茄，凑上炽热的玻璃点燃它，又转向西蒙，一脸的坏笑：

"我可不愿意就这么让你走了，我要送你一份小小的纪念品。你们法国人是怎么说的？欠债还钱，是吗？"

---

① 豪华的古装剧。奥地利军官欺骗伯爵夫人，被后者送上刑场的故事。

一名打手擒住西蒙的脖子，不让他动弹。西蒙试图摆脱束缚，但第二个打手朝着他的胸口就是一拳，差点让他岔过气，第三个扭住他的右臂。

西蒙被三人推搡着，跌跌撞撞往前走去，他们把他的一条胳膊按在工匠的工作台上。玻璃小马落下去，碎了一地。工匠往后退了一步，但没露出惊讶的神色。西蒙和他四目交会，从他的眼神里看出，这男人清清楚楚地知道等待他的是什么命运，却无从拒绝。西蒙着实慌了，大叫着想反抗，但叫声只是纯粹的条件反射，因为他很清楚没人会施以援手。其实援军正在路上，巴亚尔和日本人正乘着贡多拉赶来，他们承诺会付给船夫三倍的船费，只要他努力划船。

玻璃工匠问："手指？"

巴亚尔和日本人拿行李箱当船桨使，就为了划得更快点，船夫也卖力了，他虽不清楚其中利害，但明白情况紧急。

那不勒斯人问西蒙："哪根手指？你喜欢哪根？"

西蒙像马一样尥起蹶子，但三个打手将他的胳膊牢牢地钳制在工作台上。此时此刻，他不会再问自己是不是书中人了，求生的本能刺激着他的反应，他绝望地想要挣脱，但是徒劳。

贡多拉终于靠上岸，巴亚尔把所有的里拉扔给船夫，和日本人一同跳上码头，可面对一溜烟排开的玻璃作坊，他们不知道西蒙到底是被带进了哪家，只能随意闯入，询问工人、卖家和游客，但没人看到过西蒙。

那不勒斯人抽了口雪茄，下达命令："弄他的手。"

玻璃工匠换了一把更大的铁钳，铸铁的钳口卡住西蒙的手腕。

巴亚尔和日本人冲进第一家作坊，向意大利人描述了那个法国年轻人的模样，但他们语速太快，意大利人听不明白。他退出去，又跑入旁边的作坊，还是没人见过法国人。巴亚尔知道匆忙调查行不通，但凭着警察的直觉，即使不了解全局也能明白目前局势的险峻，他从一家作坊跑进另一家，从一家商店跑进另一家。

可为时已晚：玻璃工匠合上铸铁的钳口，碾碎了西蒙手腕上的皮肤、韧带和骨头，直到手腕发出凄厉的碎裂声，右手和手臂分家了，鲜血如注。

那不勒斯人端详着瘫软在地上、被截了肢的对手，似乎犹疑了片刻。

他是否得到了足够的补偿？

他吸了口雪茄，吐出烟圈，说："我们走！"

西蒙的叫声唤来了巴亚尔和日本人，他们终于找到了那家玻璃作坊还有昏死过去的西蒙，鲜血在破碎的玻璃马之间流淌。

巴亚尔知道一秒也不能耽搁。他到处寻找断手，但找不到，环视四周，只有玻璃马的碎片在脚下咔嚓作响。他明白，假如接下来的几分钟他还没有作为，西蒙就会死去，失血而死。

其中一个日本人从燃烧的火炉中抽出拨火棒，按在伤口上，发出可怕的嘶嘶声。西蒙在疼痛之下醒过来，不明就里地嘶吼。皮肤烧焦的气味弥漫到相邻的商店，引来好奇的顾客围观，他们并不清楚作坊内发生的事。

活生生地烙在伤口上，巴亚尔想道，那就意味着无法进行移植手术了，西蒙将会变成独臂人。抽出拨火棒的日本人似乎能读懂他的心思，冲着他指了指火炉，让他不必抱有遗憾。火炉内，那烧焦的断手如同罗丹的雕塑品，蜷曲的手指噼啪作响。

# 第五部分
## 巴 黎

# 94

　　"我不信！撒切尔那个婊子会让鲍比·桑兹①死！"

　　西蒙站在PPDA面前气得连连跺脚，主持人正在电视二台的每日新闻中播报那个爱尔兰激进分子绝食了66天死了。

　　巴亚尔从厨房走出来，瞥了眼电视新闻，说："我们没法阻止某人自杀。"

　　西蒙冲着巴亚尔骂骂咧咧："瞧你说的是什么话，你这个臭警察！他才27岁！"

　　巴亚尔据理力争："他可是恐怖分子，爱尔兰共和军，他们是杀人犯，不是吗？"

　　西蒙咬牙切齿："维希政府的赖伐尔②就是这么说的！假如我生活在40年代，我可不希望被你这种警察控制！"

　　巴亚尔觉得还是不理他为妙，又给西蒙倒上一杯波尔图葡萄酒，往矮桌上放下一盘香肠拼盘，然后回厨房继续忙活。

　　PPDA又提到某位西班牙将军的刺杀案，还有些人怀念之前的佛朗哥政权，就在三个月前，马德里议会还发生了一次未

---

①　鲍比·桑兹：爱尔兰共和军成员，死于1981年的绝食抗议。
②　赖伐尔：出任维希政府副总理，1945年以叛国罪被判处死刑。

遂政变。

　　西蒙一头埋入杂志中，这是来之前买的，他在地铁上就开始看了。文章标题吸引了他：《全民投票：42名顶尖学者》。杂志找到500名"文化人"（西蒙做了个怪腔），让每个人选出他们心目中健在的3名最重要的法国知识分子。第1名：列维-斯特劳斯；第2名：萨特；第3名：福柯。接着分别是：拉康、波伏瓦、尤瑟纳、布罗代尔……

　　西蒙在排名中寻找德里达的名字，忘了他已经去世。（他本该位列前三，但我们是没法知道了。）

　　贝纳尔·亨利-莱维排在第10名。

　　米肖、贝克特、阿拉贡、萧沆、尤内斯库、杜拉斯……

　　索莱尔斯，第24。杂志也透露了投票细节。索莱尔斯也有投票权，西蒙认定他把票投给了克里丝蒂娃，而克里丝蒂娃也把票投给了他（出于礼节，也和贝纳尔·亨利-莱维互相投了选票）。

　　西蒙叉起一块香肠，对着巴亚尔大声地说："你有索莱尔斯的消息吗？"

　　巴亚尔从厨房走出来，手里拿着一块抹布："他出院了。克里丝蒂娃一直守在他身边，帮助他康复。他恢复了正常生活，别人是这么对我说的。根据我得到的情报，他在威尼斯的一个墓地小岛上埋葬了睾丸。为了悼念它们，索莱尔斯以后每年会去拜祭两次，直到去世，一个睾丸算一次。"

　　巴亚尔犹豫片刻，又幽幽地加上一句，也没看西蒙一眼："他似乎恢复得不错。"

阿尔都塞，第25名：谋杀妻子似乎并没有过多地折损他的声誉，西蒙暗自想道。

"好香，你在弄什么？"

巴亚尔回到厨房："你先吃点橄榄。"

德勒兹和克莱尔·布勒特谢尔并列第26名。

杜梅齐尔、戈达尔、阿尔贝·科恩……

布尔迪厄只排在第36名。西蒙说不出话来。

《自由报》的全体工作人员仍把票投给了德里达，尽管他已去世。

加斯东·德费尔①和埃德蒙德·夏尔–卢②都投给了波伏瓦。

安·克莱辛投了阿隆、福柯和让·达尼埃尔③。西蒙觉得完全可以跳过她。

有人一票没投，理由是现在也没有什么伟大的知识分子。

米歇尔·图尔尼埃④回答："除了我，我真的不知道还能投给谁。"换作别的时候，西蒙或许会哈哈大笑。加布里埃尔·马兹涅夫⑤写道："我第一个要写的名字是马兹涅夫。"

---

① 加斯东·德费尔：法国政治家，"二战"期间曾是马赛抵抗运动的领袖。

② 埃德蒙德·夏尔–卢：法国女作家，后来嫁给了加斯东·德费尔。

③ 安·克莱辛：法国女记者。让·达尼埃尔：法国作家、记者，他一手创办了《新观察者》杂志。

④ 米歇尔·图尔尼埃：法国20世纪最伟大的作家之一，代表作有《礼拜五——太平洋上的灵薄狱》《桤木王》。

⑤ 加布里埃尔·马兹涅夫：法国作家，曾获雷诺多散文奖。

西蒙觉得这种退化的自恋——想要提名自己——算是一种精神疾病。

PPDA（投给了阿隆、格拉克①和端木松②）说："华盛顿享受到了美元升值带来的好处：5.4法郎……"

西蒙浏览了一遍投票者名单，再也抑制不住怒火："混蛋，这个下流胚雅克·梅德森……废物让·迪图尔……那些做广告的，当然，新的败类……弗朗西斯·乌斯特？……啊，垃圾埃尔卡巴克，他投给了谁？……保韦尔斯这个老反动派！……还有那个法西斯分子雅克·希拉克，真是够了！……统统都是傻瓜！"③

巴亚尔把头探向客厅："你叫我？"

西蒙嘀嘀咕咕说些没人听得懂的疯话，巴亚尔继续做饭。

PPDA的新闻节目以天气预报结束，冷冰冰的5月终于迎来了艳阳高照（巴黎12℃，贝藏松9℃）。

广告之后，伴随着欢快的音乐，蓝色屏幕上出现了节目预告，即将播放"法国总统大选之前的辩论"。

1981年5月6日，两名主持辩论的记者出现在屏幕上。

---

① 格拉克：法国作家，曾因《流沙海岸》获得龚古尔奖。
② 端木松：法国健在的重要作家之一。
③ 雅克·梅德森：20世70年代曾出任法国国家秘书长。让·迪图尔：法国作家、散文家。弗朗西斯·乌斯特：法国演员、导演。埃尔卡巴克：法国记者、社论作家，至今活跃在新闻界，2014年还采访过普京。保韦尔斯：法国记者、作家。雅克·希拉克：1995年至2007年任法国总统。

西蒙叫起来："雅克，快来！开始了。"

巴亚尔拿着啤酒和奶酪回到客厅，坐在西蒙身边。他打开两瓶啤酒，记者让·布瓦索纳正在介绍辩论流程，吉斯卡尔选中了这位欧洲1台的专栏记者，一身灰色西服，条纹领带，脸上的表情分明在说：假如社会党取得大选胜利，他就立马逃往瑞士。

旁边的米歇尔·科塔是法国电台的记者，黑色的锅盖头、荧光色的唇膏、洋红色的衬衫和淡紫色的背心，装出在做笔记的样子，脸上带着神经质的笑。

从不听法国电台的西蒙，问起这个穿洋红色衣服的俄罗斯洋娃娃到底是谁。巴亚尔傻乎乎地笑起来。

吉斯卡尔表示，他希望这次辩论会产生作用。

西蒙试图用牙齿撕开火腿奶酪的包装纸，没成功，不由心烦意乱，而密特朗正在对吉斯卡尔说："您或许以为希拉克先生是个泪包……"

巴亚尔接过西蒙手上的奶酪，为他剥开表面的铝纸。

吉斯卡尔和密特朗都把各自讨人厌的盟友推出去当挡箭牌：希拉克在当时被认为是死硬右翼的代表人物，奉行超级自由主义，有点靠向法西斯主义（首轮获得18%选票），而马歇是共产党候选人，已土崩瓦解（首轮获得15%选票）。吉斯卡尔和密特朗各需要另两位的选票才能进入第二轮。

吉斯卡尔再三强调，即使重新大选，他也不需要解散国民议会，而他的对手要么和共产党联合执政，要么接受总统的政党在议会中占少数的事实。"我们无法引导双眼蒙蔽的人民，大多数人民该知道将何去何从。"西蒙注意到吉斯卡尔说错了"解散"这个单词，于是对巴亚尔说，巴黎综合工科学校出来的人就是文盲。巴亚尔本能地回道："莫斯科的蠢货。"吉斯卡尔对密特朗说："您不能对法国人说：'我想领导巨大的变革，无论和谁在一起……甚至是跟现在的议会在一起。'因此在目前情况下，请您别解散它。"

吉斯卡尔不断强调议会这个软肋，因为他无法想象社会党人真的能赢得议会大多数的席位，密特朗却郑重地回答："我希望赢得总统大选，我认为能够赢，如果赢得大选，我就会实施一切在法律框架内允许的行为来赢得议会选举。假如您无法想象下周一开始的新局面、法国民众的精神状态和他们要求改变现状的强烈意愿，那是您不明白这个国家发生的一切。"巴亚尔还在骂什么布尔什维克的臭虫，西蒙则不由自主地指出密特朗的双重用意：显然，密特朗不是在对吉斯卡尔说话，而是冲着所有厌恶吉斯卡尔的人说话。

大家就议会多数票这个问题已经讨论了半小时，吉斯卡尔不停地暗示共产党部长会有多恐怖。西蒙则暗想，当密特朗在遭受连连攻击之后突然决定发起反攻时有点龌龊："关于您的精简措施……好吧，是反共的，恕我直言，需要有些修正。而且有点太过潦草（停顿）。您要明白，信奉共产主义的工人人数千千万（停顿）。按照您的逻辑，我们最终会相信：他们有什么用？他们负责生产、工作、支付税收，他们在战争中赴死，他们做了一切。难道他们就不能成为法国的大多数？"

西蒙正想把第二块香肠扔进嘴里，听到这话，停下了手上的动作。当两位记者又抛出一个无聊的问题时，他和吉斯卡尔都明白，或许这场辩论的主旨已经变了，因为现在是吉斯卡尔转攻为守，风向变了。他完全明白这个时代上演的是什么把戏，此时的法国，"工人＝共产党"这个等式是不容置辩的。"不过……我绝对不会攻击共产党的选举资格。整整7年，密特朗先生，我从没有对法国的工人阶级有过不敬之语。从没有！我尊重他们的工作、他们的行为，甚至是他们的政治诉求。"

西蒙恶劣地大笑起来："你说得对，每年的'人道报节'，你都要大吃特吃小香肠。众所周知，在两次拜访博卡萨的间隙，你还要和法国总工会的冶金工人喝一杯，哈哈。"

巴亚尔看了眼手表，回到厨房弄他的食物。屏幕上的记者向吉斯卡尔抛出了财政收支问题，吉斯卡尔认为非常好。密特朗重新戴上大眼镜，以此表明他的意见，恰恰相反，一团糟。吉斯卡尔引用起里瓦罗尔①的话："无所事事是个巨大的优势，但不该滥用。"他还雪上加霜，"事实上，您1965年还在布道②。我1974年就开始治理这个国家了。"西蒙恼火起来："我们知道被你管成了啥样！"但他知道这很难辩驳。厨房里的巴亚尔回道："苏联的经济的确更加生机勃勃！"

密特朗瞅准时机发力了："您又要开始7年前的老调重弹

---

① 起里瓦罗尔：18世纪的法国作家、记者，保皇党人。
② 密特朗并没有当过牧师，他在1965年曾竞选法国总统，联系上文，可能是讽刺密特朗的演说说教空洞。

了：活在过去的人。恼人的是，您时不时还会变成被动的人。"

巴亚尔哈哈大笑："这一击他是消化不了了，这个活在过去的人，哼。7年了，颠来倒去说的都是这些。哈哈。"

西蒙没搭茬儿，他也同意：说辞不错，但似乎事先准备得太好。密特朗因此放松了下来，有点像是花样滑冰运动员，正准备来个三周半跳。

接着是关于法国经济和世界经济的一场恶战，两人都表现出色，巴亚尔终于端出香喷喷的炖羊肉。西蒙大吃一惊："谁教你做的？"吉斯卡尔描绘出一幅法国社会党统治下的可怕远景。巴亚尔说："我在阿尔及利亚认识了第一任妻子。你可以玩弄符号学，但你没法知道我所有的事。"密特朗提到，是戴高乐在1945年大力推动企业国有化。巴亚尔打开一瓶红酒，博讷产区，1976年产。西蒙津津有味地品尝起炖羊肉："味道好极了！"密特朗不停地发动进攻，并戴上大眼镜。巴亚尔解释道："1976年是勃艮第产区的好年份。"密特朗宣布："像葡萄牙实现了银行国有化，但它不是一个社会主义国家。"西蒙和巴亚尔品尝羊肉和红酒。巴亚尔特意准备这道菜式，不用分装在两个餐盘里，在汤汁的慢火细炖之下羊肉酥软嫩滑，叉子轻轻一压就能扯开。西蒙知道，巴亚尔知道他知道，但两个大男人都当什么事都没发生过，绝口不提穆拉诺岛。

此时的密特朗露出了利齿："官僚主义是您造成的。是您在治理国家，是您今天在喋喋不休地抱怨行政体制的弊端。这一切都是怎么来的？您治理，您负责啊！还有3天就要举行总统大选，您自然拍胸口保证，但我清楚您这么做的原因。您过去7年的所作所为不禁让我想到今后的7年，您还是会说一套做一套。"

西蒙注意到密特朗精妙的措辞，但鲜嫩多汁的羊肉还有苦涩的回忆让他有点分神。

吉斯卡尔没料到这次意外的进攻，想打压密特朗那种习以为常的傲慢："请您注意说话的口气。"密特朗是准备干架了："我想怎么说就怎么说。"

他又给了致命一击："150万失业者。"

吉斯卡尔给予纠正："求职者。"

密特朗紧追不舍："我知道字义上的差别，我会避免那些让自己烫嘴的话。"

他接着说："通胀和失业，在您看来是瑕疵，但对于我们的社会而言，就是致命的疾病：60%的失业者是女性……大多数都是年轻人……这会严重挫伤男人和女人的尊严……"

西蒙起初并没仔细听。密特朗越说越快，越来越有攻击性，越来越精准，越来越雄辩。

吉斯卡尔也不是等闲之辈，临死也要拉上个垫背的，他尽量克制住自己的外省口音，质问这个社会党对手："最低工资提高了多少？"小公司是没法活下去的。社会党的方案是不负责任的，它打算在少于10人的公司当中降低社会门槛，扩大雇员权利。

但沙马利埃①的这个有产者无意妥协。

两个人你一言我一语。

但吉斯卡尔犯了一个错误，他让密特朗说出马克的汇率，"今天的汇率？"

密特朗回答："我不是您的学生，在这里，您也不是共和国总统。"

西蒙若有所思地喝完了红酒：在这句话中，自动完成了某些操演性的行为……

巴亚尔去找奶酪。

吉斯卡尔说："我反对压低家庭收支商数②……支持回归到一条税制度，根据各类增值……"他精准地列出一系列措施，这是理科优等生的强项，但为时已晚：他输了。

辩论还在继续，纠缠在技术层面上，涉及核电、中子弹、共有市场、东西方关系、防务预算……

密特朗："吉斯卡尔·德斯坦先生是想说，社会党人都是糟糕的法国人，不愿保卫国家？"

吉斯卡尔的画外音："没有！"

密特朗没看他："既然他不愿这么说，那说的都是废话。"

西蒙感到心绪不宁，抓起矮几上的啤酒，夹在胳膊下，想弄开瓶盖，酒瓶却滑到地上，砸碎了。巴亚尔等着西蒙发火，

①　法国中部乡镇。
②　和家庭收入以及税收有关的指数。

他知道朋友的忍耐限度，日常生活有时会提醒他现在是个残疾人。巴亚尔擦干净地上的啤酒，急忙补上一句："没事！"

西蒙的脸上却露出困惑的神色。他指着密特朗，对巴亚尔说："看，你什么都没发现吗？"

"什么？"

"你是从辩论开始听的？你不觉得他这次发挥得很好？"

"哦，是啊，好过7年前，毫无疑问。"

"不，还有问题，他好得**不正常**。"

"怎么说？"

"很微妙，最初半个小时过后，他一直在玩弄吉斯卡尔，我没法分析他是如何做到的。像是无形的策略：我能感觉到，但我不明白。"

"你是想说……"

"看下去。"

巴亚尔看见吉斯卡尔费力地想要表明，我们不该把军队以及核威慑力量交托给不负责任的社会党人。"关于国防，您的行为正好相反……您从没投票给军队，而总是否决所有的国防法案。这些法案不在预算讨论范围内，我们完全可以想象，要么是您的政党，要么是您……本人，尽管深知国家安全的重要性，却并不投票支持国防法案。我注意到，您3次没投票支持国防法案……特别是在1963年1月24日……"

密特朗没搭理。米歇尔·科塔进入下一个问题，恼羞成怒的吉斯卡尔却紧追不舍："这很重要！"米歇尔·科塔礼貌地提出异议："当然如此，总统先生！"她把话题转向非洲政策。布瓦索纳显然在想其他事，所有人都不在乎，也没人在听他说话。密特朗似乎把吉斯卡尔打得落花流水了。

巴亚尔开始明白。

吉斯卡尔深陷窘境。

西蒙得出结论："密特朗得到了语言的第七功能。"

巴亚尔想把支离破碎的线索拼凑起来，密特朗和吉斯卡尔辩论起法国是否该军事介入扎伊尔。

"西蒙，我们在威尼斯见识过，第七功能不管用。"

密特朗用科卢韦齐战役①让吉斯卡尔闭嘴："简而言之，我们本该趁早行动的……假如我们想到的话。"

西蒙指向电视机："他的第七功能有用。"

# 95

巴黎的天空下着雨，巴士底狱的庆祝活动开始了，社会党的骨干还在党总部，快乐洋溢在每个人脸上。在政治上，胜利通常是结束也是开始，因此兴奋之中混杂着惬意和晕眩。此

① 科卢韦齐是扎伊尔（现刚果民主共和国）的一座城市。1978年，叛军曾绑架欧洲人作为人质，比利时军队和扎伊尔军队联合出兵，解救了人质，但还是造成700名非洲人和170名欧洲人的死亡。

外，桌上摆满了美酒和曲奇饼。"都是什么事啊！"密特朗或许会这么说。

贾克·朗握手、贴面，拥抱遇见的每个人。他冲着法比尤斯微笑，而后者在听到大选结果之后哭得像个小朋友。雨中的大街上传来了歌声和喊声。这是一个清醒的美梦，一个历史性的时刻。他私下知道他会出任文化部部长。莫阿蒂像乐队指挥一样手舞足蹈。巴丹戴尔和德布雷跳起了小步舞。若斯潘和吉列为让·饶勒斯的健康干上一杯。①年轻人爬上索尔费里诺的栏杆。照相机的闪光灯亮个不停，宛如历史暴风雨中划过的闪电。朗晕头转向。有人叫他："朗先生！"

他回头，撞见了巴亚尔和西蒙。

大吃一惊的朗立马明白，这两人不是来庆祝胜利的。

巴亚尔开口了："您能给我们留出点时间吗？"他掏出证件。朗辨别出三色条纹。

"什么事？"

"罗兰·巴特的案子。"

朗听到了这位已经去世的评论家的名字，感觉被扇了一巴掌。

"听着，呃……老实说，我觉得现在不合适。这周晚些时候，可以吗？您只要去秘书处登记下预约时间。请见谅……"

---

① 若斯潘为法国社会党的重要人物之一，曾任法国总理；吉列为法国政治家，社会党人；让·饶勒斯为法国社会主义领导者，也是《人道报》创始人，1914年7月31日死于刺杀案。

巴亚尔抓住他的手臂："不行。"

打旁边经过的皮埃尔·若克斯问："贾克，有麻烦？"

朗看着把守铁门的警察。他犹豫了，今晚之前，这些警察还是为他们的对手服务的，但现在，他完全可以要求警察把这两人带走。

路上回荡起《国际歌》，司机按响喇叭伴奏。

西蒙卷起外套的右袖，说："劳驾，不会占用很长时间。"

朗死死盯着他的残肢。若克斯说了声："贾克？"

"没事，皮埃尔。我马上就回来。"

他在底楼找到一间空置的办公室，房间朝向内院。室内的电灯开关坏了，但室外的光线足以照亮房间。三人处于半明半暗之中，没人愿意坐下来。

西蒙先开口："朗先生，第七功能是如何落入您手中的？"

朗叹了口气。西蒙和巴亚尔在等待。密特朗当选总统了，朗可以说出一切了。西蒙想，也许朗**愿意**说。

他和巴特约了一顿晚餐，因为他知道巴特得到了雅各布森的手稿。

"怎么做到的？"西蒙问。

"什么意思？"朗反问，"是巴特如何得到手稿，还是我如何知道手稿在他手上？"

西蒙很镇静，但他知道巴亚尔常常是强忍着不耐烦。他不想看见他的警察朋友威胁贾克·朗要用小汤匙戳死他，于是平静地说："两样都想知道。"

贾克·朗并不清楚巴特是如何得到手稿的，但他在文化界建立起的四通八达的人际网让他得到了风声。德布雷把消息告诉了德里达，并让后者相信这份文件的价值。于是，两人决定和巴特约个饭局，打算从他那里偷得文件。晚餐期间，朗小心翼翼地从巴特外套口袋里偷出文件，交给躲在前厅的德布雷。德布雷一路飞奔，把文件递到德里达手上，后者根据原件捏造了一份伪件。德布雷把伪件交给朗，他再放回巴特的外衣口袋，那时候晚餐还没结束呢！整个行动安排紧凑，德里达用了极短的时间就编了一份伪件，尽管看上去切实可信，却是没用的。

西蒙很意外："为什么这样做？巴特看过内容，他肯定会发现的。"

朗解释道："我们考虑到，假如我们知道有这样一份文件存在，别人肯定也知道，这份文件必然引来众人的觊觎。"

巴亚尔打断了他："你们料到索莱尔斯和克里丝蒂娃会来偷第七功能？"

西蒙代替朗回答："不是的，他们以为吉斯卡尔会染指。事实上，他们没搞错，吉斯卡尔的确把任务委托给了你。只是出乎他们的意料，巴特在被小卡车撞翻之前，吉斯卡尔并不知道有第七功能这回事。（他转向朗）不得不说，您在文化界的人际网比吉斯卡尔广……"

朗不由露出自负的笑容："整个行动其实是个赌注，我要这么说，相当冒险：这份假冒的文件要在巴特发现掉包之前再次被偷走，让小偷以为得到了货真价实的第七功能。至于我们，没人会怀疑到我们头上。"

巴亚尔补充完："事情的确发展成这样了。不过，偷走文件的不是吉斯卡尔，而是索莱尔斯和克里丝蒂娃。"

朗给出更多细节："于我们而言，这不算大问题。我们本来是想要愚弄吉斯卡尔，让他以为手握秘密武器。不过，我们有了第七功能，货真价实的第七功能，这才是最重要的。"

巴亚尔问："为什么杀了巴特？"

朗没料到事情会发展到这种地步。他们不打算要任何人的命，不在乎其他人也掌握了语言的第七功能，只要那人不是吉斯卡尔就行。

西蒙明白了。密特朗只看重眼前：他要在辩论中打败吉斯卡尔。但索莱尔斯则不同，从某种意义上来说，他要得更多，看得更远。他想在罗各斯俱乐部内夺走埃科的"伟大的普罗塔哥拉"头衔，因此要借助第七功能获得决定性的辩论优势。不过，一旦获得头衔，为了保住它，他就要确保其他人不知道第七功能，以免威胁到他的地位。于是克里丝蒂娃雇佣保加利亚杀手追回副本：第七功能只能为索莱尔斯所有，只有他一人。巴特必须死，还有其他得到文件或者可能得到文件的人都必须死，无论这些人拿到文件是为己所用还是散播出去。

西蒙问起密特朗是否暗中支持"第七功能行动"。

朗没有正面回答，但答案显而易见，他也懒得否认："直到最后时刻，密特朗都不相信这功能有用，需要一些时间来掌握它，但他击败了吉斯卡尔。"未来的文化部部长骄傲地笑起来。

"德里达呢？"

"德里达想看到吉斯卡尔输，便和雅各布森达成协议，他情愿没人能得到第七功能，但他无法阻止密特朗把文件搞到手，伪件的主意很合他的心意。他通过我让总统承诺，只有总统一人会使用第七功能，不和任何人分享（朗又微微一笑）。我敢肯定，总统是一诺千金的。"

"你呢？"巴亚尔问，"你有没有看过？"

"没有，密特朗嘱咐我和德布雷不要打开文件。我么，是根本没有时间，因为从巴特那里偷来后，我转手就给了德布雷。"

贾克·朗回忆起当时的场景：他要照看炉子上的鱼，提供聊天的谈资，还要小心谨慎地偷出文件。

"至于德布雷，我不知道他有没有听从总统的命令，但他也要行动迅速。鉴于他的忠诚可靠，我敢说他听从了命令。"

"那么，由此推断，"巴亚尔带着疑虑说下去，"密特朗是最后一个知道第七功能的活人啦。"

"还有雅各布森本人。"

西蒙没吭声。

室外在大喊："去巴士底狱，去巴士底狱！"

门打开了，莫阿蒂探进脑袋："你来吗？音乐会开始了，巴士底狱那里都是人！"

"这就来，这就来。"

朗希望去找他的朋友们，但西蒙还有一个问题："德里达伪造那份文件是为了让使用者精神错乱吗？"

朗想了想："我不太肯定……伪件看上去很像真的。德里达已经尽了全力，在这么短的时间内伪造出以假乱真的文件。"

巴亚尔又想起了索莱尔斯在威尼斯的表现，于是对西蒙说："不管怎么说，索莱尔斯，呃，他本来就有点疯疯癫癫的，不是吗？"

朗彬彬有礼地告辞，他已经满足了两人的好奇心。

三人离开阴暗的办公室，回到庆祝现场。在先前的奥赛火车站前面，一个步履蹒跚的人在行人的鼓励下，反反复复地喊着："吊死吉斯卡尔！跳起卡马尼奥拉舞①！"朗提议西蒙和巴亚尔和他一同前往巴士底狱。他们在路上碰见了加斯东·德费尔，未来的内政部部长。朗为他们互相做了介绍。德费尔对巴亚尔说："我需要像您这样的人，我们下周见个面。"

大雨倾盆，但巴士底狱挤满欢欣雀跃的群众。已是黑夜，但人们在大喊："密特朗，红太阳！密特朗，红太阳！"

巴亚尔问朗，在他看来，克里丝蒂娃和索莱尔斯是否会面临司法机关的追究。朗撇撇嘴："坦白说，我认为不会。第七功能现在是国家机密了，总统没必要再提起这档子事。再

———————————

① 法国大革命时期流行的歌曲和舞蹈。

说，索莱尔斯也为他的勃勃野心付出了惨痛代价，不是吗？我见过他好几次，知道吗？这人魅力十足，可以傲慢地接受他人的曲意逢迎。"

朗露出迷人的微笑。巴亚尔和他握了握手，这位即将走马上任的文化部部长终于可以去找他的小伙伴一同庆祝胜利了。

西蒙看着涌向广场的人潮。

他说："烂泥。"

巴亚尔吃了一惊："什么？谁是烂泥？你马上就能达成心愿了，60岁退休，这不就是你想要的？每周工作35小时，5周的带薪休假，企业国有化，废除死刑。还不高兴？"

"巴特、哈米德、他的伙伴萨义德、新桥上的保加利亚人、DS里的保加利亚人、德里达、希尔勒……他们死得没有意义。他们的死只是换来索莱尔斯在威尼斯被割了睾丸，就因为他得到的是假文件。从一开始，我们追寻的就是一场空。"

"也不能这么说。在巴特家，原件的副本的确是塞在了雅各布森的著作里。如果没能截住保加利亚人，他就会把原件副本交给克里丝蒂娃，而后者比对过两份文件之后就会发现调包这件事。斯里曼的磁带也是根据原件录音的。不能落在坏人手上。"（他妈的，巴亚尔想道，不该提到手啊！）

"但德里达想毁了磁带。"

"假如希尔勒插'手'了，（这不是真的，我有多蠢啊！）天知道会发生什么事。"

"但在穆拉诺岛，我们知道。"

　　置身于欢唱的人群中，却感到压抑的沉默。巴亚尔不知该如何回答，他想起年轻时候看过的一部电影，名叫《海盗》，托尼·柯蒂斯这个独臂人一手劈死了柯克·道格拉斯，但他不能确定西蒙是否会欣赏这样的类比。

　　这次调查，无论别人作何感想，算是圆满结束了。他们循着蛛丝马迹找到了杀害巴特的凶手。那些凶手怎么会料到得到的是伪件？西蒙说得对：这是一条错误的线索，他们从一开始就跟错了。

　　巴亚尔说："没有这次调查，你也成不了现在的你。"

　　"一只手吗？"西蒙冷笑。

　　"我遇见你的时候，你就是个天天泡在图书馆里面的书呆子，看上去像是个人畜无害的处男。瞧瞧现在的你：穿着剪裁得体的西装，邂逅了女孩，还成了罗各斯俱乐部冉冉上升的新星……"

　　"还丢了右手。"

　　巴士底狱宽敞的舞台上轮番上演着音乐会。人们跳舞、拥抱，而在这群年轻人中，有一头金发在随风飘扬（这是他第一次看见那头金发没有扎起来），西蒙认出了安娜斯塔西娅。

　　这要有多好的运气才能在今晚的人群中再次遇见她？西蒙此时不禁自问：自己到底是在被一个蹩脚作家操控，抑或安娜斯塔西娅是一个超级间谍。

　　舞台上，电话乐队唱起了《这（真的是你）》。

　　两人四目交会，此时的她正和一个长发青年跳舞，她投以友好的目光。

巴亚尔也看见了安娜斯塔西娅；他告诉西蒙他要回家了。

"你不留在这？"

"这不是我的胜利：你知道得很清楚，我把票投给了另一个秃子。还有，我这把年纪也受不了这些（他指向那些伴随着音乐节奏舞动的年轻人：自得其乐，吞云吐雾，或者相拥接吻）。"

"行了，老爹，你在康奈尔的时候可不是这样的，当时的你就像头骡子，忙着和朱迪斯商量操哪个人的屁股。"

巴亚尔存心不搭茬儿，"我还有几柜子的文件要粉碎，在你的同伴插……染指之前。"

"万一德费尔给你一个职位呢？"

"我是公务员。我拿工资，我为政府服务。"

"明白了。你的国家意识为你带来荣誉。"

"闭嘴，小笨蛋。"

两人哈哈大笑。西蒙问巴亚尔，就没有点好奇心，听一听安娜斯塔西娅关于此事的说法。巴亚尔向他伸出（左）手，看着跳舞的俄国女孩说："你会告诉我的。"

警官巴亚尔消失在人群中。

西蒙转过身，安娜斯塔西娅却出现在他面前，雨中的她大汗淋漓。尴尬了片刻。西蒙注意到，她在研究那只没了的手。为了转移她的注意力，西蒙问："莫斯科是如何看待密特朗获胜的？"她微笑着说："你知道，勃列日涅夫……"她递给他一小瓶打开的啤酒，"新的强人是安德罗波夫①。"

"安德罗波夫怎么看待他的保加利亚同僚？"

"克里丝蒂娃的父亲？我们知道他的所作所为是为了女儿。但我们一直不明白他们为什么想要得到第七功能。是你让我发现了罗各斯俱乐部这个组织。"

"克里丝蒂娃的父亲现在怎么样？"

"时代变了，我们不是活在1968年了。我没收到指令，不管是针对父亲还是女儿。至于企图谋杀你的间谍，他最后一次被看到是在伊斯坦布尔，我们把他跟丢了。"

雨势更大了，雅克·伊热兰在舞台上唱起了《香槟酒》。

西蒙忧伤地问道："你为什么没去威尼斯？"

安娜斯塔西娅扎起头发，从软趴趴的烟盒中抽出一支烟，但没法点燃。西蒙把她带到树下避雨，下面就是阿森纳港。"我在跟另一条线索。"她发现索莱尔斯把一个副本交给了阿尔都塞，不知道那是假的，于是趁着阿尔都塞被拘禁的机会，在他家中翻箱倒柜地查找。这花了很多时间，因为家中有成吨的书籍和文件，这份文件可能藏在任何地方，必须有条不紊地进行搜查。然而，她一无所获。

西蒙说："好可惜！"

身后的舞台上，罗卡尔和朱坎②手拉手高唱《国际歌》，所有人应声唱和。安娜斯塔西娅用俄语哼唱起来。西蒙在

---

① 1982年11月，安德罗波夫接替勃列日涅夫成为苏共中央总书记。

② 朱坎：法国政治家，曾是法国共产党成员，后加入绿党。

想，左翼在真实的生活中是否真的能掌权；或者更确切地说，在真实的生活中，我们能否改变生活。在任由自己陷入本体论的致命索套之前，他听见了安娜斯塔西娅轻声说："我明天飞莫斯科；今晚没任务。"接着，年轻女子像是变魔术似的掏出一瓶香槟酒，西蒙不知道她是从哪里搞来的。两人就着酒瓶大口畅饮，西蒙吻上了安娜斯塔西娅，脑中却想着她会不会用发夹切开他的动脉，或者他会不会死于女孩有毒的唇膏，但她只是听之任之，她没带唇膏。漫天的雨还有远处的庆祝使得此刻像极了电影场景，他决定不再想下去。

人群大喊："密特朗！密特朗！"（新任总统并不在场。）

西蒙走近一名无照流动小贩，他的冰箱里面存放着饮料，今晚还破例有香槟酒可卖。西蒙又买了一瓶，当着安娜斯塔西娅的面单手开瓶。她冲着他微笑，双眼在酒精作用下熠熠生辉，她又一次散开头发。

两人各举一瓶酒相碰，安娜斯塔西娅在暴雨下声嘶力竭地喊道：

"为了社会主义！……"

周围的青年欢呼喝彩。

巴黎上空划过一道闪电，西蒙回道：

"……真实的！"

# 96

法网公开赛决赛，1981年。博格又一次出击碾压对手；他以6:1的比分领先年轻的捷克斯洛伐克选手伊万·伦德尔。就像是在希区柯克的片子里一样，所有人的脑袋都跟随着网球来回摆动，只有西蒙在想心事。

巴亚尔可能并不在乎，但西蒙想知道，想要找到证据，证明他不是小说人物，而是活在真实的世界中。（真实是什么？"当我们相互碰撞时。"拉康如是说。西蒙看向他的残肢。）

第二局的战况更加激烈，球员的滑步激起了尘土。

西蒙独自待在包厢内，直到一个马格里布①小伙子走进来。小伙子坐在他旁边的位子上，是斯里曼。

两人互相问好。伦德尔拿下第二局。

这是博格在今年的法网公开赛中首次失利。

"不赖啊，包厢。"

"一家广告公司租下的，这家公司为密特朗做过宣传活动，他们想把我招入麾下。"

"您动心了？"

---

①　摩洛哥、阿尔及利亚、突尼斯三国的合称。

"我觉得我们俩可以用'你'相称。"

"你的手，我感到很抱歉。"

"假如博格赢了这场，这就是他第六个法网公开赛的冠军了。难以想象，不是吗？"

"他似乎形势大好。"

博格很快在第三局中放松下来。

"谢谢你来这里。"

"我正好路过巴黎，是你的警察伙伴告诉你的？"

"你现在住在美国？"

"是的，我拿到了绿卡。"

"6个月就拿到了绿卡？"

"总有解决的法子。"

"找美国行政机构？"

"是的，找他们。"

"康奈尔一别之后，你怎么样？"

"我带着钱逃走了。"

"不是这个，这事我知道。"

"我去了纽约。起初，我在哥伦比亚大学注册上学。"

"在哥伦比亚大学上课，怎么可能？"

"好吧，你知道的，需要说服教学秘书。"

博格在这局中第二次破发伦德尔。

"我得知你在罗各斯俱乐部获得了胜利。恭喜。"

"俱乐部在美国没有分部吧？"

"有，不过才刚起步。可能整个美国只有一个雄辩家，我不肯定。费城有个逍遥派，我觉得波士顿也有一两个，西海岸可能零星有些辩手。"

西蒙没问他是否会续注。

博格以6:2的比分拿下第三局。

"有什么计划？"

"我想从政。"

"在美国？你打算入美国籍？"

"为什么不？"

"呃，你想参加选举？"

"唔，首先我要精进一下我的英语，再入个美国籍。接着，光是赢得辩论还无法成为候选人，还需要……怎么说呢，继续努力。或许我能期待一下2020年无知的民主党人，为什么不，但也不能操之过急，哈哈。"

斯里曼玩笑的口气让西蒙疑惑，他到底是认真的还是胡说……

"并非如此，听着，我在哥伦比亚大学遇见了一个学生，我感觉他能走得很远，只要我肯帮他。"

"远到哪？"

"我觉得我可以让他当上参议员。"

"为了什么？"

"就这么回事。他是来自夏威夷的黑人。①"

"唔，明白了。在你新获得的权力范围内来一次挑战。"

---

①　此处影射美国总统奥巴马。

"不能算是权力。"

"我知道。"

伦德尔的直球让博格望球兴叹。

西蒙评论起比赛："博格可不常遇见这种事。这个捷克人很强壮。"

他迟迟没有提起他真心想和斯里曼交流的话题，尽管斯里曼也很清楚西蒙的脑子里在想什么。

"我用随身听听了一遍又一遍，但我还是没法记住。"

"一种方法论？秘籍？"

"与其说是方法论，倒更像是一把钥匙，一条线索。雅各布森把它称为'操演功能'，但这种'操演'是一种图像。"

斯里曼看着博格双手握拍反击。

"就是说，一种技艺喽？"

"根据希腊语的意思？"

斯里曼笑了。

"technè①，是的，如果你愿意。实践、创造……我全都学会了，你知道的。"

"觉得自己战无不胜？"

"是的，不过，这并非意味着我就是战无不胜的。我觉得有人可以打败我。"

"即使没有第七功能？"

———————————

① 词根源于希腊语，意为：技能、技术、技艺。

斯里曼笑了："走着瞧。但我还有东西要学，我需要练习。说服海关人员或者秘书，这是一码事，赢得大选要难得多。我还有很大的进步空间。"

西蒙在想，密特朗掌握到了哪个程度，这位社会党总统以后会不会输掉大选，会不会一次又一次地参加大选，直到寿终正寝。

赛场上，伦德尔和瑞典机器鏖战正酣，拿下了第四局。观众颤抖了：长久以来，博格这是第一次在法网公开赛上被拖入第五局。老实说，1979年之后他就没失过一局。最后一次失利，那还要追溯至1976年，对阵帕纳塔。

博格接连犯了两个错误，把发球权拱手相让给伦德尔。

"我不知道哪种可能性更大，"西蒙说，"是博格第六次赢得法网公开赛……还是他失败。"

博格用一记Ace球作为回答，伦德尔用捷克语嚷嚷着什么。

西蒙意识到他希望博格赢，出于个人愿望，他有点迷信、守旧，害怕改变，但博格获胜的概率的确较大：博格，当之无愧的世界头号选手，排在康诺尔斯和麦肯罗前面，一路过关斩将挺进决赛，而世界第五的伦德尔差点在半决赛中输给何塞-路易士·克拉克，第二轮碰到的是安德烈斯·戈梅兹①。事物的顺序……

---

① 安德烈斯·戈梅兹：厄瓜多尔网球运动员，最高排名是世界第四，曾在1990年夺得法网公开赛冠军。

"有福柯的消息吗？"

"是的，我们经常通信。我在巴黎就住他家，他一直在研究性历史。"

"呃，第七功能，他没兴趣？至少作为研究对象？"

"他放弃语言学有段时间了，你知道的，今后可能会拾起来。不管怎么说，他这人很有分寸，所以不会率先向我吐露实情的。"

"唔，明白。"

"哦，不是的，我这么说不是针对你。"

博格破了伦德尔的发球。

西蒙和斯里曼停止交谈，关注起比赛。

斯里曼想到了哈米德。

"克里丝蒂娃这个臭娘们呢？"

"好得很。你知道索莱尔斯的事吗？"

斯里曼的脸上闪过苦笑。

两人都隐约预感到，他们俩终有一战，为了夺得罗各斯俱乐部最高头衔——伟大的普罗塔哥拉，但此时此刻他们是不会承认的。西蒙审慎地没有提及翁贝托·埃科。

伦德尔没让博格破发成功。

赛果越来越扑朔迷离。

"你呢？有什么计划？"

西蒙冷笑着举起残肢。

"好吧，想要赢得法网冠军，真不容易。"

"但要乘火车穿过西伯利亚则完全合适。"

　　西蒙笑起来，他知道斯里曼把他比成了桑德拉尔①，他也是一位独臂作家。西蒙在想斯里曼是什么时候掌握这类文学知识的。

　　伦德尔不想输球，但博格太强大了。

　　可是。

　　难以想象的事终于发生了。

　　伦德尔破发博格。

　　他为比赛而生。

　　重压之下的捷克斯洛伐克青年在颤抖。

　　但他赢了。

　　不可战胜的博格被打败了。伦德尔向天举起双手。

　　斯里曼和观众一同鼓掌。

　　西蒙看着伦德尔举起奖杯，他不太清楚自己在想些什么。

---

① 桑德拉尔：法国作家，写过一本《横穿西伯利亚散文》，而且在"一战"中失去了右手。

# 尾 声

## 那不勒斯

# 97

西蒙站在翁贝托一世拱廊街①的入口，向里望去，玻璃和大理石欢快大胆地杂糅在一起，他迟迟没有进入。拱廊街只是地标，不是目的地。他打开地图，弄不明白为什么就找不到罗马路，不禁怀疑地图是假的。

他要去罗马路，但他现在还在托莱多街②。

在他身后，对面的人行道上，一个上了岁数的擦皮鞋匠饶有兴致地看着他。

西蒙知道，那人等着看他怎么用一只手叠起地图。

老头有一只木箱，他在上面自制了一个托架用来搁稳皮鞋。西蒙还注意到专为高跟鞋设计的斜面。

两人交换了眼神。

那不勒斯的这条马路两边弥漫着不知所措的气息。

西蒙不知道自己的**确切**方位。他开始慢悠悠地折地图，动作灵活，眼睛没有离开过老擦鞋匠。

突然，擦鞋匠指了指西蒙上方，他感到有些不对头，因

---

① 那不勒斯的一个购物中心。

② 那不勒斯的一条主干道，沿路有翁贝托一世拱廊街及其他众多商铺；从1870年至1980年，这条街曾经叫"罗马路"。

为老头了无生气的脸上出现了惊讶的神色。

西蒙抬头，刚好看到商场入口上方的三角楣——浮雕的图像是两个小天使以及环绕四周的纹章或者类似的图案——从外立面上脱落下来。

擦鞋匠想大叫发出警告，阻止悲剧的发生，至少介入其中，但掉光了牙齿的嘴里发不出任何声音。

不过，西蒙有了很大的改变。他不再是图书馆里的那个书呆子，眼睁睁地看着重达半吨的白色石头把自己砸个粉碎，他现在仅有一只手，在罗各斯俱乐部拥有相当高的地位，至少三次死里逃生。他没有后退，人类的本能促使我们这么做，他却反其道而行之，贴着建筑外墙，巨石就在脚边碎开，他毫发无损。

擦鞋匠没回过神来。西蒙看着一地的碎石，看着擦鞋匠，又看看周遭愣住的行人。

他指向那个可怜的擦鞋匠，当然不是针对他，放出狠话："如果你想杀我，你还得再加把劲！"或者，小说家想给他传递一个讯息。"那他就应该说得更明白些。"他气急败坏地想道。

# 98

"是去年的地震；所有房子都变脆了；随时都可能垮掉。"

西蒙在听比安卡解释为什么他差点被一块大理石砸中脑袋。

"圣雅纳略在维苏威火山喷发期间阻止了岩浆横流。从那以后，他就成了那不勒斯的主保圣人。红衣主教每年都会取出一点圣雅纳略干掉的血放入玻璃瓶中，然后把玻璃瓶倒转过来，直到血块成为液体。如果血液溶解，那就意味着灾祸会赦免那不勒斯。你觉得去年怎么样？"

"血液没有溶解。"

"之后，克莫拉①将欧洲经济共同体提供的数百万元挪作他用，因为他们得到了重建合同。显然，他们什么都没做，或者做得很糟，建筑物和之前一样存在危险，每天都在发生事故。那不勒斯人习以为常了。"

西蒙和比安卡坐在冈布里努斯咖啡馆的露台上啜饮意式咖啡。这家充满文艺气息的咖啡馆深受游客欢迎，它也出售糕点，西蒙亲自挑选这家作为约会地点，还点了一块朗姆酒蛋糕。

---

① 类似于黑手党的秘密社团，起源于意大利坎帕尼亚地区和那不勒斯。

比安卡在向他解释"看一看那不勒斯然后死去"这句话的意思（拉丁语是videre Neapolim et Mori），其实隐含了一个文字游戏：莫里（Mori）是那不勒斯周边的一座小城。

她还说起披萨的故事：一天，意大利国王翁贝托一世的妻子玛格丽特王后发现了这道平民菜，就把它推广到整个国家。此后，人们用她的名字命名了一款披萨用以纪念她，这款披萨由绿（罗勒）白（莫泽雷勒干酪）红（西红柿）三种颜色构成，正好是意大利国旗的颜色。

直到此刻，她还没问起手的事儿。

一辆白色菲亚特和另一辆车并排停着。

比安卡越说越激动，开始谈论政治，又向西蒙吐露对资产阶级的仇恨，说这些人垄断资源，让百姓挨饿受穷，"你注意到了吧，西蒙，有些资产者会花几十万里拉去买一个手提包。一个手提包啊，西蒙！"

两个年轻人走下白色菲亚特，在露台上坐定。第三个人前来和他们会合，这个摩托车手把他的凯旋机车停在人行道上。比安卡没法看见他们，因为她是背对着的。这伙人是博洛尼亚的蒙面党。

西蒙在这里见到这伙人感到非常惊讶，但没有表现出来。

比安卡想到意大利有产者的为富不仁，愤怒得啜泣起来。她用一堆脏话问候了里根，她也看不起密特朗，因为无论是在阿尔卑斯山的哪边，社会党都是叛徒。贝蒂诺·克拉克西①是

---

① 贝蒂诺·克拉克西：意大利政治家，曾出任过总理。

垃圾，他们全都该死，如果可能，她想亲自手刃这些人。世界在她眼里漆黑一片，西蒙默默想道，实在无法苛责于她。

三个年轻人点了啤酒，点燃香烟，又一个人到场了，这人西蒙见过：他在威尼斯的对手，他曾被两名保镖压着截掉了手。

西蒙向他的朗姆酒蛋糕低下头去。那人气派地与一个当地名流、同他一样是重要的克莫拉成员（在当地，两者的区别并不明显）的人握手，然后消失在咖啡馆内。

比安卡咒骂福拉尼①还有他的五党联合执政政府。西蒙觉得她歇斯底里，想让她安静下来，于是出言安抚，"事情不会变得这么糟糕的，想想尼加拉瓜……"他的手从桌子下方穿过，搭上比安卡的膝盖，透过裤子的面料，他摸到硬实的物体，那绝非血肉之躯。

比安卡猛然跳起，把小腿收回到椅子下。她立即停止抽泣，挑衅而哀怨地看着西蒙。泪水包含了激情、愤怒和爱恋。

西蒙不出声。事情就是这样：大团圆结局。独臂人配独腿人。在所有美好的故事当中，必然要饱受负罪感的煎熬：假如比安卡是在博洛尼亚火车站丢了腿的话，那就是他之过。假如她没有遇见他，那她就还有完完整整的两条腿，还能穿裙子。

同样，他们也无法组成感人至深的残疾小夫妻。他们会互相折磨，然后拥有很多极左分子的后代？

① 福拉尼：1980年至1981年担任意大利总理。

只是这并非他预料之中的结局。

是的，他是想在那不勒斯逗留期间再见一见比安卡。他曾在博洛尼亚的一张解剖台上和她共赴云雨，可此时的他另有计划。

西蒙向蒙面党徒中的一人微微点了下头。

三人站起来，拉上围巾，蒙住嘴巴，进入咖啡馆。

西蒙和比安卡四目相视，这漫长的对视包含了千言万语和千愁万绪，包含了过往、现今以及种种没有实现的假设（这是最糟的，尽是遗憾）。

这时传来两声巨响，还有喊声和混乱。

蒙面党推搡着西蒙的对手走出咖啡馆，下半张脸仍然蒙住，其中一人手持一把瓦尔特P38手枪抵在这个克莫拉大人物的腰间，另一人举枪扫视，露台上的顾客顿时吓得一哄而散。

第三人从西蒙身边走过时，在他的桌上留了样东西，西蒙随即用纸巾盖住。

他们把大人物塞进小型卡车，绝尘而去。

咖啡馆内一片惊慌。西蒙听到了室内的喊叫声，猜到保镖受了伤。每人的腿部都中了一枪，不偏不倚。

西蒙叫上慌乱的比安卡："跟我走。"

他把她带到第三个人的摩托车前，递给她餐巾，里面是摩托车钥匙。他对比安卡说："开车。"

比安卡抗议：她是有过一辆轻型摩托车，但她没法驾驶这种重型的。

西蒙抬起残缺的右手，咬牙切齿："我也不能。"

比安卡跨上凯旋摩托车，西蒙踩下发动装置，坐上后座，揽住比安卡的腰，她转动加速器，摩托车向前一冲。比安卡问他要去哪里，西蒙回答："波佐利。"

# 99

眼前的景象并不真切，如同意大利西部片和火星纪事的混合体。

在布满蜘蛛网的巨大火山坑中，三名蒙面党人团团围住大腹便便的名流，后者被迫跪在沸腾的泥浆池边上。

在他们四周，硫黄从地心深处喷射而出，势如立柱。空气中弥漫着浓郁的臭鸡蛋味。

西蒙首先想到的是库迈的西比尔①山洞，没人会去那里找他们，但他不记得位置了，因为这个山洞承载了太多的象征意义，这些象征意义开始让他厌烦。只是没人能轻而易举地逃脱象征：当他们在龟裂的土地上行驶时，比安卡告诉他，对于罗马人而言，处于休眠状态的索尔法塔拉火山就是地狱的入口。行了。

---

① 位于那不勒斯西部，曾是希腊在意大利本土的第一个殖民地。女先知西比尔曾住在库迈的一个山洞中。

"好啊！伙伴们，在干吗呢？"

比安卡并没有认出咖啡馆里的三个人，她睁大了眼睛：

"你雇了博洛尼亚的红色旅？"

"我认为他们不是红色旅；这不就是你让你的朋友恩佐干的事？"

"没人雇佣我们。"

"我们不是雇佣兵。"

"的确不是，他们不收一分钱，我说服了他们。"

"绑架这家伙？"

"一个腐败的那不勒斯政客。"

"就是这人在发放建筑许可证，许可证被贩卖给了克莫拉，数百人因此死于地震，克莫拉建造的豆腐渣大楼压死了好多人。"

西蒙走近那个受贿政客，用残肢抚着他的脸庞，"而且，他还是个卑鄙的失败者。"那人像禽兽一般摇头晃脑，"人渣！住手！"

三名绑匪建议用他换回一名革命党人。说法语的那人转向西蒙："谁知道有没有人愿意付钱赎回这头猪！"三人大笑起来，比安卡也是，但她希望弄死绑匪，尽管她没说出口。

阿尔多·莫罗有些犹豫，西蒙喜欢这样。他渴望复仇，但也喜欢听天由命。他的左手像钳子一般死死捏住大人物的下巴。"明白二选一吗？要么你被人发现死在雷诺4的后车厢里，要么滚回家继续干你的肮脏勾当。不过，千万不要再踏足罗各斯俱乐部。"他想起了两人在威尼斯的对决，只有那次他真真切切地感到了危险。"此外，像你这样的乡巴佬怎么会这么有文化？干坏事的间隙，还有闲情逸致去剧院参加辩论？"但他立马就后悔自己，充满了社会学偏见，缺乏布尔迪厄式的正确观点。

他松开大人物的下巴，后者飞快地说起意大利语。西蒙问比安卡："他说了什么？"

"他会给你的朋友一大笔钱，让他们杀了你。"

西蒙笑了起来，他了解这个跪在地上的男人的雄辩才华，他和这人有过交锋，但他也清楚，一边是黑手党公务员，还极有可能是基督教民主党；另一边是只有25岁的红色旅成员，两者之间是不可能有对话的。政客就算说上一天一夜，他也没法说动他们。

他的对手也是这么想的，因为他竟然克服了体型的肥硕，灵巧而迅速地扑向离他最近的红色旅成员，试图夺下那人的瓦尔特P38手枪。不过，蒙面党的每个成员都是生龙活虎的年轻人；大腹便便的政客挨了一记枪托，又跌倒在地上。三人骂骂咧咧地用枪抵住他的脸。

故事将这样结束，他们会在这里杀了他，就现在，用以惩罚他愚蠢的冒险行为。西蒙这样想。

一声巨响。

其中一名红色旅成员应声倒地。

火山上空重又鸦雀无声。

每个人吸入的空气中都是硫黄蒸汽。

没人想躲藏，因为西蒙觉得在这里约会真是绝妙的点子：在一座周长达700米的火山口中，无遮无掩。可以说，一棵树都没有，一个可以藏身的灌木丛都没有。西蒙放眼望去，试图找一个可能的藏身处，最后终于锁定一口井和一座冒烟的小巧石头建筑（古代的蒸汽浴室，代表炼狱之门），但离他太远。

两个身着西装的人一步一步逼近，其中一人拿着手枪，另一人扛着步枪，好像是德国产的毛瑟枪。活着的两名红色旅成员举起了手，他们知道P38手枪在这个射程范围内根本没用。比安卡直勾勾地看着脑袋中枪的尸体。

克莫拉派人来解救这位贪污受贿的大人物了，**组织**不会这么轻而易举地放弃自己的成员。西蒙发现自己也锱铢必较、利益受到触犯就要以牙还牙，但现在他连同另外两名红色旅成员极有可能会被就地处决。至于比安卡，她应该也会遭受同样的命运，"组织"从来不会放过目击者。

这个想法得到了印证，大人物像头海豹一样气喘吁吁地站起来后，先是给了他一个耳光，又各赏了一个给红色旅成员，最后轮到了比安卡。四人的命运就此注定。大人物冲着两名打手咬牙切齿地说道："搜身。"

西蒙又想起了威尼斯的日本人。这次，有没有救星赶来帮忙呢？在最后的时刻，西蒙又产生了幻想，自得其乐地想象道：万一他是在一本小说里，难道寥寥数语就能让他在故事结尾死去？西蒙列举了好几个叙事理由，统统说得过去。他又想起了巴亚尔对他说过的话："想一想《海盗》中的托尼·柯蒂斯。"是啊。他在想雅克会怎么做，摆平一个有武器的家伙，再用第一个人的武器打倒第二个，当然喽，但巴亚尔不在这里，西蒙也不是巴亚尔。

克莫拉的打手用步枪抵住他的胸膛。

西蒙明白幻想毕竟是幻想，感到那个小说家假如存在，也不是他的朋友。

刽子手比红色旅成员大不了多少。正当那人想要扣动扳机时，西蒙开口了："我知道你是个高尚的人。"克莫拉成员动作一滞，让比安卡把话翻译一遍。"他说你是个高尚的人。"

不，不会有奇迹的。但是，小说与否，他都不会坐以待毙。西蒙不相信救赎，不相信他在这世间还有未竟的任务，但相信一切都不是事先写好的，就算是落在了一个残忍又任性的作家手上，命运也不该如此。

时间还不到。

必须像对待神明一样对待这个假设的小说家，就好像神明总是并不存在，就因为他是存在的。幸好他只是一个蹩脚的小说家，不值得他人敬重，也无须依从他的安排。想要改变故事的进程，永远都不算晚。如果那个假想的小说家真的存在，那他也还没下定决心。如果是这样，结局同时也掌握在主人公的手上，这个主人公就是我。

我是西蒙·赫尔佐格。我是自己故事的主角。

克莫拉成员转向西蒙，西蒙对他说："你父亲曾抵抗法西斯暴徒，他是游击队员，他是为了正义和自由而牺牲的。"两人转向比安卡，她把话翻译成那不勒斯语："你的父亲是游击队员，曾抵抗过墨索里尼和希特勒。这样做是为了正义和自由。"

　　受贿的政客不耐烦了，克莫拉成员示意他安静。政客让另一名打手解决掉西蒙，可扛着步枪的镇定地说："等等。"显然，拿枪的才是头儿，他想要知道西蒙怎么会知道他父亲的事儿。

　　事实上，这是一次侥幸成功的投机：西蒙认出了枪的款式，一杆毛瑟枪，德军的神枪手使用的武器（西蒙精通世界二战史）。他由此推断出这个年轻人是从父辈那里继承了这杆枪，因此有两种可能：他父亲是作为意大利军人在和德国国防军一同作战时分到了这杆枪；或者，他父亲是游击队员，在抵抗德国国防军时在德国士兵的尸体上缴获了这杆枪。第一种假设于他而言没用，于是他把赌注押在了第二种假设上。但他避免给出更多细节，他向比安卡转过身，说："我还知道，你在地震中失去了家人。"比安卡翻译道："他知道，你在地震中失去了家人……"

　　将军肚的大人物气得直跺脚："打啊！开枪啊！"

　　被叫作"叔叔"的克莫拉成员（"组织"是这么称呼干"脏活"的年轻人的），认真听西蒙讲述他奉命保护的人在这场害死了他家人的地震惨剧中扮演了什么角色。

　　大人物反对："他胡说！"

　　年轻的"叔叔"知道这是真的。

　　西蒙天真地问："这人杀了你的家人。你们这里的人不复仇吗？"

西蒙是如何猜中"叔叔"在地震中失去了家人？没有证据在手的情况下，他是如何判断出这个大人物是罪魁祸首的？西蒙陷入了偏执，不希望说出来。假如真有小说家，他也不希望这个小说家能明白他的所作所为。不是所有人都能读懂他，就像读懂一本书。

他忙着酝酿结束语："你爱的人都成了黄土白骨。"

比安卡不用翻译了，西蒙也没必要说下去。

扛枪的年轻人转向大人物，大人物的脸白得像是火山黏土。

枪托砸上那人的脸，逼得他连连后退。

大人物贪污受贿、大腹便便、受过教育，踉踉跄跄地跌入冒泡的泥浆池中。"泥池"，比安卡喃喃自语，着了迷似的。

大人物的躯体发出惨烈的叫声，在池子表面漂浮了片刻。在被火山吞没之前，他辨别出了西蒙的声音，那声音毫无表情地说："你呀，你本该割了我的舌头的。"

硫黄柱一如既往地从地心冒出，直蹿天空，空气中充满了臭鸡蛋味。